KB236655

정신계의 전사, 노신

엄영욱 著

국학자료원

<정신계의 전사, 노신>이라는 제법 전투적인 제목을 붙이기는 했지만 사실, 이 책은 새로울 것이 없다. 10여 년 전에 쓴 필자의 학위 논문을 새삼 들추어내어 더께 낀 졸고를 세상에 내놓으려는 마음이 들었던 것은 순전히 초심으로 돌아가 보고자 하는 필자 개인의 각오에서 연유한다. 다시 읽어내려 가면서 그간 노신에 대한 생각이 크게 달라지지 않았다는 사실 또한 이 책을 세상에 내보내는데 일조하고 있다.

태양 아래 새로울 것이 없다지만, 10여 년 동안 노신에 대한 필자의 견해에 이토록 큰 변화가 없다는 것은 혹 게으름 탓은 아닌가, 학문에 있어서 그만큼 성장을 멈춰버렸다는 것은 아닌가, 의구심이 생겨나지 않을 수 없다. 그렇지만, 훌륭한 문학작품이란 비평이나 시대조류와는 독립된 독자적인 생명력을 갖고 있는 것이 아닌가 하는 생각이 필자에게는 요즘 더 확고해지곤 한다. 갈수록 진지성은 결여되고 삶을 과도하게 비트는 듯한, 즉 상품으로 포장하는 기술만 발전해가는 듯한 요즘의 소설 경향에 비하면 노신 소설이 갖는 미덕은 무궁무진하다.

예컨대, 21세기 첫 노벨 수상작이었던 ≪영혼의 산≫(고행건 작)의 주인공보다도 노신이 창조한 아Q나 상림수, 공을기 같은 해묵은 인물들에게서 필자는 훨씬 더 깊은 메아리를 듣고 있는 것이다. 이런 필자의 취향을 단지 아날로그적인 정서라고만 매도할 수는 없다고 생각한다. 그동안 노신 연구는 '노신학'이 대두될 만큼 전문화, 세분화되어 왔으며, 그 많은 비평과 분석을 견디고도 노신 문학은 자신만의 문학적 향기를 발산하며 우뚝 솟아있는 까닭이다.

이렇듯 노신 문학에는 '고유한 그 무엇'이 있다. 본 논문은 노신 문학관의 형성배경을 제 문학운동과의 관계 속에서 살펴보면서, '고유한 그 무엇'을 찾아보고자 하는 길 찾기에 다름 아니다.

인도주의와 계몽주의를 출발점으로 삼은 노신 문학은 반봉건, 반식민지라는 격동기 속에서 필연적으로 리얼리즘 문학으로 나아가게 되는데 거기에는 상징주의와 낭만주의 그리고 강렬한 도덕적 내성 등이 결합되어 있다. 또한 노신 문학은 비극적 정조를 띠고 있는데, 본고는 그러한 특징과 더불어 전통문화의 계승과 발전의 측면에서도 고찰하고자 하였다.

이렇게 총체적인 방법론을 통해 노신의 내적 성향과 실험정신, 풍부한 창작 수법 등을 따라가다 보면, 우리는 어려운 시대를 살아간 한 개인으로서의 노신의 창조적 감수성이 첨예한 시대의식과 어떻게 맞물려 있는지를 들여다볼 수 있게 된다. 그리고 그렇듯 다양한 문학성을 공유할 수 있었던 한 예술가의 초상을 만나게 되는데, 그는 다름 아닌 봉건문화의 파괴와 새로운 문화의 재창조를 외쳤던 정신계의 전사이다.

이른바 '창과 비수'처럼 예리했던 작가 노신에게 엉성하고 미천하기 짝이 없는 이 졸고가 어떻게 비칠까를 생각해본다. 그보다는, 중국문학과 노신 문학에 관심있는 초심자들에게나마 이 글이 작은 도움이 되기나 할런지? 새삼 두려워진다.

그럼에도 불구하고, 필자로서는 이 책이 가지고 있는 오류와 허점을 다 잡아내기란 끝내 어려울 것이기에, 10년 전의 연구의 한 형태를 보여주는 것으로나마 일단 위안을 삼고자 한다. 무엇보다도 이를 새로운 시발점으로 삼아 다시 도약하고자 하는 개인적인 다짐이 우선 발가벗기고 보게 하는 것 같다.

2부에서는 필자의 최근 논문 2편을 선보이기로 하였다. 이는 앞의 논문과 거의 10년에 가까운 세월의 간극을 보여주고 있어서 필자 개인에게는 착잡한 반성의 기회가 되지만, 혹 독자는 노신 문학 연구 진행과정의 일면을 가늠하는 기회로 삼을련지 모르겠다.

노신이 만년에 전념하였던 ≪고사신편≫과 일본역사제재소설과의 상관관계가 어떠한지를 살펴보는 작업도 그렇지만, 노신과 비슷한 시기에 일본유학을 하였던 이광수와 노신의 문학을 비교하는 작업은 더욱 흥미롭다. 본고에서는 '페미니즘'의 시각에서 접근해보았지만, 두 작가에 대한 관심은 필자에게 있어서 한동안 계속될 것 같다. 그 밖의 동시대 동아시아 작가들에 대한 비교 연구도 보다 훨씬 다각적인 면에서 깊이있게 다뤄져야 할 처녀림처럼 보인 다. 중국현대문학의 대들보인 "정신계의 전사, 노신"에 대한 연구는 앞으로도 중 단되지 않을 것인 바, 본 졸고는 그 행보의 방향타 중 하나가 되리라 생각한다.
삼가 질정을 바란다.

2003년 3월

빛고을 광주에서　엄영욱

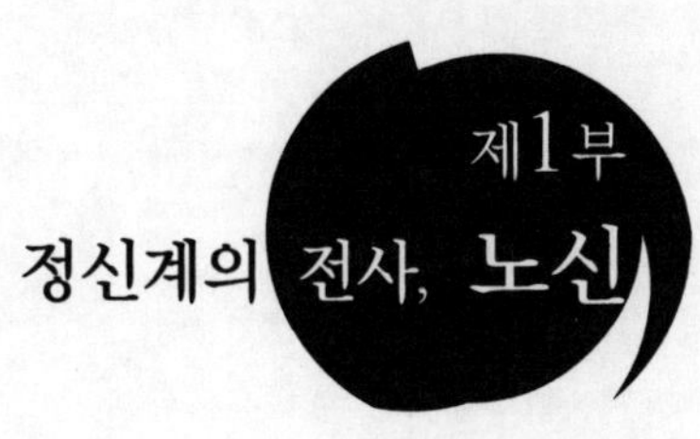

제1부
정신계의 전사, 노신

제1장 노신의 현실주의 문학의 형성과 변천

제1절 환경적 배경

한 인간의 사상형성에 있어서 가장 크게 영향을 미치는 것은 역시 환경일 것이다. 사회적, 역사적 환경과 더불어 어린 시절의 가정환경과 분위기는 한 인간의 정신구조에 있어서 가장 근원적인 체험의 장(場)이다. 노신의 경우, 그것은 그의 문학사상의 밑거름이자 작품창작의 초석이었다.

어렸을 때부터 신화와 전설, 소설 등을 좋아했던 노신은 그림 모사에도 뛰어났다. 어느 정도 개화되었던 그의 부친은 이에 대하여 비교적 관대했으며, 노신이 독서하는데 좋은 분위기를 조성시켜 주었다. 모친 또한 소설이나 탄사(彈詞)[1]를 많이 읽었으며 청말에 전족폐지 운동이 일어났을 때 맨 먼저 전족을 풀어버렸던, 당시로서는 진보적인 여성이었다.[2] 그녀는 어린 노신에게 농촌생활과 농민의 삶의 모습을 비교적 깊숙이 보여주었는데, 이것이 훗날 노신의 민중관 형성에 상당한 영향을 미쳤으리라 추측할 수 있

---

1) 현악기에 맞추어 노래하는 일종의 민간 문예. 남방 각지에서 성행했으며 蘇州彈詞, 長沙 彈詞 등이 있음.

2) 丸山昇 著, ≪魯迅その文學と革命≫, (東京 : 平凡社, 1965), 韓武熙 譯, ≪魯迅評傳≫, (서울 : 日月書閣, 1982), 25 - 26쪽.

다. 즉, <≪납함(吶喊)≫자서(自序)>에서 다음과 같이 밝히고 있듯이, 어린 시절의 경험이 노신의 민중애를 눈뜨게 하였으며, <아Q정전(阿Q正傳)>, <축복(祝福)>, <고향(故鄕)>, <사희(社戲)> 등과 같은 많은 작품에 그것이 그대로 드러나 있는 것이다.

> 도시의 대가집에서 태어나고 자란 나는 어렸을 때부터 고서와 글방선생님의 가르침을 받아왔기 때문에 근로대중들도 꽃이나 새와 같다고 여겼다. 때로 상층사회의 허위성과 부패성을 느끼게 되었을 때도 나는 오히려 그들의 편안함을 부러워하였다. 그러나 어머님의 집이 농촌에 있었으므로 나는 가끔씩 많은 농민들과 가까이 할 수 있었다. 그때부터 나는 그들이 한평생 억압을 받아왔고 수많은 고통을 겪고 있으며, 그래서 꽃과 새와는 전혀 다르다는 것을 점차 알게 되었다.[3]

그밖에, 할머니는 어린 노신에게 종종 재미있는 이야기를 들려주었으며, 키다리 어멈이라는 보모는 태평천국(太平天國)의 난이나 민간고사를 들려주었는가 하면 ≪산해경(山海經)≫이라는 흥미있는 책을 구해다 주기도 하였다.[4] 이와 같은 것들은 부지불식간에 노신에게 중국 문화에 대한 관심을 갖게 하였으며 그의 문학적인 호기심을 자극하였다. 조부 또한 소설을 읽어서 문장의 법칙을 안 다음에 경서를 읽으면 이해가 빠르다고 주장하여, 아이들에게 소설을 권했다 하니[5] 이 또한 노신 형제가 소설의 길로 들어선

---

3) ≪集外集≫, ≪魯迅全集≫ 7卷 (北京 : 人民文學出版社, 1989), (北京 : 人民文學出版社, 1989), 389쪽. ≪魯迅全集≫은 1938년 魯迅先生記念委員會(20卷), 1956년-1958년 人民文學出版社(10卷), 1981년 人民文學出版社(16卷), 1989년 1981년판의 再版 등 네 차례에 걸쳐 간행되었는데, 본 논문에서는 人民文學出版社 1989년 판을 低本으로 삼았다. 번역은 金時俊 譯, ≪魯迅小說全集≫ (서울 : 중앙일보사, 1989), 竹內好 譯, 韓武熙 옮김, ≪魯迅文集 1-6≫ (서울 : 일월서각, 1987, 1987), 이철준, 박정일 역, ≪魯迅選集 1-4卷≫ (北京 : 民族出版社, 1987-1989) 등을 참조하였으나, 이를 일일이 밝히지 않았다.

4) 王士菁, ≪魯迅傳≫, (北京 : 中國靑年出版社, 1991), 8쪽.

데에 영향을 주었을 것이다.

소년 노신은 특히 ≪십주기(十州記)≫, ≪동명기(洞冥記)≫ 등과 같은 전설 책에 매료되었는데, 여기에 그려져 있는 고대 중국인들의 자유분방한 상상력과 원초적 생명력 등은 그에게 중국인의 풍토와 역사, 그리고 그 저변에 흐르는 생명이라 할 수 있는 그 무엇을 느끼게 해주었다.[6] 이것은 그가 만년에 ≪고사신편(故事新編)≫에 전념하게 된 사실과도 무관하지 않을 것이다.

흔히 글을 잘 쓰기 위해서는 '三多', 즉 많이 읽고 많이 쓰고 많이 생각해야 한다고 하는데, 노신에게는 그러한 환경이 이미 자연스럽게 주어졌던 것이니, 이 모든 것은 그의 문학의 텃밭에 중요한 자양분이라 하겠다.

그러한 문학적 토양 속에서 자라난 소년 노신에게 커다란 영향을 미친 환경적 배경은 크게 두 가지로 나눌 수 있다. 그 첫번째는 대가족 제도의 모순, 조부의 과거사건으로 인한 투옥, 부친의 마약중독으로 인한 병사 등으로 말미암은 노신가(家)의 몰락이다. 두번째는 대외적인 것으로서 청말제국의 무력한 정부와 봉건통치자들의 부패상, 날로 붕괴되어 가는 낡은 사회의 냉혹한 분위기, 구예교의 모순과 혼란 등이다. 이와 같은 것들은 노신으로 하여금 현실사회에 대한 새로운 안목을 갖게 하였으며, 썩어빠진 봉건사회에서 살고 있는 '세상사람들의 진면목'을 인식하게 했다. 노신은 이에 대하여 다음과 같이 술회한 바 있다.

> 남부럽지 않은 생활을 해오다가 갑자기 궁핍한 생활을 하게 된 사람이라면 아마 틀림없이 그런 과정 속에서 세상 사람들의 참된 모습을 볼 수 있게 될 것이라고 생각한다.[7]

---

5) 丸山昇 著, 韓武熙 譯, 앞의 책, 30쪽.
6) 위의 주)와 같음

그런 정황 속에서 노신은 고향을 떠나 강남수사학당(江南水師學堂)에 입학하였다. 이를 두고 "소년 시절 노신이 자신의 조국과 민중을 밝은 미래로 이끌 수 있고 존망의 위기로부터 출로를 열어줄 수 있는 진리를 찾으려고 고향을 떠나 강남수사학당이나 광무철로학당(鑛務鐵路學堂)에서 공부하였다"[8]라고 보는 견해는 노신을 추수적으로 과장되게 해석한 것이라 할 수 있다. 노신 자신은 <≪납함≫자서>에서 "내가 N시로 가서 K학당에 입학하려 한 것도 아마 다른 길, 다른 지방으로 가서 다른 사람들과 사귀어 보고 싶다고 생각했기 때문인 것 같다"[9]라고 밝히고 있는 것이다. 나라를 구해야 한다는 소년의 열망보다는 암울한 대가족 제도의 모순된 현실에서 벗어나 무엇인가 새로운 것, 미지의 것을 희구하는 17세 노신의 예술가적 기질을 엿볼 수 있게 하는 술회이다.

제2절 초기문학사상의 형성과 반복고주의

1) 일본 유학시기 유럽 사조의 영향

일본 유학시절 동안 노신은 다양한 세계문화를 접하였으며 세계의 흐름에 합류하기 위해서는 먼저 그들을 배워야 한다는 것을 깊이 인식하였다. 노신의 사상은 이때 구체적으로 형성되기 시작한다. 당시 노신의 사상형성에 가장 커다란 영향을 미쳤던 것으로는 장태염(章太炎)[10]의 혁명사상, 양

---

7) <≪吶喊≫自序>, (北京, ≪晨報.文學旬刊≫ 1923. 8. 21), ≪吶喊≫, ≪魯迅全集≫ 1卷, 415쪽.
8) 王士菁, 앞의 책, 32쪽.
9) <≪吶喊≫自序>, ≪吶喊≫, ≪魯迅全集≫ 1卷, 415쪽.
10) 章炳麟(1868 - 1936)의 號. 章炳麟은 청말의 학자이며 정치가이다. 특히 청대 考證學의

계초(梁啓超)의 신민설(新民說)[11], 공자진(龔自珍)의 진보적인 영향[12] 등을 들 수 있다.

그 무렵 동경에는 손문(孫文)을 필두로 한 '혁명민주주의파'[13]의 영향력이 매우 컸으며, 1903년 장태염, 도성장(陶成長) 등이 주축이 되어 강소성(江蘇省)과 절강성(浙江省)에서 온 유학생들을 중심으로 하는 '광복회(光復會)'라는 혁명단체를 결성하였는데 노신도 이 단체에 가입하였다. 그리하여 장태염과 본격적으로 접하게 된 청년 노신은 특히 기성체계의 사상과 문학 스타일에 깊은 불신을 나타낸 장태염의 이단적인 전통주의와 강력한 급진주의 사상에 많은 영향을 받았다.[14] 전체적으로 중심이 없어 보이는 가운데

마지막 대가로 알려져 그를 國學大師 또한 樸學大師라고도 하였다. 그는 27세에 康有爲의 講學會에 가담하였고, 29세에는 時務報를 편집하여 개혁적인 논설을 많이 집필하였다. 그러나 이후 康有爲, 梁啓超와 학문사상의 입장을 달리하여 國學의 입장을 분명히 하면서 국민에게 國學의 개념을 심어주기도 하였다. 毛以亨 著, 宋恒龍 譯, ≪梁啓超≫, (서울: 명문당, 1990), 16쪽.

11) 梁啓超는 일찍이 新民說에서 낙후된 중국을 구하려면 무엇보다도 민중을 깨우치는 것이 급선무라고 주장하였다. '인간을 깨우치고', '민중을 계몽해야 한다는' 것은 당시 日本에 유학한 중국의 선진적 지식인들에게 보편적으로 작용하는 계몽주의 사상이었다.

12) 龔自珍은 청말의 진보적인 사상가이다. 龔自珍은 梁啓超, 康有爲, 譚嗣同과 견줄 수 있을 만큼 중국 근대에 있어서 영향력이 컸다. 당시 새로운 학문을 배우고자 하는 사람은 定庵(龔自珍의 號)集을 읽지 않으면 안될 정도로 유행했다. 노신도 이러한 풍조 속에서 龔自珍의 책을 읽게 되었고 자연스럽게 그의 영향을 받았다. 노신은 定庵의 七言詩의 풍격을 좋아했고, 龔自珍의 시를 곧잘 인용했다. 龔自珍은 '屈原의 정신'(모든 사람은 취해 있어도, 나만 홀로 깨어있네)을 본받고자 하였으며, 陶淵明이 세상을 도피한 전원시인이 아니라 오히려 정치에 관심을 두고 있는 사람이라 생각했다. 노신 또한 여기에 공감했고 雜文 <魏晉의 기풍 및 문장과 약 및 술의 관계>에 직접적으로 이러한 내용의 글을 쓰게 된다. 자세한 것은 藤重典子의 ≪野草≫ 43期, <魯迅と龔自珍> (大阪 : 中國文藝研究會刊, 1989) 참조.

13) 淸朝의 新政運動으로 입헌을 시행하고 산업을 장려하며 學制를 개혁하는 운동 등이 일어나자 중국 인텔리 계급 및 자산계급의 정치적 활동이 활발하게 되어 革命派와 保皇派로 갈라져 政爭을 하게 되었다. 인텔리 계급으로 구성된 혁명파에는 興中會, 華興會, 光復會 등 세 파가 있었는데 1905년 중국혁명동명회로 결성, 孫文을 총재로 하여 三民主義를 강령으로 혁명운동을 전개해 나갔다. 毛以亨 著, 宋恒龍 譯, 앞의 책, 14쪽.

14) 章太炎은 당시 ≪浙江潮≫와 ≪民報≫에 反淸思想을 고취하는 글을 발표하였는데, 이

암시가 압축되어 있고 간결함과 과장이 다소 모순되게 배합되어 있는 듯한 장태염의 문체는 당시 유행하던 학파들을 되찌르기 위한 수법이었다. 장태염의 영향을 받아 노신은 위진(魏晉)과 그 이전 시대 고문의 분명하면서도 간결하고 형식에 구속받지 않는 자유로운 성질을 좋아했다. 또한 노신의 잡문에 드러나 있는 문언의 인용들 역시 장태염의 영향과 관련이 있는 것으로서, 노신 초기 잡문은 장태염의 양식에 힘입은 바가 크다.

한편, 양계초(梁啓超) 등이 상해에서 창간한 ≪시무보(時務報)≫와 일본 유학생이 창간한 ≪역서회편(譯書匯編)≫ 등은 유신의 서적을 선전하였는데, 노신은 당시 이것들을 애독했다. 그리하여 노신은 그들의 진보적인 면을 받아들였으며 동시에 ≪절강조(浙江潮)≫에 문학소설 ≪스파르타의 영혼(斯巴達之魂)≫, 과학논문 <라듐에 대하여(說鐳)>, <중국지질약론(中國地質略論)>, 과학소설 <달나라 여행(月界旅行)>, <지하여행(地底旅行)> 등을 번역, 발표하였다. 노신이 당시 이렇게 자연과학 지식을 소개하는데 주력하였던 것은 과학으로 민중을 일깨워 나라를 일으켜 세우려는 의도 때문이었다. 자연과학 지식이 반제 반봉건투쟁과 미신을 척결하는 계몽교육에 커다란 역할을 하게 될 것이라고 생각했던 노신은 과학과 애국, 그리고 사상계몽운동을 서로 밀접하게 결부시켰던 것이다. 유신과 과학 구국

러한 글들은 魯迅 뿐만 아니라 일본에 유학하고 있는 학생들에게 커다란 반향을 일으켰었다. 魯迅은 이때 ≪民報≫에 실린 章太炎의 글을 애독하였으며 그에게 私塾까지 하게 되었다. 魯迅은 특히 章太炎이 지은 <革命軍序>(鄒容이 지은 <革命軍>을 찬양한 글)를 좋아했다. <革命軍序>에 나타난 두드러진 사상은 '叱眺恣肆' '震以雷霆之聲'으로써 민중을 환기시키는 것인데, 이것과 "魯迅이 제창한 '외침과 반항'의 문예가 관련"이 있음을 알 수 있다.(<≪集外集≫序言> ≪魯迅全集≫ 7卷 4쪽 참조) 章太炎은 당시 개혁적인 사상가로서 문화사상면에 있어서 어느 정도 영향을 미치고 있었다. 그러나 章太炎은 五·四운동 후 점점 위축되어 孫中山의 삼대 정책(소련과 연합하고, 공산당과 연합하여 노동자를 돕자)과 國共合作을 반대하였으며 마침내 군벌 投壺의 부활(1926년 孫傳芳이 南京에서 화살을 던져 항아리에 넣는 행사를 벌이는 것을 말함) 에 일익을 맡기도 하는 등, 민중과 유리되고 말았다.

론에 힘입어 일본의 센다이 의전서 의학을 공부하였던 그는 그러나 육체의 병을 고치는 것보다 마비된 국민의식을 개조시키는 것이 가장 급선무이며, 그것의 가장 좋은 수단이 문학예술임을 깨닫게 되어 본격적인 문학활동을 시작하게 된다.

노신은 먼저 뜻있는 사람과 힘을 합쳐 ≪신생(新生)≫이라는 잡지를 창간하려 하였으나 실패하고 마는데, 이에 실망하지 않고 ≪하남(河南)≫에 반청적(反淸的)인 글을 실어 정치, 문화 및 문학예술에 대한 자신의 주장을 피력함과 동시에 러시아 및 동유럽의 문학작품, 문예논문을 번역, 소개하였다. 이러한 활동의 결과물로는 <악마주의 시의 힘(摩羅詩力說)>, <문화편지론(文化偏至論)>, <파악성론(破惡聲論)> 등을 들 수 있는데, 여기서 노신은 악마파의 반항정신을 찬양하면서, 봉건의식에 짓눌린 개성을 발양시켜 참된 사람의 나라를 건설하려 하였다. 문학운동과 정신혁명이 불가분의 관계를 맺고 있다고 생각한 노신은 오로지 인간의 지혜를 계발하고 정신을 분발시키는 정신혁명을 통해서만이 중국의 심각한 문제를 진정으로 해결할 수 있으며 낙후되어 있는 중국을 근본적으로 바꿀 수 있다고 확신하였던 것이다. 그는 중국이 여러 나라들과 경쟁하여 살아남기 위해서는 무엇보다도 먼저 인간을 계몽해야만이 모든 일을 이룰 수 있는데, 인간을 계몽한다는 것은 곧 개성을 존중하고 정신을 분발시키는 것이라고 생각했다.

이와 같이 정신을 계몽시켜야 한다는 주장은 중국 국민성에 대한 노신의 깊은 인식에서 비롯된 것인데, '국민성 개조'의 계몽주의 사상은 다음 장에서 보다 면밀히 검토하기로 한다.

철학상에 있어서는 무엇보다도 진화론과 쇼펜하우어, 니체, 베르그송의 생철학(生哲學)15)의 영향을 들 수 있다. 광무철로학당 재학시절에 엄복(嚴

---

15) 르네상스 이래 철학의 주된 관심은 학문을 위한 학문, 진리를 위한 진리를 표방하면서,

復)의 ≪천연론(天演論)≫을 읽고 받았던 신선한 충격을 노신은 다음과 같이 술회한 바 있다.

> 아아, 이 세상에는 헉슬리 같은 사람도 있구나. 서재에서 어떻게 이런 일들을 생각할 수 있었을까? 더욱이 이런 신선한 사고로써. 나는 단숨에 읽어 내려갔다.[16]

훗날 허수상(許壽裳)의 말에 의하면 일본에 유학하고 있을 당시 노신은 ≪천연론≫의 몇 구절을 암송할 정도로 깊은 감명을 받았다고 한다.[17] 그러나 노신이 진정으로 진화론을 수용하게 된 것은 니체의 사상을 학습한 연후에야 가능한 것으로서, 노신의 진화론 사상은 쇼펜하우어, 니체 등의 철학사상과 긴밀한 연계를 가지고 있다. 이들은 '인간'을 모든 문제의 출발점으로 삼아 인간의 가치와 존엄, 자유와 개성, 자발성과 창조성을 강조하였으며 인간의 주관적 의지, 특히 사회생활과 역사발전에 미치는 천재와 초인의 주관적 의지의 작용을 강조하였다. 이성보다 의지를 우위에 둔 쇼펜하우어의 '주의설(主意說)'[18]과 니체의 '초인철학'은 19세기 서양 자본주의 사

통일적 체계라든가 윤리적인 합리성을 목표로 하는 철학을 수립시키려는 데에 있다고 볼 수 있다. 특히 데카르트로부터 칸트로, 그리고 신칸트학파로 흘러 내려온 사고방식에는 엄밀하고 철저한 윤리성이 있었다고 할 수 있다. 이러한 합리주의 내지 주지주의사상은 마침내 정신적인 면으로는 지나치게 사변적이 되어 인간의 마음을 경화시켰으며, 또 물질적인 면에서는 고도로 성장해가는 기계와 기술문명이 인간미를 메마르게 하는 듯한 느낌마저 주었다. 이러한 경향에 반기를 들고 불신 내지는 반항하여, 생의 凝結과 생의 硬化에서 벗어나 생(Leben)자체를 찾아야 한다고 일어선 것이, '생의 철학'(Lebensphilosophie)이다. 이정훈 저, ≪철학개론≫, (서울 : 숙명여자대학출판부, 1983), 170쪽.

16) <瑣記> (≪莽原≫ 反月刊 第 1卷, 第 22期, 1926. 11. 25), ≪朝花夕拾≫, ≪魯迅全集≫ 2卷, 296쪽.

17) 丸山昇 著, 韓武熙 譯, 앞의 책, 42쪽.

18) 철학상의 주관적, 관념론적 유파의 하나이다. 主意說은 자연 및 사회의 객관적 합법칙성과 필연성을 부인하고 이성에 대한 의지의 우위를 주장한다. 이러한 사상은 일찍이 스코

회의 각종 폐단과 모든 전통적인 사상과 문화에 대한 신랄한 비판을 그 출발점으로 하고 있다. 이들의 비판정신을 몹시 숭상하였던 노신은 이들을 정신계의 전사(戰士), 신이상주의자(新理想主義者), 우상의 파괴자 등으로 찬양하였는데, 이들 사상은 1910년대 노신에게 있어서 반봉건 투쟁의 논리적 근거가 되었던 것이다.

다윈의 생물학적 진화론과 니체의 진화론을 수용하여 인간사(人間史)에 적용시킨 노신은 생태계의 진화와 마찬가지로 사회도 변화와 발전 속에서 존속하리라 생각했다. 그래서 그는 곧잘 "미래는 현재보다 더 낫고 청년은 노년보다 더 나을 것"[19]이라고 주장하면서 청년들에게 온갖 고난을 극복하고 끊임없이 전진의 길을 개척하라고 격려하곤 했다. 그런데, 생존경쟁 및 적자생존에 관한 다윈의 진화론과는 달리 니체는 강자생존을 주장하였다. 다윈이 생물계로부터 인류에로의 발전에 있어서 환경에 대한 피동적이고 소극적인 적응을 강조했다면, 니체는 환경을 극복하는 능동성과 적극성을 강조하였다. 노신은 니체의 관점에서 개인을 놓고 말할 때 "두 사람이 호흡하면 공기를 쟁탈하게 되므로 폐가 강한 자가 이길 것이며" 국가와 민족에 대해 말하자면 "민족이 탄생되면서부터 무용(武勇)으로 항거하고 싸움으로써 점차 문명에 들어섰으며"[20], "연약한 민족은 강한 민족보다 전사를 당하는 일이 늘 많으며, 비겁한 민족은 용감한 민족보다 죽음을 당하는 일이 많

틀랜드의 스콜라 철학자 둔스 스코투스로부터 시작되며 칸트, 쇼펜하우어, 니체로 이어진다. 쇼펜하우어는 자연은 현상일 따름이고 의지만이 우주의 본질이라고 여겼다. 니체는 인생의 목적은 권력의 발휘, 자아확장에 있다고 생각하였다. 그는 초인철학을 주장하면서 초인은 역사의 창조자이고 보통인간은 초인의 권력을 유지시켜주는 도구에 지나지 않는다고 생각하였다. 유연발 외 편, ≪哲學辭典≫, (延邊 : 延邊人民出版社, 1989), 573쪽.

19) <≪三閑集≫序言>(北新書國, 1932. 9), ≪三閑集≫, ≪魯迅全集≫ 4卷, 5쪽.

20) <摩羅詩力說>(北京 ≪新靑年≫月刊 第 5卷 第 2號, 1918. 8), ≪墳≫, ≪魯迅全集≫ 1卷, 66쪽.

다"21)라고 말하였다. 당시의 노신은 니체의 사상이 제국주의 침략의 방패막이가 될 수도 있다는 이면을 보지 못했던 것 같다. 니체주의는 권력과 개인의지에 대한 독점자본주의의 세계지배 - 열강의 약소국 지배 - 를 옹호하기 위한 논리였던 것이다.22)

그렇지만, 노신이 니체를 위시하여 쇼펜하우어, 베르그송의 생 철학 등을 수용한 것은 '인간을 계몽하고' '나라를 일으키려는' 노신사상의 방편으로 이해할 수 있다. 유학초기에 서방문화의 수용과 과학기술의 중요성을 인식하였던 노신은 "공업이 진흥하여 기계가 위력을 발휘하고 문명이 선두주자로 갈수록 좋은 결과를 낳고 있다"23)고 생각하면서 과학을 발전시키고 산업을 진흥시켜 나라를 재건하려는 구상을 가졌었다. 그러나 니체의 사상을 접촉한 후 그는 과학이 서방세계에 물질문명의 번영을 가져다 주기는 하였지만, 그 이면에 정신문명의 위기가 도사리고 있음을 보게 되었다. 노신은 구미자산계급의 민주공화국제도는 "아주 불합리하고 허위적인"24) 문화의 사회형태로서 일종의 기만적인 제도라고 생각하였다. 소수의 자산계급 대표인물들이 민주공화제도 밑에서 봉건통치자들을 대신하여 인민을 통치하고 있는바, 사회의 모든 죄악은 이로부터 산생된다고 여겼던 것이다. 그리하여 노신은 개인을 중시하였는데, 이는 민주공화제 아래에서 낙후되고 잘못된 생각을 가진 다수의 횡포를 인식한 데에서 기인한 것이다. 여기서 개인이란 부패한 사회를 척결하고 참된 인간 사회를 건설할 수 있는 정신계의 전사를 의미한다.

---

21) 위의 책, 위의 글, 69쪽.

22) 金龍雲, ≪魯迅創作意識研究≫, (成均館大學 博士論文, 1990), 88쪽.

23) <中國地質略論>(東京 ≪浙江潮≫月刊, 1930.10), ≪集外集拾遺補編≫, ≪魯迅全集≫ 8卷, 17쪽.

24) <文化偏至論>, ≪墳≫, ≪魯迅全集≫ 1卷, 50쪽.

이렇게 노신은 개성주의(個性主義) 사상을 받아들이면서 과학기술보다 더욱 중요한 것이 '인간'이며 인류 문명의 진보와 타락은 바로 인간에 의하여 결정된다고 생각했고 인간의 사상과 정신이 타락하면 인류사회에 말할 수 없는 죄악과 재난을 불러들일 것이라고 예견하였다. 이와 같이 인간의 중요성을 인식한 노신은 다음과 같이 말하였다.

> 세계에서 생존을 다투고 각국과 승부를 겨루려면 무엇보다도 인간을 일으켜 세워야 한다. 먼저 인간을 세우면 모든 일을 잘 해낼 수 있다. 인간을 세우는 방도는 개성을 존중하고 정신을 발양시키는 것이다.[25]

이렇게 개인을 중시하고, 인간을 계몽하므로써 나라를 일으켜 세우려는 정신혁명을 제창하였던 노신은 사람들을 속박하는 중국 전통의 보수성과 인습에 철저히 반기를 들었다. 한 마디로 말해서 인간을 사회의 핵심으로 간주한 니체의 인본주의(人本主義) 사상은 노신의 귀한 사상적 토대가 되었던 것이다.

그런데, 노신이 개인을 강조하고 중시한 점에서는 니체의 사상과 유사했으나 개인과 대중의 관계에 대해서는 사뭇 달랐다. 니체는 인류에는 상등인과 하등인이 있어 평등하지 않다고 여겼으며 뛰어난 개인이 역사를 빛낼 수 있다는 초인의식을 제시하였다. 반면에, 노신은 봉건의식에 짓눌린 개인 의식을 발양시키기 위하여 개인을 중시하고, 개인을 내세울 것을 주장하면서도 대중을 버리지 않았다. 그는 개인과 대중을 긴밀히 연계시킨다. 즉, 개인의 개성이 충분히 발현되어야 대중의 거대한 역량이 발휘될 수 있으며 "사람마다 자아의식을 가지게 되면 대중의 각성이 가까워진다"[26]는 것이

---

25) 위의 책, 위의 글, 57쪽.
26) <破惡聲論>(≪河南≫月刊 8期, 1908 12. 5), ≪墳≫, ≪魯迅全集≫ 8卷, 24쪽.

다. 여기서 우리는 "물질을 배격하며 개인을 중시하자"27)는 것은 일시적 방편일 뿐 '대중의 각성'이 종국적 목적임을 알 수 있다. 그러나 당시 대중이 아직 각성하지 못한 정황 하에서 어떻게 그들에게 희망을 직접 기탁할 수 있겠는가. 그래서 노신은 '정신계의 전사'를 내세웠다. 노신이 생각한 '정신계의 전사'란 깨어있는 지식인이나 선구자, 시인으로서 독자적인 주장으로 어둠을 통찰하고 문명을 평정하며, 세상사람들의 칭찬과 비난에 자만하거나 낙심하지 않은 굳센 개혁의지와 불굴의 투쟁정신으로 대중을 이끄는 자이다. 이처럼 노신은 선각자들의 선도적 역할을 충분히 인정하였을 뿐만 아니라, 대중의 거대한 역량과 결정적인 역할도 홀시하지 않았다. "나폴레옹을 격퇴시킨 자는 국가도 아니고 황제도 아니고 병기도 아니며 민중일 따름이다"28) 라는 노신의 말은 그의 민중관을 잘 대변해 주는 말이라 하겠다.

그러나 동시에 민중에 대한 노신의 생각은 다소 모호하고 막연했다. 예를 들면 5·4 시기에 그는 '신세기의 서광'29)을 노래하면서도 민중, 특히 중국의 민중은 "영원히 극의 *구경꾼*"30)이라 하는 등 민중에 대한 믿음이 투철하지 않았다. 이와 같이 그의 사상적 무기였던 니체사상의 관념성과 지식인 - 정신계의 전사 - 주체론은 후기의 민중 주체론에 비하여 한계성이 드러날 수밖에 없는 것이었다. 그러면 어떤 방도로 인간을 계몽하고 대중을 각성시켜 나라를 진흥시킬 것인가? 즉 "성정(性情)을 전이시켜 사회를 개조"31)하는 방도는 무엇인가? 당시 노신이 생각한 가장 좋은 방도는 문학이었다. 이렇게 보면 노신이 의학을 포기하고 문학의 길로 들어선 것은 단순

---

27) <文化偏至論>(≪河南≫月刊 第 7號, 1908. 8), ≪墳≫, ≪魯迅全集≫ 1卷, 46쪽.
28) <摩羅詩力說>(≪河南≫月刊 第 2號, 3號. 1908. 2. 3), 앞의 책, 70쪽.
29) <隨感錄 59>(≪新靑年≫ 6卷 第 5號, 1919. 5), ≪熱風≫, 위의 책, 356쪽.
30) <娜拉娜走后怎樣>(≪文藝會刊≫ 第 6期, 1924), 위의 책, 163쪽.
31) <≪域外小說集≫序>(≪域外小說集≫, 1921), ≪魯迅全集≫ 10卷, 161쪽.

히 '환등기 사건'에서 연유한 것이 아니었으며, 결과적으로 그것은 중국개혁에의 의지의 반영이었다. 그래서 노신은 <악마주의 시의 힘>이라는 글에서 니체의 말을 머리말[32]로 삼았으며 일본에서 펴내려 했던 첫번째 잡지를 ≪신생(新生)≫이라고 명명하였던 것이다.

이렇게 <문화편지론(文化偏至論)>, <악마주의 시의 힘> 등의 글에서 사회개혁을 위한 방편으로 정신을 개혁하는 문학운동을 제기하였던 노신은 당시 사회적으로 아무런 반향을 일으키지 못하자 매우 실망하였다. 무창봉기(武昌蜂起)[33]의 승리가 잠시 흥분을 가져다 주었지만 신해혁명의 실패는 그에게 더 큰 실망감을 안겨주었다. 그러다가 '5·4' 신문화운동에 이르자 노신은 구중국의 암흑 속에서 '신세기의 서광(曙光)'[34]을 보게 되었으며 이에 따라 새로운 희망으로 재충전되었다.

또한 10월 혁명의 승리를 인도주의의 승리로 간주하였던 노신은 이 인도주의를 일종의 인본주의(人本主義)로 받아들여 자신의 지도사상으로 삼았으며 장차 인도주의 시대가 도래할 것이라 믿었다. 그러나 5·4 운동의 고조기가 지나고 통일전선이 분열되어 "홀로 남는 용사가 되어 진을 칠 수 없"[35]게 되자, 노신은 무력감과 절망감 속에서 고민과 방황을 거듭하면서 "멀고도 까마득한 길을, 난 오르내리면서 찾아다니노라"[36]라고 노래하게

---

32) 옛날의 起源을 찾고자 하는 자는 미래의 샘을 찾아야하며 새로운 起源을 찾아야 한다. 오호라 나의 형제여, 신생의 흥함과 새로운 샘은 심연에서 용솟음 친다. <摩羅詩力說>, 앞의 책, 63쪽.,

33) 1911년 10월 10일 武昌에 일어난 자산계급의 蜂起는 辛亥革命의 첫출발로 11월 하순까지 湖北, 湖南, 陝西, 江西, 山西, 雲南, 浙江, 江蘇, 貴州, 安徽, 廣西, 福建, 廣東, 四川 등 14개 성과 제일 큰 도시 上海 그리고 기타 성의 많은 주와 현들에서 호응하여 봉기를 일으켰다. 전국을 흔든 봉기는 잠시 승리의 기쁨을 안겨주었지만, 현실을 제대로 파악하지 못한 봉기군들은 각 성의 정권을 옛 관료나 입헌파들에게 스스로 양도하므로 말미암아 미완의 혁명으로 좌절되게 한다.

34) <隨感錄 59.聖武>, ≪墳≫, ≪魯迅全集≫ 1卷, 356쪽.

35) <≪自選集≫自序>, ≪自選集≫, ≪魯迅全集≫ 4卷, 456쪽.

된다. 당시의 절박한 고독감과 고통은 ≪방황(彷徨)≫과 ≪야초(野草)≫에
집중적으로 드러나 있다.

1925년 노신은 북경여자사범대학 학생운동(北京女子師範大學 學生運
動)37)을 지지하여 북양군벌정부(北洋軍閥政府)와 직접 맞섰으며 그 이듬해

---

36) 屈原, <離騷經>, ≪王逸注楚詞≫, (臺北 : 黎明文化事業公司, 1973), 16쪽.
37) 北京女子大學은 1908년 창립된 여자사범대학의 후신으로써 1919년에 北京女子高等師
範이 되었고, 1922년 7월에는 노신의 친구인 許壽裳이 교장으로 취임하였다. 許壽裳은
학교의 설비에 충실을 다하고 北京大學이나 師範大學으로부터 교원을 겸임강사로서 초
빙하여 학습의 충실을 도모했다. 노신도 그 한 사람이었다. 1924년 5월에는 여사대로 승
격됐다. 1924년 2월 한 직원을 사퇴시키고 이과주임을 친척으로 기용함으로 인하여 許壽
裳을 배척하는 운동이 일어났고 그는 학교를 떠나게 되었다. 許壽裳의 후임으로는 日本
의 수여고사와 미국의 콜롬비아 대학에 유학했던 楊蔭楡를 맞아들였다. 그녀는 許壽裳
이 했던 행정방식을 지양하고 백화문 수업을 반대하였으며 上海로부터 鴛鴦胡蝶派의
인물을 초대하였다. 이제까지 쌓아올린 성과를 망쳐놓았던 것이다. 학생들의 불만은 커
졌고, 1925년 가을경부터 교장배척 운동이 일어나 1925년 1월경에는 학생들이 교육부에
실정을 호소하고 교장이 학교를 떠나기를 요구하였다. 그 해 3월 孫文이 병사했다. 그의
장례에는 수만 시민이 참가하였고 여사대의 학생들도 孫文의 장례에 참가하고 싶어했지
만 楊蔭楡는 孫文이 '共産公妻'의 실행자라는 이유로 학생 참가를 거부하였다. 그러나
학생들은 이를 무시하고 장례에 참가하였고 사건은 급기야 확대되었다.
4월에는 교육계로부터 계속 배척을 받아왔던 교육부 장관 王九齡이 사임하고 법무부장
관 章士釗가 교육부 장관을 겸임하게 되었다. 그러나 이 章士釗도 백화문을 반대하였고
北京의 국립대학의 통합(학풍정리)을 실행함으로써 교육계의 반발을 샀다.
5월 7일은 국치기념일로써 北京 각 학교의 학생들도 집회를 갖기로 예정했다. 그러나 章
士釗가 학생의 대회참가를 저지하였기 때문에 분격하던 학생의 데모는 章士釗의 저택을
향했고 충돌은 불가피했다. 이 때문에 章士釗는 段祺瑞에게 사표를 제출하고 天津으로
도망갔지만 이것은 학생운동을 일시적으로 저지하고자하는 방편에 불과했다.
5월 7일 여사대에서는 楊蔭楡가 국치기념일의 강연회를 개최하고 주석으로써 인사를 하
려고 하였다. 그러나 학생들은 인사를 받지않고 그녀를 쫓아버렸다. 그날 오후 양교장은
요리점에서 몇 사람의 교원을 소집, 회의를 개최하여 학생자치회 대표 6명을 퇴학시키기
로 결정하였다.
노신은 <홀연히 생각하다 7>에서 이 같은 楊교장과 그 추종자들의 불공정한 처사를 공
격하였다. 5월 27일 여사대의 교원들 (馬浴藻, 沈尹默, 錢玄同, 沈謙士, 周作人)도 <北
京女子師範大學風潮에 대한 선언>을 <京報>에 발표하여 학생들의 처벌이 부당함을
성명하였다. 그 선언이 발표된 후 여사대의 문제는 사회문제로 발전한다. 細谷草子, <女
師大事件おめくる '語絲'と'現代評論'の論爭について>>(上) ≪野草≫, (大阪 : 中國
文學研究會刊) 1974, 16호, 46 - 61쪽. 참조.

에는 3·18 사건을 겪었다. 이 두 사건은 노신에게 커다란 충격을 주었다. 진화론에 대한 그의 신념이 흔들리기 시작하였고 더욱 거센 항거 - 대규모 의 계급투쟁을 예감하게 되었으며 민중에 대한 인식도 변하기 시작했다. 이 어 1927년 4·12정변과 4·15 광주(廣州) 대학살을 목도, 체험하고 창조사 (創造社), 태양사(太陽社)와 논쟁을 겪으면서 노신의 사상은 확실히 일대 비약을 가져오게 된다. "다 같은 청년이지만 두 진영으로 갈라져서 혹자는 밀고하고 혹자는 관청을 도와 사람을 체포하는"[38] 끔찍한 분열현상은 노신 의 '진화론적 사고방식'을 깨뜨림과 동시에 그로 하여금 비로소 계급갈등에 입각한 사회인식을 가능케 하였으며 종국에는 프롤레타리아 사상으로 전환 케 한 계기가 되었던 것이다.

2) 복고주의파와의 논쟁

마치 논쟁을 위해서 문학을 선택한 것처럼 노신의 붓은 논쟁에서 날카롭 게 휘둘러졌다. 1920년대 초 복고주의파들과의 논쟁에서부터 1936년 항일 통일전선을 둘러싸고 벌어진 두 구호 논쟁에 이르기까지 수많은 논쟁은 노 신의 강력한 필력을 느낄 수 있게 해주며 그의 주된 사상의 흐름을 간추릴 수 있게 해 준다. 이들 논쟁은 노신에게 있어서 사회참여의 강력한 발판이 되기도 하였다.

전기의 논쟁은 대부분 복고주의파들과의 싸움이다. 5·4시기 노신과 복고 파와의 논쟁의 쟁점은 단지 문언문(文言文)과 백화문(白話文) 가운데 어느 것을 정통적 위치에 올려놓을 것인가 하는 단순한 문자 형식에 국한된 논 쟁이 아니라, 신문화와 구문화간의 갈등이었다.[39] 이것은 전통 고수 세력과

---

38) <≪三閑集≫序言>, ≪三閑集≫, ≪魯迅全集≫ 4卷, 5쪽.

근대화 추진 세력간에 야기된 알력에서 비롯된 것이었으며 이를 두고 구추백(瞿秋白)은 중국의 지식계급은 아주 분명하게 두 그룹으로 나누어져 있다면서 "하나는 전통주의자이며 다른 하나는 서구화된 학파"[40]라고 말하였다. 여기서는 노신이 문단을 주도적으로 이끌어가는 모습은 아직 보이지 않으며 다만 진보적인 생각을 갖고 복고주의파들의 관점을 비판하는 신예작가의 면모를 보여준다.

신문학 운동은 복고주의와의 끊임없는 투쟁 속에서 전개되었는데, 신문학 운동 초기에는 그 영향력이 그리 크지 않았고 공개적인 반대자도 없었다. 그래서 ≪신청년(新靑年)≫의 동인들은 신문학의 영향력을 확대하기 위하여 이른바 쌍황신(雙黃信)[41]을 내놓았다. 즉 전현동(錢玄同)은 왕경헌(王敬軒)이라는 이름으로 신문학을 매도하고 공격하는 <왕경헌군의 편지(王敬軒君來信)>를 썼으며 이에 대하여, 유반농(劉半農)은 <왕경헌에게 답하는 편지(復王敬軒書)>에서 복고파의 오류를 조목조목 반박하였던 것이다. 처음에는 반응이 없었던 것이 시간이 흐를수록 점차 많은 지지자를 확보하자 이에 대한 반대의 소리도 높아갔고 논쟁이 치열해지기 시작했다.

5·4시기, 가장 먼저 문학혁명을 압살하려던 사람은 임금남(林琴南)이었다. 임금남은 북경대학이 문학혁명의 근원지가 된 것은 총장인 채원배(蔡元培)가 그들을 옹호하고 있기 때문이라고 생각하고, 그들의 우두머리를 공격하는 것이 그들을 분쇄하는 첩경이라고 여겼던 것 같다.[42] 그는 <채학경(蔡鶴卿) (蔡元培를 이름)에게 보내는 편지(致蔡鶴卿書)>에서 신문학 제

---

39) 권철, 김제봉 ≪中國現代文學史≫, (서울 : 靑年社, 1989), 58쪽.
40) Paul G. Pickowiz 저, 심규호 역, ≪중국 마르크주의 문예이론≫, (서울 : 청년사, 1991), 150쪽.
41) 이는 노신이 만든 말로, 앞사람은 입만 벌리고 뒤에 숨은 사람이 말을 하는 무대예술의 하나이다
42) 金時俊, ≪中國現代文學史≫, (서울 : 지식산업사, 1992), 87쪽.

창자들이 백화문을 제창하면서 "공맹의 도를 뒤엎고 도덕을 파괴"[43] 한다고 비난하였다. 그러면서 그는 다음과 같이 백화문 운동을 공격하였다.

> 고서(古書)를 모두 폐기하고 토속어를 문자로 쓴다면, 인력거꾼, 기름장수 등 하층의 무리가 쓰는 말도 자세히 살펴보면 문법이 있다……이에 의거하면 도시, 농촌의 모든 장사꾼들도 교수가 될 수 있다.[44]

같은 시기에 북경대학의 수구파(守舊派) 문인들인 유사배(劉師培), 황간(黃侃) 등은 월간지 ≪국학(國學)≫을 창간하여 중국의 고유한 학술을 발전시켜야 한다면서 신문학을 반대하였다.

이에 대하여 신문학 진영에서는 ≪신청년≫과 ≪매주평론≫를 통하여 그들의 논조를 신랄하게 비판하였다. 신문학파를 대표하는 진독수(陳獨秀)는 ≪신청년≫ 6권 제1호에 <본 잡지의 죄과에 대한 답변서(本誌罪案之答辯書)>를 게재하여 과학과 민주를 위해서라면 "모든 정부의 압력과 사회의 공격, 조소, 심지어는 목이 떨어지고 피흘리는 것조차 두렵지 않다"[45]고 선언하면서 철저한 반봉건성을 나타냈다. 이대교(李大釗), 진독수(陳獨秀) 등은 군벌세력을 등에 업고 신문학을 진압하려는 임금남(林琴南) 무리들의 음모를 폭로하기 위해 여러 편의 글[46]을 썼으며 채원배(蔡元培) 역시 <임금남에 답하는 편지(答林君琴南函)>에서 그들을 반박하였다.

---

43) 林琴南, <致蔡鶴卿書>(≪北京大學日刊≫, 1919. 3. 21), 北京大學 北京師範大學 北京師範學院 中文系現代文學教研室 編, ≪文學運動史料選≫ 1卷, (上海 : 上海教育出版社, 1979), 140쪽.

44) 위의 책, 위의 글, 141쪽.

45) 陳獨秀, <本誌罪案之答辯書>(≪新青年≫ 第6卷, 第1號, 1919. 1. 15), 위의 책, 111쪽.

46) 李大釗의 <新舊思潮의 激戰>, 陳獨秀의 <舊黨의 罪惡>, <北京大學의 유언비어에 관하여>, 노신의 <隨感錄 57, 現在의 屠殺者> 등을 말한다. 이 글들에서는 모두 復古主義의 수구성과 퇴행성을 비판하고 있다.

이때 수구파의 본질을 잘 파악하고 있었던 노신은 국수(國粹)란 "다른 나라에는 없고 그 나라에만 있는 것"[47]으로서 여기에는 좋은 것도 있고 나쁜 것도 있으며, "우리에게 국수(國粹)를 보존하게 하려면 모름지기 국수도 우리를 보존할 수 있어야 한다"[48]며 국수주의의 본질을 파헤쳤다. 반년 후, 노신은 ≪신청년≫ 잡지 6권 5호에서 다음과 같이 또 강경한 어조로 그들을 비판하였다.

> 인간이면서 신선이 되고자 하고, 지상에 살면서 천상에 오르려 하며, 분명 현대인으로서 현재의 공기를 마시면서도 부패한 예교와 죽은 언어를 강요하여 현재를 멸시한다. 한 마디로 이들은 '현재의 도살자(屠殺者)'이다. '현재'를 죽이면 '미래'도 죽이는 것이 된다.[49]

이같이 의욕적인 신예작가 노신을 비롯한 신문학 진영의 맹렬한 공격과 5·4운동의 큰 물결에 부딪쳐 복고파들은 문단에서 점점 힘을 잃어갈 수밖에 없었다.

그러나 봉건세력들은 완전히 척결되지 않아 조만간에 봉건 군벌에 의지하여 다시 학형파(學衡派), 갑인파(甲寅派)를 조직하여 신문학 운동을 공격하기 시작하였다. 1922년 1월 상해의 중화서국(中華書國)에서 출판된 ≪학형(學衡)≫은 "국수(國粹)를 융성시키고 새 지식을 융화시킨다"[50]는 것을 표방하였다. 오복(吳宓), 매광적(梅光迪), 호선숙(胡先驌) 등이 주요 구성원이었으며, 모두 구미 유학생 출신으로 당시 남경 동남(東南)대학 교수들이

---

47) <隨感錄 35>(≪新靑年≫ 第 5卷 第 5號, 1918. 11. 15), ≪熱風≫, ≪魯迅全集≫ 1卷, 305쪽.
48) 위의 책, 위의 글, 306쪽.
49) <隨感錄 57>, ≪熱風≫, ≪魯迅全集≫, 1卷, 350쪽.
50) <≪學衡≫雜誌簡章>(≪學衡≫ 第 1期, 1922. 1), 北京大學 外 編, 앞의 책, 272쪽.

었다. - 남경의 동남대학이 문학혁명을 반대하는 보수파의 근거지라면 북경 대학은 문학혁명의 근거지였다.[51] 관념론적 이론에 입각하여 문학혁명을 비롯한 일체의 변혁을 반대하였던 보수파들의 생각은 다음과 같았다.

> 첫째, 중서(中西)의 선철(先哲)들의 격언을 낭독하여 배움에 보태며, 둘째, 우주에 존재하는 공통적인 성질을 해석하여 생각을 하며, 셋째, 주문(籀文)[52]을 지음으로서 아름다운 음을 추구하여 문을 숭상하며, 넷째, 편안한 마음으로 말하며 깔보고 욕하지 않음으로써 풍속을 보호한다.[53]

그들은 ≪학형≫에 복고주의를 고취하는 글을 계속 발표하였는데, 호선숙(胡先驌)의 <중국문화개량론(中國文化改良論)>, <상시집을 평함(評嘗詩集)>, 매광적(梅光迪)의 <신문화 제창자를 평함(評提倡新文化者)>, <현재 사람들이 학술방법을 제창하는 것을 논함(評今人提倡學術之方法)>, <신문화운동을 논함(論新文化運動)> 등이 그 대표적인 것이었다. 예컨대, 호선숙은 <중국문화개량론>에서 "언어와 문자가 합쳐서 하나가 된다면, 언어가 변한 즉 문자 또한 변한다……백화로써 문자를 삼는다면 시대에 따라서 언어도 변하게 되니 송원(宋元)의 글은 읽을 수 없다. 하물며 진한위진(秦漢魏晉)은 말할 것도 없다"[54]고 주장하였다. 매광적 또한 이를 적극 지지하여 <신문화 제창자를 평함>에서 "문학의 변화과정은 단지 문학체제의 증가일 뿐이지 그 무슨 혁명이라고 할 수 없다"[55]며 문학혁명의 부당성을 말하였다. 그는 사회에는 변혁이 있을 수 없다고 여겼으며 정치법제나

---

51) 金時俊, 앞의 책, 88쪽.

52) 漢字의 옛 字體의 하나

53) <≪學衡≫弁言>, 北京大學 外 編, 앞의 책, 273쪽.

54) 胡先驌, <中國文學改良論(上)>, ≪中國新文學大系.文學論爭集≫, (上海文藝出版社, 1989), 104쪽.

55) 梅光迪, <評提唱新文學者>(≪學衡≫ 第 1期, 1922. 1), 北京大學 外 編, 앞의 책, 275쪽.

문학예술 모두 변혁될 수 없는 것으로서, 백화가 고문을 대체할 수는 없다고 주장하였다. 매광적을 비롯한 학형파들은 신문학 운동이 "서양 사람을 모방하는데 단지 찌꺼기만 얻고", "인습에 뇌동하여 거의 천편일률적"이며 "폐단이 많이 생겨 나쁜 결과가 즉시 나타난다"[56]고 공격하였다. 그러면서 그들은 신문학 운동을 제창한 자들을 '궤변가', '정객', '공명을 바라는 선비' 등으로 매도하였다. 심지어 학생들의 애국운동을 경멸하여 정객에 의해 이용당하고 있다고 왜곡하면서 학생들로 하여금 조용한 강의실에서 고서에만 몰두할 것을 종용하였다. 학형파의 이러한 복고주의는 시대정신이 결핍됨으로 말미암아 결국 군북양벌정부(軍北洋閥政府)를 위한 봉건통치를 유지시키는데 봉사하는 꼴밖에 되지 않았다.

이 같은 학형파의 오류에 대하여 신문학 진영들은 즉각 공격을 가하였다. 그들은 학형파를 "서양 양복을 입고 십자가를 목에 건 강유위(康有爲)"[57]로 비유하면서, 《중국청년》과 《신청년》을 통하여 학형파의 본질과 보수성을 폭로하였다. 등중하(鄧中夏)는 <사상계의 연합전선의 문제(思想界的聯合戰線的問題)>에서 학형파가 당시의 제반 반동세력들 - 연구계(硏究系), 정학계(政學系), 무정부당 등과 모두 한 통속임을 지적하면서 모두 연합하여 '매광적' 무리를 향해 공격할 것을 호소하였다.[58] 모순(茅盾) 또한 <문학계의 반동운동(文學界的反動運動)>에서 백화를 반대하고 문언을 고집하는 학형파의 주장을 반박하면서 "연합전선을 결성하여 이 반동사조에 대항해야 한다"[59]고 강조하였으며 <백화시 반대자를 반박함(反駁白話詩的反對者)>에서도 그들의 잘못된 이론을 가차없이 반박, 백화문 운동을

---

56) 위의 책, 위의 글 277쪽.
57) 昌群, <什麼是文化工作 ?>, 《中國靑年》, 第 142期, 1926. 11
58) 朱德發 外 著, 임춘성 역, 《中國現代文學史 1》 (서울 : 전인출판사, 1989), 67쪽.
59) 茅盾, <文學系的反動運動> (《文學旬刊》, 1924. 5. 12), 北京大學 外 編, 295쪽.

옹호하였다.

노신의 경우를 보면, 1922년 2월 9일 '풍성(風聲)'이란 필명으로 <학형을 평가하다(估≪學衡≫)>라는 글을 써서 막 출판된 잡지 ≪학형≫을 비판하였다. 또 9월 20일에는 ≪신보부간(晨報副刊)≫에 '모생자(某生者)'라는 필명으로 <심오함을 떨치다("以震其難深")> 라는 글을 발표하였으며, 11월 3일에는 다시 '풍성'이라는 이름으로 같은 부간(副刊) ≪잡감란(雜感欄)≫에 <정확한 학설(一是之學說)>이라는 글을 발표하여 오복(吳宓)의 오류를 지적하였다. 그 후 11월 4일과 6일 ≪신보부간≫에 <이해할 수 없는 음역(不懂的音譯)>, 9일에는 <비판가에 대한 희망(對於批評的希望)>, 17일에는 <눈물을 머금은 비판가를 반대한다(反對"含淚"的批評家)> 등 일련의 글을 발표하였다.

좀더 구체적으로 살펴보면, <'학형'을 평하다>에서 노신은 그들을 다음과 같이 비난하였다.

> 소위 ≪학형≫이라는 것은 내가 보기에는 '보고(寶庫)의 문'의 옆에 놓아 둔 가짜 골동품에서 빛나는 가짜 빛살에 지나지 않는다. 비록 자칭 '측정' 한다고 하지만 그 칭호에 정확히 맞지 않다. 그 자체의 저울눈도 정하지 못한 주제에, 저울질한 무게의 옳고 그름을 어떻게 논할 수 있겠는가? 그러므로 정확을 기할 필요없이 대충 측정하기만 하면 곧 이해할 수 있다.[60]

노신은 ≪학형≫ 창간호에 실린 6편의 작품[61]을 분석의 대상으로 삼아 이들 글이 논리가 통하지 않고, 내용과 제목이 일치되지 않으며 황당무계한

---

60) <估≪學衡≫>(≪晨報副刊≫, 1922. 2. 9), ≪熱風≫, ≪魯迅全集≫ 1卷, 377쪽.
61) <≪學衡≫弁言>, 梅光迪의 <신문화제창자를 평함>, 蕭純錦의 <중국에서 사회주의를 제창하는데 대한 상론>, 馬承坤의 <國學摭譚>, 邵祖平의 <백록동의 범 이야기>, <漁丈人行>, 胡先驌의 <浙江植物採集 遊覽記>

점 등을 지적하였다.

예를 들면, "주역(籍繹)을 지을 때는 말이 우아하며 고상한 글이 된다"[62]는 <변언(弁言)>의 말에 대하여 노신은 "불행하게도 국학을 장황하게 늘어놓는 제씨의 글이 의미가 잘 통하지 않아서 자신도 정신이 없는데 어떻게 남을 평가할 수 있겠는가"[63]라고 반박하였으며, <중국에서 사회주의를 제창하는데 대한 상론(中國提倡社會主義之商權)>에서는 소순면(蕭純綿)이 새로운 지식의 융화를 주장하면서도 서양의 새로운 지식을 제대로 수용하지 못하여 우스운 현상을 빚어내고 있음을 지적하였다.[64] 또한 마승곤(馬承坤)의 <국학척담(國學摭譚)>에 나오는 "3황(皇)은 끝없이 광활하였고 5제(帝) 진신(搢紳)선생은 말하기 어려워하였다"[65]라는 구절을 놓고 노신은 문장실력과 고문에 대한 그들의 천박한 지식을 다음과 같이 비난하였다.

여기서 사람을 광활하다고 한 것도 기이한 글귀이지만 둘째 글귀는 더욱 이해하기가 힘들다. 3황에 대한 일을 5제와 진신선생이 말하기 어려웠다는 말인지 아니면 5제에 대하여 진신 선생이 어려워했다는 말인지? 사리를 따지면 응당 후자여야 할 것이다.[66]

노신은 계속해서 '<어장인행(漁丈人行)>의 어폐'[67]를 지적하면서 "<절

---

62) ≪熱風≫, <估≪學衡≫>, 앞의 책, 377쪽.

63) 위의 주)와 같음

64) 예컨대 Utopia, English를 잘못 받아들여 Pia of Uto Ish of Engl로 표기한 것이다. 이러한 것은 중국의 지명에까지 적용되어 도사의 타(도사타는 범어로써 만족을 느끼다라는 뜻), 영고의 탑(영고탑은 동북에 있는 지명)이라는 우스운 현상을 빚어내고 있다. 위의 책, 위의 글, 378쪽.

65) 위의 책, 378쪽.

66) 위의 주)와 같음

67) ≪漁丈人行≫이란 글에서는 서두에서 "楚王은 무도하여 伍奢를 죽였다. 엎어진 둥지아래 성한 집이 없었다"라고 하였다. "성한 집이 없었다"라는 말이 "성한 알이 없었다"는

강채집식물유기(浙江採集植物游記)>의 내용과 제목이 서로 맞지 않는"[68] 그들의 문장 실력을 비난하였다. 노신은 그들이 중서문화(中西文化)를 두루 섭렵했다고 하지만 그들의 지식이 너무 천박하여 일일이 대응하여 언급할 필요조차 없다면서 다음과 같이 그들을 규정하였다.

> 여러 사람들이 신문화를 공격하고 구학문을 장황하게 늘어놓았는데, 만약 서로 모순되지 않는다면 그래도 일종의 주장이라고 할 수 있을 것이다. 유감스럽게도 그들은 구학문에도 뚜렷한 비결이 없고 일관된 이론도 없다. 만약에 문맥이 통하지 않는 글을 쓰는 사람도 국수(國粹)의 지기(知己)라고 한다면 국수(國粹)는 다른 사람에게 더욱 부끄러울 것이다. 한차례 측정해보았으나 겨우 자신의 미약함을 알았을 뿐, 신문화에도 해로움이 없지만 국수(國粹)와도 거리가 멀다.[69]

중국문화 및 고전문학에 대한 해박한 지식을 갖추고 있었던 노신은 이와 같이 고문에 대한 학형파들의 천박한 지식과 얄팍한 논리에 대하여 견결히 맞섰다.

임금남과 학형파가 차츰 문단에서 사라지자 이제 갑인파(甲寅派)가 대두

말보다 신기하기는 하나 어폐가 심하다. 가령 여기에서 말하는 '집'이 새둥지를 두고 말한 것이라면 말이 중복될 뿐만 아니라 '아래'라는 말을 이해할 수 없다. 그것이 人家를 두고 한 말이라면 엎어진 새둥지가 매우 무거운 것이다. 금날개 붕새(說岳全書에 나옴)를 제외하고는 인간들의 집을 무너뜨릴 수 있는 큰 둥지가 없다. 만일 운을 맞추기 위하여 부득이 그렇게 하였다면 나는 그것을 '괘운각'(고체시에서는 일반적으로 구절의 끝에 운을 다는데 그것을 '각운'이라고 한다. 그런데 시구의 뜻을 무시하고 단순히 운을 맞추기 위하여 운이 같은 글자를 억지로 맞추어 놓을 경우에 그것을 '괘각운'이라고 한다)이라고 감히 말할 수 있다. 위의 책, 위의 글, 378 - 379쪽.

68) 내용이 채집하는 것이므로 유람이라고 볼 수 없다. 그래서 옛 사람들이 글을 지을 때는 일과 유람을 일치시키지 않았으며 지방과 유람을 연계하여 썼다. 이 글에서는 밥을 먹고 잠을 잔 이야기를 썼다하여 제목을 <浙江採集植物游記>이라 하였는데 이것은 내용과 제목이 맞지 않는 것이다. 위의 책, 위의 글 379쪽.

69) 위의 책, 위의 글, 379쪽.

하여 문학혁명운동을 반대하였다. 갑인파는 단기서(段祺瑞) 정부의 사법총장겸 교육총장인 장사교(章士釗)가 1914년 일본 동경에서 창간한 ≪갑인(甲寅)≫ 잡지를 1925년 7월에 복간한 것에서 얻은 이름이다. '갑인'은 선전성을 지닌 '반관보(半官報)'였다. 여기에는 공문, 통신류 등이 잡다하게 게재되었는데, 이에 대하여 노신은 "비록 선전성을 띤 반관보였지만 형식은 공보와 서신을 합쳐 놓은 것이었다"70)고 언급하였다.

장사교는 일찍이 <신문화운동을 평함(評新文化運動)>이라는 글을 발표하였는데 ≪갑인≫이 복간된 후, 다시 이 글을 게재하여 복고주의를 옹호하였다. 여기에서 그는 공자(孔子) 숭상과 경서(經書) 강독을 선양했으며, 백화문을 반대하고 고문사용을 주장하였다. 또한 그는 자신의 권력을 이용하여 학생들에게 경서 읽기를 강요하였다.

이에 신문학 진영은 통일전선을 형성하여 일제히 반격을 가하였다. 심안빙(沈雁氷), 등중하(鄧中夏), 성방오(成仿吾), 욱달부(郁達夫) 등의 신문학 진영뿐만 아니라 우익 문인들인 호적(胡適)과 서지마(徐志摩)까지 여기에 합세하여 장사교를 비난하였던 것이다.

노신은 당시 교육부 첨사로 재직 중이었음에도 불구하고 사직을 무릅쓰고 갑인파의 퇴행적인 행동에 대하여 반박하는 글을 썼다. <답KS군에게(答KS君)>에서 노신은 장사교(章士釗)의 글을 비난하면서 "만약 이것이 복고운동의 대표라고 한다면 그것은 복고파의 가련한 꼴을 볼 수 있을 뿐이며, 이것을 부고로 삼아 고문의 멸망을 세상에 알렸을 따름"71)이라고 지적하였다. 그러면서 그는 갑인파와의 싸움은 싸울만한 적수(고문에 능통한 사람)가 없어서 논쟁이라고 할 수 없다고 비웃었다. 노신의 이러한 모습은

---

70) <答KS君>(≪莽原≫周刊 第 19期, 1925. 8. 28), ≪華盖集≫, ≪魯迅全集≫ 3卷, 112쪽.
71) 위의 주)와 같음

현실과 추호도 타협하지 않는 꿋꿋한 정신과 자신의 학문에 대한 자신감을 보여주는 것이었다. 또한 그는 <14년의 '독경'(十四年的'讀經')>에서 갑인파들이 국민들에게 경서를 권장하는 것은 봉건통치의 옹호를 위한 하나의 허울임을 밝히면서, '존공독경(尊孔讀經)'을 하여 얻은 것이 무엇이었느냐고 반박하고 있다.

> 공자의 신도들은 경서를 어떻게 읽었는지, 오히려 글을 모르는 여성들이 그것을 실천하였다. 그리고 우리는 늘 구라파 전쟁에 참전한 것을 자부하고 있지 않는가? 그러나 ≪논어≫로 독일병사를 감화시킨 일이 있으며 ≪역경≫을 외워 잠수함을 침몰시킨 일이 있는가? 유학자들이 공적이라고 인정하는 것도 실상은 거의 일자무식인 중국 노동자(제 1차 세계대전 때 북양정부는 20여만 명을 파견하여 동맹국에 대한 협약국의 전쟁에 참가하게 하였는데 실상은 길닦기와 운수 등 노동을 하였다)들이 쌓은 것이다.[72]

그러나, 문학 혁명운동이 심화되면서 신문학 대오에는 분열이 발생하였다. 복고주의에 반대하였던 우파의 진보적인 문인들은 이해관계가 얽히자 차츰 국수보존이라는 명목 하에 옛 것으로 돌아가고자 하였다. 5·4 운동 이후 무산계급이 영도하는 혁명이 확산되자 자산계급 우익진영의 문인들은 자신들의 문단을 재정비하지 않을 수 없었던 것이다. 구문화의 찌꺼기 문화를 비판하고 문화유산의 정화를 흡수하여야 한다는 이들의 주장은 어느 정도 타당성이 있었지만, 이러한 구호를 빌미로 봉건문화와 복고주의에 대한 타협을 드러낸다는 점에서는 좌익문단의 비판을 면하지 못했다. 일찍이 5·4 문화혁명의 선구자로서 백화문을 제창하고 고문을 반대하였던 호적은 그 대표적인 인물이었다. 실용주의자인 그는 '국고정리(國故整理)'를 통하여

---

72) <十四年的'讀經'>(≪莽原≫周刊 第 32期, 1925. 11. 27), ≪華盖集≫, ≪魯迅全集≫ 3卷, 127쪽.

서양의 '실험주의'[73)]를 중국의 고대문화라는 토양에 이식시키고자 하였다. 이러한 호적의 실험주의의 응용은 기실 당시 유행된 맑스 레닌주의를 제압하기 위한 것이었다.[74)]

호적에 대한 비판은 5·4 운동 고조시기에 이미 시작되었다. 1919년 하반기, 이대교(李大釗)와 호적 사이에 발생한 '문제와 주의'[75)]에 대한 논쟁은 좌익진영문단과 우익진영문단이 사상투쟁을 시작했다는 신호탄이었다. 1919년 호적은 "문제를 많이 연구하고, 주의는 적게 논하라"[76)]라고 외치면서 국고정리를 고취하고 있었다. 그 해 8월 16일 호적은 <국고학을 논하다(論國故學 – 答毛子水)>에서 국고(國故)를 이해해야 한다고 강조하면서 "이것은 바로 인류가 지식을 구하는 천성에서 요구한 바이다"[77)]라고 설명하였다.

---

73) 실험주의는 현대의 주관적 유심주의 중에서 중요한 철학 유파로서 "쓸모있는 것이 진리다"라고 주장하고, 진리는 인간이 인간을 위해 창조하는 것이며 인간의 쓰임을 위해 제공되므로, 진리는 단지 하나의 도구일 뿐이라고 인식하였다. 그것의 '실험실적 방법'은 대담한 가설과 꼼꼼한 증명으로서, 증거의 중요성을 강조하고 있지만, 증거에만 급급하는 것이 아니라 가설의 이론에 근거하여 각종 조건을 선택하고 증거를 뽑아내기도 하였다. 그러므로 실험적 방법은 단지 자유롭게 재료를 창출할 수 있는 고증방법에 불과하였다. 黃修己, 高大中國語文硏究會 編, ≪中國現代文學發達史≫, 서울 : 범우사, 1991), 230쪽.

74) 위의 주)와 같음

75) 李大釗는 <문제와 주의를 다시 논함>이라는 글에서 '문제와 주의'가 불가분한 관계를 맺고 있다고 밝히고 나서 기본적인 사회의 문제를 해결하기 위해서는 대중들의 노력이 필요한데, 무엇보다도 먼저 대중들이 구심점을 가질 수 있는 이념이 필요하다 했다. 그러므로 '문제'를 해결하려면 반드시 '주의'의 지도를 받아야 하는 바, 많은 '주의'에서 사회주의만이 중국혁명 문제를 해결하는 유일하고 정확한 '주의'라고 지적하였다.

76) 胡適은 1919년 7월, 중국에 社會主義와 無政府主義가 유행되자 <問題와 主義>, <問題는 많이 연구하고 主義는 적게 논하라>라는 글을 발표하여, 중국인은 특정한 '問題'에 많은 더 많은 관심을 갖고 '主義'에 대한 논의는 덜 하는 것이 좋다고 주장하였다. 즉 모든 이론과 主義는 단순히 '問題를 해결하는 도구'에 지나지 않는 것으로 보편적인 진리로 보아서는 안된다는 것이다.

77) 胡適, <論國故學>(≪胡適文存≫ 第 2卷, 1919. 8. 16), 北京大學 外 編, 앞의 책, 324쪽.

≪신청년≫이 분열된 후 1922년 5월 호적은 우익문인을 모집하여 ≪노력주보(努力週報)≫의 부간 ≪독서잡지≫를 창간하였으며[78] 여기서 "공담은 적게 말하고, 좋은 책은 많이 읽어야 한다"[79]고 강조하였다. 또 1923년 1월에는 ≪국학계간≫이 창간되었는데 이 <발간선언>에서 호적은 "근 몇 년에 고학(古學)(옛사람의 교훈을 연구하는 학문)의 스승은 거의 사라져 버렸다", "단지 네다섯 명의 노선생만이 문전을 지탱하고 있다", "고학이 곧 사라질 것이다", "머지않아 고학을 읽을 수 있는 사람도 없어져 버린다"[80] 등을 강조하였다. 그는 이렇게 "고학이 곧 사라질 것이다"는 말로 국고정리의 중요성을 제창하면서 이를 위해 국고정리의 방침, 범위와 방법 등을 제기하였다. 이 같은 주장은 고전 발전에 다소간 이바지하였다는 점에서 긍정적인 측면을 갖고 있었지만, 시기적으로 적절하지 않은 것이었다. 백화문 운동이 아직 완성되지 않았던 이 시기의 국고정리 주장은 신문학 운동에 반격을 가한 것이나 다름없었던 것이다. 뿐만 아니라 이러한 주장은 지식인이나 진보적인 학생들로 하여금 위급한 현실을 외면하고, 고서더미 속으로 침잠하도록 유인하는 꼴이 되었다. 이에 지식인들은 반박하지 않을 수 없었다. 등중하, 운대영(惲代英) 등은 ≪중국청년≫이라는 잡지를 통하여 호적과 맞섰다. 곽말약의 <국고정리에 대한 평가>, 성방오의 <국학운동에 관한 나의 의견>, 모순의 <일보전진, 이보후퇴> 등도 그 대표적인 예였다.

1924년 1월 17일 대규모의 국고정리 운동이 개시된 직후 노신은 <천재가 있기 전(未有天才之前)>이라는 강연에서 다음과 같이 말하였다.

---

78) 曾慶瑞, ≪魯迅評傳≫ (四川人民出版社, 1981), 325쪽.
79) 胡適, <發起≪讀書雜誌≫的緣起>(≪讀書雜誌≫, 1923. 3. 4), 北京大學 外 編, 앞의 책, 326쪽.
80) <≪國學季刊≫的發刊宣言>, ≪國學季刊≫, 1923. 1.

신사조가 중국에 들어온 후 언제 진실로 힘이 있었는가, 늙은이들과 젊은이들까지 이미 혼백을 잃고 국고(國故)만 이야기한다. 그들은 중국에 좋은 것들이 많이 있는데 모두 정리 보존하지 못하면서 오히려 새로운 것을 구하려 하니 이는 선조의 유산을 버린 불초함과 같다고 이야기한다. ……만약에 이러한 깃발을 들어서 호소한다면 중국으로 하여금 영원히 세상과 멀어지게 할 것이다.[81]

또한 호적 일파가 학생들에게 고서를 권장하는 것에 반하여 노신은 <청년필독서>에서 다음과 같이 토로하였다.

중국의 책을 읽으면 기운이 없어지고 실제 인생과 유리되는 느낌이 든다. 외국 책(인도 책을 제외하고)을 읽으면 때때로 인생과 직접 접촉하는 것과 같아 일을 하고 싶다. 중국의 책은 될 수 있는 대로 적게 읽거나 전혀 읽지 말고 외국의 책을 읽는 편이 좋다고 생각한다. ……오늘날의 청년에게 중요한 것은 행동이지 말이 아니다.[82]

중국의 고서가 국민의 의식을 어떻게 마비시키는가를 간파하고 있었던 노신은 이외에도 <논변의 영혼(論辯的靈魂)>, <통신 1>, <통신 2>, <홀연히 생각하다 4>, <홀연히 생각하다 5> 등을 발표하여 국고정리파의 그릇된 관점을 비판하였다. 그 중 <홀연히 생각하다 6> 은 '국고정리'의 급소를 찌른 것이다.

일부 외국인들은 중국이 영원히 골동품으로 남아서 자신들의 감상품이 되기를 희망한다. 이는 비록 얄밉긴 하지만 그래도 이상할 것은 없다. 왜냐

---

81) <未有天才之前>(≪語絲≫周刊 第 1期, 1924. 11. 17), ≪墳≫, ≪魯迅全集≫ 1卷, 167쪽.
82) <靑年必讀書>(≪京報副刊≫ 1925. 2. 21), ≪華盖集≫, ≪魯迅全集≫ 3卷, 12쪽.

하면 그들은 결국 외국인이기 때문이다. 그런데 중국은 끝내 청년, 어린이까지 인솔하여 커다란 골동품을 형성하여 외국인에게 감상용으로 제공하니 그들의 심장이 어떻게 생겼는지 정말 모르겠다.[83]

노신은 이어서 "우리의 앞길을 막는 것이 있다면 고금과 사람, 귀신을 막론하고…… 모두 짓밟아 버려야 한다"[84]고 강경하게 주장하였다. 진보에 저해된다면 어떠한 것도, 특히 전통문화까지도 가차없이 파괴해야하며, 그리하여 새로운 문화를 창출하여 부강한 중국을 건설하자는 것이었다. 그는 <춘말한담(春末閑談)>에서 나나니벌의 독침에 비유하여 호적류의 '연구실 지키기 주의'를 정신 마비술이라고 비난하였다. 노신은 사람들에게 "과거의 통치자들은 각종 마비술을 시행하였지만 충분히 효과를 얻지 못하였다"[85]고 설명하였다. 현재 소위 특수지식계급의 유학생들은 '연구실 지키기 주의'를 사람들에게 권고하여 국고를 정리하게 하는데 옛 사람들과 같이 충분히 성과를 거두지 못할까 두려워한다는 것이었다. 이것은 나나니벌의 독침으로 마비시킨 것보다 더욱 어렵기 때문이라면서 다음과 같이 단언하였다.

> 지금의 사정을 놓고 말한다면 유로(儒老)들의 성현의 경전을 서술하는 방법, 학자들의 연구실로 들어가는 주의, 문학가와 다방주인들의 나랏일은 논하지 말라는 계율, 교육가의 보지도 듣지도 행하지도 말라는 논조, 이보다 더 훌륭하고 더 완벽하고 더 폐단이 없는 방법도 확실히 없다고 나는 생각한다. 유학생들의 특수한 발견도 기실은 옛 성현들의 행위를 벗어나지 못한다.[86]

---

83) <忽然想到 6>(≪京報副刊≫ 1925. 4월 18日과 22日 두차례로 나누어서 발표), ≪華盖集≫, 위의 책, 44쪽.
84) 위의 책, 위의 글 45쪽.
85) <春末閑談>(≪莽原≫周刊 第 1期, 1925. 4. 24), ≪墳≫, ≪魯迅全集≫ 1卷, 204쪽.

　노신은 <북경통신>에서 재차 청년들에게 반항할 것을 호소하면서 “우리들은 옛사람의 고훈(古訓)을 버려야 하며 이를 조금도 늦추어서는 안된다. 이것은 어쩔 수 없는 일로 우리가 살아야 하며 또 구차하게 살아서는 안되기 때문이다”[87]라고 강조하였다. 또한 <도사(導師)>라는 글에서는 청년도 여러 부류로 구분될 수 있다고 말한다.

> 청년을 어찌 일괄해서 논할 수 있겠는가 ? 깨어있는 자, 잠자는 자, 혼미한 자, 누워있는 자, 노는 자가 있으며 이외에 또한 다른 자도 많이 있다. 그러나 전진하는 자가 있어야 한다.[88]

　여기서 전진하는 자만이 진정한 스승을 구하려는 희망을 갖고 있는데, 설법하는 중이나 선약을 파는 도사들은 그들의 스승이 될 수 없으며 호적류의 사람들도 마찬가지라고 강조하였다.

　이상에서 살펴본 바와 같이 5·4신문학운동의 발전은 복고주의파들과의 끊임없는 투쟁과 더불어 진행된 것이었다. 이 투쟁은 표면적으로는 고문과 백화문을 둘러싸고 진행되었으나 내면적으로는 서로 다른 정치적 입장과 문화적 갈등으로 말미암은 것이다. “문학혁명이나 신문화 운동을 반대하는 사람들은 보수주의 국내파 학자들이 아니라 모두가 외국에서 유학한 최고의 지식인들이었다는 것이 특이하다”[89]는 김시준(金時俊)의 지적은 바로 여기에서 비롯된 것이다. 그들은 자신의 문학이 평민 문학으로 평가절하 되기를 원하지 않았으며 전통문학을 고수함으로써 자신들의 기득권을 견지하고자 한 것이다. 문학과 정치는 상부구조로서 서로 조응하기 때문에 그들의

---

86) 위의 책, 위의 글, 205쪽.
87) ≪華盖集≫, ≪魯迅全集≫ 3卷, 52쪽.
88) <導師>, ≪華盖集≫, 위의 책, 55쪽.
89) 金時俊, 앞의 책, 89쪽.

전통문학의 고수는 봉건적인 정치체제를 지키려는 시도에 다름 아니다. 이러한 점에 비추어 노신은 5·4 시기 어느 작가보다도 "가장 자각적인 중국 현대작가"[90]임을 알 수 있다. 그러나 노신이 구체적으로 어떤 정치적 의도를 가지고 이 싸움에 참여한 것으로는 생각되지 않는다. 노신은 당시의 시대적 현실의 요구 - 문학혁명의 큰 흐름에 자연스럽게 대응했을 뿐인 것이다. 그는 좌파도 우파도 아닌 하나의 민족주의적 작가의 모습을 보여주고 있으며 그의 특유의 날카로운 잡문들은 복고주의에 반대하는 계몽주의자이자 리얼리스트로서의 면모를 드러내주고 있다.

제3절   현대평론파와의 사상적 갈등

노신이 주도적으로 논쟁을 이끌어가는 모습은 현대평론파와의 논쟁에서부터 서서히 드러난다. 노신은 처음에는 소극적으로 참여했다가 어느 정도 시간이 지나면 논쟁의 주역으로 나서는 때가 많았는데 현대평론파와의 논쟁에서도 마찬가지였다.

1924년 호적, 서지마, 양실추 등을 중심으로 하여 《현대평론》이라는 잡지가 창간되었는데 1924년부터 1926년에 이르기까지 이들은 《현대평론》과 《신보부간》을 이용하여 노골적으로 제국주의와 봉건군벌의 죄행을 변호하였고 진보적인 학생들과 중국 공산당이 영도하는 반제, 반봉건의 혁명투쟁을 공개적으로 비난하였다. 그들은 절충, 공평, 타당, 조화를 강조하면서 정치에 초연한 듯한 중용의 태도를 취했으나 기실 제국주의와 봉건

---

90) Leo Ou-fan Lee (李歐梵) 《Voices from the Iron House : A Study of Luxun》, 51쪽.

군벌의 변호자들이었다.

노신과 현대평론파와의 논쟁은 북경여자 사범대학의 소요를 둘러싸고 행해졌지만 그 배경은 군벌정부를 지지하는 세력과 국민혁명의 전진에 희망을 거는 세력과의 투쟁이었으며, 논쟁의 이면에는 지연과 학연관계, 구미 유학 출신과 일본 유학 출신과의 대립 감정이 내재되어 있었다.91) 노신과 현대평론파와의 논전은 북경여사대사건, 5·30 사건92)을 거쳐 1926년 3·18 事件에 이르면서 고조를 이룬다. 그 중 북경여사대사건을 중심으로 하여 벌어진 논쟁은 가장 치열했던 것으로 평가된다.

북경여사대사건은 당시 군벌정부가 허수상 교장을 강제로 사임시키고 보수파인 양음유(楊蔭楡)를 발령한 데에서 발단된다. 노신은 당시 교육부에 재직하면서 시간강사로 출강하고 있었는데, 학생들은 이러한 인사에 불만을 품고 시위를 하게 된다. 이 시위는 '6월 7일 국치기념일' 강연회 석상에서 대규모의 소요로 확산되고 양음유와 군벌측은 이 사건을 빌미로 학생들을 탄압한다.

이 무렵, 현대평론파도 이에 동조하여 양교장을 지지하는 글을 발표한다. 진원(陳源)은 《현대평론》의 '서형한화(西瀅閑話)'라는 컬럼에서 "이전부터 우리는 여자 사범대학의 소요는 북경교육계에서 가장 큰 세력을 가지고

---

91) 現代評論派의 구성원은 대개 구미 유학생이었으며, 노신이 속해 있는 語絲派의 구성원은 日本 유학 출신자였다. 전자가 상류계층의 자제 임에 비하여 후자는 관비생과 사비생을 포함하여 중산 또는 빈곤층의 자제가 대부분이었다. 陳源은 江蘇省 無錫사람이고, 魯迅, 周作人은 浙江省 紹興사람이다. 楊蔭楡는 陳源과 같은 無錫출신으로 콜롬비아 대학을 졸업했기 때문에 이 파벌의 한편을 지지할 수밖에 없었다.

92) 中國에서는 五.三十慘案이라고 부른다. 1925년 봄부터 日本人이 경영하는 上海의 방적 공장에서 노동쟁의가 벌어졌는데 4월말에는 무력충돌 사태로 악화됐다. 중국인 노동자와 학생들은 날마다 시위를 계속하여 組界경찰에 붙들려갔다. 5월 30일에는 시위대가 경찰과 크게 충돌했는데 경찰은 영국인 경위의 명령에 따라 발포, 수십 명의 사상자를 냈다. 上海 전 시가는 경찰의 발포에 항의하여 장기간의 총파업에 들어갔으며 다른 여러 도시로 파급되어 그 여파가 6월말까지 계속됐다.

있는 모적(某籍), 모학부(某學部)의 사람이 암암리에 선동하고 있다는 말을 풍문으로 자주 들었으나 좀처럼 믿어지지 않는다"93) 라고 말하면서 노신이 뒤에서 시위를 조종하고 있음을 암시하였다. 이에 노신은 대노하여 <결코 한담이 아니다 (幷非閑談)> 라는 글을 3차례나 발표하여 그들의 비난에 맞섰다. 노신은 자신의 일생에 가장 커다란 해악을 끼친 것은 "병졸이나 비적, 소인들도 아니며 유언비어"94)라고 분개하면서 서형의 무리들이 종파주의에 사로잡혀 이유없이 유언비어를 날조하고 있다고 응수하였다.

> 근래에 일부 사람들은 저들이 암암리에 이간을 붙이고 선동하면서 다른 사람의 떳떳하고 솔직한 언행을 보고 오히려 이간을 붙이고 선동한다고 뒤집어 씌우며 그를 모(某) 당(黨), 모 학부 사람이라고 한다.95)

그러나 일본학자 남운지(南雲智)는 허광평(許廣平)과 연관하여 진원의 비난이 전적으로 어긋난 것은 아니라고 보고 있다.

> 잠깐, 한 가지 더 말해 둘 것이 있다. 어쩌면 진원 선생은 또 다시 더 많은 유언비어를 귀에 담게 될지도 모른다. 그러나 걱정할 필요는 없다. 나는 한두 시간 국문과 수업을 맡은 강사이긴 하지만, 학장의 지위를 노리거나 계속해서 교원으로 남아 있고자 담당시간을 늘려 달라고 부탁할 생각 따위는 털끝만큼도 없다. 또 자식이나 손자들이 여자 사범대학에서 모함을 받고, 퇴학을 당하고, 얻어맞는 등 비참한 지경을 당하는 일이 없게 하기 위해 등뒤에서 어떤 음모를 꾸미고 있는 것도 아니다. 나는 레르몬토프 (Lemontov)가 격노해서 한 말로 당신들에게 마지막으로 고하겠다.
> "다행스럽게도 나에게는 딸이 없습니다."96)

---

93) <閑談>, <幷非閑談>, ≪華盖集≫, ≪魯迅全集≫ 3卷, 76쪽, 재인용.
94) <幷非閑談 3> (≪語絲≫周刊 第 56期 1925. 6. 1), ≪華盖集≫, 위의 책, 151쪽.
95) <幷非閑談>(≪京報副刊≫ 1925. 6. 1), ≪華盖集≫, 위의 책, 75쪽.

여기서 남운지는 "다행스럽게도 나에게는 딸이 없습니다"라는 언급의 밑바닥에는, 그러나 "나에게는 허광평이 있습니다"라는 외침이 자리잡고 있었는지도 모른다고 보는 것이다. 노신이 대학분쟁에 그렇게 깊이 개입하게 된 것에는 사적인 관심이 컸음을 배제할 수는 없다고 보여진다.

현대평론파 가운데서 진원은 노신과 가장 격렬하게 논전을 벌였던 대표적인 인물이다. 그는 호적이 '국고정리'를 제창하는 것까지 안타까워할 정도로 진보적인 면도 있었으나, 그의 기본적인 관점은 호적과 같은 서구적인 사상에서 벗어나지 못했다. 진원의 어두운 현실에 대한 불만이나 5·30 사건 등에 대한 분노는 진정으로 민중과 국가를 사랑하는 애민애족의 정신에서 우러나온 것이 아니라 서구 자본주의 국가와의 비교에서 나온 민족의 수치심, 열등감인 것이다.97)

이러한 가운데 5·30 사건이 발생하여 학생소요는 학내문제에서 정치문제로 비약된다. 그러나 7월 20일 장사교가 다시 교육부 장관에 취임하여 사태는 새로운 국면으로 접어들었다. 장사교와 양음유는 학생들을 다시 탄압하였고 학생들은 이에 강력히 저항하였다. 학생측의 교원대표 9명이 교무유지회를 구성하여 교육부의 조치에 대항하였는데, 여기에 참가하였다는 이유로 노신은 8월 14일 교육부 첨사직에서 파면 당한다.98)

11월 2일에는 장사교의 제의에 따라 소학생들은 경서를 읽어야 한다는 교육부의 방침이 확정되었고 이에 대하여 강소원(江紹原)이 <독경구국론발범(讀經救國論發凡)>을, 전현동(錢玄同)이 <폐화(廢話)> 등을 발표하였으며 노신도 <14년의 독경>과 <이것과 저것>을 통하여 이 결정을 비

---

96) 南雲智 著, 정성호 역, ≪천국은 여인의 가슴에 있다≫(서울 : 우석, 1993), 123쪽, 재인용.

97) 黃修己 著, 高大中國語文 研究會 譯, 앞의 책, 235쪽.

98) 細谷草子, <女師大事件おめくる'語絲'と"現代評論"の論争について>(上)≪野草≫, (大阪 : 中國文學研究會刊) 1974, 15호, 52쪽.

판하였다.

그밖에 어사파((語絲派)의 임어당(林語堂)과 주작인(周作人) 등도 현대
평론파와 맞섰다. 주작인은 도덕적으로 문제의 본질을 파악하였는데, 참고
로 그의 대응방법을 살펴보면 노신의 태도가 더욱 분명해진다. 예컨대 주작
인은 <내가 최고>라는 글에서 다음과 같이 말하였다.

> 내 자신은 정치를 말하기를 좋아하지 않는다. 내가 정작 말하고 싶은 것
> 은 다른 것이다. 내 눈에 가장 거슬리는 것으로서 비평하고 싶은 것은 가
> 짜 도학자들이나 가짜 군자들에 대한 것이다. 첫번째 종류(복고파)는 풍화
> (풍속과 교화)의 두 자를 축문으로 삼아 여러 종류의 죄악을 행한다. 두번
> 째 종류는 겉은 신사이나 행동은 달라 비열하여 도무지 인간이라고 말할
> 수 없다. 최근의 여사대 사건 가운데 나는 이런 인물들을 많이 본다. ……
> 어떤 가짜 도학자나 가짜 군자에 대하여 반대하지 말고 내 자신의 일만 하
> 자.99)

이처럼 주작인은 장사교, 양음유, 현대평론파들을 가짜 도학자나 가짜 군
자들로 파악하였으며, 학생들이 정치의 소용돌이 속에서 빨리 빠져 나오기
를 바랬다. 3·18사건 때 죽은 제자들에 대한 다음과 같은 글은 그의 입장을
더욱 분명히 드러내주고 있다.

> 나의 슬픔은 일반적으로 다음과 같은 세 가지가 있다. 서로 알고 모르는
> 것은 별도로 하고 첫 번째는 죽은 자의 고통과 공포이고, 두 번째는 미완
> 성의 생활과 파괴에 대한 것이고, 세 번째는 유족의 아픔과 손실이다. 금번
> 죽은 자는 세 번째에 있어서 최고의 감정에 달한 것이므로 나의 슬픔은 보
> 통 때보다 매우 크다.100)

---

99) 위의 책, 위의 글, 57-58쪽 재인용.
100) 위의 책, 위의 글, 51 - 52 재인용

이처럼 주작인은 매우 냉정하고 객관적으로 그들의 죽음을 받아들이면서 큰 충격으로부터 의식적으로 냉정을 되찾고자 하였다.

이에 반하여 노신은 <꽃없는 장미 2>, <유화진(劉和珍)의 죽음을 기념한다>, <담담한 피의 흔적 가운데> 등을 발표하여 그들의 죽음을 슬퍼하면서 동시에 그들의 죽음을 부르게 한 본질을 파헤친다.

> 가령 이러한 청년들을 학살해버리면 그만이라고 하더라도 도살자들이 결코 승리자가 아니라는 것을 알아야 한다. 중국은 애국자의 사멸과 더불어 멸망할 것이다. ……(중략)
> 만일 중국이 멸망에까지 이르지 않는다면 이왕의 역사적 사실이 우리에게 가르쳐주다시피 장래의 일은 도살자들이 예상하는 것과는 아주 딴판으로 될 것이다.
> 이것은 절대 피로 써 놓은 사실을 감추어둘 수 없을 것이다.
> 피 빚은 반드시 같은 것으로 갚아야 한다. 빚이란 오래 밀릴수록 이자를 더 많이 지불해야 하는 법이다.101)

이렇게 도살자에 대한 분노를 즉석에서 역사 속으로 용해시켜 미래에는 도살자들이 반드시 멸망당할 것이라는 분노에 찬 예견은 주작인이나 그밖의 다른 어사파의 글에서는 찾아볼 수 없다.

사건이 일어난지 수십 일 후에 쓰여진 <유화진군을 기념하다>에서는 노신의 노기와 고통이 더욱 강렬하게 드러나 있다. 제자들의 죽음은 현대평론파들이 생각한 '개죽음'이 아니라 진정으로 조국을 위한 가치있는 죽음이었기에 노신은 다음과 같이 노래했던 것이다.

---

101) <無花的薔薇之二>(≪語絲≫周刊 第 84期, 1926. 4. 12), ≪華盖集續編≫, ≪魯迅全集≫ 3卷, 263쪽.

핏자국으로 남아있는 한, 친척과 스승, 벗과 사랑하는 사람들의 가슴속에 스며들어 시간의 흐름에 따라 담홍색으로 씻어진다 해도 그 미소짓는 온화한 모습은 희미한 비애 속에 가시지 않고 영원히 남는다.[102]

한편, '예술을 위한 예술'을 주장하였던 현대평론파들은 초인성론을 주장하였는데, 이에 대해 노신은 다음과 같이 비난하였다.

하느님이 아닌 이상 어떻게 초연할 수 있으며 진짜 공정한 비평을 할 수 있겠는가. 사람이 스스로 '공정'하다고 하는 때면 벌써 좀 취한 것이다. 사람들은 '같은 파끼리는 한패가 되고 다른 패를 배척하는' 것을 그르다고 하지만, '다른 파와 손을 잡고 같은 패를 배척하는' 사람은 하나도 없다.[103]

노신은 '진정한 인성(人性)'은 없는 것이며, 인성의 성질이 보편적이라는 것은 극히 허위적인 것이라고 비판하였다.

현대평론파는 또한 '천재론'을 고취하였다. 진서형(陳西瀅)은 예술의 산생은 거의 '창작 충동'에서 나온다고 주장하였는데 ≪현대평론≫ 제 2권 48호의 <한담(閑談)>에서 그는 다음과 같이 말하였다.

때때로 창작의 충동이 올 때면 그들은 밥을 먹지 않고 잠을 자지 않더라도 일을 하지 않고는 못 견딘다. 그러나 때로는 게으른 탓으로 그것을 지나쳐 버린다. …… 진정한 예술가는 일단 창작에 들어서면 모든 것을 망각해 버린다. 그들은 자기 심령 속의 가장 아름답고 가장 진실한 것을 창조하며 절대 자신의 기준을 낮추어서 일반 독자들의 구미를 맞추지 않는다.[104]

---

102) <記念劉和珍>, ≪華盖集續編≫, 위의 책, 277쪽.
103) <幷非閑談 2>, ≪華盖集≫, ≪魯迅全集≫ 3卷, 125쪽.

서지마는 <시를 발간하는 서언>에서 "예술의 생명은 무형의 영감에다 의식적인 노력과 꾸준한 힘을 가한 성적"105)이라고 말하였다. 예술은 천재와 영감의 결과라는 것이다. 이러한 이론 하에 현대평론파는 철저히 형식미를 추구하면서 문예가 대다수의 민중을 위하여 복무해야 한다는 것에 반대하였다.

노신은 이러한 '천재론'을 비난하였다. 그는 창작 충동에 대하여 "나에게는 앞에서 서릿발 창날이 번쩍이고 뒤에서 뜨거운 불꽃이 타올라도 기어이 책상에 달라붙어 글을 쓰지 않으면 안될 '창작 충동'이란 없다", "창작은 충동의 산물이 아니며, 짜 나온 것이다"106)라고 반박하였다. 그는 계속해서 그들의 '예술을 위한 예술'을 다음과 같이 비난하였다.

> 맑스의 ≪자본론≫이나 도스또예브스키의 ≪죄와 벌≫은 모두 모카(아랍 예멘공화국의 항구로서 유명한 커피 산지이다)의 커피를 마시고 애급의 담배를 피우면서 쓴 것이 아니다. …… 요컨대 나는 배가 부르고 성화가 덜하면 만사태평이라 문을 닫아걸고 펜을 던져버린다. 설사 쓴다해도 그것은 아마 미적지근하고 대중이 없는 말, 즉 절충하는 말이나 공정한 언론에 지나지 않을 것이므로 기실은 쓰지 않은 것과 같다.107)

이렇게 그들에 대한 노신의 반격이 거세게 나오자 줄곧 진서형을 지지하던 서지마는 <여담도 그만두고 쓸데없는 말도 그만하라>는 글을 발표하여 쌍방에게 논쟁을 멈출 것을 요구하였다. 그러나 이에 대해 노신은 <나는 아직 멈출 수 없다>라는 글을 써서 "특히 기린 가죽 밑에서 마각이 드

---

104) 陳西瀅, <閑談>, ≪現代評論≫ 第 2卷 48號 (1925. 11)
105) 徐志摩, <詩刊弁言>(≪晨報副刊≫ 第 1號, 1926. 4), 北京大學 外 編, 앞의 책, 387쪽.
106) <幷非閑談>, ≪華盖集≫, ≪魯迅全集≫ 3卷, 148쪽.
107) <幷非閑談>, 위의 책, 위의 글, 150 - 151쪽.

러날 때까지 그것을 쓸 것이다"[108]라고 응수하였다.

일반적으로 "노신과 진원의 투쟁은 문예투쟁이 아니라 정치투쟁이었다"[109]라고 평가하고 있지만, 사실은 국고정리파와의 논쟁에서와 마찬가지로 현대평론파 논쟁 또한 문화적 갈등이 큰 요인이 되었던 것으로 보여진다. 호적, 진서형, 서지마, 양실추 등은 구미의 민주, 자유, 평등, 박애의 문화적 환경에서 고등교육을 받은 사람들로서 중국의 봉건문화에 대한 비판에서는 모두 적극적이었다. 그러나 그들은 '과격주의'를 찬성하지 않았으며 문화상에서는 신문학의 이성적 요소를 강조하고 낭만주의와 현대주의를 반대하였다. 예컨대 양실추는 공개적으로 '고전주의'의 깃발을 내걸고 어느 쪽에도 기울지 않는 '적절'이 문예의 미라고 주장하였는데, 당시 니체 철학과 '악마주의 시의 힘'의 낭만주의 정신에 경도되었던 노신은 이 같은 주장을 '중용지도'로 비판하였다.

진원은 '한담'의 형식으로 낡은 문화를 비판하면서 이른바 '중국 정신 문명'의 깃발을 내걸고 제국주의와 봉건군벌 정부에 대하여 강력한 항의를 제기하였지만 동시에 그는 구미식의 정신문명을 좇아 사상과 정치영역의 투쟁을 주장하면서 민중의 실제적 혁명투쟁을 반대하였다. 북경여자사범대학의 학생운동에 대한 태도에서 진원의 정체가 유감없이 드러났다시피, 노신의 태도는 이와 달랐다. "낡은 문명을 배격하고 소탕"[110]하는데 있어서는 진원의 주장과 일치하였지만, 북경의 진보적인 학생들이 제국주의와 봉건군벌 정부를 반대하여 싸울 때 그는 개혁에 뜻을 둔 중국 청년들의 정의적 투쟁을 적극적으로 지지하였던 것이다.

그것은 호적과의 관계에서도 마찬가지이다. 낡은 문화와 국민성의 비판

---

108) <我還不能"帶住">, ≪華盖集續編≫, 위의 책, 244쪽.
109) 黃修己 著, 高大中國語文 研究會 譯, 앞의 책, 236쪽.
110) <文化偏至論>(≪河南≫月刊 第 7號, 1908. 8), ≪墳≫, ≪魯迅全集≫ 1卷, 49쪽.

에 있어서는 호적과 노신의 관점이 기본적으로 일치하였지만 두 사람의 의식은 또 달랐다. 호적은 전통 문화를 비판한 동시에 과학적인 정신과 방법으로 "국학을 연구하고", "국고를 정리할 것"을 주장하면서 '국수'와 '찌꺼기'를 객관적으로 구분하고자 하였다. 노신도 중국의 문화유산을 계승할 것을 주장하면서 고전소설을 연구, 정리하고 소설 발전사를 편찬함으로써 남다른 공헌을 하였지만 혁명에의 강렬한 요구로 인하여 청년들에게 "중국고서를 적게 읽거나 읽지 말 것"을 호소하면서 '국고정리설'을 비판하였던 것이다. 이상과 같은 현대평론파와의 갈등에는 후기의 신월파나 민족주의 문학파, 제 3종인 등과의 논쟁에서 보여지는 것과 같은 맑시즘 관점은 아직 보이지 않으나, 노신의 탄탄한 현실의식이 잘 나타나 있다.

제4절   혁명문학논쟁

현대 중국에 있어서 무산계급 혁명문학에 대한 주장은 일찍이 1923년경 등중하, 운대영, 장광자(蔣光慈) 등과 같은 초기 공산주의자들에 의해 제기되었다.[111] 그 후 1926년에는 곽말약, 성방오 등에 의해 <혁명과 문학>, <혁명문학과 그의 영원성>과 같은 글들이 발표되었는데, 이것은 단지 선전과 구호에 가까울 뿐, 맑스주의 문학이론의 체계가 제대로 갖춰 있지 않았다. 또한 당시의 상황이 매우 절박하여 많은 작가들이 대혁명의 실제 투쟁에 참가함으로써 이러한 글들이 논전의 쟁점으로 대두되지 못했다.

그러다 1927년 4·12 정변이후, 많은 작가들이 상해에 운집하여 그들의

---

111) 권철, 김제봉, 앞의 책, 198쪽.

내재된 역량을 분출하기 시작함으로써 혁명문학이 새로운 문학운동으로 활발하게 전개된다. 그 주요원인으로는 무엇보다 중국내 계급관계의 변화를 들 수 있다. 대혁명이 실패한 후, 대자산계급이 등을 돌렸고 민족자산계급의 대다수는 반동세력에 영합하였던 것이다. 이로써 중국혁명은 무산계급이 대중을 영도하는 시기를 맞게 되었으며, 이러한 치열한 계급투쟁과 새로운 혁명정세가 무산계급으로 하여금 문학상에서 자신의 명확한 구호와 독자적인 목소리를 갖출 것을 요구하였다.

또한, 당시 소련과 일본의 무산계급 문학이 중국의 혁명문학 작가들에게 끼친 영향이 적지 않았다. 소련과 일본에서 맑시즘 문학이론을 접한 혁명문학 창도자들은 노신과 모순(茅盾)을 혁명의 방해자라고 여겼으며, 심지어 "노신을 '봉건적 잔재', '파시스트', '사회주의에 대한 이중적인 반혁명 분자'"112)라고까지 비난하였다. 당시 소련과 일본에서 가장 선진적인 학문을 배워 온 혁명문학가들은 중국이 아직도 봉건적인 틀에서 벗어나지 못한 채, 보다 과학적인 세계관을 갖지 못한 노신이나 모순에 의해 문단이 주도되고 있다고 생각했던 것이다. 그리고 그들이 문단의 헤게모니를 잡기 위해서는 먼저 문단의 거봉이었던 노신을 쓰러뜨려야 했다.

노신에게 있어서 그들의 공격은 대단히 충격적이자 힘겨운 것이었다. 그들은 사회적 경험이 풍부하지 못했고 문학적 경륜도 적었지만, '맑스문예이론'이라는 신무기를 갖추고 있었던 것이다. 보다 유리한 조건을 가지고 노신과 논전을 전개해 나갔던 혁명문학 창도자들은 좌경 교조주의, 문학과 정치의 관계에 대한 부정확한 관점, 종파주의 등으로 인하여 많은 오류를 범하게 된다. "문학의 인식적 기능과 선전적 기능을 특별히 중시하면서 문학이 직접 현실을 좌우하여 변화시킬 수 있다"113)고 생각하였던 그들과 문학

---

112) 杜筌, ＜文學戰線上的封建餘孼＞, ≪創造月刊≫, 第 1期, 1928. 8

자체의 고유성을 지키고 있던 노신 간의 논쟁은 바로 문학을 어떻게 바라보느냐의 관점에 따라 전개되었으며, 개인간의 감정이 논쟁을 더욱 격화, 발전시켰다.

1) 논쟁 전 노신의 문학관

논전 전 노신의 문학적 관점을 잘 나타내주는 글로는 <혁명시대의 문학(革命時代的文學)>을 들 수 있다. 여기서 노신은 문학과 혁명의 관계를 다음과 같이 규정짓고 있다.

> 대혁명 전에는 여러 가지 사회 상황에 대하여 불평과 고통을 느낌으로써 '불평', '분노'의 문학이 생긴다. …… 그러나, 대혁명의 시대가 되면 문학은 없어진다. 그것은 누구나 다 혁명의 흐름에 휩쓸려 외침에서 행동으로 들어가며, 혁명에 분망하여 문학을 지껄이고 있을 여가가 없어지기 때문이다. …… 그리고, 대혁명이 성공한 후에는 혁명을 찬미하는 혁명 찬가문학과 구사회의 멸망을 조상(弔喪)하는 만가문학이 나타난다.[114]

노신은 대혁명의 시대에는 "한 수의 시는 손전방(孫傳芳)을 위협할 수 없지만, 한방의 포탄은 손전방을 퇴각시킬 수 있다"면서 "한 방의 포탄이 문학보다 더 유용하다"[115]라고 강조하였는데, 이 같은 노신의 '문학무력설'은 '문학무용론'과는 전혀 다른 것이었다.

노신의 '문학무력설'은 사상이나 문학이론의 본질에 관한 인식으로부터

---

113) 溫儒敏 著, ≪新文學現實主義的流變≫, (北京 : 北京大學, 1988년), 김수영 역, ≪현대 중국 현실주의 문학사≫, (서울 : 문학과 지성사, 1991년), 120쪽.

114) <革命時代的文學>(黃埔軍官學校, ≪黃埔生活≫周刊 第 4期, 1927. 6), ≪而已集≫, ≪魯迅全集≫ 3卷, 419쪽 - 420쪽.

115) 위의 책, 위의 글, 423쪽.

연역된 것이 아니라, 단지 그 강연의 대상이 앞으로 군인이 될 사관생도들이었기에 노신이 의식적으로 문학의 기능을 축소시켜 말했던 것에서 기인한 것이 아닌가 생각된다. 또한, 1927년 혁명이 좌절되기 직전인 격동의 몇 개월 동안 노신이 문학의 역할을 그다지 강조하지 않은 것은 당시 시대적으로 팽배해 있던 흥분과 희망의 분위기 속에서 기인한 것이다.[116)

상해 기남대학에서 행한 강연내용은 문학과 문학가에 대한 이 시기 노신의 생각을 잘 드러내고 있다.

> 현재 혁명세력은 이미 서주(徐州)에 도착했습니다. 서주 이북에 있는 문학가들은 본래 지위가 불안했습니다. 서주 이남에서도 문학가들은 여전히 위치가 확고하지 않습니다. 설사 공산화된 이후에도 문학가는 여전히 지위가 확고하지 않을 것입니다.[117)

여기서 '공산화'라는 단어가 요원한 미래를 지칭하는지, 혹은 당시 공산당의 정치강령을 지칭하고 있는지는 불확실하다. 어떻게 해석하든지 그가 문학과 문학가에 대해서 낙관적인 희망을 품고 있지 않았음을 알 수 있다.

문학가의 위치와 그 어려움에 관한 노신의 생각은 다음의 글에서 보다 구체적으로 설명되고 있다.

> 나는 문예와 정치는 때때로 서로 충돌하고 있음을 언제나 느껴왔다. …… 정치는 현상을 유지코자 하므로 자연히 현상에 불만족 하는 문예와는 다른 방향을 지향하고 있다. …… 정치는 현상을 유지하여 그것을 통일코자 하나, 문예는 사회의 진화를 촉진하고 그것을 점점 분리시킨다.[118)

---

116) Paul G. Pickowiz 저, 심규호 역, 앞의 책, 196 - 197쪽.
117) <文藝與政治的岐途> (≪新聞報·學海≫ 182期, 183期, 1928. 1. 29/30일 分載), ≪集外集≫, ≪魯迅全集≫ 7卷, 119쪽.
118) 위의 책, 위의 글, 113쪽.

　문학과 정치의 충돌에 대한 이 같은 견해는 문학가로서의 노신의 입장을 잘 드러내주고 있다. 문학은 정치에 복무하는 종속적인 대상이 아니라 대등한 관계 속에서 혹은 선구적인 입장에서 서로 부딪치며 발전해 나간다는 것이다.

　혁명가와 문학가와의 일정한 관계를 밝히고 있는, 다음과 같은 글은 논전 전의 혁명문학에 대한 노신의 관점이 잘 나타나 있다.

> 　나는 근본적인 문제는 작가가 혁명인이냐 아니냐 하는 데에 있다고 생각한다. 만약 그렇다면 취급하는 소재가 어떤 것이든 그것은 모두 혁명문학이라고 볼 수 있다. 분수에서 나오는 것은 모두 물이며 혈관에서 나오는 것은 모두 다 피다. [119)

　이 말은 작가의 계급입장, 세계관과 밀접한 관련이 있다. 노신은 관념으로 혁명을 운운하는 문학가가 아니라 진정한 '혁명가로서의 작가'를 요구하고 있는 것이다.

　그런데, 이 시기 노신이 사용한 혁명의 개념은 단지 공산당의 혁명을 의미하는 것은 아닌 것 같다. 잘못된 사회에 대한 '현실의 고발'은 국민당의 반혁명 뿐만 아니라, 공산당의 혁명에도 적용되고 있기 때문이다. 따라서 노신은 혁명의 의미를 양쪽의 잘못된 점을 가차없이 비판하는 용어로 사용하였던 것 같다. 노신에게는 맑스 혁명이라는 것이 중요한 것이 아니라 혁명자체가 중요한 것이다. 그러나 노신은 문학이 현실을 반영하지만 현실에 대한 문학의 역할은 필경 한도가 있다고 생각하였으며, 또한 현실에 대한 문학의 반영은 반드시 문학자체의 법칙을 지켜야 한다고 생각하였다.[120)

---

119) <革命文學>, ≪而已集≫, ≪魯迅全集≫ 3卷, 544쪽.
120) 溫儒敏 著, 김수영 역, 앞의 책, 120쪽.

이와 같이 논전 전의 노신은 현실에 대한 인식은 정확하였지만 무산계급
문학에 대한 구체적인 인식을 갖고 있지 않았으며, 혁명을 정치적 의미로
파악하지 않았다. "아메바에서 인류로, 미개에서 문명에로 진보할 수 있는
것은 혁명이 일순간에도 멈추지 않고 진행되었기 때문이다"[121]라는 말에서
알 수 있듯이 그는 혁명의 개념을 끊임없이 변화, 진화하는 진화론적 관점
에서 파악하였지, 무산계급의 혁명이라는 관념으로 받아들이지는 않았다.

2) 혁명문학논쟁

(1) 혁명문학가의 입장

창조사(創造社)와의 관계에 있어서, 노신이 논쟁을 벌이게 된 직접적인
요인으로 성방오와의 좋지 않은 감정[122]및 창조사 성원들 간의 불쾌한 사
건을 들 수 있다.[123] 반면, 태양사(太陽社)와의 경우는 정치적 요인이 가장
컸다. 그러나 무엇보다도 논쟁의 근본적인 요인은 그들의 문학적 관점의 차

---

121) <革命時代的文學>, 《而已集》, 《魯迅全集》 3卷, 418쪽.

122) 1923년 말 成仿吾는 <評《吶喊》>이라는 글을 발표하여, 노신의 <狂人日記>,<孔
乙己>, <阿Q正傳> 등이 자연주의의 천박한 실록적 전기에 지나지 않으나 작자의 수
완은 뛰어나며, 그의 이러한 창작은 日本의 자연주의 영향을 받은 것으로 중국 문예발
전에 있어서 한 단계의 공백을 메운 것일 뿐이라고 혹평한 적이 있다. 당시 노신은 이러
한 혹평에 관심을 두지 않았고 그를 관심 밖의 인물로 취급하였다. 成仿吾는 이에 치욕
을 느꼈고 후에 이러한 것이 감정의 앙금으로 남아 노신과 논전의 발단이 되었던 것이
다. 1927년 11월 일본에서 쓴 <문학혁명에서 혁명문학>으로 라는 글에 그의 감정이
직접적으로 드러나 있다.

123) 1927년 말, 創造社 成員들이 노신으로 하여금 《創造週報》를 復刊하는데 참여해 달
라고 부탁하면서 신문에 연서명의 광고까지 내놓고는 그 復刊을 破綻으로 몰고간 일이
있었다. 더욱이 노신을 내세워서 《創造週報》를 복간하겠다고한 그들이 이를 파기하
고 《文化批判》과 《太陽月刊》이라는 문예지들을 창간한 것에 노신은 더욱 분노하
였던 것 같다. 이 같은 관점은 金時俊, <中國現代文學에서의 革命文學論爭硏究>,
《中國文學》 1986년, 356 - 357쪽에 보임.

이였다.

　노신이 5·4시기의 현실주의 전통을 이어받아 현실사회에 있어서 문학의 역할의 한계점을 지적함과 동시에 문학의 자율성을 지켰다면, 혁명문학가들은 소련과 일본의 좌경 교조주의 영향을 받아 문학이 현실을 좌우할 수 있다는 문학의 선전성을 중시하였다. 후자의 경우, 소련의 보그다노프의 '생활조직론'124)과 라프125)이론, 일본의 복본주의126) 영향을 받은 것으로서

---

124) 보그다노프는 그의 '조직과학론'으로부터 소위 "문예는 생활을 조직한다"라는 학설을 제출하였다. 그는, 문예 창작의 실질은 "생동하는 형상을 통하여 사회 경험을 조직"하는 것이며, "작가가 새로 수집하여 일정한 순서로 배열한 경험"인 바, 이는 "형상을 사용하여 생활을 표현하는 과학"이고 그렇기 때문에 또한 "인간들을 조직하는 수단"이라고 생각했다. 그는 또 문학의 본질은 계급의 '의욕과 경험'의 형상화 조직인 바 프롤레타리아 문학은 곧 프롤레타리아의 '의욕과 경험'의 조직이라고 지적하였다. '생활조직 문학론'은 문학이 사회생활의 심미적 반영이라는 기본 법칙을 반대하고 복잡한 창작 과정을 경험이나 관념을 조직하고 도해하는 과정으로 취급하였는데 그것은 문학 창작의 형상 사유의 특징을 전적으로 말살하고 문학을 과학과 동일시하고 정치와 동일시하였다. 이로부터 문학 자체를 부정하였고 문예로 하여금 단순한 선전 도구가 되게 하였으며 관념화와 도식화의 경향에 문을 열어주었다. 溫儒敏 著, 김수영 역, 앞의 책, 122쪽 참조.

125) 1920년대에서 30년대초에 활동한 문학단체. 1925년 1월 제 1차 全無産階級作家大會에서 정식으로 성립, 이후 광범위한 工人 通信員과 문학단체를 흡수 최대의 조직을 만들었다. 라프는 문화유산에 대하여 허무주의 태도를 취하였고 작가의 세계관을 강조하였으며, 예술수법이 작가의 세계관의 실천이라고 주장하였다. 라프의 문장은 조악하고 조리가 없으며 용속한 사회학과 교조주의 입장을 견지하여 고리끼, 톨스토이 등 걸출한 작가들을 정확히 평가하지 못했다. 1927년 이후에는 '살아 있는 사람을 묘사할 것'과 '심리활동의 묘사'의 구호를 제기하여 작가들로 하여금 인물의 의식과 잠재의식을 표현할 것을 요구하였다. 이와함께 현실주의 작가로부터 학습할 것을 외치면서 낭만주의 작가는 부정하였다. 그들은 동맹자가 아니면 바로 적이라는 구호를 내걸고 동반작가를 배척하였다. 1931년 ≪眞理報≫에 라프의 착오를 비평하는 글이 발표되었고, 1932년 소련 공산당 중앙에서는 <문학단체를 개조하는 것에 관하여>라는 결의를 통과시킨 후, 라프의 해체를 선고하였다. 廖鴻鈞 外 編譯, ≪蘇聯文學辭典≫, (南京 : 江蘇人民出版社, 1984), 222쪽.

126) 복본주의의 기본적인 특징은 노동자 계급이 정치투쟁으로 나아가기 위해서는 '이론투쟁'에 의해서 이질분자를 분리시키고 순수분자만을 결합시켜야 한다는 '분리.결합'의 이론으로, 당시 解黨主義를 극복하는 과정에서 당내에 널리퍼졌다. 이는 당을 소수의 지식의 집단으로 하고 대중조직으로부터 고립시킴으로써 노동조합 등의 대중단체 내부에서는, 좌익부분의 분열을 합리화시키는 이론이었다. 임규찬 엮음, ≪일본프로문학과

극히 관념론적이었다.

> 혁명문학가의 이론은 대개 서구 문학이론을 소개하거나 외국의 자료를 간단히 요약한 것에 불과했다. 그나마 이런 것들은 주로 일본, 소련, 구미에 유학갔다 온 이들에 의해 자신들이 좋아하는 작가와 비평을 소개하는 형식으로 이루어졌다. 창조사와 태양사에 속해 있는 낭만주의자들의 관점을 보면 성방오, 장광자, 정백기(鄭伯奇), 풍내초(馮乃初), 전행촌(錢杏邨) 등은 철저히 일관되게 서구 사회주의 문학의 관념론자들의 전통을 따르고 있다.[127]

위의 지적에서 알 수 있듯이, 혁명문학가들은 관념론의 기초아래 혁명문학의 임무와 소재, 방법, 언어, 형식에 대해서 뿐만 아니라 문학의 계급성, 선전성 등에 대하여 일정한 틀을 주장하였다. 노신에 대한 그들의 비판은 문학적 관점에서 볼 때 크게 두 가지로 - 부르조아적 경향과 취미문학으로 집약된다. 문학의 계급성과 선전성을 강조한 그들은 '문학은 생활의 반영이다'라는 문학의 보편적인 법칙을 고수하는 노신을 시대에 뒤떨어진 부르조아지로 매도하면서 노신 문학을 시대성을 반영하지 못하는 취미문학으로 규정하였던 것이다.

가장 먼저, 현실주의 문학의 반영론을 공격한 사람은 이초리(李初梨)였다. 그는 <어떻게 혁명문학을 건설할 것인가?)>라는 글에서 보그다노프의 '생활 문학 조직론'을 그대로 수용하여 "문학은 사회 생활의 표현이라기보다는 차라리 계급의 실천과 의욕을 반영하는 것이라고 하는 것이 옳을 것이다. 문학의 임무는 그것의 조직 능력에 있다"[128]라고 말하였다. 이 같은

한국문학》, (서울 : 연구사, 1987), 48쪽.

127) Paul G. Pickowiz,《Marxist Literary Thought and China : A Conceptul Framework》 (Berkeley : The Centre for Chinese Studies, University of California Berkeley, 1980), 19 - 26, 36 - 39, 52 - 56쪽 참조.

글은 혁명문학가의 주장이 매우 관념적, 도식적, 편파적임을 보여주는 한 단면이다. 이 글이 발표된 후 1개월이 지나서 태양사의 대표자인 장광자는 <혁명문학에 관하여>라는 글을 발표하여 작가와 문학, 그리고 계급성의 관계를 다음과 같이 이야기하였다.

> 어떠한 작가라도 그가 속한 사회적 관계를 떠날 수가 없으며 그 사회적 관계 속에서 하나의 경제적, 계급적, 정치적 지위를 갖는 법이다. 무형 중에 작가는 이러한 지위관계의 지배를 받고 있기 때문에 일종의 계급의식을 갖게된다. 다시 말해, 모든 작가는 자기가 속해 있는 사회적 관계 속에서 의식적이든 무의식적이든 하나의 사회집단을 대표한다.[129]

이 같은 견해는 인간의 생활감각, 미의식 및 인성의 경향이 모두 계급적 제약을 받고 있다는 창조사의 주장과 일치한다. 그들에 의하면 문예는 생활기조의 반영이므로, 문예를 통하여 그 계급생활을 알 수 있다는 것이다. 따라서 문학의 계급성을 강조하고 있는 장광자의 주장은 보그다노프의 '생활조직론'과 무관하지 않음을 알 수 있다.

그렇다면 혁명문학가들은 도대체 노신을 어떤 계급으로, 그의 문학을 어느 계급의 문학으로 인식하고 있었는가? 성방오는 노신을 유한계급의 작가로 규정짓는다.

> 우리는 그들의 취미를 중심으로 한 문예로부터 그 이면에는 반드시 취미를 중심으로 하는 생활기조가 있다는 것을 알 수 있다. 바꿔 말하면 어떤 특별한 기호를 가지고 있는 작가가 있고, 동류의 기호를 가지고 있는 간행

---

128) 李初梨, <怎樣地建設革命文學?>, 北京大學 外 編, ≪文學運動史料選≫ 2卷, 35쪽.
129) 蔣光慈, <關於革命文學>, 위의 책, 26쪽, 蔣光慈는 創造社 同人들과는 달리 '문학의 반영론'을 인정하였지만, 창작시 작가의 개인적 감성을 부정했다. 溫儒敏 著, 김수영 역, 앞의 책, 125쪽.

자와 독자가 있으면, 그들의 동류의 특별한 기호가 일종의 공통적인 생활 기조를 형성한 후에야 비로소 이런 취미를 중심으로 하는 문예가 있게 마련인 것이다……<중략>

그것이 긍지로 여기고 있는 바는 첫째도 한가함이요. 둘째도 한가함이며, 세째도 한가함뿐이다. 우리는 현대 자본주의 사회 속에서 유한계급은 곧 유전계급임을 알고 있다.[130]

그는 이러한 논리로 추론하여 노신의 생활기조를 한가함이라고 질책하면서 노신을 유한계급으로, 노신의 작품을 취미문학으로 규정하였다.

<문학혁명으로부터 혁명문학까지(從文學革命到革命文學)>에서는 다음과 같이 더욱 신랄하게 비난을 가하고 있다.

문학혁명의 현단계를 고찰해 볼 때 북경 일부분의 특수현상을 또 한번 언급하지 않을 수 없다. 그것은 '어사(語絲)'(종합 주간지, 1924년 11월 북경에서 창간, 노신, 손복원(孫伏園), 전현동, 주작인 등이 주축이 되어 만들었음)를 중심으로 한 주작인 일파의 장난이다. 그들의 표어는 '취미'이다.

나는 예전에 그들이 긍지로 삼고 있는 것은 '한가, 한가 셋째도 한가'라고 말한 적이 있다. 그들은 여유있는 자산계급을 대표하고 있거나 혹은 북(鼓)속에서 잠자고 있는 소자산 계급이다. 그들은 시대를 초월하고 있으며 이미 여러 해를 그렇게 살아왔다. 만약에 북경의 검은 연기와 독기를 10만 냥의 무연화약으로 폭발시켜 제거하지 않는다면 그들은 아마 영원히 그렇게 살아갈 것이다.[131]

그는 또 취미문학을 산생시키는 사회적 근거를 대면서 '어사'의 노신, 주작인 형제가 '취미문학'에 빠져있는 것은 바로 자본주의 사회의 유한계급,

---

130) 成仿吾, <完成我們的文學革命>, ≪洪水≫ 3卷 25期. 1927. 1. 16.
131) 成仿吾, <從文學革命到革文學> (≪太陽月刊≫ 第 2期 1928. 2), 饒鴻競 等 編, ≪創造社資料≫ 上卷, (福建 : 福建人民出版社, 1985), p.168.

유전계급의 문학을 대변하는 것이라고 비난하였다. 문학의 반영론을 고수하는 그들은 모두 유한계급, 유전계급이며, 그들의 문학은 시대에 뒤떨어진 취미문학이라는 것이다.

이렇게 창조사가 노신에 대하여 일제히 공격을 가하고 있을 때 뜻하지 않게 태양사의 전행촌은 ≪태양월간≫(1928년 3월 1일 간행)에 <죽어버린 아Q시대(死去了的阿Q時代)>라는 논문을 발표하여 문단을 놀라게 하였다. 그는 이 논문에서 노신의 고백에는 소자산계급의 나쁜 속성 - 자유분방한 성격, 시기심과 의심, 개인주의 등이 여실히 드러난다고 비난하였다.

> 나는 즐겁지 않은 마음으로 천당에 가긴 싫다. 나는 즐겁지 않은 마음으로 지옥에 들어가긴 싫다. 나는 즐겁지 않은 마음으로 당신들 미래의 황금세계에 가기 싫다. 아, 아! 나는 싫다. 내 차라리 몸 둘곳 없는 땅에서 방황할지언정 나는 한낱 그림자에 불과해 당신과 헤어지면 암흑 속에 묻히고 마네, 그러나 어둠이 또 나를 삼키려 하네. 밝은 빛이 나를 사라지게 할 것이지만, 그래도 나는 빛과 어둠사이를 방황하고 싶지는 않다. 차라리 어둠 속에 묻힐지언정.132)

위와 같은 작품을 두고 전행촌은 소자산계급의 속성으로 인하여 일어난 현상이라고 해석하고 있다. 그래서 현실에 만족하지 못하고 이상 가운데 희망을 찾지도 못하여 기로에서 배회하며 여기저기 방황할 뿐이라는 것이다. 사실, 이때 노신은 혁명에 대한 좌절도 컸으며 개인적인 일133)로 인하여 고민이 더욱 깊었던 때이다. 노신이 구리가와 학손의 영향을 받아 문학을 '고민의 상징'이라고 간주하게 된 것도 이 때였다. 따라서 전행촌의 주장은 일견 긍정적인 면을 갖고 있다. 노신의 전기 작품은 그가 지적한 대로 확실히

---

132) <影的告別>(≪語絲≫周刊 第 4期, 1924. 12. 8), ≪野草≫, ≪魯迅全集≫ 2卷, 165쪽.
133) 형제간의 불화, 許廣平과의 사랑, 첫째 부인 朱安과의 관계 등을 들 수 있다.

몽롱할 뿐만 아니라 암담한 측면이 있기 때문이다. 또한 위의 시에서 나레이터의 고백이 작가 자신의 것이라고 볼 때, 여기에는 방황하는 노신의 심정이 적나라하게 나타나 있을 뿐만 아니라 예술은 '자발적인'(spontaneous) 것이라는 그의 낭만주의적 미학관이 드러나 있다. 그러나 이것이 소자산 계급의 속성이라는 것은 설득력이 약하다. 좌절이나 방황이란 계급성을 떠나 존재하는 보편적인 인성이기 때문이다. 또한 노신은 줄곧 암담한 현실 속에서도 미래에 대한 희망과 광명을 희구했던 것이다. <약(藥)>의 '화환', <고향>의 '길이 생기는 법칙', <광인일기>의 '아이를 구하라' 등은 미래에 대한 노신의 간절한 희망의 반영인 것이다.

그러나 전행촌은 더 나아가 1929년 5월 1일 <몽롱이후(朦朧以後)>라는 글을 발표하여 노신의 소자산 계급 지식분자의 성격을 더욱 맹렬하게 비난한다.

> 우리들은 노신에 대하여 참으로 절망하고 있다. 그는 몽롱할 뿐만 아니라 멍청하기조차 하다. …… 이것은 소자산지식계급분자 특유의 못된 성격이고, 또한 가장 구제할 수 없는 열등한 근성이다. …… 내가 좋아하기 때문에 나는 반항한다. 이것은 혁명당인의 태도가 아니다. 이것은 개인주의적 소자산 계급의 추태이다……
>
> 위대한 작가라면, 그가 사회의 암흑을 보았다면 마땅히 사회의 광명도 보아야만 한다. 노신이 나가는 길에는 오직 분묘만이 있고, 노신의 눈빛은 암흑에만 이르고 있다.[134]

이리하여 노신은 '부르조아지에 대한 가장 훌륭한 대변인'이자 '프롤레타리아에 대하여서는 최악의 선동가'가 되어 버렸다. 이렇게 혁명문학 창도

---

134) 錢杏邨, <死去了的阿Q時代>(1928年 ≪太陽≫月刊 3月號부터 1928年 ≪我們月刊≫ 創刊號에 발표), 北京大學 外 編, 앞의 책, 71쪽.

자들은 노신을 유한계급으로 간주했으며 그의 글은 피억압계층의 삶을 반영할 수 없다고 여겼다. 그들은 '소자산계급이 어떻게 노농대중을 위한 글을 쓸 수 있겠는가?'라고 의문을 제기하면서 노신의 글이 당시 민중의 요구를 반영할 수 없을 뿐만 아니라, 시대 사상을 대표하지 못하며 바로 여기에 노신 문학의 한계성이 있다고 주장하였다.

> <광인일기>에 표현된 예교에 대한 얼마간의 회의를 제외하고, <행복한 가정>에 표현된 청년의 활발성을 제외하고, <고독자>, <풍파>에 표현된 얼마간의 시대배경을 제외하고는 대부분이 현대적 의미가 없다.! 아Q, 진사성, 사명, 고이초 등 이러한 인물은 도대체 어느 시대의 인물인가?[135]

이와 같이 전행촌은 노신의 작품이 신문예운동의 어떤 사상을 대표할 수 있는가를 반문하고 있다. 노신작품의 시대 사상은 5·4운동 이후가 아니라 청말 의화단사건 시대의 것이며, 자유주의적 문학규율에 근거하여 창작된 것으로서 위대한 창작이 못된다는 것이다. 그러면서 그는 "노신은 결국 이 시대의 표현자가 아니다. 노신의 창작은 시대를 초월하지 못하였을 뿐만 아니라, 시대를 따라 잡지도 못했다"[136]라고 거듭 강조하였다. 이것은 "과거(특히 5·4 이래의 현실주의작품)의 문학작품들은 생활에 대한 묘사에 불과한 것으로서 부르조아와 쁘띠 부르조아에 속하는 문예이고, 오늘날엔 한 걸음 더 나아가 문학을 대중 투쟁을 선전하고 조직하는 도구로 삼아 대중의식과 생활을 조직하며 사회의 조류를 추진시켜야 한다"[137]는 그들의 관념론에서 나온 것이다.

---

135) 위의 책, 위의 글, 48쪽.
136) 위의 책, 위의 글, 49쪽.
137) 溫儒敏 著, 김수영 역, 앞의 책, 124쪽

전행촌은 <아Q정전>이 중국현대문학을 대표할만한 역작이라고는 볼 수 없다고 역설하면서 현재의 중국농민은 아Q 시대의 농민처럼 단순, 유약하거나 우매하지 않으며 정치혁명의 길로 들어섰다는 점에서 신해혁명 시대의 농민이 아니라고 설명한다. 따라서 아Q의 시대가 언제나 새로운 것으로 그 가치를 지니고 있는 것은 아니라는 것이 그의 주장이다.

그러나 이러한 평가는 편파적인 것이라고 볼 수 있다. 왜냐하면 당시에도 아Q식의 병 혹은, 아Q상이 중국사회 전반에 여전히 남아 있었기 때문이다. 대혁명의 실패 후 아Q 같은 무리들이 여전히 국가를 다스리고 있었기에 노신은 제국주의와 봉건주의가 결탁하여 중국인민을 착취하는 정권의 본질을 은유를 통하여 나타내고자 하였던 것이다.138) 또한 아Q와 같은 독특한 전형은 어느 시대, 어느 장소를 막론하고 찾아볼 수 있는 원형으로서, 시대를 초월하는 원형적 인물을 창조해냈다는 측면에서 노신 작품의 위대성이 탄생한 것이다. 전행촌은 단지 시대의 변화로부터 작품의 사회적 의의를 평가하였던 것이다.

<죽어버린 아(阿)Q시대(死去了的阿Q時代)>가 발표된 지 4개월 후, 만년에 노신의 충실한 제자가 되었던 풍설봉(馮雪峰)은 <지식계급과 혁명(智識階級與革命)>이라는 글을 발표하여 창조사와 노신을 평가했다. 그는 중국 혁명에 있어서 지식계급의 성질을 세가지로 - 첫째는 완전한 반혁명, 둘째는 혁명참가, 세번째로는 두번째가 될 수 있는 가능성을 가졌으나 옛 것을 회고하고 자기를 회의하고 괴로워하는 성실한 형으로 분류하였다. 노신은 세번째의 유형에 속한 지식계급으로서 혁명에 방해되지 않으며 그를 반혁명 분자라 치부해서 공격하는 창조사의 공격은 무익하다는 것이 그의 결론이다.

---

138) 易新鼎, <論太陽社>, ≪文學評論≫, 1984. 6期 (北京 : 人民文學出版社, 1984), 52쪽.

사실 노신은 일반 지식계급보다는 혁명을 1, 2년 전에 인식하였다. 그럼
에도 불구하고 그는 늘 '멀리 보지 못하는' 시각으로 무산계급을 대해왔다.
…… 지식계급 중에서, 개인적으로 논한다면 가장 열심히 일을 한 사람은
노신이다. 그러나 그는 창작 방면에서 '국민성'과 '인간의 암흑면'이 경제
제도와 관련이 있다는 것을 암시하지 못하였고, 비평 방면에서는 무산계급
을 관조적인 화자로 보았을 뿐이다. 그러므로 노신은 이상주의자지, 사회
주의자가 아니다. 현재까지 노신은 지속적으로 봉건세력과의 투쟁작업을
하고 있으며, 여전히 예전의 입장에 서서 늘 인도주의를 되새긴다…[139]

풍설봉의 이 같은 견해는 감정에 치우친 전행촌의 주장보다 비교적 객관
적으로 보여진다. 물론 노신의 작품에는 경제제도와 관련되는 장면이 간혹
나오지만 이 때의 노신은 생산력과 생산관계의 모순에 대하여 정확히 인식
하지 못했다. 또한 노신이 전기의 인도주의에 사로 잡혀있다는 지적도 어느
정도 설득력있는 것으로 여겨진다. 그러나 풍내초는 인도주의를 너무 확대
해서 평가한 나머지 다음과 같이 노신을 공격하였다.

노신이란 노인장은-문학적 표현이 허용된다면-언제나 침침한 요리집
에 눌러 앉아서, '취안도연'(醉眼陶然)하게 창 밖의 인생을 바라보고 있다.
세인들이 칭찬하는 그의 장점이란 실은 즉 완숙한 기교 이외의 아무것도
아니다. 그를 늘 사로잡고 있는 것은 지난날의 추억이며, 몰락을 슬퍼하는
봉건정조이다. 그러므로 그는 사회 변혁기에 있어서의 낙오자의 비애를 반
영하며, 아우(주작인을 가리킴)의 꽁무니를 따라 주뼛주뼛 인도주의적인
고상한 말을 늘어놓은 것뿐이다.
은둔주의! 그래도 톨스토이와 같은 추잡스러운 설교자로 전락하지 않고
있는 것이 다행이다. 그런대로 견딜만하다. [140]

139) 馮雪峰, <革命與知識階級>(≪無軌列車≫ 第 4卷 6期. 1928.9) , 北京大學 外 編, 앞
    의 책, 134쪽.
140) 馮乃超, <藝術與社會生活>(≪文化批判≫ 1928. 1. 15), 위의 책, 8쪽.

이렇게 은둔주의자로 내몰리자 노신은 다음과 같이 반박하였다.

> 인도주의에 대해 철저하지 못하다고 나무라는 사나이는 풀이 베이듯이
> 사람들이 소리없이 죽을 때에 인도주의 정도의 항의조차도 못한다. 폭로와
> 항의는 한낱 '문자의 유희'이며, '직접적인 행동'은 아니다. 나는 글장이가
> 직접 행동으로 나서는 것을 바라고 있는 것은 아니다. 글장이는 글을 쓰는
> 게 고작임을 나는 알고 있다.[141]

노신은 이렇게 문학의 자율성을 무시하고 자신을 부르조아, 인도주의자
로 몰고있는 그들을 비난하면서 문학가로서의 본분을 지킬 것을 요구하였
다. 문학가가 문학의 고유한 영역을 벗어나 그 직분을 망각한 채, 문학을
정치에 종속시키는 유성기의 역할만 할 때, 문학은 그 가치를 잃어버리고
만다는 것이다.

이상에서 살펴본 바와 같이 노신에 대한 혁명문학가들의 비판은 노신의
부르조아적 경향과 취미문학, 이로 인하여 생기는 작품의 한계성으로 집약
할 수 있다. 그들의 비판은 인간 노신의 속성과 작품의 단편적인 본질을 어
느정도 예리하게 지적해낸 면도 있지만, 그 이론이 극좌적 관념론과 감정에
치우쳐 객관성을 획득하지는 못하고 있다.

(2) 노신의 입장

노신은 현실에 대한 문학의 역할을 어느정도 인정하였지만 문학이 정치
의 선전도구로 전락해서는 안된다는, 최소한의 문학의 특수성을 중시하였
다. <취안(醉眼)중의 몽롱(朦朧)>(≪語絲≫제4권11기 1928.3.12), <문예

---

141) <醉眼中的朦朧>(≪語絲≫ 第 4卷,11期. 1928.3. 12), ≪三閒集≫, ≪魯迅全集≫ 4
卷, 62쪽.

와 혁명>(≪三閑集≫, 1928.4.4), <산공대관(鏟共大觀)>(≪三閑集≫1928.
4.4), <나의 태도, 기량과 연기>(≪語絲≫제4권 19기, 1928.5.7), <치장정
겸(致章廷謙)>(≪魯迅書信集≫, 1928.5·30), <치위소원(致韋素園)>(≪魯
迅書信集≫, 1928.7.22), <문단의 장고(掌故)>(≪三閑集≫, 1928.8.10),
<현금(現今)의 신문학 개관>(≪三閑集≫, 1929.5.22), <억지번역과 문학
의 계급성>(≪二心集≫, 1930.11.24) 등은 혁명문학가들과의 논쟁을 통해
산생된 대표적인 글들이다. 여기에도 감정적인 요소가 들어있으나 한결같
이 그 나름대로의 일관된 논지를 보이고 있다.

무엇보다도, '문학과 정치와의 관계'에 대한 노신의 견해가 혁명문학가
들의 그것과 사뭇 다르다. 창조사, 태양사가 문예의 선전성을 중심으로 한
'무기의 예술'을 주장한 반면, 노신은 예술성에 중점을 둔 '예술로서의 무
기'를 주장한다. "모든 문예는 선전이다"[142]는 그들의 말에 대하여 노신은
다음과 같이 주장하고 있다.

> 일체의 문예는 선전이다. 그러나 일체의 선전이 결코 문예는 아니다. 이
> 것은 바로 일체의 꽃은 모두 색깔이 있다는 것과 같다.(나는 흰색도 색깔
> 이 있다고 생각한다) 그러나 모든 색이 반드시 꽃은 아니다.[143]

노신은 문학이 정치를 대신할 수 없지만 최고 정치투쟁의 일익이 될 수
는 있다고 말하면서도 문학을 혁명의 도구로 여기는 것과 무산계급의 '무
기의 예술'에 대해서는 동의하지 않았다. 이것은 혁명문학가들의 '생활조직
론'에 대한 정면적인 부정이다. 즉, 현실에 대한 문학의 역할을 인정하면서

---

142) 李初梨, <怎樣地建設革命文學>(≪文化批判≫ 1928. 2. 15), 北京大學 外 編, 32쪽.
143) <文學與革命>(≪語絲≫ 第 4卷 6期. 1928.4. 16), ≪三閑集≫, ≪魯迅全集≫ 4卷,
84쪽.

도 그 한계점을 인식하고, 문학이 정치선전의 도구로 전락하는 것을 부정하고 있는 것이다.

<취안중의 몽롱>에서는 문학을 이용하여 정치를 대신한다는 혁명문학가들의 논조를 다음과 같이 신랄하게 비판하고 있다.

> 저편에 '무기의 예술'이 있는 이상, 이편에는 예술의 무기가 있을 뿐. 이 예술의 무기는 사실 그것 밖에 없는 것으로 무저항의 환영에서 탈출하여 지상전이라는 새로운 꿈에 빠져드는 것이다. 그렇지만 혁명적 예술가는 그것에 의해서만 자기의 용기를 유지할 수 있기 때문에 그럴 수밖에 없다. 만약 그가 자기의 예술을 희생하여 이론을 사실화시킨다면 그는 혁명적 예술가일 수 없다. 따라서 당연히 프롤레타리아 계급의 진영 속에 있으면서 '무기인 철과 불'의 출현을 고대할 것이며, 그 출현과 동시에 '무기의 예술'을 손에 들일이다.[144]

여기서, '예술의 무기'란 예술 본래의 고유성을 잃지 않으면서도 무기의 역할 - 즉, 글로써 사회의 부정을 폭로, 항의하는 것을 의미한다. 여기에는 혁명적 예술가로서의 용기가 있어야 한다. 예술가가 예술성을 잃어가면서까지 이론을 실천한다면 그것은 이미 혁명적 예술가가 아니라는 것이 노신의 주장이다.

그러면서 노신은 너무 선전성을 중시한 나머지 내용이 없는 '표어, 구호식'으로만 치달리는 그들의 '혁명문학'을 비판한다. '혁명문학'작품은 "우선 내용의 충실과 기교의 숙달에 힘써야 할 것"[145]이며 그래야만 혁명투쟁에 복무할 수 있다는 것이다. 계속하여 노신은 "그들은 간판만 내걸며 과장된 문장으로 현재의 폭력과 어두운 면을 직시하지 못하고 있으며, 작품이

---

144) <醉眼的朦朧>, 앞의 책, 65쪽.
145) <文藝與革命>, 앞의 책, 83쪽.

졸렬하여 신문기사만도 못하다"[146]라고 비판하고 있다. 이와 같이 문학의 가치는 내용의 충실함에 있는 것이지 간판이 멋진 데에 있는 것이 아니며, 간판이나 제목이 아무리 훌륭할 지라도 내용이 문학적이지 못하고 충실하지 못하다면 문학 작품일 수 없다는 노신의 관점은 문학가로서 지녀야 할 기본적인 태도를 보여주고 있다.

<취안중의 몽롱>에도 노신은 그들이 그럴듯한 간판을 내세우는데 급급하여, 모든 잡지가 몽롱성을 띠고 있다면서 혁명문학가를 비판한다.

> 연이은 신, 구 두 차례의 정월이 지나자 새로운 잡지류가 잇따라 나타났다. 그들의 대부분은 내용을 압살하면서 위대한 또는 존엄한 간판을 내거는데 온 정력을 다하고 있다. 그런데 각종의 간행물들의 표현형식이 다르다 하더라도 한가지 공통점은 가지고 있다. 즉 몽롱성을 띠고 있다는 것이다.[147]

그러면서 그들이 외치는 혁명문학은 "정객과 상인의 각종 잡술에 지나지 않으며 구호와 표어를 잡지에 실었을 따름이다"[148]라고 신랄하게 꾸짖는다. 사실 그들은 혁명문학을 주장하였지만 그러한 이론에 입각한 작품은 거의 없으며, 소수의 작품이 있더라도 선전적인 구호에 경도되어 예술성이 결핍되어 있을 뿐이다.

노신이 지적한 혁명문학가들의 또 하나의 오류는 종파성이었다. 일본 복본주의의 '분리·결합론'과 소련의 라프이론, 보그다노프의 생활조직론 등 극좌적인 영향을 받은 창조사와 태양사 동인들은 자신들만이 무산계급혁명가이며 자신들만이 혁명문학으로 중국을 개조할 수 있다고 생각했던 것이

---

146) 위의 주)와 같음.
147) <醉眼中的朦朧>(≪語絲≫ 第 4卷,11期. 1928.3. 12) , 앞의 책, 61쪽.
148) ≪魯迅論文藝≫, (湖北, 湖北人民出版社, 1979). 542쪽, 再引用.

다. 이와 동시에 그들은 5·4이래 산생된 구작가는 혁명문학을 창조해낼 수
가 없다고 생각하였다. 왜냐하면 그들의 사상은 낙후되어 전화되기가 매우
어려울 뿐만 아니라 혁명투쟁을 생활화하여 실천할 수도 없기 때문이라는
것이다. 이같은 태양사의 종파주의 태도는 창조사에 비해 더욱 심각하였다.
창조사는 5·4 이후의 문학가들의 사상은 지양할 수 있으며, 맑스주의 학습
을 통하여 그들의 소자산계급의 근성을 극복할 수 있다고 생각하였다. 그러
나 태양사 성원들은 달랐다.

　예를 들면, 장광자는 "혁명의 노도 속에서 뛰쳐나온 신예작가는 혁명의
아들이다. 오직 그들만이 진정으로 현대 중국의 사회생활을 묘사해 낼 수
있고, 시대의 심령을 포착해 낼 수 있다"[149]라고 주장하였다. 이것은 오직
그들만이 혁명문학을 창조해 낼 수 있다는 것으로서, 그들의 종파주의를 드
러내는 발언이었다. 그리하여 그들은 노신을 '봉건적잔재', '파시스트', '이
중적 반혁명분자'라고 매도하였던 것이다. 이에 대하여 노신은 "머리 속에
수많은 봉건적 잔재를 간직하고서 고의적으로 숨기며 연극하듯이, 자신의
코를 가리키면서 오직 자신만이 무산계급자라고 꾸며대지 말라"[150]고 비판
하였다.

　혁명문학가들은 자신들이 국제공산주의 좌경교조주의 영향을 받았다는
사실과 외국에서 배운 신문학이론을 중국에 기계적, 교조주의적으로 적용
하고 있다는 사실을 간과하고 있었으며, 오랜 세월동안 혁명을 몸으로써 직
접 체득해 온 노신에게는 이 같은 그들의 혁명문학이 매우 관념적인 이론
으로 여겨졌음에 틀림없다.

---

149) 蔣光慈, <論新舊作家與革命文學>, ≪文學評論≫, 1984年 六期, (北京 : 人民文學出
　　版社), 45쪽.

150) <現今的新文學的槪觀>(≪未名≫半月刊 2卷 8期, 1929. 5), ≪三閒集≫, ≪魯迅全
　　集≫ 4卷, 136쪽.

구 사회가 장차 붕괴할 때에는 항상 혁명성을 띤 작품이 나옵니다. 그러
나 그것은 기실 진정한 혁명문학이 아닙니다. 예를 들면 구사회를 증오하
지만 그것은 단지 증오이며, 미래에 대한 이상은 없습니다. 혹은 사회를 개
조해야 한다고 외치는데, 어떠한 사회냐고 물어보면, 실현할 수 없는 유토
피아였습니다. 그들은 새로운 간판을 내걸며 신흥세력에 의지하여 좋은 자
리를 얻으려고 생각하고 있습니다.[151]

노신은 이와 같이 그들이 부르짖는 문학이 진실로 사회를 개조하는 혁명
문학이 아닌, 그들 자신의 지위를 얻고 확고히 다지는 장식용의 문학이라고
비난하고 있다. 그들은 현실을 도피하고 외면하는 관념론에 빠져 있다는 것
이다.

그래서 노신은 현실을 바로 직시하지 못하고 현실을 외면, 도피하려는
일부 혁명문학가들의 초현실주의를 다음과 같이 비판하고 있다.

시대를 초월한다는 것은 사실 도피이다. 만약 자신이 현실을 직시할 용
기가 없어 혁명의 간판만 내세운다면 곧 자각적 혹은 무의식적으로 반드
시 이러한 길로 들어서기 마련이다. 몸은 현세에 있는데 어떻게 떠난단 말
인가 자신의 손으로 귀를 잡아당겨 올리면 지구를 떠날 수 있다고 말한 것
과 마찬가지로 속임수에 불과하다.[152]

노신은 구체적으로 성방오의 예를 들어 그들의 초현실주의와 기회주의
속성을 비판한다.

혁명전야의 지면상의 혁명가. 또한 철저하고도 극렬한 혁명가는 혁명이
이르면 바로 그 전의 가면을 벗어던진다.(스스로 의식하지 못한 가면) 이러

---

151) 위의 책, 위의 글, 134쪽.
152) <文學與革命>, 앞의 책, 83쪽.

한 사례를 찾자면 한 번의 좌절로 조그마한 지위(혹은 금전)를 위해 동쪽
으로는 동경, 서쪽으로는 파리로 도망다니는 성방오 같은 '혁명문학가'의
경우이다.153)

    계속하여 노신은 혁명문학가들이 세계관 개조를 너무 쉽게 여기는 것에
대하여 비판을 가하고 있다. "어제까지 소자산 계급일지라도 오늘 무산계
급의 세례를 받으면 프롤레타리아 계급이 될 수 있다" 혹은 "그가 파악하
는 이론이 그의 실천과 통일된다면 혁명문학가가 될 수 있다"154)는 견해에
대하여 노신은 "노농대중(프롤레타리아 계급)이 날로 중요시되고 있는데 만
약 자신을 몰락으로부터 구하려면 반드시 그들에게 가야 한다"155)라고 신
중성을 기하고 있다. 단지 무산계급의 이론을 알고 있다 해서 프롤레타리아
계급이나 혁명문학가가 되는 것이 아니라 직접 노농대중 속에 들어가 생활
하고 체득하면서, 진정으로 자신을 개조해야만이 세계관이 올바로 개조될
수 있다는 것이다. "더러운 노농계급 속으로 가는 것은 대중 속에 퍼져있는
자산계급의 악독한 영향을 몰아내기 위한 것이다"156)라는 그들의 주장에
대하여, 노신은 "혁명가 자신이 먼저 자아비판을 해야 한다"157)고 역설하였
는데, 이와 같은 노신의 신중성은 냉혹하리 만큼 자신을 분석하고 끊임없이
고뇌하고 연마하는 자신의 반성적 사유와 냉철한 현실주의에서 연유한 것
이다.
    그리하여 노신은 혁명문학의 관념론이 갖는 이론과 실천의 불일치라는

---

153) <非革命的急進革命論者>, ≪二心集≫, ≪魯迅全集≫ 4卷, 227쪽.

154) 李初梨, <怎樣地建設革命文學>(≪文化批判≫ 1928. 2. 15), 饒鴻競 等 編, 앞의 책,
183쪽.

155) <醉眼中的朦朧>(≪語絲≫ 第 4卷, 11期. 1928. 3. 12) , 앞의 책, 63쪽.

156) 成仿吾, <從文學革命到革命文學>, 饒鴻競 等 編, 앞의 책, 170쪽.

157) <醉眼中的朦朧>(≪語絲≫ 第 4卷, 11期. 1928. 3. 12), 앞의 책, 62쪽.

모순점을 비판할 수 있었다. 이론이 아무리 훌륭할지라도 실천과 결합되지 않으면 그것은 형이상학적인 관념론이 되기 쉬우며 그 시대의 사람들에게 호응을 얻지 못하기 마련인 바, 혁명문학가의 이론은 이론 자체부터 관념론이었기 때문에 실천이 따를 수 없는 것은 당연한 일이었다. 그래서 노신은 <혁명의 커피숍(革命的咖啡店)>에서, 혁명가라는 이름을 듣고자 하면서도 혁명가의 고통은 조금도 감내하지 않으려고 하는 그들의 이론과 실천의 불일치를 다음과 같이 비판하고 있다.

> 위층에는 오늘날 '우리들 문예계의 명인'이 있었다. 혹은 고상한 담화를 늘어놓거나, 혹은 사색에 잠겨 있었으며 면전에는 커다란 잔에 열기가 무럭무럭 오르는 무산계급의 커피가 놓여 있었다. 먼 발치에는 더러운 노농 대중이 자리를 잡고 있었다. 그들은 마시고 생각하고 지도하고 파악하고 있었다. 실제로 그것은 오히려 '이상의 낙원'이었다.[158]

노농대중과 같은 생활을 하지 않으면서 구호로만 프롤레타리아 계급을 위한다고 외치는 혁명문학가들의 주장은 공허하기 짝이 없는 것이다. 노신은 <취안중의 몽롱>에서 그들 자신이 관료나 군벌들과 얽혀 있기 때문에 자신들의 입장을 정확히 취하지 못하고 있다면서 다음과 같이 비난한다.

> 그들은 톨스토이처럼 정부의 폭력과 사법 행정의 아주 우스꽝스러운 가면을 폭로할 용기를 몇 분의 일도 지니고 있지 않으며 중국의 어두운 시국에 대하여 인도주의 정도의 항의조차 하지 못하고 있다.[159]

또한 창조사의 우두머리인 성방오가 입으로만 무산계급을 위하여 프롤

---

158) <革命咖啡店>(≪語絲≫ 4卷 第 33期, 1928.8. 13), ≪三閒集≫, 위의 책, 116쪽.
159) <醉眼中的朦朧>(≪語絲≫ 第 4卷, 11期. 1928.3. 12) , 위의 책, 62쪽.

레타리아 문학을 한다고 외치면서, 계급투쟁이라는 구호를 빌려 문단을 쟁
취하려 했을 뿐, 그의 행위는 부르조아적임을 노신은 다음과 같이 비난하
였다.

> 중국적인 구호는 있으면서 실증이 따르지 않는 것은 나는 그 병의 원인
> 이 '문예로써 계급투쟁의 무기로 삼는 것에 있지 않고, 계급투쟁을 빌어
> 무기로 삼는 것'에 있다고 생각한다. ……어떤 작은 신문에서는 내가 <예
> 술론>을 번역한 것을 투항이라고 했다. 그렇다, 투항하는 일은 세상에 흔
> 히 있는 것이다. 그러나 그때 성방오는 벌써 일본의 온천에서 빠져나와 파
> 리의 호텔에 투숙하고 있었다. 여기서 또 누구를 향해 정성을 다하고 있는
> 것인가?160)

노신의 이러한 견해는 혁명문학 창도자들의 이론에 대하여 일침을 가한
것으로서, 무산계급 혁명문학의 발전에 매우 중요한 의의를 지니고 있다.
그러나 노신이 그들의 주장을 모두 부정한 것은 아니었다. 노신 역시 그들
과의 논쟁을 통해 맑스주의 문예이론과 유물사관을 보다 철저하게 학습할
수 있었던 것이다.

> 다만 한가지 일은 창조사에게 감사를 드려야겠다. 나는 그들의 강요에
> 의하여 과학적 문예이론을 몇 권 읽고, 이전의 문학사가들이 수없이 말하
> 였지만 종잡을 수 없었던 의문들을 풀었다. 또 이로 인하여 플레하노프의
> 예술론을 번역하게 되어 진화론만 알고 있었던 나의 - 또 나로 인하여 다
> 른 사람에 미친 - 편견을 바로 잡았다.161)

---

160) <硬譯與文學的階級性>(≪萌芽月刊≫ 1卷 3期, 1930.3), ≪二心集≫, 위의 책, 207쪽
　　 - 208쪽.
161) <≪三閑集≫序言>, 위의책, 6쪽.

이 같은 고백에서 알 수 있듯이 노신은 그들과의 논쟁을 통하여 맑스주의 문예 이론을 더욱 철저하게 학습하게 되었을 뿐더러, 급기야는 맑스주의 문예이론에 관한 저작물을 번역하기에 이른 것이다.

이와 같은 논쟁에서 우리는 노신이 문학에 종사하는 하나의 지식인으로서, 그의 주된 관심이 문학과 혁명이라는 이론적 문제였음을 알 수 있다. 노신은 맑스주의 문예이론을 받아들임으로써 자신의 문예이론을 더욱 과학적으로 튼튼하게 무장할 수 있었으며 그 이론을 적과 싸우는데 유감없이 사용하였다.

마지막으로, 창조사·태양사와 노신간의 논쟁이 노신에게 어떠한 영향을 미쳤으며, 창조사·태양사가 혁명문학에 끼친 공적은 무엇이었는가, 그리고 혁명문학논쟁의 성과는 어떤 것이었는가를 정리해 보자.

먼저 혁명문학논쟁이 노신에게 끼친 영향은 다음과 같이 요약할 수 있다.

첫째, 노신은 혁명문학논쟁을 통하여 맑스주의 문예이론을 보다 철저히 학습하게 되었고, 진화론만 믿던 편견을 바로 잡게 되었다.

둘째, 문학에 계급성이 있다는 것을 인정하게 되었다.

셋째, 논쟁 전에는 혁명과 문학을 분리해서 생각했으며, 심지어는 문학의 무력설까지 주장했으나, 논쟁을 통하여 혁명과 문학이 분리될 수 없는 관계임을 인정하게 되었다.

창조사·태양사의 공적으로는 먼저, 혁명문학의 선두주자로서 무산계급 혁명문학을 창도했다는 점을 들 수 있다. 또한 맑스주의 이론을 적극적으로 선전, 현대문학사상 최초로 체계적으로 맑스주의 사상을 소개하였을 뿐만 아니라 문학운동과 맑스주의를 결합하였다.

그렇지만 그들은 일본과 소련에서 적용되었던 이론을 중국에 기계적으로 운용함으로 말미암아 다음과 같은 오류를 피할 수 없었다.

첫째, 그들은 대부분 소자산계급 지식분자로서, 세계관이 아직 올바로 형성되지 못하였으며, 더욱이 국내와 국제 공산당의 좌경교조주의 영향 하에 혁명문학을 전개시켰다. 여기에서 그들은 많은 착오를 범했으며 그 결점이 드러났다

둘째, 그들은 현단계의 중국혁명의 성질과 임무, 목전의 형세에 대하여 정확히 판단하지 못하였으므로 문예운동의 성질과 임무, 책략 등의 문제에 있어서도 객관적이지 못하였으며, 현실에 대하여 잘못된 인식을 범하였다.

셋째, 그들은 맑스주의 문예를 선전한다고 하면서도 비맑스주의 관점을 드러냈다.

마지막으로, 혁명문학논쟁의 성과는 다음과 같이 요약할 수 있다.

첫째, 이 논쟁을 통하여 혁명문학의 실체에 대하여 과거보다 더욱 뚜렷이 통찰할 수 있었다. 전 시기에 제기된 불명확한 혁명문학구호가 선명한 무산계급혁명 문학운동으로 전화하였고 혁명작가의 계급적 입장과 문예주장이 더욱 명료해졌다.

둘째, 이 논쟁을 통하여 모두의 공동의 적162)을 발견하고 1930년대에는 좌익작가연맹을 성립시킨 동인이 되었다.

셋째, 이 논쟁으로 인하여 맑스주의 사회과학과 문예이론을 열심히 학습하고 번역하였으며, 그 중요성을 다시 인식하게 되었다.

---

162) 新月社를 가르킴, 新月社에 대한 것은 앞장을 참조하기 바람.

제5절 좌련기의 노신의 문학관

1) 문예대중화

국민대혁명 전후 혁명문학의 발전과 더불어 문예의 대중화 문제가 중요하게 대두되었다. 문학은 노농계급을 위해 복무해야 하며 예술은 인민에게 속한다는 레닌의 문학사상이 문예계에 전파됨에 따라서 좌익작가들에게 있어서 문예의 대중화 문제는 급속히 해결해야 할 과제로 제기되었으며, 좌련의 성립과 더불어서 '문예의 대중화' 문제가 본격적으로 토의되기 시작하였다.

1930년 3월에 출간된 ≪대중문예≫의 특집호에는 '대중문예'에 관한 글과 좌담회의 내용이 중점적으로 게재되었다. 심단선(沈端先)의 <소위 대중의 문제 (所謂大衆的問題)>, 곽말약의 <신흥대중문예의 인식(新興大衆文藝的認識)>, 도정손(陶晶孫)의 <대중화 문제(大衆化問題)>, 풍내초의 <대중화의 문제(大衆化的問題)>, 정백기의 <문학 대중화 문제에 관하여(關於文學大衆化的問題)>, 노신의 <문예의 대중화(文藝的大衆化)> 등이다.

문예는 공농대중을 위하는 것이어야 한다는 대전제하에 대부분 유사한 논지를 펴고 있는 이 글들은 결국 공론을 되풀이하는 것에 불과했다. 대다수가 문맹인 공농대중에게 문예운동을 하기 위해서는 먼저 그들의 문화수준에 맞는 언어와 형식의 문제를 해결해야만 하는데 이는 그렇게 간단한 문제가 아니었던 것이다. 그 중 노신의 다음과 같은 견해는 문학과 정치의 관계에 대한 비교적 정확하고도 탄탄한 현실의식을 보여주는 좋은 예이다.

> 만약 당장 전면적으로 대중화하려 한다면, 그것은 공담(空談)일 뿐이다.
> 대다수의 사람들은 문자를 알지 못한다. 목하 통용되고 있는 백화문 또한

모든 사람이 이해할 수 있는 글이 아닌 것이다. 언어 역시 통일되어 있지
않으며, 방언을 쓴다 하더라도 많은 부분은 표기할 수 없다. 설사 다른 문
자를 대신 사용한다 하더라도 일부 지방 사람들이 이해할 수 있을 뿐으로,
독해의 범위가 도리어 줄어드는 결과를 초래할 것이다.

　요컨대 어느 정도 대중화된 문예라도 많이 짓는 것이 현재의 급선무임에
는 틀림없지만, 대규모로 시행하려면 반드시 정치의 힘을 빌지 않을 수 없
는 것이다. 외다리로는 길을 걸어 갈 수 없는 것이며, 그럴 경우 아무리
감동적인 이야기라도 다만 문인의 자위에 지나지 않을 것이다.163)

대다수의 민중들이 문맹인데다가 언어마저 통일 되어 있지 않는 중국 현
실에서 문학의 힘만으로는 대중화가 실현될 수 없음을 간파한 노신은 이렇
게 정치의 힘을 빌릴 것을 강조하였는데, 이는 노신의 탁월한 현실주의를
반영해 주는 견해라 하겠다.

이렇게 문예개혁이 일정한 정치적 조건을 떠날 수 없으며 문화참여의 기
타부문의 협조가 있어야 한다는 관점을 줄곧 견지하였던 노신은 1934년 5
월에 발표한 <'낡은 형식의 채용'에 대하여(論'舊形式的採用')>에서도
"예술이 발전하려면 다른 문화사업의 협조를 받아야 한다. 어느 한 문화부
분을 한 전문가에게 혼자서 높은 수준에 끌어올리라고 요구하는 것은 말로
는 할 수 있지만 실제로는 어려운 일이다"164)라고 강조하였다.

현실상황에 대한 깊은 인식에서 비롯된 이 같은 논술들은 문예 대중화
운동에 있어서 중요한 지침이 될 뿐만 아니라, 문학과 문학 외적인 조건들
과의 관계에 대한 노신의 깊은 통찰력을 보여주고 있는 것이다.

노신은 일찍이 문자가 처음 민중 속에서 발생하였으나 후에 특권자들에

---

163) <文藝的大衆化> (≪大衆文藝≫, 第 2卷 3期, 1930. 3), ≪集外集拾遺≫, ≪魯迅全
集≫ 7卷, 349－350쪽.

164) <論'舊形式的採用'> (中華日報·動向, 1934. 5. 4), ≪且介亭雜文≫,≪魯迅全集≫ 6
卷, 24쪽.

게 독점 당했으며, 문예 역시 민중이 창조하였으나 특권자들에게 수탈 당하였다고 생각했다.

> 문자가 특권자들의 소유로 되었기에 존엄성이 있게 되었고 또한 신비성이 있게 되었다. 중국의 문자는 지금에 이르기까지도 아주 존엄성이 있는 바, 우리는 '글자를 삼가 소중히 여기라'고 쓴 휴지통이 벽에 걸려 있는 것을 늘 볼 수 있다. 부적이 악한 것을 몰아내고 병을 고친다는 것은 그의 신비성에 의거한 것이다. 문자가 존엄성을 띄고 있는 만큼 글을 알고 있는 그런 사람도 역시 존엄성이 있게 되었다. 새로운 존엄자가 수 없이 날마다 늘어나는 것은 낡은 존엄자에게 불리하며 글을 아는 사람이 많아지면 신비성에도 손상이 가게 된다. 부적의 위력은 바로 그것이 글자 비슷한 물건이어서 도사를 제외하고 누구도 알지 못하는 데 있다. 그러므로 그들은 문자를 꼭 독점하려 한다.[165]

문자의 독점은 바로 문예의 독점으로 이어지며, 소수 계급의 독점물이 된 문예는 줄곧 통치자를 위한 아부문학이나 취미문학이 됨으로써 대중과 괴리되고 만 것이다. 이와 같이 노신은 문자의 기원을 쉽고 명료하게 설명하면서 모든 사람에 의해 공유되려면 우선 작가가 글을 쓸 줄 알아야 하며 동시에 독자도 글을 쓸 줄 알아야 한다고 강조하였다. 대중과 동떨어진 소수인의 독점물이 된 문학을 견결히 반대하였던 노신은 따라서 대중어, 대중어문, 라틴화 등을 지지하였다.

대중이 알 수 있는 문예를 제창할 것을 주장하였던 노신은 또 다음과 같이 말하였다. "교육이 고르지 못한 지금의 사회에는 난이정도가 다른 여러 가지 문예가 있으므로 수준이 각기 다른 독자들의 수요에 적응하여야 한다.

---

165) <文外文談> (≪申報·自由談≫, 1934. 8. 24), ≪且介亭雜文≫, ≪魯迅全集≫ 6卷, 92쪽.

대중을 위한 많은 작가들은 대중이 알 수 있고 즐겨 볼 수 있는 쉬운 작품들을 힘써 창작해냄으로써 진부한 물건짝들을 밀어내야 한다.”166)

사실, 교육이 보편화되지 못하고 대부분의 대중이 문맹인데다가 중국문자가 배우기 어려운 상황에서 문예대중화는 결코 쉬운 일이 아니다. 그러나 노신은 문예작품의 예술성을 희생시켜 노농대중의 낮은 수준을 따르는 것을 반대하면서 “영합과 아부는 대중에게 이로운 점이 없다”167)고 환기시켰다. 노신은 대중에 대하여 다음과 같이 낙관적인 견해를 갖고 있었던 것이다.

> 대중을 놓고 말하면 한계가 매우 넓다. 그 속에는 가지각색의 사람들이 포함되고 있는데 설사 ‘일자 무식’이라 하더라도 내 보기에는 기실 지식인들이 생각하는 것처럼 그렇게 어리석지는 않다. 그들은 지식을 요구하고 새로운 지식을 요구하며 또 배우려 할 뿐더러 섭취해낼 수도 있다. 물론 말끝마다 새로운 어법, 새로운 명사만 말하면 그들은 아무것도 알 수 없을 것이다. 그러나 점차적으로 필요한 것을 골라서 주입한다면 그들은 접수할 수 있다. 그들이 소화하는 능력은 아마 선입견이 많은 지식인들보다도 나을 것이다.168)

물론 노신은 곧 이어서 문예의 대중화에 있어서 지식인의 역할을 다음과 같이 역설하고 있다.

> 역사가 알려주는 바와 같이 무릇 개혁은 최초에 있어서는 각성한 지식인들이 그 임무를 담당한다. 이런 지식인들은 반드시 연구가 있고 잘 사색하며 결단성이 있고 또 강인한 기질이 있어야 한다. 그들은 권리를 행사하지

---

166) <文藝的大衆化>, 앞의 책, 349쪽.
167) 위의 주)와 같음.
168) <文外文談>, 앞의 책, 101 - 102쪽.

만 사람을 속이지는 말아야 하며 사태발전의 추세에 따라 인도하지만 영합하지는 말아야 한다. 그들은 자신을 여러 사람들의 노리개로 간주하고 경시하지 않거니와 또 다른 사람을 자기의 졸개로 보고 업신여기지도 말아야 한다. 그들은 대중 속의 한사람에 불과한 것이다.[169]

지식인과 대중의 밀착된 관계를 강조하고 있는 이 같은 견해는 문예대중화론에 있어서 기본 문제 중 하나였던 작가의 자기 개조문제에 대한 언급이라 하겠다. 즉, 공농대중(工農大衆)의 생활이나 사상을 알지 못하면서 입으로만 대중문예를 떠들 것이 아니라, 대중 속에 뛰어들어 대중의 생활과 사상을 직접 익혀야 한다는 것인데 이 시기 노신 자신의 문학관을 드러낸 것이다.

또한 노신은 보급과 제고의 변증법적 관계에 대해서도 언급하였는데, 문예가 통속화될수록 혁명적이라는 주장과 통속문예를 경시하는 두 가지 태도를 다 반대하였다. 그는 통속문예는 고급 문예로 발전할 수 있으며 보급과 제고는 대립되는 것이 아니라 일치되는 것이라고 생각하였던 것이다.

> 좌익은 소문(蘇汶)선생이 말한 것처럼 '연환화(連環畵)'로써는 톨스토이를 낳을 수 없으며 프로베르를 낳을 수 없다는 것조차 모를 정도로 우매하지는 않다. 그러나 미켈란젤로, 다빈치와 같은 그러한 위대한 화가를 낳을 수 있다고 여긴다. 그리고 나는 소리대본과 실화소설에서 톨스토이와 프로베르가 나올 수 있다고 믿는다.[170]

또한, 노신은 콜위쯔, 페메르트, 마르셀 등의 목각 그림 이야기를 예로 들면서 "그림 이야기가 비단 예술로 될 수 있을 뿐만 아니라, 이미 예술의

---

169) <門外文談>(天馬書店, 1934. 8. 24), ≪且介亭雜文≫, ≪魯迅全集≫ 6卷, 102쪽.
170) <論'第三種人'> (1932. 11. 1. ≪現代≫ 第 2卷 1期), ≪南腔北調集≫, ≪魯迅全集≫ 4卷, 441쪽.

궁전에 들어앉았다"171)라고 단정하였다. 그는 계속해서 "나는 결코 청년 예술가들에게 거부(巨富)의 유화나 수채화를 멸시하고 집어 던지라고 권하는 것이 아니라, 단지 <그림이야기>와 서적, 신문의 삽화를 중시하고 그것에 힘을 기울일 것을 바랄 따름이다. 물론 구라파 명가들의 작품도 연구해야겠지만 중국 옛 서적의 수상과 화본 및 새로운 한 폭의 화지(花紙)에 더욱 큰 주의를 돌려야 한다"고 말하면서 이렇게 창작된 작품은 "대중이 보려고 하며 또 감격할 것이다"172)라고 말하였다. 이렇게 노신은 보급과 제고를 다 중시하였다.

그밖에 노신은 많은 글에서 작가들이 현재에 입각할 것을 강조하였으며 "현재를 위하여 투쟁하는 것 역시 현재와 미래를 위하여 싸우는 것"이며 "현재를 잃는다면 미래도 있을 수 없다"173)고 생각했다. 현재에 입각하여 일체를 혁명으로부터 출발하여 생각하는 이 같은 사유방식은 노신 정신에 있어서 가장 돌출한 점이며 이런 현실주의 정신이 있었기에 넓은 안목과 과학적인 분석으로 문학유산의 정수와 찌꺼기를 분별할 수 있었으며, 인류 문화에 대한 계승과 발전의 관계를 정확히 처리하였다

좌련 초기에 노신은 다음과 같이 말하였다. "새로운 계급 및 그 문화는 갑자기 하늘에서 떨어진 것이 아니라, 대체로 구 통치자 및 그 문화에 대한 반항 속에서 발전하며 낡은 것과의 대립 속에서 발전한다. 그러므로 신문화는 의연히 계승성을 가지며 낡은 문화에 대해서는 선택성을 가진다"174) 새로운 문화는 바로 낡은 사회에서 배태되고 싹트며 발전되는 것이다.

---

171) <'連環圖畵'辯護> (≪文學月報≫, 1932. 11. 15), 448쪽.

172) <'連環圖畵'辯護>, (≪文學月報≫, 1932. 11. 15), ≪南腔北調集≫, ≪魯迅全集≫ 4卷, 448‐449쪽.

173) <≪且介亭雜文≫序言> (≪改造≫月刊, 1934. 3), ≪魯迅全集≫ 6卷, 3쪽.

174) <≪浮士德與城≫後記> (1930. 9, 上海神州國光社出版), ≪魯迅全集≫ 7卷, 355쪽.

노신은 또한 생산자의 예술과 소비자의 예술의 관계를 논술하면서 "소비자가 있으면 생산자가 있기 마련이므로 소비자의 예술이 있는가 하면 생산자의 예술도 있다"175)고 강조하였다. 여기서 노신은 생산자의 예술, 즉 대중의 예술의 발전에 깊은 관심을 기울였는데 다음과 같은 견해는 이를 잘 입증해주고 있다.

> 지금도 도처에 민요, 산가, 어부의 노래 등이 있는데 이것이 바로 글을 모르는 시인들의 작품이다. 그리고 동화와 이야기가 구전되고 있는데 이것이 바로 글을 모르는 소설가들의 작품이다. 그들은 모두 글을 모르는 작가이다. …낡은 문학이 쇠퇴할 때 흔히 민간문학이거나 외국문학으로부터 새로운 영양소를 섭취함으로써 새로운 전변(轉變)을 가져온 실례는 문학사에서 흔히 볼 수 있다. 글을 모르는 작가는 비록 문인들처럼 섬세하지 못하지만 그 대신 강건하고 청신하다.176)

이상에서 살펴본 바와 같이 1930년대 문예 대중화 문제에 대한 노신의 견해는 <문예의 대중화>, <글에 대한 문외한의 이야기(文外文談)>, <중국어문의 신생(中國語文的新生)> 등에 잘 반영되어 있다. 대중문예는 대중의 방언, 토속어를 채용할 수 있으며 여기에 새로운 것을 넣어야 하며 또한 외국이나 고대의 언어를 흡수할 수 있다는 노신의 관점은 현실주의에 입각한 폭넓은 사유체계를 보여주며, 동시에 이는 이후 '두 구호 논쟁'을 통해 문예계에 통일전선의 수립을 예비케 하는 통합된 세계관이기도 하다.

---

175) <論'舊形式的採用'>, 앞의 책, 23쪽.
176) <文外文談>, 앞의 책, 94 - 95쪽.

2) 우익문학파와의 논쟁

신월파(新月派)는 우익진영을 대변한 문학단체로서 일찍이 1923년 북경에서 창립되었다. 현대평론파의 구성원과 그 정신을 좌련시기의 신월파가 그대로 이어받았다고 할 수 있다. 호적, 진원, 서지마 등이 그 주요 구성원들로서 모두 북양군벌을 지지한 정인군자들이었으며, 호적을 정신적 지도자로 여기고, 봉건 군벌과 부르조아 계급을 지지한다는 점에서 현대평론파와 맥을 같이하고 있다. 신월파는 대혁명[177]이 실패한 후 1927년 봄 양실추를 영입하여 상해에서 신월서점을 열고, 그 이듬해 봄에 월간 ≪신월(新月)≫을 창간하면서 본격적인 활동에 들어갔다. 이들은 비록 자유주의 기치를 들고 있었지만 국민당 검열 끝에 금지 당했던 때도 있었다. 그러나 선명한 반공적인 경향을 드러냈으며 문학면에서는 무산계급 문학운동을 반대하였다.[178] 서지마는 창간호 <신월의 태도(新月的態度)>라는 글에서 무산계급 문학운동이 문예계에 흉작과 혼란, 대공황을 가져왔다면서, 좌익 문학단체를 공리파, 공격파, 과격파, 열광파, 주의파, 감상파, 퇴폐파 등으로 매도하였다. 그러면서 현 중국 문단에 필요한 것은 '존엄'과 '건강'이라고 주장하였다.[179] 이 같은 주장은 당시 중국이 존망을 다투는 시각에 있었으므로 좌익 문학진영들에게는 사회암흑과 정치의 부정 부패를 은폐시킴으로써 장개석 통치질서를 굳건하게 해주는 방파제로 받아들여질 수밖에 없었다. 이에 팽강(彭康)은 <무엇이 존엄과 건강인가?(什麼是'健康'與'尊嚴')>라는 글에서 그들 주장의 부당함과 무산계급문학 생성의 필연성을 강조하였다.

또한 양실추는 <문학에는 계급성이 있는가?(文學是有階級性的嗎)>,

---

177) 1924년 國共合作으로부터 시작하여 1927년 여름까지 계속된 國共合作下의 國民革命을 말함.

178) 黃修己 著, 高大中國語文學會 編, 앞의 책, 260쪽.

179) 新月社, <≪新月>的態度>, 北京大學 外 編, ≪文學運動史料選≫ 3卷, 7쪽.

<경역과 문학의 계급성(硬譯與文學的階級性)>, <문학과 혁명(文學與革命)> 등 10여편의 글을 발표하여 부르조아 '인성론', '천재론'을 고취하였다. 예컨대 양실추는 비평과 창작은 일종의 심령운동의 방식이라 하였다. 그의 이론에 따르면 문학비평은 완전히 "인간 심령의 판단력의 활동"으로서, 인성(人性)의 성질은 보편적이며, "보편적 인성은 모든 위대한 작품의 기조"이며, "순수한 인성만이 문학비평의 유일한 표준"180) 이라는 것이다.

> 자본가와 노동자, 그들의 인성(人性)은 결코 다르지 않다. 그들은 모두 생로병사의 무상함을 느끼며 사랑과 연민, 공포의 정서, 윤리의 관념을 지니며 심신의 쾌락을 추구하고 있다. …… 문학이 표현하려 하는 것은 바로 고정적이고 보편적인 인성이다.181)

이와 같이 문학은 전 인류의 것이며 '인성'은 보편적이라는 양실추의 추상적인 인성론에 대하여 노신은 다음과 같이 비판하였다.

> 물론 '희노애락은 사람의 감정이다'. 그러나 가난한 사람에게는 결코 거래소에서 돈을 털려 버릴 걱정은 없을 것이며, 석유 파는 사장은 북경의 거리에서 석탄을 줍는 노파의 고통을 알지 못한다. 재해지구의 이재민들은 부자집 나으리들처럼 난초를 심지 않을 것이며, 가부(賈府)의 하인인 초대(焦大)도 임대옥(林黛玉)을 연모하는 일은 없을 것이다.182)

더 나아가 "문학에는 계급의 구별이 없다"183)는 양실추의 주장에 대한

---

180) 梁實秋, <文學是有階級性的嗎 ?>, 北京大學 外 編, ≪文學運動史料選≫ 3卷, 49쪽.
181) 위의 주)와 같음
182) <'硬譯'與'文學的階級性'> (1930. 3. ≪萌芽月刊≫ 第 1卷 3期), ≪魯迅全集≫ 4卷, 204쪽.
183) 梁實秋, <文學是有階級性的嗎?>, 앞의 책, 49쪽.

노신의 다음과 같은 견해는 초기 복고주의파들과의 논쟁에서 찾아볼 수 없는 새로운 면모를 드러내주고 있다.

> 문학엔 계급성이 있다는 것, 계급사회에선 문학자가 아무리 자기는 '자유'로우며 계급을 초월하고 있다고 여겨도 실은 무의식의 영역에서 그 계급의 계급의식에 의해 지배받고 있다는 것, 따라서 창조되는 것도 절대로 타 계급의 문화가 아니라는 것뿐이다.[184]

혁명문학 논쟁을 통하여 이미 맑스주의 문예이론을 받아들였던 노신은 이것을 적재적소에 활용한 무산계급 문학가로 변모해가고 있었던 것이다. 또한 초계급적인 인성을 고취하는 양실추의 견해에 대하여 노신은 계급사회의 인성에도 계급성이 있다고 생각했다. "문예는 영원히 소수인(천재)의 전매품이며 대다수 사람(민중)의 문예는 없다"[185]는 양실추의 의견에 반하여 노신은 앞 절에서 서술한 바와 같이 문예의 대중화를 주장하였다. 노신의 견해에 의하면 무산자 문학이란 자신들의 힘으로 본 계급 및 모든 계급을 해방하기 위한 투쟁의 일익으로써, 그가 요구하는 것은 전 영역이지 어느 한 구석의 지위가 아닌 것이다.[186] 양실추를 비롯한 신월파 지식인들이 나름대로 정확한 문학관을 표명한 것은 사실이지만, 그들의 조직 밖에서는 동조를 얻어내지 못했다.[187] 민족의 위기가 심화되는 실정에서 문학의 절대미를 추구하려는 그들의 노력은 시대정신의 결핍이라는 낙인이 찍힐 수밖에 없었으며 신월파 이외의 다른 작가들로부터 적극적인 호응을 얻을 수 없는 것은 당연한 일이었다.

---

184) <硬譯與文學的階級性>, 앞의 책, 205 - 206쪽.
185) 梁實秋, <文學是有階級性嗎?>, 앞의 책, 50쪽.
186) <'硬譯'與'文學的階級性'>, 앞의 책, 208쪽.
187) Paul G. Pickowiz 저, 심규호 역, 앞의 책, 126쪽.

신월파와의 투쟁은 노신 개인에게 있어서 사상적 기반을 더욱 확고히 다지는 기회가 되었으며, 프롤레타리아 계급론과 부르조아 인성론(人性論)이 문예사상 면에서 처음으로 대결한 투쟁이었다는 점에서 노신 본인 뿐 아니라 프롤레타리아 혁명문학의 발전과정에서도 중요한 의의를 지닌다.

신월파가 파산되자 그 뒤를 이어 민족주의 문학파가 나타났다. 이 '민족주의 문학'은 한마디로 추상적인 '민족의식'으로 계급과 계급투쟁에 관한 맑스주의 학설을 탄압하고 말살하기 위한 것이었다. 그들은 프롤레타리아 문화운동이 '중국문예계의 위기'를 가져왔으며 중국문단을 '파산의 길'로 이르게 했다고 매도하면서 국가와 문예계를 살리기 위해서 '민족주의'의 구호 아래 뭉칠 것을 주장하였다. <황색인종의 피(黃人之血)>, <농해선상에서(壟海線上)>, <국문의 전쟁(國門的戰爭)> 등은 바로 민족주의 문학파들의 대표적인 글이다.

이에 대항하여 구추백의 <황인종의 피 및 기타(黃人之血及其他)>, <개 같은 영웅(狗樣的九月)>, <청년의 9월(靑年的九月)>과 모순의 <'민족주의 문학'의 현상('民族主義文學'的現形)>, 노신의 <'민족주의 문학'의 임무와 운명('民族主義文學'的任務和運命)> 등이 좌련 쪽에서 쏟아져 나왔다.

노신은 <'민족주의 문학'의 임무와 운명>에서 우익진영 인사들을 '무뢰한', 외국인 나리에게 아부하는 '충견' 그리고 상해 연안에 떠다니는 '시체' 등으로 비난하였다. 그는 황진하(黃震遐)의 <농해선상에서>를 예로 들어 마치 "중국의 군벌전쟁은 청년군인이나 '민족주의 문학자'의 눈에는 같은 나라의 국민이 서로 몰아내기 위하여 죽이는 것이 아니라, 외국인이 다른 외국인과 싸우고 있는 것으로 보이는 모양"188)이라고 비난하였다. 국내전

---

188) <'民族主義文學'的任務和運命>, ≪魯迅全集≫ 4卷, 313쪽.

쟁을 마치 외국인들과 싸우는 것처럼 묘사하여 현실을 호도하고 왜곡하려 한다는 것이다. 노신은 또한 황진하(黃震遐)의 <황색인종의 피>[189]에는 민족모순과 계급모순을 감추려하는 그의 인종론이 숨어 있다면서 다음과 같이 비난하였다.

> 지금 일본군이 동북 삼성에 진군하였다. 이것은 바로 '민족주의 문학자' 가 이상으로 삼고 있는 '서방원정'의 첫 걸음이며, '아시아 용사들이 피에 목마른 입을 벌린' 서막이다. …… 이번 심양사건(瀋陽事件)(1931년 9월 18일 일본이 동북을 침략한 사건)은 '민족주의 문학'과 조금도 충돌되지 않을 뿐만 아니라 오히려 그들의 이상의 경지를 실행한 것이다.[190]

이렇게 노신은 일본군의 동북 침략을 징키스칸의 손자 바투의 서방원정 에 비유하면서, '민족주의 문학'이 국민당의 반동통치와 제국주의 식민정책 에 방조자임을 지적하였다.

그러나 9·18사변은 '민족주의 문학가'들에게도 적지 않은 충격을 주었 다. 그들은 "싸워라! 최후의 결의 아래 우리의 적을 몰살시키자"[191]라는 식 의 격앙강개한 모습을 연출하였는데 이것은 오히려 국민당의 무저항주의의 비행을 은폐하기 위한 것이었다. 이에 대해 노신은 다음과 같이 절묘하게 비유하면서 '민족주의 문학'의 종말을 예견하였다.

> 장례식 행렬에는 슬픈 곡성과 장엄한 군악소리가 있게 마련인데 그 임무

---

189) 징키스칸의 손자인 바투 元首가 각 종족으로 구성된 황색인종연합군을 이끌고 서방원 정을 떠났는데, 연합군 병사들이 서로 단결하지 않아 러시아군에게 패배하게 되었다는 내용.
190) <'民族主義的文學'的任務和運命>(≪文學導報≫, 第 1卷 6, 7期合刊), ≪魯迅全集≫ 4卷, 319쪽.
191) 위의 책, 위의 글, 317쪽.

는 죽은 사람을 땅에 묻으러 가면서 시끌벅적한 분위기로 그 '죽음'을 가
리워 사람들에게 '망각'을 주려는데 있는 것이다. 요즈음 '민족주의 문학'
이 떨치고 있는 위풍이나 그들이 쓴 비분강개한 글들은 바로 이와 같은 임
무를 다하고 있는 것이다.[192]

결국 민족주의 문학파들은 전국적으로 항일운동이 거세지면서 좌익문예
운동이 활발하게 전개되고 독자들에게 환영을 받지 못하자, 섬차 문단에서
사라지게 되었다.

1931년말에는 소위 '자유인'과 '제 3종인'이라 칭하는 호추원(胡秋原)과
소문(蘇汶)이 문단에 나타났다. 1931년 12월 호추원은 ≪문학평론≫ 창간
호에 <강아지 문예론(阿狗文藝論)>을 발표하여 자신을 '자유인'이라 칭
하면서 '민족주의 문학'을 비판한 동시에 문예자유론을 선전하였다. 그는
<문예를 침략하지 말라(勿侵略文藝)>, <문화운동문제(文化運動問題)>,
<전행촌 이론의 청산(錢杏邨理論的 淸算)> 등의 글에서 '문예를 침략하
지 말라'고 하면서 국민당의 '민족주의 문예운동'을 비판함과 동시에 좌련
의 문학을 반대하였다. 그는 쌍방을 공격하는 태도를 취하였지만 실제로는
프로문학을 공격하기 위한 것이었다.

호추원은 "문예작품의 예술적 가치는 함축된 사상감정의 고저에 따라 결
정되고 진정한 예술작품은 위대한 감정을 가지고 있다"[193]고 주장하였다.
그는 또 안드레예프의 말을 인용하여 "문학의 최고의 목적은 인류의 모든
일체 계급적 간격을 소멸"[194]하는데 있다고 주장하였다. 특히 플레하노프
의 영향을 받아 문학이 공리주의적인 목적에 이용되어서는 안된다고 생각

---

192) 위의 책, 위의 글, 319 - 320쪽.
193) 胡秋原, <阿狗文藝論>, 北京大學 外 編, ≪文學運動史料選≫ 3卷, 118쪽.
194) 위의 주)와 같음.

했던 호추원은 "행동뿐만 아니라 언어 역시 오직 물질적인 힘에 결정되기 때문에 당연히 모든 예술은 역사적 산물일 따름이다. 역사가 예술가에게 부여한 사회적 임무는 행동이 아니라 반영하는 것이다"195)에서 '물적 토대에 의해 상부구조 규정'이라는 플레하노프의 관점을 과대 평가하여 받아들였다. 그러므로 작가들은 자신의 역할을 수행하기 위해서 정치적으로 의식화할 필요가 없다는 것이다. 이 같은 생각은 그들로 하여금 사회의 참여자가 아닌 제 3자로서의 객관적인 관찰자가 되기를 요구했다. 이러한 주장은 좌익작가들에게는 현실을 외면하고, 계급성을 부정하며 문학을 정치로부터 독립시켜야 한다는 관념론으로 받아 들여졌다. 좌익문단은 ≪문예신문≫이라는 잡지를 통하여 즉시 반격을 가하였고, 이때 '제 3종인'이라고 자칭하는 소문이 나타나 <문예신문과 호추원의 문예논변에 대하여(關於≪文新≫與胡秋原的文藝論辯)>라는 글을 발표하여 호추원을 지지하였다. 그는 일찍이 좌련에 가입하고, 맑스 레닌 문예이론 저작을 번역하면서 극좌적 태도에서 비판을 하였다. 이렇게 좌익을 자처하면서 반론을 제기하였기 때문에 신월파나 민족주의문학 유파들과의 논전보다 더욱 힘들었다.

소문(蘇汶)은 <문예의 자유론(文藝的自由論)>, <제 3종인의 출로(第三種人的出路)>라는 글에서 문예의 계급성, 공리성, 현실성을 부정하였다. 문학의 최고의 목적은 인류의 모든 계급적 간격을 없애는데 있다는 호추원의 주장을 지지한 소문은 한층 더 강도 높게 좌익문학을 "목전주의(目前主義) ……의 요구에 의해서 변화되므로 그들의 주장은 수시로 변하는데 이것이 바로 '논증'이다"196)라고 비난하였다. 또한 그들은 연환화(連環畵)197)를 '저급한 형식'이라고 비난하면서 문예의 대중화를 비방하였으며, 초계급

---

195) Paul G. Pickowicz. 심규호 역, 앞의 책, 220쪽.
196) 蘇汶, <關於≪文新≫與胡秋原的文藝論辯>, 北京大學 外 編, 앞의 책, 130쪽.
197) 중국의 독특한 만화와 소리대본.

론을 고취하였다. 소문은 문학의 기계적인 반영론에 경도되어 반영이란 "거울이 인형을 비추듯 생활을 비춰내기만 하면 되는 것이다"198)라고 주장하여 인식주체자의 주관정신을 말살시켰다. 이것은 문학의 진실성과 계급성을 분리시킴으로써 진실성과 계급성의 변증법적 통일을 부정한 것과 다름 아니었다.

호추원과 소문의 이 같은 주장에는 좌익 이론의 오류를 지적한 변도 있었지만 그 의도가 좌익문예 운동을 근본적으로 부정하는데 있었다. 노신, 구추백, 주양, 풍설봉 등 좌익작가들은 즉각적으로 반박했다. 구추백은 그들의 논점을 분석하여 호추원이 플레하노프 이론에서 좋은 점은 모두 버리고 오히려 플레하노프의 부정적인 측면만 기계론적으로 수용했다고 비난하였다.

> 호추원의 이론은 허위적인 객관주의이다. 그는 플레하노프의 이론 가운데 장점은 없애버리고 플레하노프의 멘셰비키적인 요소를 극대화시켜 그것을 허위적인 부르조아 방관주의로 변형시켰다. 사실상 그는 예술이 사회생활에 영향을 줄 수 있다는 사실을 부인한 것이다. …… 물론 예술은 사회제도의 변혁을 결정할 수는 없으며 시종일관 생산양식과 계급관계에 의해 규정된다. 그러나 예술은 사회생활에 영향을 줄 수도 있으며 일정한 정도까지는 계급투쟁을 진전시키거나 약화시킬 수 있고 이러한 투쟁의 형세를 변화시키거나 어떤 한 계층의 역량을 강화 또는 약화시킬 수 있다.199)

노신도 <'제 3종인'을 논함(論'第三種人'), <'연환화'의 변호('連環圖書'的辯護)>, <다시 '제 3인간'을 논함(又論'第三種人')> 등을 발표하여 그들의 초계급, 초현실적인 문예관을 비난하였다. '자신의 예술에 충실한

---

198) 蘇汶, <'第 3種人'的出路>, ≪現代≫ 第 1卷 6期, 1932. 10.
199) 瞿秋白, <文藝的自由和文學家的不自由>, 1932年 10月 ≪現代≫ 第 1卷 6期

사람이란 바로 그의 본계급에 충실한 작가'라고 생각한 노신은 다음과 같이
생동감 있는 비유로 그들의 초계급성과 초현실적인 문예관을 비판하였다.

계급 사회에 살면서 초계급적인 작가가 되려고 하거나 전투 시대에 살면
서 전투를 떠나 독립하려 하거나 현시대에 살면서 미래에 물려줄 작품을
쓰려는 이런 사람들은 마치 자신의 손으로 머리칼을 잡아당겨 지구를 떠
나려는 것과 같으니 이것은 마음으로 만든 환상의 그림자에 불과하다.[200]

이처럼 노신을 비롯한 좌익작가들과 벌인 이들의 논쟁의 쟁점은 주로 계
급론이었다. '자유인'과 '제 3종인'이 모두 문학의 계급성을 부정한 측면에
서는 '신월파', '민족주의파'와 같은 길을 걸었다. 거의 1년 남짓 계속되었
던 이 논쟁에서 노신은 그들의 비판을 통해 좌파적 오류를 경계할 수 있었
다. 좌련이 문단을 독점한 채 진리를 추구하지 않고 작가의 '창작자유'를
구속한다면서 '목전주의(目前主義)'를 질책한 호추원과 소문의 지적은 어
느 정도 타당성을 갖고 있었던 것이다. 문학을 정치의 축음기로 간주하여
계급성과 당성을 갖춘 문학일수록 진실하고 훌륭한 문학이라고 규정한 좌
익 문단 진영의 극좌적 관점 또한 편파적이지 않을 수 없는 것이다. 따라서
풍설봉이 <'제 3문학'의 경향과 이론에 관하여(關於'第三文學'的傾向與
理論)>에서 내린 결론과 같이 논쟁을 통해 좌련은 그들의 좌경종파주의를
인식, 극복할 수 있게 되었으며, 중국문예계의 맑스문예이론의 수준을 1928
년 논쟁시기에 비해 훨씬 격상시켰다 하겠다.[201]
그밖에 논어파(論語派)와의 논전 역시 좌련시기 노신의 문학관을 잘 보
여준다. 논어파는 임어당, 주작인, 소순미(邵洵美) 등을 중심으로 하여 만들

---

200) <第 3種人>, ≪魯迅全集≫ 4卷, 440쪽.
201) 朱德發 著, 임춘성 역, 앞의 책, 152쪽.

어졌으며 이들은 자아를 중요시 여겼다. ≪논어≫의 기고자들은 주로 비정
치적인 기성 문인이나 대학교수들로 정치적 계급투쟁이나 이념적 문학을
기피하는 인물들이었다.202) 그들은 한적함을 특징으로 하는 유머스러운 소
품을 제창하고 정치와 무관한 것을 내용으로 삼아야 한다고 주장하였다.
≪논어≫는 당시 싸움으로만 치닫는 문단에 웃음으로써 신선한 충격을 주
이 많은 독지층을 확보하였다.

　그러나 날이 갈수록 그들은 '예술을 위한 예술'을 고취하면서 현실투쟁
과 유리된 채 중국 민족의 운명에 관심을 갖지 않았다. 따라서 이를 비판하
지 않을 수 없었던 노신203)은 <방조문학과 어용문학(幇忙文學與幇閑文
學)>에서 다음과 같이 비판의 이유를 설명하였다.

　　반항성이 없을 뿐만 아니라 신문학의 발생을 억제하기 때문이다. 사회에
　대해 감히 비평하지 못할 뿐 아니라 반항할 수도 없다. 반항한다 하더라도
　그것은 예술에 대해 송구스럽기 때문에 방조에 어용을 가한 것으로 변한
　다.204)

　계속해서 노신은 <논어 1연>, <소품문의 위기>, <소품문의 생명력>
등의 잡문에서 임어당(林語堂) 등이 제창한 것은 '유모어'와 '자질구레한
작품'에 지나지 않으며 청년들을 유인하여 계급투쟁과 유리시키는 '마취제'
라고 비난하였다. 또한, 그것을 제창한 목적은 "백정의 잔혹함을 여러 사람
들로 하여금 한바탕 웃음거리에 붙이게 하여 좋게 수습하려는" 것이며 "속
삭임과 갸냘픈 목소리로써 사람들의 거친 마음을 점차적으로 부드럽게 다

---

202) 金時俊, 앞의 책, 245쪽.
203) 노신으로서는 과거 ≪語絲≫에 함께 있었던 동인들이 대부분 그곳에 몰려 있는 것을
　　　보자 좌련에서의 그의 입장이 편할 수 만은 없었을 것이다. 金時俊, 위의 책, 245쪽.
204) <幇忙文學與幇閑文學>,≪集外集附錄≫, ≪魯迅全集≫ 7卷, 383쪽.

스리려"[205]한데 불과한 것이라고 지적하였다. 그같은 비판 속에서 논어파(論語派)는 현실을 제대로 반영하지 못한 까닭에 갈수록 힘을 잃어갔다.

이상에서 살펴본 바와 같이 노신과 좌련시기(左聯時期) 우익문학유파들과의 논쟁은 5·4 시기 봉건복고주의와의 논쟁의 연속과 발전이라 할 수 있다. 다만, 5·4 시기 신문학운동 발전의 적이 주로 부패한 봉건복고세력 및 봉건군벌이었다면 좌련시기에는 자산계급의 문예사상과 그 유파였다. 또한 우익진영의 문예사상은 초계급론, 인성론, 창작자유론 등의 한층 체계적인 이론을 갖추고 있었으며 어느 정도 학술적인 면도 있었다. 그러나 당시 중일전쟁이 치열해지자 그들의 논리는 뿌리내릴 땅을 찾지 못했다.

일련의 논쟁에서 얻어낸 성과로는 복고주의가 지지하고 있는 군벌의 정체를 국민 앞에 폭로하여 문학의 나아갈 길을 탐구하였다는 점을 들 수 있으며[206] 특히 노신과 좌익문예계의 입장에서는 맑스주의 문예이론을 더욱 심도 있게 학습, 응용함으로써 좌익문예운동에 상당한 발전을 가져왔다는 점을 들 수 있다.

제6절　두 구호 논쟁

'국방문학(國防文學)'과 '민족혁명전쟁의 대중문학(大衆文學)' - 이 두 구호는 1936년 중국의 많은 혁명문학가들이 항일민족통일전선(抗日民族統一戰線) 문제를 둘러싸고 벌인 논쟁의 쟁점이었다.

1931년 9·18사변 후 일본은 1932년 1·28사변[207]을 일으켰고, 1933년에

---

205) <論語一年>, ≪魯迅全集≫ 4卷, 567쪽.
206) 丸山昇 著, 韓武熙 譯, ≪魯迅文集≫ 6卷, 304쪽.

는 열하전체(熱河全體)와 찰합이(察哈爾) 북부를 점령하였으며, 1935년에는 급기야 중국의 하북 동부를 점령하였다. 중국의 민족위기가 심화되자 전국에서는 나라를 구하자는 항일구국운동이 점차적으로 고양되기 시작하였다.

이와 상응하여 문단에서는 민족해방투쟁을 위한 수많은 구호가 나타났다. <상해전쟁과 전쟁분학>, <구방문학>, <민족혁명전쟁의 5월>, <민족자위문학>, <구국문학>, <국난문학>, <비상시기의 문학> 등이 그 대표적인 예이다.

또한 이러한 형세는 주양(周揚), 주립파(周立波)로 하여금 '국방문학'이라는 구호를 도입하게 하였다. 1934년 10월 주양은 소련의 보위문학을 '국방문학'이라 번역, 소개하였으며, 1935년 주립파(周立波)도 ≪시사신보≫ 부간인 ≪매주문학≫에 '국방문학'을 소개하였다. 그러나 당시 1930년대 초기에는 민족위기가 화북사변(1935)이후와 같이 긴박하지 않았고 자유인, 제 3종인 등의 논전이 종료되지 않았으며 왕명(王明)의 좌경주의 영향으로 민족모순을 인식하지 못하여 '국방문학'을 하나의 문학운동의 구호로 제기하지 못했다.[208]

1935년 8월 제 7차 국제공산당 대표대회에서의 디미트로프 발언에는 일본의 팽창주의 정책에 위협을 느낀 소련의 방위 - 중국이 일본의 서북방 진출의 차단 - 라는 그들 나름대로의 계산이 있었던 것이다. 이러한 대명제 아래 소련은 일본의 침략을 방어하기 위하여 국공합작을 지시했고, 모스크바에 중국 대표로 참석했던 왕명을 통하여 8·1선언을 발표하게 하였으며, 장정을 완료한 중국 공산당에게도 이 소식을 전함과 동시에 모스크바 주재원

---

207) 日本이 1931년 9월 18일 東北을 점령하고 이듬해 1월 28일 上海를 침략한 사건을 말함.
208) 黃修己, <魯迅的并存論最正確>, ≪文學評論≫, 第 5期, (北京: 人民文學出版社, 1978), 28쪽.

인 소삼(蕭三)을 시켜 상해의 좌련에게 좌련을 해산하고 항일민족통일전선을 구축할 것을 요구했다. 노신이 이 지시를 즉각적으로 받아들이지 못하고 유예하고 있을 때, 당단서기(黨團書記)인 주양은 좌련의 영수인 노신과 한마디 상의없이 '국방문학' 구호를 제기하였다.

1936년 4월 풍설봉(馮雪峰)은 중공중앙 특파원의 신분으로 상해에 와서 노신에게 항일민족전선에 관한 와요보정신(瓦窯堡精神)과 중화소비에트에서 코민테른의 결의를 수락하지 않았다는 것을 전달했다. 이에 노신은 풍설봉, 호풍(胡風) 등과 논의를 한 후 '민족혁명전쟁의 대중문학'이라는 구호를 제기했다. 그 해 6월 노신의 위탁을 받은 호풍은 <인민대중은 문학에서 무엇을 요구하는가>(人民大衆向文學要什麽文學)라는 글을 발표하여 '민족혁명전쟁의 대중문학' 구호를 공개적으로 제기하였다. 그런데 호풍은 이 글에서 '국방문학'과 '민족혁명전쟁의 대중문학' 구호의 관계를 명확히 규명하지 않았다. 그 결과 '국방문학'에 맞서 '민족혁명전쟁의 대중문학' 구호가 제기된 것으로 받아들여 국방문학파와의 치열한 논쟁이 야기되었다. 그러나 두 구호논쟁은 본질적으로는 왕명의 노선과 모택동의 노선이 대립된 것이며, 그들의 종파주의적 성격이 논쟁을 더욱 부추긴 것이었다.

본 장에서는 이 두 파간의 논쟁의 전개양상과 이 논쟁에 대한 역사적 평가를 간단히 살펴보고자 한다. 이 논쟁은 항일구국전선에 있어서 문예의 역할이 어떠해야 하는가를 잘 보여주고 있을 뿐만 아니라 이후 중국문예계를 이끌어 가는데 하나의 중요한 분기점을 구축하고 있으며, 또한 현실에 대한 말년의 노신의 인식을 잘 보여주고 있기 때문이다.

1) 좌련말기의 중국의 상황

1927년 금융공황에서 벗어난 일본은 1929년 세계적인 대공황에 타격을 받아 공업 및 농업 공황으로 인하여 경제적, 정치적 곤경을 겪고 있었다. 이러한 위기를 모면하기 위해 일본은 9·1 만주사변을 일으켰고 급기야 상해사변, 화북사변을 일으켜 전 중국을 강점하려 하였다.

이 같은 일련의 사건이 일본의 각본대로 될 수 있었던 것은 일본의 강대한 군사력 외에 장개석 국민당 정부의 무저항주의 방침인 '선안내, 후양외'(先安內, 後攘外: 먼저 국내를 안정시킨 후에 외적을 물리친다)에 힘입었다 할 수 있다. 국민당 정부의 방침은 1935년 화북침략에 이르러서야 비로소 바꾸어지게 된다. 일본의 화북침략은 중국에서 국민당 장개석을 대표로 하는 대지주, 대자산계급의 이익과 영미의 이익을 직접적으로 손상시켰을 뿐만 아니라, 중일 민족모순이 주요모순으로 상승되어 가는 형세 하에 항일을 하지 않으면 곧 그들의 통치를 유지할 수 없으므로 반공을 부차적인 지위에 둘 수밖에 없었던 것이다.[209] 비록 장개석 국민당 정부측은 외면적으로 이렇게 방침을 바꾸었지만 내부적으로는 여전히 '공산당 토벌방침'을 고수하였다.

한편, 국민당의 포위 공격 속에서도 조직을 잘 정비하여온 중국 공산당은 국민당의 마지막 공격[210]즈음에 왕명, 박고(博古)의 극좌노선의 오류로 말미암아 홍군의 엄청난 피해와 전력손실을 입음으로써 항일에 능동적으로 대처하지 못했다. 이러한 요인들은 쌍방으로 하여금 항전체제를 형성하여 대항할 수 있는 여건을 만들지 못하게 하였고 일본이 중국을 쉽게 강점할

---

209) 李世平 著, 崔輪洙, 趙賢淑 共譯, ≪中國現代政治思想史≫, (서울 : 한길사, 1989), 256 - 257쪽.
210) 國民黨의 제 5차 包圍討伐을 가리킴. (필자 주)

수 있도록 작용하였던 것이다.

그러나 1935년 일본의 침략이 동북으로부터 화북으로 확산되자 각계 각층의 항일구국 열의는 더욱 고양되기 시작했다. 동년 8월 제 7차 국제공산당 대표대회에서 국제공산당 총비서 디미트로프는 반파쇼 통일전선을 결성할 것을 호소하였다. 코민테른 제 7차 대회는 중국의 상황을 완전히 변화시켜 중국의 모든 국민이 일치단결하여 항일하는 계기를 마련해 주었다. 당시 파시즘에 반대하는 운동이 세계적으로 확산되고 있었으며, 이 제 7차 대회에서 중국 등 식민지, 반식민지 종속국의 공산주의자들로 하여금 민족부르조아지 등과 협력하여 제국주의에 반대하는 민족통일전선을 결성할 필요성을 강조했기 때문이다.[211] 또한 이것은 중국 공산당이 정책전환을 하는데 커다란 영향을 미쳤다. 이와 비슷한 시기에 모스크바에 있는 중공 중앙은 중국공산당 중앙의 명의로 왕명이 기초한 <항일구국을 위하여 전국동포에게 고하는 글(爲抗日救國告 全體同胞書)>이라는 8·1 선언을 발표하여 "전국의 동포들이 각 당 각 파를 막론하고 모두 항일구국의 신성한 사업을 위하여 분투해야 하며 국방정부를 건립할 것"[212]을 제기하였다. 통일전선을 둘러싼 국제적인 움직임들은 장정을 완료한 중국 공산당에게도 전해졌다. 같은 해 11월 모택동, 주덕(朱德)은 항일구국선언을 발표하여 10대 강령을 제기하였으며, 12월에는 중국 공산당 중앙정치국에서 와요보회의를 열어 모든 반일역량을 결집시켜 광범한 민족통일전선을 결성하는 것이 당의 총노선이라고 결의하였다. 이러한 정세 하에서 전국을 뒤흔든 1·9 북평학생운동이 발생하였다. 12월 12일과 21일에 상해문화계의 구국회에서는 두 차례의 선언을 발표하여 각 계층의 문예가들이 항일의 기치하에 연합할

---

211) 姬田光義, 阿部治平 外 共著, 日月書閣 編輯 옮김, ≪中國近現代史≫, (서울 : 日月書閣, 1984), 316쪽.

212) 李盛平 主 編, ≪中國現代史辭典≫, (北京 : 中國國際廣播出版社, 1988), 32쪽.

것을 호소하였다. 이러한 움직임들은 항일민족통일전선의 책략이 당의 확고한 지침이 되도록 작용한다. 12월 27일 발표된 <일본 제국주의를 반대하는 책략(論反對日本帝國主義的策略)>에서 모택동은 항일의 여건 하에서는 무산계급과 민족자산계급의 통일전선이 가능하며, 한편 무산계급의 지도권을 장악해야 한다고 역설하였다. 이리하여 통일전선은 항일반장(抗日反蔣)에서 항일연장(抗日連蔣)으로 변하게 된다. 두 구호의 논생은 이러한 정치상황을 배경으로 전개된 것이었다.

2) 두 구호 논쟁

중국문예계의 항일민족통일전선운동은 '국방문학(國防文學)' 구호로부터 제기되었다. 1934년 주양은 <대만보(大晩報)> 부간(副刊)인 ≪화거(火炬)≫에 <국방문학>이라는 글을 '기(企)'라는 필명으로 발표하였다. 그는 여기에서 소련 해육군 동맹에서 제창한 '국방문학'을 소개하면서 '국방문학'이 중국에도 필요하다고 제기하였다. 1935년 12월 주립파(周立波)도 <국방문학에 관하여(關於國防文學)>라는 글을 발표하여 " '국방문학'은 민족을 해방하는 특수한 무기와 같은 것으로 …… 대외적으로는 적에게 대항하고, 대내적으로는 반민족자, 매국노를 공격하는 것이다. …… 민족의 위기가 엄중한 시기에는 누가 되었든 간에 '국방문학'의 기치하에 단결해야 한다"[213] 고 말했다.

'국방문학' 구호의 제기는 수많은 문예가들의 항일구국 염원에 대한 반영일 뿐만 아니라 당시 문학운동을 새로운 단계로 진입하게 하였다. 소군(蕭

---

213) 周立波, <關於國防文學>(≪時事新報·每週文學≫, 1935. 12. 21) 林淙 選編, ≪現段階的文學論戰≫, (上海 : 文藝科學硏究會, 1987), 17쪽.

軍)의 ≪8월의 향촌(八月的鄕村)≫, 소홍(蕭紅)의 ≪생사장(生死場)≫, 서
군(舒群)의 ≪조국이 없는 아이(沒有祖國的孩子)≫ 등은 중국의 문학운동
이 새로운 단계에 들어섰음을 확인해주는 대표적인 작품들이었다. 이러한
문학운동은 소설뿐만 아니라 모든 예술분야인 <국방희곡>, <국방영화>,
<국방음악> 등에 신속히 파급되어 많은 작품들이 쏟아져 나왔다.

그러나 좌경사상에 깊이 물든 일부 사람들은 '국방문학'의 구호가 제기
된 지 얼마 되지 않아 국방문학의 구호를 부정하였다. 서행(徐行)은 그 대
표적인 사람으로서 일련의 <국방문학을 평한다>, <다시 국방문학을 평한
다>, <우리는 현재 무슨 문학을 필요로 하는가> 등을 발표하여 그들의
주장이 허튼 소리이자 잠꼬대일 뿐이라고 비난하였다. 극좌적인 관점에서
출발한 이 글들은 민족자산계급의 반제요구를 말살하였고 중국에 반제통일
전선을 구축하려는 가능성을 부인하였으며, 문예계가 항일의 기치아래 연
합해야 한다는 것에 반대하였다. 당시 트로츠키파들도 혁명역량을 무시하
고 통일전선을 반대하였는데 서행(徐行)의 관점은 바로 이런 사조에 영합
했던 것이다. 따라서 혁명문학가들의 반박을 받지 않을 수 없었다.

서행이 비판한 내용을 구체적으로 조금만 들여다보자.

　　첫째, 우리의 이론가들은 대부분 몰락한 중소지주(中小地主)와 파산된
　소유산자(小有產者) 계층으로부터 온 사람이기 때문에 그들은 완전히 자
　신의 경제상황과 의식형태에 의하여 새로운 사회운동에 영합한다. 이러한
　분자(分子)들은 애국주의라는 좋은 토양에서 산출된다.
　　둘째, 우리의 이론가들은 현상에 불만족해 할 뿐 내일의 사회가 반드시
　출현한다는 점에 대해서는 확고한 신앙이 없다. 더욱이 그들은 모두 재산
　을 가지고 있기 때문에 진정으로 철저한 개혁을 요구하지 않는다.[214]

214) 徐行, <我們現在需要什麼文學 ?>(≪文學叢報≫ 第 3期, 1936. 5. 31), ≪文學運動史
　　料選≫, 第 3卷, 279 - 280쪽.

이렇게 서행은 국방문학 제창자들을 자산계급의 변호자로 여겼으며 애국주의라는 오지(汚池)에 빠진 사람들이라고 비난하였다. 그는 과거의 행동과 이념이 어떠하든 간에 모두 '국방문학' 구호 아래 단결하여야 한다는 그들의 주장은 국제주의일 뿐 애국주의가 아니라고 반박하였다. 서행의 이 같은 견해에 맞서 주양(周揚)은 <국방문학에 관하여>, <현단계의 문학> 등을 발표했고, 주립파(周立波)는 <중국신문학의 발전>, 곽말약은 <국방, 오지(汚池), 연옥(煉獄)>, 영수(永脩)는 <국방문학의 사회적 기초>, 애사기(艾思奇)는 <새로운 형세하의 문학의 임무> 등을 발표하였다. 여기에서 그들은 중국이 일본의 반식민지 상태에서 완전한 식민지로 전락할까 우려하였으며, 이러한 형세 하에 중국사회의 계급관계가 변동했다는 것을 지적하였다.

그들의 주장은 다음과 같이 요약할 수 있다.

첫째, 문예계에 항일민족통일전선을 구축하기 위하여 혁명여론을 조성시켰다.

둘째, 서행(徐行)의 좌경관문주의를 비판했다.

셋째, '국방문학'의 주제는 작품창작에 있어서 응당 반민족적인 작가를 제외한 모든 작가들의 가장 중심적인 주제가 되어야 한다. 과거와 현재를 통하여 국방의 의의가 있는 모든 주제를 광범위하게 발견하여야 한다.

넷째, 국방문학의 내용과 형식의 다양화를 주장하였다. '국방문학'은 마땅히 다양하게 통일되어야 한다. 한 색으로 통일되어서는 안되며 이것은 응당 각양 각색의 문예작품을 포함해야 한다.

다섯째, '국방문학'의 제재 역시 다양해야 한다. 여러가지 제재들은 반드시 하나의 중심사상, 즉 국방에 대한 민중의 인식을 높이고 민중의 항전결심(抗戰決心)을 촉진하여 무력으로 침략에 저항하는 행동을 고무시켜야 한다.

여섯째, 창작방면에서 '국방문학'은 사실주의 창작방법을 택해야 한다.

일곱째, 문학내의 모든 반제(反帝)요소를 비판해야 하며 동시에 작품에 표현된 소유산자의 관점 및 세계관을 구체적으로 지적해야 한다.

한편, 상해문예계의 당단서기인 주양(周揚)은 중앙과 연계를 잃은 상황하에 빠리에서 출판된 <구국시보>에서 8.1 선언을 보고는 좌련을 해산하기로 하고, 정식으로 '국방문학'을 문예운동의 중심구호로 제기한다. 이 구호는 "민족전선에 선 모든 작가들이 어느 계층에 속해 있든지, 그들의 사상과 유파가 어떠하던지 간에 모두 항일구국의 예술작품을 창조해야 한다"215)는 것이었다.

노신은 당의 민족통일전선정책을 전폭적으로 지지하면서 프로혁명문학을 고집하는 좌익작가들을 항일민족전쟁의 전선으로 나아가도록 추동하는 동시에 '국방문학' 구호에 포함된 옳지 못한 견해들을 시정하기 위하여 풍설봉, 모순, 호풍(胡風) 등과 토론하여 '민족혁명전쟁의 대중문학'이라는 구호를 제기하였다. 이 구호는 1936년 6월 1일 호풍의 <인민대중은 문학에서 무엇을 구하는가?>라는 글을 통하여 발표되었다.

그런데, 호풍은 이 글에서 이미 사회에 매우 커다란 영향을 미치고 있던 '국방문학'을 제기하지 않았으며 '민족혁명전쟁의 대중문학'구호가 제기된 경과와 '국방문학'과의 관계에 대하여 명확히 밝히지 않음으로써 사실상 두 구호를 대립시키는 결과를 초래하고 말았다. 그는 '민족혁명전쟁의 대중문학'의 구호가 산생된 현실적인 생활기초에 대하여 다음과 같이 말하였다.

---

215) 周揚, <關於國防文學>(≪文學界≫創刊號, 1936. 6. 5), 北京大學 外 編, 앞의 책, 290쪽.

첫째, 국토를 잃어버린 상황 하에서 민족혁명전쟁만이 광범위하게 진행되고 있으므로 계속하여 분발하자.

둘째, 모든 구국해방운동에서 민족혁명전쟁이 최고의 공동요구가 되고 있다.

셋째, 인민대중의 열정, 희망, 노력은 신성한 전 민족혁명전쟁의 실현 속에서 온양되고 있다. 이 민족혁명전쟁만이 망국노(亡國奴)와 민족반역자를 제외한 모든 인민대중을 단결하고 동원시킬 수 있다.

넷째, 태평천국운동으로부터 1.28 전쟁까지 모든 위대한 반제운동은 오로지 민족혁명전쟁의 관점만이 진실한 평가를 내릴 수 있다.[216]

이와 같은 호풍의 글에는 이미 많은 대중에게 알려져 있는 '국방문학'을 '민족혁명전쟁의 대중문학'의 구호로 대체하려는 의도가 농후하게 표현되어 있다. 그래서 국방문학제창자와 민족혁명전쟁의 대중문학제창자간에 치열한 논쟁이 야기되었던 것이다.

서무용(徐懋庸), 모순, 주양 등은 연달아 반론을 펴게 되는데, 서무용은 <인민대중은 문학에서 무엇을 요구하는가?>라는 글에서 호풍의 주장을 다음과 같이 반박하고 있다.

호풍선생이 주장한 '민족혁명전쟁의 대중문학'이란 말은 두루뭉실 하면서 비어 있어 목전의 현실을 표현하지 못하며, 태평천국운동과 같은 전쟁도 분별있게 나타내지 못한다. 일본 제국주의가 우리의 국방을 파괴하고 우리의 강토를 침략할 때 우리의 민족혁명전쟁이 취해야 할 주요한 전쟁은 국방전쟁이다. 그러므로 우리에게는 국방정부가 필요하며 우리의 문화사업이 국방작용을 발휘하여야 하며 문학도 '국방문학'으로 되어야 할 것은 당연한 일이다.[217]

---

216) 胡風, <人民大衆向文學要求什麽?>(≪文學叢報≫ 第 3期, 1936. 5. 31), 위의 책, 283 - 284쪽.

217) 徐懋庸, <人民大衆向文學要求什麽?>, 위의 책, 309쪽.

서무용은 50일 후 와병 중이던 노신에게 편지를 써서 "호풍 따위들의 행동은 사심에서 나온 극단적인 종파운동이며 그들의 이론은 모순(矛盾)과 오류로 충만되어 있다"[218] 고 비판하였다.

모순(茅盾)은 <분쟁을 야기시킨 두 구호에 관하여>라는 글에서 곽말약의 견해를 지지하면서 다음과 같이 말한 바 있다.

> '국방문학'은 작가간의 관계의 표식이지 작품 원칙상의 표식이 아니다.
> …… '민족혁명전쟁의 대중문학'은 창작구호가 될 수 있으나 '국방문학'을
> 대체할 수 있는 것이 아니며 또 그것은 좌익작가들을 대상으로 한 것으로
> 써 문학창작의 일반적인 구호가 아니다.[219]

또한 그는 호풍이 '민족혁명전쟁의 대중문학'이란 구호를 '국방문학'이란 구호와 대립시킴으로써 무의식중에 노신의 의사를 곡해하였다고 말하였다.

이에 주양은 <모순선생과 국방문학의 구호를 논한다>라는 글을 발표하여 이견을 제기했다.

> 모순선생은 '국방문학'이 작가간의 표식이라는 곽말약 선생의 말을 인용
> 하였는데 나는 완전히 동의한다. …… 그러나 모순선생은 '국방문학'이 작
> 가간의 표식은 될 수 있으나 창작구호는 될 수 없다고 했는데, 이것에 대
> 하여 나는 동의하지 않는다. 나는 '국방문학'이라는 구호가 마땅히 창작활
> 동의 표식이 되어 모든 작가들이 국방작품을 쓰도록 해야 한다고 생각한
> 다. 문학구호가 만약 예술창작활동과 유리된다면 그것은 아무런 의의가 없

---

218) 徐懋庸, 魯迅, <答徐懋庸關於抗日統一戰線問題>(≪作家≫ 第 1卷 5號, 1936. 8. 15), 위의 책, 379쪽, 재인용.

219) 茅盾, <關於引起糾紛的兩個口號>(≪文學界≫ 第 1卷 第 3號, 1936. 8.10) 위의 책, 349쪽.

는 것이다. 문예상의 국방전선에서 자신의 특수한 예술적 무기를 사용하지
않는다면 모든 역량을 발휘할 수 없다.[220]

이렇게 시작된 두 파간의 논쟁은 무려 480여 편의 글을 쏟아지게 하였
다. 논쟁이 이렇게 심각하게 되자 노신 또한 자신의 의견을 제기하지 않을
수 없었다. <트로츠키파에 대답하는 서한>, <우리의 현재의 문학운동을
논함>, <서무용에게 회답하면서 항일통일전선문제를 논함> 등 일련의 글
을 연달아 발표하면서 노신은 모택동을 수반으로 하는 당 중앙이 제기한
항일민족통일전선정책을 지지하였다. 민족모순과 계급모순의 관계를 비교
적 정확히 규명할 수 있게 된 노신은 새로운 구호에 대하여 다음과 같이
말하였다.

> 새로운 구호의 제기를 혁명문학운동의 정지로 간주해서는 안된다. ……
> 지난 날의 반파쇼주의 투쟁과 모든 반동파를 반대하는 유혈적인 투쟁을
> 중단한 것이 아니다. …… '민족혁명전쟁의 대중문학'은 결코 혁명문학의
> 계급적 영도의 책임을 포기하게 하려는 것이 아니라 그 책임을 더욱 가중
> 시키고 확대시키려는 것이다. 또한 전 민족으로 하여금 계급과 당파를 불
> 문하고 일치 단결하여 외적의 침략에 대처하려는 것이다. 이런 민족적 입
> 장이야말로 진정한 계급적 입장이다.[221]

이와 같이 노신은 '민족혁명전쟁의 대중문학'과 무산계급 혁명문학과의
관계를 정확히 설명하였으며 새로운 구호를 혁명문학운동과 적대적인 것으
로 파악하지 않았다. 그러나 그는 '국방문학'을 고정된 틀로 삼는 것에는
반대하였다. 왜냐하면 '국방문학'이 모든 문학을 포함할 수는 없으며, '국방

---

220) 周揚, <與茅盾先生論國防文學的口號>(≪文學界≫ 第 1卷 第 3號, 1936. 8.10), 위
    의 책, 353쪽.
221) 魯迅, <論現在我們的文學運動>(≪現實文學≫ 第 1期, 1936. 7.1), 위의 책, 336쪽.

문학'과 '한간문학(漢奸文學)'외에 확실히 전자도 후자도 아닌 문학이 있다고 생각했기 때문이다.

> '민족혁명전쟁의 대중문학'이 프로혁명문학의 구호와 같이 하나의 총체적인 구호로 될 수 있으며, 이 총체적인 구호 하에 '국방문학', '구국문학', '항일문학'등과 같은 수시로 변할 수 있는 구호를 제기할 수 있다.222)

"작가들이 '항일'이나 '국방'의 기치 아래 연합해야 한다고 생각한 노신은 "국방문예는 광의적인 애국주의 문학이며 작가들 관계의 표식일 뿐 작품원칙상의 표식이 아니다"223)라는 곽말약의 의견에 동의하면서 '국방문학'이나 '민족혁명전쟁의 대중문학'을 옹호하는 일부 사람들의 종파주의를 비판하였다.

> 나는 항일문제에 있어서 문예가들의 연합은 무조건적이어야 하며 다만 민족 반역자가 아니고 항일을 원하거나 찬성하는 사람이라면 오빠든 누나든 옛날 문인이든 원앙호접파(鴛鴦胡蝶派)든 어느 누구이든 간에 관계가 없다고 생각한다.224)

노신은 '국방문학'이나 '민족혁명전쟁의 대중문학'의 구호가 모든 문학을 포괄할 수 없으므로 '국방문학의 연합전선'이나 '민족혁명전쟁의 대중문학'의 구호 아래 연합하자는 주장은 모두 잘못된 것이라고 생각하였다. 노신은 <서무용에게 회답하면서 항일통일전선문제를 논함>에서 '민족혁명전쟁의 대중문학'과 '국방문학'과의 관계를 다음과 같이 규정하였다.

---

222) 위의 책, 위의 글, 337.
223) 郭沫若 <國防, 汚染, 煉獄>, 위의 책, 339쪽.
224) 위의 책, 383쪽.

'민족혁명전쟁의 대중문학'은 주로 전진하고 있는, 줄곧 좌익이라고 불리우는 작가들로 하여금 힘써 전진하기를 희망하는 의도하에서…… '국방문학'은 현시기 문학운동의 구체적인 구호로 될 수 있다. 그것은 '국방문학'이란 이 구호가 이미 많은 사람들의 귀에 익숙해져 있고 우리의 정치적, 문학적 영향을 확대할 수 있으며, 작가들이 국방의 기치 아래 연합하는 넓은 의미의 애국주의적 문학으로 해석할 수 있기 때문이다. 그러므로 '국방문학'이 잘못 해석되었고 그 자체의 뜻에 결함이 있다 하여도 그것은 그냥 존속되어야 한다. 왜냐하면 그것의 존속이 항일운동에 유익하기 때문이다.225)

노신은 '민족혁명전쟁의 대중문학' 구호에 찬동하였지만 동시에 '국방문학'의 존재와 그 영향도 주시했다. 두 구호에 대한 노신의 정확한 해석은 당시 많은 작가들의 지지를 받았지만 종파주의에 깊이 물든 일부 국방문학 제창자들에게는 받아들여지지 않았다.

좌련내에서 두 구호논쟁이 한창 진행되고 있을 때 국방문학제창자들은 중국문예가협회를 만들어 '중국문예가협회선언'을 발표하였으며 민족혁명전쟁의 대중문학제창자들은 중국문예공작자협회를 만들어 '중국문예공작자선언'을 발표하였다. 따라서 좌련은 두 개의 단체로 양분되어 해산되고 말았다. 여기서 주목할 만한 사실은 이러한 과정 속에서 두 단체에 서명한 작가들이 많았다는 점인데, 이는 당시 좌익문단의 상황이 얼마나 혼란스러웠는가를 짐작할 수 있게 해 준다. 또한 좌련의 영수인 노신과 한 마디 상의없이 좌련이 해산되어, 노신은 매우 상심하였다. 이러한 사건은 결국 노신의 죽음을 재촉했고, "그를 정치의 희생물"226)로 전락하게 했던 것이다.

그러나 민족의 위기가 갈수록 심화되고 항일구국운동이 거세게 일어남

---

225) 魯迅, <答徐懋庸關於抗日統一戰線問題>, 위의 책, 385 - 386쪽.
226) 金時俊, 앞의 책, 220쪽.

에 따라 그들도 논쟁을 그치고 인식을 통일해야 할 필요성을 절감하게 되었다. 그리하여 1936년 10월 노신, 곽말약, 파금, 임어당, 정진탁(鄭振鐸) 등 21명은 <단결하여 침략에 항거하고 언론자유를 위한 문예계 동인들의 선언>을 발표하여 전국 문예계의 동인들이 신·구 파벌을 구분하지 말고 항일구국운동을 위하여 연합해야 한다고 호소하였다. 이로 인하여 몇 달간의 두 구호의 논쟁은 막을 내리고 새로운 토대 위에서 단결의 길로 나아갈 수 있게 되었다.

이제 두 구호논쟁이 발생한 지 반세기가 훨씬 지났다. 그 동안 이 논쟁에 대한 평가는 상이한 관점과 개인의 편견에 의해 여러 차례 변하였다. 반우파투쟁과 문화혁명 시기의 사인방은 그들의 정치적 이익과 권력탈취를 위해 두 구호 논쟁을 자의대로 날조하였다.

일반적으로 두 구호 논쟁에 대한 평가에 있어서 시대 구분은 1957년 반우파투쟁을 중심으로 하여 전·후 시기로 나뉘며, 문화혁명을 중심으로 하여 문화혁명 10년 시기와 문화혁명후 현재에 이르기까지 네 시기로 구분하여 살펴볼 수 있다.

노신을 중심으로 볼 때 이 논쟁에 대한 평가는 반우파투쟁과 문화대혁명 때 왜곡 당하였고, 1936년부터 반우파 투쟁 전과 문화대혁명 이후에는 보다 객관적으로 평가받았다고 할 수 있다.

반우파 투쟁시기에는 주양을 중심으로 한 국방문학파들이 당시 당의 지도층에 있었고, 풍설봉은 우파분자로 몰리고 있었으며, 호풍의 반혁명 활동이 폭로되고 있었다. 그러므로 당시 실세를 잡고 있었던 주양을 필두로 한 국방문학제창자들은 1936년 당시의 사실들을 부인하고, 두 구호에 대한 논쟁의 결론을 자신들에게 유리하도록 끌어들였다. 그러기 위해서는 먼저 풍설봉과 호풍이 희생제물이 되어야 했으며 노신 또한 비판을 받지 않을 수 없었다.

문화대혁명 시기에는 사인방이 <기요(紀要)>를 만들어내고 1930년대 무산계급혁명문예운동을 전면적으로 부정하여 그들의 정치적 목적을 달성하고자 하였다. 임표(林彪), 강청(江靑) 등은 문예계를 돌파구로 삼아 '흑선독재론(黑線獨裁論)'을 중국 공산당이 영도하는 모든 분야에 파급시킴으로써 당과 국가의 최고권력을 탈취하려고 했나. 당시 문예계의 지도자를 더도함과 동시에 자신들을 노신의 옹호자로 분장함으로써 권력탈취를 위한 터전을 만들고자 하였던 것이다. '국방문학'에 들씌운 이러한 죄명은 특히 문화혁명의 재난 속에서 적지 않은 문학가들에게 깊은 상처를 주었다. 이 시기에 노신 또한 조화주의자라고 매도당했다. 그것은 노신이 '국방문학'을 철저히 부정하지 않고 두 구호가 동시에 병존해야 한다고 주장했기 때문이다.

이상에서 살펴본 바와 같이, 노신의 삶은 논쟁으로 일관되었다고 말하여도 과언이 아닐 만큼 1936년 임종시기까지 수많은 논쟁 속에서 붓을 들어야 했던 삶이었다. 다양한 논쟁을 통해 중국문단이 얻은 대외적인 수확에 대해 일본 학자 죽내호(竹內好)는 다음과 같이 정리하고 있다.

> 첫 번째의 논쟁은 배후에 있는 자유의 적 군벌의 정체를 인민 앞에 폭로시켰다. 두 번째의 것은 직수입형의, 위로부터의 혁명이 얼마나 나약한 것인가를 폭로하여 문학에 있어서의 인민의 길을 탐구하기 위한 토대를 다졌다. 그리고 세 번째의 것은 말할 것도 없이 저항운동의 튼튼한 뼈대를 세운 것이다.[227]

---

227) 竹內好씨는 노신의 논쟁을 시간별로 3대 논쟁으로 나누고 있다. 1920년대의 전반, 北京에 신문단이 형성되고 있을 무렵 胡適, 陳源 등 現代評論派와 논쟁한 것이 첫째, 20년대 후반 무대를 上海로 옮겨 이른바 혁명문학파들로 부터의 집중공격에 정면으로 맞선 것이 두번째, 1936년 죽기 직전에 抗日統一戰線을 둘러싸고 벌어진 논쟁을 세번째

　노신 개인의 경우, 일련의 논쟁을 통함으로써 이른바 중국의 '위대한 문학가이자 사상가, 혁명가'로 자리매김 될 수 있었다. 다만 논쟁에 참여함으로 말미암아 많은 시간과 정력을 순수창작에 쏟지 못하였으며 만년에 획득한 맑스문예이론은 그의 사상의 자유와 예술성을 가두고 말았다.

제2장 노신의 현실주의 문학의 성격

제1절 계몽주의적 성격

1) 국민성 개조사상

노신이 살았던 시대는 낡은 것이 파괴되고 새로운 것이 산생되는 과도기로서 중국 역사상 가장 비극적이며 암울한 시대였다. 이 어둠의 현실을 타파하고자 하는 계몽주의야말로 노신 문학의 출발점이자 평생 일관되었던 노신사상의 하나였다. 그 중 특히 '국민성 개조사상'은 노신의 계몽주의 문학의 핵심이라 할 수 있다.

흔히 노신이 의학에서 문학으로 방향 전환하게 된 계기로 잘 알려져 온 '환등기 사건'은 노신이 국민성 개조 문제를 얼마나 절박하게 여겼는지 실감할 수 있게 해 준다.

어느 때인가 한번은 화면에서 오랫동안 보지 못했던 중국 사람을 만났다. 한 사람이 가운데 묶여 있고 건장한 체격을 한 주위의 사람들은 넋빠진 표정으로 보고 있다. 해설에 의하면 묶여 있는 중국사람은 러시아를 위하여 군사기밀을 정탐했기 때문에 본보기를 보이기 위해 일본군이 목을 자르려 한다는 것이다. 둘러 서 있는 사람들은 그 끔찍스러운 장면을 구경하러 온

것이라고 했다.[1]

스파이로 간주되어 일본인들에게 처형당하는 중국인의 모습은 다른 중국인들에 대한 경고의 의미가 컸다. 죄의 유.무를 떠나서 그 희생자의 죽음은 구경꾼들과의 사회적 관계를 상징하고 있으며, 노신의 관심은 자연스럽게 슬라이드에 담겨진 중국인 구경꾼들에게 쏠린다. 같은 동포의 처형장면을 일말의 분노도 없이 무감각하게 받아들이고 있는 자국민들의 모습은 청년 노신에게 엄청난 충격을 안겨주었다. 여기서 노신은 의학을 배우는 것이 별로 중요하지 않다고 생각하게 되었다. 우매한 국민은 몸이 아무리 건장하고 튼튼할지라도 구경거리가 되거나 구경꾼밖에 될 수 없으니 병으로 얼마간 죽는다 해도 그것은 불행이라고 할 수도 없는 것이다.[2] 우매한 국민의 의식을 고치는 것이 가장 시급한 문제라고 여기게 된 노신은 마비된 국민의식을 고치는 가장 좋은 수단이 문학이라고 생각하게 되었다. 그러나 국민성 개조문제에 대한 노신의 인식은 이보다 훨씬 더 거슬러 올라간다.

봉건제도의 모순 속에서 자랐던 노신은 일찍이 현실사회에 대해 새로이 눈 뜰 수 있었다. 조부의 투옥, 마약중독으로 인한 부친의 병사, 그리고 외가에서 지내면서 겪은 농민들과의 교류 등은 어린 노신의 마음 속에 증오와 사랑을 심어주었고 국민성에 대한 그의 관점을 형성하는데 중요한 기초가 되었다. 또한 광무철로학당(鑛務鐵路學堂)에서 겪은 무력한 청말정부의 부패상은 막연하게나마 노신에게 중국 국민성의 문제점을 제기하게 하였다.

국민성 문제에 대한 노신의 사유는 이후 일본 유학시절에 보다 구체적으

---

1) <≪吶喊≫.自序>(≪晨報·文學旬刊≫ 1923. 8. 21) ≪吶喊≫, ≪魯迅全集≫, 1卷, 416쪽.
2) 위의 책, 위의 글, 417쪽.

로 발전하게 된다. 노신은 현실 사회문제에 대해 관심을 가지면서 친구 허수상(許壽裳)과 함께 이상적인 인간성이란 무엇인가? 중국의 국민성의 결함은 무엇인가? 그리고 그 결함의 뿌리는 무엇인가? 등의 문제들에 관하여 논의를 벌이곤 하였는데, 그 중에서도 이 국민성에 대한 문제에 많은 관심을 기울였다. 그리하여 노신은 중국 국민에게 이상적인 인성(人性), 즉 성실과 사랑이 결핍되어 있다는 결론을 도출해냈다. 그렇지만, 이깃은 민족성일 뿐만 아니라 보편적인 인성의 문제로서, 노신은 이렇게 보편적인 인성의 문제에서 출발하여 중국 민족성을 구체적으로 고찰하기 시작하였으며, 이상적인 인성의 경지에 어떻게 이르를 것인가를 모색하였다.

국민성에 대한 노신의 생각은 중국의 유신파(維新派)와 혁명파들이 민권을 제창하고 국민성을 토론하는 역사적인 분위기 속에서 싹텄다. 중국의 개량파들은 ‘국민성 개조’를 민족이 살고 나라가 부흥하는 근본으로 간주하였다. 엄복(嚴復)은 일찍이 백성의 역량을 북돋아 지혜를 계발하고 백성의 도덕을 흥성시킬 민족 진흥의 길을 제시하였는데, 노신은 이 엄복의 사상과 양계초(梁啓超)의 신민설(新民說)의 영향을 받았다.[3] 양계초는 중국 국민성의 약점으로 애국심의 박약과 공덕심, 자치력의 결핍을 지적하면서 이러한 약점이 산생된 근원을 여섯 가지로 귀납하였다. 노예적 근성이 강하고, 우매하며, 이기심이 강하고, 거짓말을 잘하고, 비겁하여, 마음이 경색되어 있다는 것이다. 그는 중국을 유신하려면 우선 중국 국민부터 유신하여야 하며 국민의 정신을 분발시켜야 한다고 주장하면서 ‘시계혁명(詩界革命)’과 ‘소설계혁명(小說界革命)’을 제창하였다. 그의 주장에 의하면 국민을 개조하는 수단으로 가장 중요한 것이 문학예술이라는 것이다. 그러면서 그는 국

---

3) 金宏達, <魯迅的“國民性”思想及其文化批判>, ≪魯迅硏究≫, (北京 : 中國人民大學, 1984), 3쪽.

민을 개조하려면 신소설과 신시가로부터 시작해야 한다고 강조하였는데, 노신은 이 같은 양계초의 국민성 개조정신을 계승 발전시켜, 문학예술의 미학적 특징인 인간의 정신과 감성에 대하여 일으키는 예술작용을 강조하였다.

노신의 계몽주의 문학관은 또한 서양의 계몽주의 미학사상에 힘입은 바가 컸다. 프랑스 계몽주의 사상의 반봉건사상과 인권존중, 개성해방사상 등을 받아들인 노신은 문학을 통해 중국인의 성격을 미화시키고 의식을 승화시키고자 <악마주의 시의 힘>이라는 글에서 영국의 바이런, 쉘리, 폴란드의 미쯔게비치, 소련의 푸시킨과 뚜르게네프, 형가리의 페퇴피 등 혁명시인들의 생애와 사상 및 작품을 소개하였다. 그가 이들 작가와 작품을 소개한 본의는 프로메테우스와 같이 반항의 불씨를 자국민에게 이식시켜 주어, 그들로 하여금 봉건세력에 반항케 하며 봉건제도 및 그 문화사상을 파괴시키고자 한 것이었다.[4]

노신은 1912년, 중화민국 임시정부 교육부에 재임하면서 미학을 연구한 바 있는데, 이때 채원배(蔡元培)는 교육부를 주관하여 미학교육으로써 종교를 대신하자고 제창하였다.[5] 무신론자인 노신은 종교를 믿지 않았으며 미학교육이 종교를 대신할 수 있다고 생각하지도 않았으나 미학교육이 사회를 개조하는 동력이 되기를 희망하였기에 이를 지지하였다. 이 같은 노신의 계몽주의 정신은 계속되어 10년 뒤에는 일본의 주천백촌(廚川白村)으로부터 또 많은 영향을 받게 된다.

주천백촌은 일찍이 일본의 봉건적인 인습, 습관에 대한 공격으로서 합리주의, 물질주의, 생명력을 제기하였다. 노신은 이것을 중국 구사회의 봉건

---

4) 李永壽, ≪魯迅的論辨藝術≫, (陝西人民出版社, 1988), 243쪽.
5) 吳中杰, <魯迅文藝思想的發展>, ≪魯迅研究≫ 1981년 10月, 49쪽 참조.

적 속박과 옛 것에 대한 반항으로서 받아들였다. 노신의 <≪상아탑을 나와서≫후기> (≪出了象牙之塔≫後記)의 글을 보면 그가 주천백촌의 책을 번역하고자 한 의도를 알 수 있다. 주천백촌은 "일본인의 미온, 중도, 타협, 허위, 협량, 인색, 거만, 보수 등의 성격을 신랄하고 무자비하게 공격, 비평을 하였는데"[6], 노신은 이것을 빌어 중국 국민성의 개혁에 적용하고자 하였던 것이다.

노신은 중국국민의 열등성은 중국민족이 역사적으로 여러 차례 외침을 받은 것과 관련이 있다고 생각했다. 그는 일본의 국민성과 중국의 국민성을 비교하여 다음과 같이 말하였다.

> 일본의 국민성은 훌륭하다. 그것은 그들이 가진 가장 큰 혜택, 즉 몽고의 침입을 받지 않은 데에 원인이 있다. 그러나 중국은 역사적으로 유목민족의 해를 입어 온통 피투성이로 얼룩졌다.[7]

이러한 패배주의 정서는 기타 계급에게 전염되었고 국민의 열등감을 형성하게 되었으며 여기서 자기를 속이고 남을 속이며 자신을 비천하게 여기는 국민성이 산생되었다는 것이다.

또한 노신은 진보를 싫어하고 퇴보 속에 머물기를 원하는 국민성이 복고주의와 중화제일사상에서 기인한다고 생각했다. 복고주의는 옛부터 전해져 내려온 중국인의 습성이다. 고대 중국의 문화와 역사의 변화는 매우 점진적이어서 사람들에게 느슨한 감각을 제공하였다. '천불변(天不變), 도역불변(道亦不變)'은 바로 이러한 것을 잘 대변한 함축적인 말이다. 정치상에는 '정통(正統)', 사상상에는 '도통(道通)', 문학상에는 '문통(文通)'이 있으며

---

6) <≪出了象牙之塔≫後記> (1925. 12. 3), ≪譯文序跋集≫, ≪魯迅全集≫ 10卷, 242쪽.
7) <致龍柄圻>, ≪書信≫ (1936. 3.4), ≪魯迅全集≫ 13卷, 682 - 683쪽.

심지어는 공맹(孔孟)까지 포함시켜 2천년 동안 중국인의 전통적인 습관이 되었던 것이다.[8]

중화제일의 사상은 오래 전부터 내려온 중국인의 과대 망상증이라 할 수 있다. 중국이 세계 문화의 중심지라는 중화사상은 모든 것을 자기 중심적으로 생각하는 오류를 빚어냈다. 당시의 지식층 가운데에는 서방 자본주의 문명이 중국에서 기원했으며, 진시황(秦始皇)의 분서갱유 이후 이러한 문건이 중국에 전해지지 않고 오히려 서방국가에 유전되었다는 기괴한 논조가 있었다.[9] 따라서 서학(西學)의 조상이었던 중국이 서방에게 배운다는 것은 예를 잃어 야만을 구하는 것이라고 생각했던 것이다.

양계초(梁啓超)는 1920년 유럽을 순회하고 돌아온 후, 유럽의 자본주의 문명은 이미 파산되었으며 수많은 서방 선각자들이 중국, 인도의 문명을 수입하려 한다고 역설하였다.[10] 봉건문화야말로 진정으로 중국을 구할 수 있는 것이라고 생각한 그는 중국 고대문명을 부활하는데 전념해야 하며 삼경(三經 - 孔子, 老子, 墨子)을 따라 배워야 한다고 주장했다. 양계초는 사회주의 또한 중국에 이미 있었던 것이라고 말하면서 공자가 말한 '균무빈화무과(均無貧和無寡)'나 맹자의 '항산항심(恒産恒心)'이 바로 그것을 나타내주고 있다고 생각했다. 노신은 이에 대하여 파산당한 자손이 여전히 득의양양하며 우월감을 가지고 있다고 비유하면서 다음과 같이 말하였다.

> 그 조상은 때때로 지혜롭고 굳센 기상을 갖추었는데 어찌 같겠는가, 일찍이 넓은 지붕과 높은 누각, 주옥과 견마(犬馬)를 가지고 있어서 존귀함이 다른 사람들보다 뛰어나게 드러났다 [11]

---

8) 鄭欣淼, <魯迅的文化觀與改造國民性思想>, ≪魯迅硏究 13≫ (北京 : 中國社會科學出版社, 1988), 122쪽.

9) 鄭欣淼, 앞의 책, 125쪽.

10) 위의 주)와 같음.

이것은 또한 아Q에게서 흔히 볼 수 있는 현상이다. 아Q는 사람들과 입씨름을 할 때 늘 눈을 크게 뜨면서 "우리 집도 그전에는 ……네까짓 놈보다는 훨씬 더 잘 살았어 ! 네 따위가 무어야"12)라고 말한다. 또한 노신은 이러한 모습을 <홀연히 생각하다 4>에서 "우리들은 신주(神州-옛날 중국에 대한 별칭이다)의 영광스러운 후예들인데 선조의 유업을 계승하지 않을 수 있겠는가"13)라고 풍자하고 있다.

그러나 노신은 그 무엇보다도 봉건사상과 전통문화야말로 국민성과 밀접한 연관을 맺고 있음을 놓치지 않았다. 노신은 고서를 통하여 전통문화에 대한 해박한 지식을 얻었으며, 이 토대 하에 국민성 개조문제를 보다 구체적으로 제기할 수 있었다. 철저한 반봉건 의식에 입각한 노신의 계몽주의 정신은 작품 곳곳에서 잘 드러나고 있는 바, 이에 대해서는 다음절에서 보다 더 자세히 상술하고자 한다. 여기서 노신의 국민성 개조사상이 전.후기14)에 어떠한 양상으로 변화, 발전하였는가를 정리하고 넘어가기로 한다.

첫째, 전기의 국민성 개조사상이 국민성의 약점을 드러내는데 역점을 두고 있다면 후기의 경우는 국민성의 약점을 드러내면서 동시에 우수한 점을 계승할 것을 강조한다. 전기의 대표적 작품 <약>, <축복>, <아Q정전> 등은 우매하고 이기적이며, 냉혹한 중국민중의 낙후된 의식을 집중적으로 그려내고 있다. 그러나 후기 작품 <이수> <비공>에는 우(禹)나 묵자(墨

---

11) <摩羅詩力說>(≪河南≫月刊 第 2號 1908. 2月. 3月號), ≪墳≫, ≪魯迅全集≫ 1卷, 65쪽.

12) <阿Q正傳>, ≪吶喊≫, 위의 책, 490쪽.

13) <忽然想到 4>(≪京報副刊≫, 1925. 1. 17/20, 2. 14/20日 分載), ≪華盖集≫, ≪魯迅全集≫ 3卷, 17 - 18쪽.

14) 본고에서는 편의상 1881 - 1927년을 前期로, 1927 - 1936년을 後期로 구분한다. 이는 1927年 四·一二事變이 중국현대문학사에 차지하는 문학사시기 구분의 분기점으로서 갖는 역사적 의미를 중시한 것이며, 魯迅思想 轉變期의 기점이기도 하다.

子)같은 긍정적인 인물이 등장하고 있다. 또한 <중국인은 자신력을 잃어버렸는가?>에서 노신은 중국에도 우수한 국민성이 있으니 이를 이어받자고 강조한다.

> 옛날부터 전심전력으로 일하는 사람이 있었으니 백성을 위하여 명을 받드는 사람으로……이는 바로 중국의 대들보이다. 이러한 사람들이 현재 왜 적다는 말인가? 그들에게는 확신이 있다. 스스로를 속이지 않는다는……그들은 앞사람이 넘어지면 뒷사람이 계속 그 뒤를 이어 앞으로 나아간다. …… 중국사람은 자신력을 잃었단 말인가? [15]

둘째, 전기의 노신은 상류사회의 타락과 하층사회의 불행, 착취자와 피착취자, 성인과 민중의 대립 등을 분명하게 인식하고 있었으나 국민성 개조 문제를 유물론 관점에 의거하여 명확하게 분석, 제시하지는 못했다. 그러나 후기에는 맑스주의 관점을 받아들여 계급론적으로 분석해낼 수 있었다. 다시 말해서 전기의 국민성 개조사상에는 명확한 계급적 관점이 부족하였던 것이다. 노신이 비판하고 개조하고자 한 국민성의 약점은 대다수의 민중이 가지고 있는 고유한 것이 아니라, 주로 농민에 치우친 것으로서, 이는 오랜 세월 동안 통치계급이 억압하여 주입시킨 것이었다. 노신은 민중의 장점과 약점 중 어느 것이 그들 자신의 고유한 것이며, 어느 것이 통치계급에 의해 강압적으로 주입된 것인지에 대하여 어느 정도 구별해 낼 수는 있었지만, 명확한 계급적 관점이 결핍되어 작품에서는 종종 모든 장점과 약점을 포함하여 국민성이라고 불렀던 것이다.[16]

---

15) <中國人失掉自信力了嗎?>(≪太白≫半月刊, 第 1卷 3期, 1934. 10. 20), ≪且介亭雜文≫, ≪魯迅全集≫ 6卷, 118쪽.

16) 林志浩, <關於魯迅後期改造國民性思想的質疑>,鮑晶縮 編, ≪魯迅<國民性思想>討論集≫, (天津人民出版社, 1981), 32쪽.

그러면 국민성을 개조하는 주체는 누가 될 것인가? 전기의 경우 정신계의 전사와 지식인이었다면, 후기에는 민중으로 변했음을 알 수 있다. 비록 대중의 각성과 운명에 대하여 매우 깊은 관심을 보이기는 했지만 전기에는 노신의 관심이 여전히 낙후된 국민성에 치중되어 있었으며 따라서 소수 지식인의 사상계몽 활동을 강조하였다. 혁명의 길이 개인으로부터 대중으로 나아간다고 볼 때 이것은 확실히 전기 국민성 개조 사상의 한계점이라 할 수 있다.

그러나 후기의 노신은 유물론적 관점으로부터 지식인과 대중의 관계를 명확하게 정립해 낼 수 있었다. 즉, 지식인이 선봉과 교량의 작용을 해야 할 뿐만 아니라, 반드시 덕을 겸비해야 하며 덕의 표준은 대중과 함께 결합하는 것이자 대중 속의 한 일원이 되는 것이라고 강조하였던 것이다. 이것은 전기의 '정신계의 전사'나 '지식인' 중심의 관점에서 한층 심화, 발전된 형태라 하겠다.

이렇게 전·후기 국민성 개조사상의 인식의 심도와 중점은 다소 다르게 나타나 있지만, 노신의 국민성 개조사상은 두 가지 내용을 포괄하고 있음을 결론지을 수 있다. 즉, 한편으로는 국민성의 약점을 폭로, 비판하고, 다른 한편으로는 장점을 긍정, 발양시키는 것으로서, 그 목적은 새로운 발전을 촉진시키고 시대적 요구에 부합하는 민족정신의 탄생에 있다. 이러한 관점에서 볼 때 노신의 국민성 개조사상은 전·후기를 통해 일관되고 있는 것이라 하겠다.

2) 반봉건사상과 전통문화에의 대응

일찍이 현대 사조의 영향 하에 중서문화(中西文化)를 비교연구 하였던 노신은 중국의 전통문화의 폐단점과 민족의 열등성을 첨예하게 인식하였으며 외국에서 새 진리를 찾아야 한다고 생각하였다. 그리하여 '5·4'운동 직전 그는 "공자와 관우를 숭상하는 것은 다윈과 입센을 숭상하느니 보다 못하며, 온장군오도신(瘟將軍五道神 - 중국민간에서 모시는 신으로서 전염병과 재해를 주관한다고 전해진다)을 위해 희생하는 것은 아폴로를 위해 희생하느니 보다 못하다"[17]라고까지 비판하였다. '5·4' 이후에는 "도량을 넓혀 과감하게 신문화를 받아들일 것"[18]을 호소하면서 청년들에게 "중국 책은 적게 읽든지 아니면 읽지 말되 외국 책을 많이 읽어야 한다"[19]고 권하였다. 일견 편협하게 보이는 이와 같은 주장은 당시 노신이 봉건사상의 해독성을 얼마나 깊이 절감하고 있었으며 이를 경계하였는가를 단적으로 드러내준다.

그도 그럴 것이 중국의 봉건제도는 세계에서 가장 오래된 만큼 그 체계가 엄격하고 제도와 법규가 잘 완비되었었다. 이러한 체제 하에 민중은 모두 천민, 신민, 노예, 우마가 되어 개성이 완전히 말살되고 인간의 가치와 존엄을 운운할 여지가 없었다. 이에 대하여 노신은 <등하만필(燈下漫筆)>에서 "중국사람은 줄곧 인간의 가치를 모르고 지내왔고 기껏해야 노예에 불과하였다. …… 그러나 노예보다 못할 때가 더욱 많았다"[20]라고 통탄하였다. 이렇게 장기적 봉건통치로 인해 형성된 전제적이고 노예적인 국민성을 개조하고자 한 것이 바로 노신 문학의 출발점이었음은 앞에서 살펴본 바와 같으며, 노신 문학의 반봉건적인 성격은 당연한 귀결이었다.

---

17) <隨感錄 46>(≪新靑年≫ 第 6卷 2號), ≪熱風≫, ≪魯迅全集≫ 1卷, 333쪽.
18) <看鏡有感>(≪語絲≫周刊 第 16期, 1925. 3. 2), ≪墳≫, 위의 책, 200쪽.
19) <靑年必讀書>(≪京報副刊≫, 1925. 2. 21), ≪華盖集≫, ≪魯迅全集≫ 3卷, 12쪽.
20) <燈下漫筆>(≪莽原≫周刊 第 2期. 5期 分載, 1925. 5. 1/22), ≪墳≫, ≪魯迅全集≫ 1卷, 212쪽.

일반적으로 노신작품에 있어서 중국 국민의 영혼을 대표하는 인물로 가장 먼저 아Q를 든다. 아Q는 모든 민중들의 결점이 집약된 전형적인 인물이다. 그는 약자에게 강하고 강자에게는 약하며, 자신의 처지를 잊고 자신이 대단한 것처럼 생각하며, 모리배 기질과 이기심까지 갖추었을 뿐만 아니라 자존심이 강하고 남을 잘 속이기까지 한다. 또한 보통사람들인 <축복>의 싱림수(祥林嫂)나 <내일>의 선사부인(單四嫂人) 등에서 우리는 미신적이고 노예적인 삶을 볼 수 있다. 그러한 국민성은 오랜 세월 동안 국민의 의식을 지배해 온 봉건적인 전통문화에서 기인한다고 할 수 있다. 전통문화란 민중 심리의 반영이자 행위의 표현으로서 국민성 혹은 민족성을 드러내 주는 거울이기도 하다. 노신은 전통문화의 봉건성을 타파하지 않으면 새로운 국가도 국민도 있을 수 없으며 나라도 일으킬 수 없다고 생각했다. 그러나 중국의 봉건문화는 너무 완고하고 뿌리가 깊었다. 이것을 절감한 노신은 다음과 같이 말하였다.

　　우리 중국은 본래 새 주의가 발생할 수 없는 곳이며 새 주의를 용납할 수도 없는 곳이라고 생각한다. 설사 우연히 외래사상이 들어왔다 할지라도 금방 색깔이 변하게 되며 또한 많은 논자들은 오히려 이것을 자랑으로 생각할 것이다.[21]

이처럼 중국은 봉건문화가 너무 뿌리깊기 때문에 변혁되기 어렵다는 것이다. 그 어려움을 노신은 또 다음과 같이 비유하였다.

　　책상을 하나 옮기거나 바꾸려 해도 피를 흘리지 않고는 불가능합니다. 더구나 피를 흘린다 해도 옮겨놓거나 바꾸는 일이 꼭 이루어지는 게 아니

---

21) <隨感錄 59>(≪新靑年≫ 第 6卷 5號, 1919. 5), ≪墳≫, ≪魯迅全集≫ 1卷, 354쪽.

지요. 중국은 아주 커다란 채찍이 등을 후려치지 않는 한 스스로 움직이려
하지 않습니다.22)

　봉건적인 전통문화는 그 자체의 통치체계를 공고히 할 뿐만 아니라 잔혹
함까지 갖추고 있다. 노신은 이러한 본질을 나나니벌의 독침에 비유하여 다
음과 같이 비판하였다.

　　　나나니벌은 단순한 살해자가 아니라 아주 잔인한 살해자이며 그 위에 학
　　식과 기술이 뛰어난 해부학자이기도 하다. 나나니벌은 애벌레의 신경구조
　　와 작용을 잘 알고 있으며 신기한 독을 가진 침으로 애벌레의 운동신경을
　　찔러 마비상태로 만든 다음 거기다 알을 까고 나서 둥지를 봉쇄한다. 따라
　　서 벌의 새끼가 부화될 때까지 그 먹이는 잡았을 당시와 같은 신선함을 유
　　지한다.23)

　여기서 '신기한 독침'이란 바로 봉건문화를 가리키는 말로서, 노신은 이
것을 '대대로 전해져 내려온 옛 보고'라고 풍자하고 있다. 그것은 통치자들
이 국민을 마비시키는 '마취주사'이자 사람을 죽이되 피를 흘리지 않는 '부
드러운'칼이다. 이러한 봉건문화 때문에 국민성의 약점이 산생될 수밖에 없
다고 생각한 노신은 그 원인을 다음과 같이 세부적으로 제시하면서 국민성
을 개조하고자 노력했다.
　첫째, 봉건신분제도는 반항심을 없애고, 편안히 살려는 이기심과 노예적
인 근성을 낳게 하였다. 그는 <등하만필>에서 봉건신분제도의 엄격함을
다음과 같이 말하고 있다.

---

22) <娜拉走后怎樣?>(文藝會刊≫ 6期, 1924), ≪墳≫, 위의 책, 164쪽.
23) <春末閑談>(≪莽原≫周刊 第 1期, 1925. 4. 24), ≪墳≫, 위의 책, 204쪽.

날짜에는 열흘이 있고 사람에게는 열 등급이 있다. 그래서 아래 사람이
윗사람을 섬기고 윗사람은 신을 위하는 것이다. 그렇기 때문에 왕(王)은 공
(公)을, 공은 대부(大夫)를, 대부는 사(士)를, 사는 조(皁)를 신하로, 조는 여
(輿)를, 여는 예(隷)를, 예는 요(僚)를, 요는 복(僕)을, 복은 대(臺)를 신하로
삼는다.[24]

이와 같은 엄격한 봉건신분제도는 국민들의 반항심을 없애고 위를 향하
여 절대적인 복종심을 낳게 했으며, 억압받은 원한은 강자에 대한 반항으로
표출되지 못하고 오히려 약자에게 발설된다.[25] 그리하여 원한과 분함이 사
라지고 천하 또한 태평하게 되는데 이처럼 약자를 속이고 강자를 두려워하
는 노예심리에서 자신만 편하면 된다는 무관심과 구차히 살려는 심리가 산
생되는 것이다. 노신의 이러한 관점은 30년대에 이르러서도 변하지 않는다.

사람들이 사회에서 살 때 당초에는 이렇게 서로 관여하지 않았던 것은
아니다. 표범과 이리(정권을 잡은 사람들)가 길을 막아서자 이로 인하여 수
많은 희생을 치르게 되어 후에는 자연스럽게 모두 이 길을 나서게 되었
다.[26]

표범과 이리가 길을 막아섰다는 것은 봉건신분제도가 무관심한 환경을
조성시켜 국민들의 단결을 저해했다는 것을 의미한다. 심지어 다른 사람의
고통을 즐거운 일로 삼았다는 것은 '사람이 사람을 잡아먹는' 당시 사회의
'식인관계(食人關係)'를 언급한 것이다. <광인일기>는 이와 같은 견해를

---

24) 王, 公, 大夫, 士, 皁, 輿, 隷, 僚, 僕, 臺는 모두 노예사회에서의 신분명칭이다. 그중 앞
  의 네 가지는 지배자의 신분이고 마지막 여섯 가지는 예속자의 신분이다. <燈下漫筆>,
  ≪墳≫, 위의 책, 215쪽.
25) <雜憶>(≪莽原≫周刊 第 9期, 1925. 6. 19), ≪墳≫, 위의 책, 225쪽.
26) <經驗>(≪晨報副刊≫, 第 2卷 7號, 1933. 7. 15), ≪南腔北調集≫, ≪魯迅全集≫ 4卷,
  540쪽.

그대로 드러내고 있다.

> 옛날부터 사람을 잡아먹어 왔다는 것은 나도 기억하고 있지만 그렇게 확
> 실하지는 않다. 그래서 역사책을 펼쳐서 조사해 보았더니, 이 역사책엔 연
> 대는 없고 각 페이지마다 비스듬하게 '인의도덕(仁義道德)'이라는 글자가
> 쓰여져 있었다. 나는 어차피 잠을 잘 수 없었기 때문에 오밤중까지 자세히
> 살펴보다가 비로소 글자와 글자 사이에서 또 다른 글자를 찾아내었는데,
> 책 가득히 쓰여 있는 두 개의 글자는 '식인(食人)'이라는 것이었다.[27]

다음으로는, 전통사상의 해독 특히 유가, 도가, 불가 사상의 해독으로 말
미암아 국민성의 약점이 조성되었다고 노신은 파악한다. 유가사상은 질서
를 중시하여 봉건제왕에게 충성을 강요하였고, 도가의 무위사상이나 불가
의 윤회(輪廻)사상은 사회참여를 부정하고 반항심을 없앰으로써 세속적인
일을 방관케 하였다. 그리하여 이와 같은 전통사상은 '인심(人心)'을 건드리
지 않는다'라는 소극적인 국민성을 낳게 한 것이다.

이 사상에 철저히 물든 사람은 주로 철학가나 정치에서 실패한 사대부들
이라 할 수 있다. 이들은 자신의 입장을 합리화시키기 위해 눈을 고서더미
속의 과거로 돌려 현실을 도피하며 투쟁을 무시한다. 그리고 이 같은 현실
도피적인 정신은 당연히 통치자들의 환영을 받는다. 서로 관여하지 않기에
통치의 장애가 되지 않는 것이다. 이와 같은 현상은 줄곧 고대 중국의 통치
기술로 굳어져, 황제는 왕위를 지키기 위하여 이것을 자손 만대에 전한다.
또한 백성은 안정된 생활을 지키기 위해서 차라리 몸을 웅크리고 타락할지
언정 앞으로 나아가기를 싫어했다.[28] '인심을 범하지 않는' 이 사상은 결국
'싸우려 하지 않는 사람'과 '죽음을 두려워하는 사람'들을 산생시켰으며, 사

---

27) <狂人日記>(≪新青年≫ 4卷 5號, 1918. 5), ≪吶喊≫, ≪魯迅全集≫ 1卷, 424 - 425쪽.
28) <摩羅詩力說>, ≪墳≫, 위의 책, 68쪽.

람들은 과감히 싸우지 못하고 점차 비루하고 인색해져갔으며 국가 운명에 대하여 전혀 관심을 갖지 않은 채 개인적인 실리추구만 힘쓰게 된 것이다. 그리하여 외적의 학대 밑에서도 단지 목숨만 구하기 위해 비굴함을 아낌없이 발휘한다. 노신은 이렇게 '싸우려 하지 않는 민족'과 '죽음을 두려워하는 민족'이 바라는 것은 '더러운 평화'로써 정체된 상태를 유지하려는 것뿐이라고 비판하였던 것이다. 이 같은 상태는 노신의 진화론적인 관점에서 볼 때 퇴보이자 도태인 것이다.

이렇게 노신은 국민성의 약점이 봉건적인 전통 사상에서 기인한다고 하면서 보다 무서운 것은 이것을 극복하려하지 않는 태도임을 강조하였다.

> 바로 여기에 옛 것의 무서운 점이 있는 것입니다. 가령 그것이 해롭다고 생각된다면 우리는 그것을 경계할 수 있을 것입니다. 그런데 바로 그것이 그리 해로운 것이라고 생각되지 않기 때문에 우리는 그것의 치명적인 해독을 느끼지 못하게 되는 것입니다. 왜냐하면 그것은 '보이지 않는 칼'이기 때문입니다.29)

더 나아가 노신은 중국의 전통문학이 봉건통치를 유지하는데 일조하였음을 지적하였다. 그 중 가장 선봉적인 역할을 한 것은 유가(儒家)의 문학관이다. 예컨대 공자는 "시 삼백 편은 한 마디로 잘라 말해서 생각하되 사특함이 없다"30)라고 말하면서 '무사(無邪)'라는 두 글자로 작가와 독자의 사상, 감정을 속박하였던 것이다.

또 후대 유가들은 의미를 보다 확대하여 "시라는 것은 지닌다는 뜻이다. 그 성정(性情)을 감추어서 나타나지 않게 한다"31)라고 말하였다. 이렇게 사

---

29) <老調子已經唱完>(≪國民新聞≫副刊, 1927. 3), ≪集外集附錄≫, ≪魯迅全集≫ 7卷, 311쪽.

30) <≪論語≫.爲政制二>, ≪四書讀本, ≫, (臺北 : 三民書局), 1981, 60

람들의 사상, 감정을 봉건예교로 속박하여 자유사상과 반항의 소리를 완전히 제거해버렸다. 이에 대하여 노신은 "무릇 이미 뜻을 드러냈는데 어찌 마음 속에 뜻을 감춘다는 말인가? 강제로 사특함이 없게 한다는 것은 사람의 뜻이 아니다. 스스로를 채찍질하여 속박해 놓은 것이, 바로 이런 일이 아니겠는가?"[32]라고 비판하였다.

통치자들은 봉건사대부나 민중에게 반동 통치를 옹호하고 미화하거나, 혹은 반항심을 없애고 소극적으로 은둔을 조장하는 문학작품을 추천하고 종용하였다. 반면에 사람을 감동시키고 투쟁심을 고취시키는 작품들을 모두 배척하였다.

> 중국 봉건사회의 문인은 무사(無邪)와 시교(詩敎)에 사로잡혀 왕을 송축하고 호족에게 아첨하는 작품을 지었는가 하면, 또 어떤 이는 벌레와 새에 화답하거나 숲과 샘에 정감을 느끼는 등, 세상을 비탄하고 전대(前代)의 현인들을 그리워하는 쓸데없는 작품을 지었다.[33]

중국의 봉건사회 안에서 인심을 거스르지 않고 편안히 통치권을 유지하려는 정치사상은 보편적인 것이어서, 유가(儒家)뿐 아니라 도가(道家)의 사상에서도 나타난다. 노신은 이를 다음과 같이 지적하였다.

> 노자(老子)의 오천 마디 말은 인심을 어지럽히지 않으려는데 그 목적이 있다. 인심을 어지럽히지 않기 위해서는 반드시 고목의 마음으로 무위의 다스림을 세워야 한다. 무위(無爲)로써 사회를 변화시키면 세상은 곧 태평해진다.[34]

---

31) <摩羅詩力說>, ≪墳≫, ≪魯迅全集≫ 1卷, 68쪽.
32) 위의 주)와 같음.
33) 위의 주)와 같음.

그러나 이렇게 모순도 없고 투쟁도 없는 이상국(理想國)은 실제로 존재하지 않는다.

노신은 계속해서 <북경통신(北京通信)>에서 전통문화의 폐단점을 다음과 같이 말하고 있다.

> 고훈(古訓)에서 가르쳐준 삶의 방법은 활동하지 말라는 것입니다. 활동하지 않으면 물론 실수가 적을 것입니다. 그러나 생명이 없는 암석과 사토는 실수가 더 적지 않습니까? 나는 인류가 향상하기 위해서는 즉, 발전하기 위해서는 응당 활동해야 한다고 생각합니다. 활동하다가 다소 실수가 있어도 그것은 별 문제입니다. 오로지 반생반사(半生半死)의 구구한 삶만이 전적인 실수인 것입니다. 그것은 삶의 간판을 내걸었으나 실상은 사람을 죽는 길로 끌고가기 때문입니다.[35]

중국문화의 근본적인 폐단점은 어디서 기인하는가. 노신은 폐쇄적인 사고방식을 지적한다. 이 폐쇄성은 민족유산 보존이라는 명목 하에 모든 새로운 것을 반대하였으며 심지어 새로운 문화와 예술의 탄생조차 거부하게 하였다. 예컨대, 원작을 지나치게 중시하고 번역을 평가절하 하는 전통이란 외국문학과 이데올로기 운동의 충격에서 자기 방어적인 전략이었던 것이다. 따라서 다채로운 외래문학의 유익한 점을 받아들이려 하지 않아 문학형식의 발전에 장애를 초래했으며 민중들의 삶과 긴밀한 연관을 맺지 못한 채, 문학은 위정자의 통치수단이나 전유물로 전락하는 경우가 많았다. 소설구성은 일반적으로 대단원(大團圓)[36]의 결말을 취하였고 비극이라 하더라도 결말에다 초현실적인 이상의 광채를 덧붙였다. 결국 작가의 사유방식이

---

34) 위의 책, 위의 글, 67쪽.
35) <北京通信>(≪豫報副刊≫ 1925. 5. 14), ≪華盖集≫, ≪魯迅全集≫ 3卷, 52쪽.
36) 끝을 원만하게 맺음.

나 표현방식은 고정화되어 침체상태를 모면하지 못했던 것이다.

이와 같이 노신은 전통문화에 대하여 혹독하게 비판하였지만 그러나 비관적이지만은 않았다. 모든 전통문화가 나쁜 것은 아니며, 이를 선별하여 나쁜 것은 파괴하고 좋은 것은 계승, 발전시킴으로써 새로운 문화를 창조해야 한다고 강조하였던 것이다. 예컨대, 그는 <악마주의 시의 힘(摩羅詩力說)>에서 굴원(屈原)의 애국주의 정신을 찬미하면서 비록 굴원의 '반항도전'에 대해 만족스럽지 못한 감이 있지만 '방언무탄(放言無憚)'에 대해서는 긍정하였다. 또한 노신은 중국의 국혼(國魂)에는 관혼(官魂), 비혼(匪魂), 민혼(民魂) 세 가지 종류가 있다고 분석하면서 민혼을 적극적으로 발양할 것을 주장하였다. 그는 "오직 민혼만이 가장 고귀하며 그것을 발양시켜야만 중국은 비로소 진보할 수 있다"37)고 외쳤다. 노신은 <작은 사건(一件事件)>에서 인력거꾼의 고상한 품덕을 찬양했으며 <고향>에서는 윤토(潤土)의 근로정신, <이혼>에서는 애고(愛姑)의 반항을 묘사하였는데 이것은 모두 민혼의 내용들이다.

또한 ≪화개집(華盖集)≫의 <이것과 저것(這個與那個)>에서 노신은 한비자(韓非子)의 "선두를 다투지 않으며 꼴찌를 부끄러워하지 않는 것"38)을 칭찬하면서 그 한가지 묘법이 불치최후(不恥最後)라 하였다. "아무리 느리다 해도 열심히 쉬지 않고 달리면 설사, 낙후되고 실패해도 반드시 그가 향하는 목적지까지 도달한다"39)면서, "불치최후의 민족이 많을수록 어떠한 일이 되었든 단번에 와해되지는 않을 것이다"40)라고 보는 것이다. 이렇게

---

37) <學界的三魂>(≪語絲≫周刊 第 64期, 1926. 2. 1), ≪華盖集續編≫, ≪魯迅全集≫ 3 卷, 208쪽.

38) <這個與那個>(≪國民新報副刊≫, 1925. 12. 10일, 12일. 22일 分載), ≪華盖集≫, 위의 책, 141쪽.

39) <補白>(≪莽原≫周刊, 第 10, 11期, 1925. 6. 26日. 7. 3日. 分載) ≪華盖集≫, 위의 책, 106 - 107쪽.

한비자의 '불치최후'의 정신을 찬양한 것으로 보아 노신은 국민성의 약점을 개조하는데 오랜 세월과 끈질긴 인내심이 필요하다고 생각했음을 알 수 있다. 또한 이러한 관점에서 노신은 허광평에게 다음과 같은 편지를 썼다.

> 마비된 상태를 고치는 방법에는 단 한가지 방법이 있는데 그것은 바로 강인함이다. 즉, 끊어질지언정 놓지 않는다는 것이다. 점차적으로 조금씩 해나가 쉬지 않으면 뛰어나지는 못하지만 효과가 없지는 않을 것이다.[41]

국민성의 개조는 하루아침에 이루어지는 것이 아니라 점진적으로 추동시킴으로서 변화 발전되어 간다는 것이다. 여기에는 끈질긴 인내심이 필요할 터인데 이 인내심은 바로 전통 속에 이미 존재한 것으로서 이것을 계승하여 변혁의 원동력으로 삼는다는 것이다.

3) 정신계의 전사에서 프로메테우스로

앞장에서 국민성의 문제가 봉건적인 전통문화와 밀접한 관계를 맺고 있으며, 이 전통문화를 파괴함으로써 새로운 인간과 국가가 창출될 수 있다는 노신의 계몽사상을 살펴보았다. 그러면 과연 누가 봉건적인 문화를 파괴하고 국가를 일으키며 국민성을 개조할 것인가? 초기 노신의 사상에 의하면 그것은 바로 정신계의 전사와 지식인에 의해서였다. 노신은 일찍이 니체, 쇼펜하우어의 전통파괴 정신을 받아들이면서 이 정신계의 전사에 의해 중국이 개조되기를 바랬다.

앞장에서 언급된 바와 같이 이 '정신계의 전사'는 노신 문학의 출발점인

---

40) <這個與那個>, 위의 책, 143쪽.
41) <兩地書 一二>(1926. 4. 14), ≪兩地書≫, ≪魯迅全集≫ 11卷, 46쪽.

계몽주의 문학에 있어서 중심사상의 하나이자 예술가 노신의 가슴 저변에 항상 흐르고 있었던 '작가혼'이기도 하다.

일찍이 낡고 거대한 봉건제국 중국을 '창문도 없고 부수기 힘든 무쇠집'으로 비유했던 노신은 다음과 같은 김심이(金心異)의 말에 동의하면서 <광인일기>를 썼다.

> 그 안에는 많은 사람들이 잠자고 있는데 머지않아 죽을 것이다. 그러나 몇 사람이라도 깨어난다면 아직 잠들어 있는 사람들을 깨울 수 있고 그 쇠로 된 방을 부술 수 있는 희망이 있다.[42]

노신은 구예교, 구사회의 식인적인 본질을 밝히고 마비된 국민의식을 일깨울 정신계의 전사를 기다렸는데, 이는 다름아닌 그 자신이었다고 볼 수 있다. 노신에 의하면 '시인'이란 '사람들의 정신을 일깨워 주는' 존재이며 따라서 반역의 사명을 갖는다.

> 충분히 사람들을 진작시키고 또한 언어가 비교적 깊은 뜻이 있는 것으로 마라시파(악마시파)와 비길 것이 없다. '마라'라는 말은 인도에서 빌려온 것인데 이는 하늘에 있는 악귀를 뜻하고 서양사람들은 이를 사탄이라고 부른다. 그리고 사람들은 바이런을 그렇게 부른다. 오늘날 여러 시인들 중에서 지향하는 바가 반항에 있고 목적이 행동하는 데에 있어서 세상사람들이 탐탁케 여기지 않는 시인들을 모두 여기에 집어넣었다.[43]

위와 같은 노신의 설명에 따르면, 사탄의 반항적이고도 지칠 줄 모르는 불굴의 정신이야말로 악마주의 시의 정신이며, 시인이란 바로 '정신계를 위

---

42) <≪吶喊≫,自序>(≪晨報·文學旬刊≫, 1923. 8. 21), ≪吶喊≫, ≪魯迅全集≫, 1卷, 419쪽.
43) <摩羅詩力說>, ≪墳≫, ≪魯迅全集≫ 1卷, 65 - 66쪽.

해 싸우는 자'인 것이다. 여기서 노신이 지향하는 바는 암흑의 구사회에 대한 '반항'이며 이 암흑의 봉건사회를 파괴하는 데에 그 목적이 있다 하겠다. 보다 나은 사회의 건설을 위해 낡은 봉건사회를 파괴하고자 했었던 노신은 그러나 초기의 경우, 그것이 어떤 종류의 사회여야 하는가에 대해서 아직 구체적인 상이 없었다. 다만 중국의 새로운 시인은 '정신계'를 위해 '가장 진실된 목소리로 외쳐야 하며 우리에게 미와 선, 건강'을 가셔나 주어야 한다고 생각했다. 또한 시인은 "우리를 굶주림과 추위로부터 해방시켜 줄 따뜻한 목소리로 이끌어야 한다"44)고 생각했는데 그와 같은 목소리는 평범한 소리가 아니라 '정신의 소리'이다. 이처럼 그는 시인을 자연과 사회, 인간의 의식과 역사적 사건에 내재해 있는 신비를 통찰할 수 있는 심안을 부여받은 존재, 즉 '천재'로 여겼다.45) 시인은 미래를 들여다보는 예언자이며 사람들을 훈계하고 우상을 파괴하는 반역가인 것이다.

이와 같이 바이런을 비롯한 영국의 낭만주의 시인들처럼 시인을 '정신계의 전사'로 여겼던 생각은 1920년대에 들어와서 수정된다. 예컨대, 1924년 1월 17일 북경사범 부속중학교 교우회에서 행한 강연에서 노신은 "천재란 대중 속에서 출현하며, 대중은 그를 낳게 하고 성장하게 하는 조건"46) 이라고 말한다. 이제 그는 시인을 시적, 예술적으로 선지자적인 능력을 갖춘 위엄있는 존재가 아니라 톨스토이, 뚜르게네프, 도스토예프스키 등과 같은 능력있는 예술가로 생각하게 된 것이다. 여기서 세계역사 창조의 동력을 소수의 지식인에 의탁했던 초기 노신 사상이 수정, 발전되는 것을 볼 수 있다. 이렇게 민중의 힘을 의식하고 현실을 정면으로 응시하게 된 노신은 1920년

---

44) 위의 글, 위의 책, 100쪽.

45) Marian Galian, ≪The Genesis of Modern Chinese Literary Criticism≫, (Curzon Press. London, 1980), 242쪽.

46) <未有天才之前>(≪交友會刊≫ 第 1期, 1924) , ≪墳≫, ≪魯迅全集≫ 1卷, 166쪽.

대 전반기에 있어서 그의 비평작업의 절정이라 할 수 있는 <두 눈을 똑바로 뜨고 보는 것에 대하여(論睜了眼看)>에서 다음과 같이 단호하게 말할 수 있었다.

> 문학은 민족 정신을 채찍질하는 맹렬한 불꽃임과 동시에 민족정신이 나아가야 할 길을 밝혀주는 등대이다. …… 중국 사람들은 정면으로 삶을 볼 수 없었기에 그들 자신을 속이고 숨겨야만 했다. 그리하여 속임과 기만의 문학이 태어났으며 그 영향 하에 중국 사람들은 점점 깊이 바닥없는 나락으로 잠겨 들어갔다. …… 세상은 날마다 변해간다. 이제 가면을 벗어던지고 용기있게 삶에 대하여 진실된 모습을 포착해야 할 때가 왔다. 피와 땀에 대해서 쓰기 시작해야 한다. 이제야말로 우리는 전적으로 새로운 문학의 기초가 필요하며 용기있고 단호한 전투가가 필요한 때이기 때문이다.[47]

이렇게 노신은 추악하고 살인적인 중국 현실의 메두사적인 얼굴을 정면 응시하면서 이를 솔직하게 드러낼 '용기'를 강조하고 있다. 또한 메두사를 퇴치한 페르세우스의 초상은 노신의 마음을 사로잡아 산문시 <이러한 전사(這樣的戰士)>에서 중국 현실에 대항하는 투쟁가로 형상화되기도 한다.

일련의 여사대 사건과 3·18사건, 4·12정변, 광주(廣州)의 4·15대학살 등은 노신으로 하여금 계몽주의의 한계를 인식하게 했다. 1926년 3월 18일, '공화국 건국 이래로 가장 어두웠던 날', 노신은 그때까지 경험하지 않았던 새로운 정치 현실로 인해, 거의 20여 년 동안 문학과 예술의 영역에 대한 신념의 기초가 되어왔던 '시인'에 대한 기대를 잃고 마는 것이다.

> 문학, 문학 하지만, 그것은 가장 무용하고 무력한 인간들이 부르짖는 것이다. 권력을 휘두른 자는 말없이 오직 살인만을 행한다. 억눌린 자들이 몇

---

47) <論睜了眼看>(≪語絲≫周刊 第 38期), 위의 책, 240 - 241쪽.

마디 말을 하거나 글 몇 자 때문에 곧장 죽음을 당한다. 설령 요행으로 살
해당하지 않고 매일 소리치고 불평을 호소한다 해도 실력자들의 억압과
살해, 학대를 당해낼 수 없으니 이런 문학이 사람들에게 무슨 소용이 있겠
는가?[48]

이와 같은 '문학무력설'은 문학에 대한 그의 초기의 사상과 큰 대조를 보
여주고 있다.

인류가 후세 사람들에게 남겨주는 문화 중에서 가장 힘있는 것은 문학작
품이다. …… 문학작품은 세월을 거치면서 사람들의 마음 속에 들어가면
쇠락한 종족처럼 없어지지 않고 오히려 더욱 번성하는 것이니 그 종족과
는 대비가 된다.[49]

이처럼 "가장 힘있는 것"으로서의 문학에 대한 신뢰와 기대가 잠정적으
로는 와해된 듯이 보여지며, 혁명기에 있어서 문학의 힘이나 영향력을 더
이상 믿지 않게 된 노신은 또 다음과 같이 말한다.

그와 같은 문학은 아무런 힘이 없다. 훌륭한 문학작품이라는 것은 타인
으로부터 명령을 받지 않고 이해마저도 돌보지 않고 가슴으로부터 자발적
으로 뽑아져 나와야하기 때문이다. …… 혁명에 있어서 가장 중요한 사실
은 '혁명가들'이지 '혁명문학'을 가지고 서두를 필요는 없다. 진정한 혁명
가들이 있다면 혁명문학 또한 생겨날 것이기 때문이다.[50]

그런데, 여기서 중요한 것을 발견하게 된다. 훌륭한 예술작품이란 "가슴

---

48) <革命時代的文學>(≪黃埔生活≫周刊, 第 3期, 1927. 6. 12), ≪而已集≫, ≪魯迅全
   集≫ 3卷, 417쪽.
49) <摩羅詩力說>, ≪墳≫, ≪魯迅全集≫ 1卷, 63쪽.
50) <革命時代的文學>, ≪而已集≫, 앞의 책, 418쪽.

에서 자발적으로" 분출되어야 한다는 이 목적없는 합목적성은 노신의 미학
관을 잘 드러내주는 것으로서, 시인에 대한 그의 초기사상과 맥을 같이하고
있기 때문이다.

또한 노신은 좌련이 결성되기 직전 1930년 3월에 출판된 <억지 번역과
문학의 계급성>에서 다음과 같이 말한 바 있다.

> 사람들은 자주 혁명가들을 신화의 인물 프로메테우스에 비유한다. 사실
> 그는 불을 훔쳐 지구인들에게 전해준 것을 후회하지 않았다. 그는 그의 행
> 위로 인해 신으로부터 많은 고통을 당해야 했다. 그의 확고한 결심은 혁명
> 가의 것과 똑같다. 그러나 나는 나의 살덩이를 요리하기 위해 외국의 불을
> 훔쳤다. 나는 그 맛이 좋아 사람들이 먹고 거기에서 이득을 얻기 바란다.
> 그러면 나의 희생은 헛되지 않을 것이다.[51]

이렇게 노신은 자기 자신을 프로메테우스에 비유하고 있다. 인류에 불을
훔쳐 건네줌으로써 고통을 당했던 프로메테우스에게서 동질감을 느낀 노신
은 스스로에게 혁명가의 십자가를 짐 지웠던 것이다. 그리하여 줄곧 노신은
불을 훔친 프로메테우스의 정신으로 자신을 격려하고, 외국문화 사상과 문
예작품을 번역, 소개하여 구국의 무기로 삼았다.[52] 이와 같이 노신의 '정신
계의 전사'는 페르시우스를 거쳐 프로메테우스로 변화, 발전되고 있으며,
노신 문학의 출발지였던 계몽주의 성격 또한 끝까지 일관되고 있음을 알
수 있다.

노신은 세상을 떠나는 전야에도 사람들에게 다음과 같은 의미있는 글을
남겼다.

---

51) <'硬譯'與'文學的階級性'>(≪萌芽月刊≫ 第 1卷 3期), ≪二心集≫, ≪魯迅全集≫ 4
卷, 209쪽.
52) 劉泰隆 外 著, ≪魯迅研究槪要≫, (南寧 : 廣西敎育出版社, 1989), 137쪽.

> 나의 피와 살이 동물에게 먹힌다면 사자나 범, 매에게 먹히우고 싶다.
> …… 건장한 그들이 하늘이나 바위 위에, 사막이나 밀림 속에 출몰하는 것
> 은 실로 볼만한 것이다. 그들을 잡아다가 동물원에 가두어 두거나 표본으
> 로 만들어도 사람들을 흥분시키고 속된 마음을 사라지게 할 수 있다.[53]

사후에까지도 인간의 의식을 각성시키고 싶어한 노신의 결의가 담긴 위의 글은 진정으로 '정신계의 전사'다운 작가의 위대한 계몽주의 정신을 대변하고 있다 하겠다.

4) 인도주의적 문학

반봉건, 반식민지적 현실을 타파하고 '참된 사람'의 세계를 꿈꾸었던 노신의 이상은 인도주의사상으로 표출된다. '인도주의'사상은 노신 문학의 곳곳에서 흐르고 있는 바, 이는 그의 문학관 - 인생을 위한 문학 - 과 맥을 같이 하고 있다.

의학을 포기하고 문학에 종사하면서부터 '5·4' 문학혁명에 이르기까지 노신은 줄곧 '인생을 위하는 것'을 문학창작의 지침으로 삼아 왔다. 문학이 '인생을 위해야 한다'는 것은 문학과 사회와의 관계에 있어서 문학의 사회적 기능에 대한 심도있는 인식으로부터 나온 결론이었다.

> 문학은 감성적으로 독자들에게 전면적으로 인생을 계시해준다. 사람들은
> 문학작품을 통하여 인생을 구체적으로 체험하고 이해하게 되며 장점과 결
> 점을 올바로 발견하여 그 문제점을 원만히 해결함으로써 인생을 개조하는
> 목적에 도달할 수 있다.[54]

---

53) <半夏小集>(《作家》月刊 第 2卷 1期, 1936. 10), 《且介亭雜文末編》, 《魯迅全集》
   6卷, 597쪽.

일본 유학시절에 이미 인생에 있어서 문학의 고무작용과 각성작용을 깊이 인식하였던 노신은 '5·4'시기에 이르자 인생과 사회에 대한 문학의 역할을 더욱 중시하게 되었다. 바이런, 셸리, 페퇴피, 푸시킨 등의 전투정신을 숭상하였던 노신은 일찍이 <문화편지론>, <악마주의 시의 힘>, <파악성론> 등에서 혁명시인들을 소개하면서, 사회에 대한 문예의 비판작용을 강조했다. 문예가 '인생을 위한다'는 그의 주장은 소극적인 현실 반영이 아니라 인생에 대한 적극적인 개입을 의미한다. '인생을 위하고', '인생을 개량한다'는 것에는 변혁과 새로운 것의 창조라는 적극적인 의지가 담겨져 있다. 이러한 관점에서 노신은 ≪납함≫과 ≪방황≫에서 모순과 질곡에 빠진 중국현실을 심도있게 묘사하였고 중국사회에 뿌리깊이 스며든 병근을 들추어냄으로써 그 치료에 주의를 불러일으켰다.

'인생을 위하는', 그리고 '인생을 개량'하고자 하는 노신의 문학사상을 잘 구현해 낸 이들 작품은 그가 문학을 어떤 뜻에서 사회개혁의 수단으로 해석했는가를 시사해 준다. 노신에게 있어서 '인생을 위한다는 것'은 계몽주의와 더불어서 '사상혁명'의 구호와 서로 통하는 개념이었다. 즉 봉건전통문화에 의해 정신적, 육체적으로 왜곡되고 변형된 인생을 바로 잡자는 것이었다. 따라서 노신의 '인생을 위한 문학'은 인간으로서 지녀야 할 정신적 가치를 환기시키고자 한다. 노신이 생각한 인간의 진정한 가치는 비굴한 노예적 사상과 결별하고 동시에 새로운 혁명에의 이상으로 구제도, 구사상, 구문화의 암담한 사회를 파괴하고 합리적이고 아름다운 사회를 만드는 것에 있다. 이것이 바로 노신이 독자를 향해 펼쳐 보인 일종의 새로운 인생이었다.

그러면, 구체적으로 ≪납함≫과 ≪방황≫을 통해 노신이 전개한 중국인

---

54) <摩羅詩力說>, ≪墳≫, ≪魯迅全集≫ 1卷, 72쪽.

들의 삶의 모습은 어떠한 것이었으며, 그의 인도주의사상이 어떻게 드러나고 있는가를 간단히 살펴보자.[55]

　1910-1920년대 중국에서 가장 억압받고 고통받은 계층은 농민이라 할 수 있다. 농민의 삶이 바꾸어지지 않는 한 중국은 옛 모습에서 탈피할 수 없다고 생각하였던 노신은 ≪납함≫에서 농민의 삶의 묘사에 많은 지면을 할애하었다. 그 중 <고향>은 농민 윤토의 운명을 묘사한 대표적인 향토소설이다. "많은 자식, 가혹한 세금, 병사, 비적, 관리, 향리의 수탈에 고통 받아"[56] 목석같이 되어버린 윤토의 모습에 대한 '나'의 연민은 바로 작가 자신의 것이기도 하다.

　　　"아, 윤토형 - 반갑군 ……"라고 말했을 뿐이었다.
　　　계속해서 하고 싶은 많은 말들이 꿰어놓은 구슬같이 연달아 떠올랐다. 뿔새며, 날치며, 조개껍질……, 그러나 어쩐지 무언가에 가로막힌 듯한 느낌이 들고, 그 말들은 머리 속에서만 빙빙 돌 뿐, 입 밖으로 나오지 않았다.
　　　그는 멈춰 섰다. 기쁨과 처량함이 섞인 표정이 얼굴에 역력히 드러났다. 입술을 움직이긴 했지만 그도 역시 아무 소리도 못했다.
　　　마침내 그는 별안간 공손한 태도를 취하더니 분명히 이렇게 말했다.
　　　"나으리"
　　　나는 오싹 소름이 돋는 듯했다. 우리 둘 사이가 슬프게도 두터운 장벽으로 막혀져 있다는 것을 알고 나는 말도 나오지 않았다.[57]

　이와 같은 해후장면에서 '인간소외'에 대한 작가의 안타까움을 느낄 수

---

55) 金龍雲은 『魯迅創作意識硏究』(成均館大學校, 博士學位論文, 1990)에서 魯迅文學의 人道主義를 봉건제도아래에서 살아가는 인간에 대한 연민과 反帝·半封建의 결합의 양식으로 상술한 바 있다. 본 논문은 그의 견해에 많은 도움을 받았음을 여기서 밝혀둔다. 보다 자세한 것은 그의 논문 155 - 170쪽 참조 바람.
56) <故鄕>, (≪新靑年≫ 第 9卷 1號, 1921. 5), ≪吶喊≫, 위의 책, ≪墳≫, 483쪽.
57) 위의 책, 위의 글, 482쪽.

있다. 어린 시절 허물없이 함께 지냈던 '윤토'와 '나'의 인간관계는 '윤토
형'이라는 나의 부름에 '나으리'라는 회답으로 귀결되고 마는 것이다. 이
'소름끼치는 듯'한 봉건적 신분관계에 의한 '나'와 '윤토'와의 장벽은 노신
의 인도주의의 투쟁대상의 하나인 것이다.

<아Q정전>에서 노신은 농민계층의 모든 소외를 삶의 조건으로 갖고
있는 아Q의 진면목을 다음과 같은 묘사로 나타내고 있다.

> "저는 ……저는……글을 쓸 줄 모르는데요……"
> 아Q는 붓을 덥석 움켜잡고는 황송하고 부끄러운 듯이 말했다.
> "그러면 너 좋은 대로 동그라미 하나 그려라"
> 아Q는 동그라미를 그리려고 했으나 붓을 잡고 있는 손이 떨리기만 했다.
> 그러자 그 사람은 그를 위해 종이를 땅 위에 펴주었다. 아Q는 엎드려 평생
> 의 힘을 다 쏟아 동그라미를 그렸다. 그는 남들에게 웃음거리가 될까 두려
> 워 동그랗게 그리려고 마음먹었으나 이 밉살스러운 붓이 지나치게 무거운
> 데다 또 말을 듣지 않아 떨면서 간신히 그렸다. 거의 완성하려 할 때 붓이
> 위로 솟구쳐 수박씨 모양이 되고 말았다.[58]

처형 직전에 서명을 하는 아Q의 모습에서 우리는 혁명을 '약탈 가능한
것'으로 생각하고 날뛰던, 무지하면서도 비굴한 아Q에 대한 경멸과 미움이
어느덧 연민과 고통으로 탈바꿈하는 것을 느끼게 된다. 이처럼 아Q에 대한
노신의 시선은 근본적으로 연민과 인간애에서 비롯된 것이었으며, <아Q정
전>이야말로 인간의 가치문제와 사회개혁문제를 철저히 하나로 결합시킨
작품이라 하겠다.

<사소한 사건>은 노신의 인도주의가 보다 극명하게 드러나 있는 작품
이다. 인력거에 치어 넘어진 한 노파에 대한 두 사람의 태도 - '나'라는 인

---

58) <阿Q正傳>, (≪京報副刊≫, 1921. 12. 4 - 1922. 2. 12) 위의 책, 524쪽.

텔리와 인력거꾼의 태도 - 를 대비시켜 지식인의 자기반성을 모더니즘 수법으로 교묘히 그려내고 있다. 예컨대, "다칠리가 없어! 방금 비실비실 넘어지는 걸 봤는데. 엄살을 부리는 거야"[59]하면서 투털거리는 '나'는 '아무도 보는 사람이 없다'는 사실에 주의를 기울인다. 반면에 인력거꾼은 인력거를 멈추고 '조금도 주저하지 않은 채' 노파를 파출소로 부축해 간다. 이 짧은 장면에 대한 묘사는 절묘하다. 볼품 없는 한 인력거꾼을 '올려다보지 않으면 안될 만큼' 거대한 존재로 느끼게 만든 이 '사소한 사건'은 "날이 갈수록 사람을 업신여기게 된"[60] '나'를 인도주의로 회귀시켜 준 것이다.

봉건사회의 식인성과 지식인의 비인도적인 이기주의 속성을 더 분명하게 그리고 있는 작품으로 <축복>을 들 수 있다. 봉건제도의 희생물이라 할 수 있는 상림수가 죽음을 눈앞에 두고 '나'를 찾아온다. 그러나 화자인 '나'는 그녀에게 아무런 연계감도 느끼지 못한 채 '무엇이라고 해야 할 지 모르겠다'고 대답을 흐릴 뿐이다. 그러면서도 상림수의 죽음 때문에 귀찮은 일이 생길까봐 황급히 출발을 서두른다. 이와 같이 이기적이면서도 도덕적 이중구조에 놓여있는 지식인의 모습은 <형제>, <행복한 가정>, <비누> 등 《방황》의 대다수 작품에서 잘 드러내고 있다. 이들 작품은 노신의 인도주의의 사상이 작품의 초석이 되어 있음을 확인할 수 있게 해준다.

인도주의에 대한 노신의 사상은 <수감록 61>에 잘 나타나 있다.

> 그러나 또 묻건대 우리 중국의 인도주의는 어떠한가? 이에 대한 대답은 아마 ……일 수밖에 없을 것이다. 인도주의에 대하여 ……수밖에 없는 사람의 머리 위에는 결코 인도주의가 저절로 떨어지지 않을 것이다. 왜냐하면 인도주의라는 것은 각자가 힘써 쟁취하여 길러내고 보호해야 하는 것

---

59) <一件的小事>(《晨報·周年記念增刊》, 1919. 12. 1), 위의 책, 459쪽.
60) 위의 책, 위의 글, 458쪽.

이지 남이 베풀어주거나 도와주는 것이 아니기 때문이다.[61]

노신은 이처럼 인도주의의 쟁취를 위한 실천적 노력을 강조하고 있다. 따라서 그의 인도주의사상은 필연적으로 반봉건, 반식민지에의 계몽주의 성격을 띨 수밖에 없었다. '아이들을 구하자'는 <광인일기>의 마지막 구호 또한 봉건문화의 영향에서 탈피한 '진정한 인간'을 만들자는 노신의 인도주의의 외침이기도 했다.

앞 절에서 살펴본 바와 같이 봉건통치계급은 지위와 권력을 이용해 그 이익과 요구를 반영하는 사상, 문화 등을 모든 사회에 보이지 않는 횡적인 수단으로 진행시켜 왔으며 동시에 역사적으로 종적인 계승을 진행하여 왔다.

예컨대, 상림수의 저승에 대한 공포는 유씨 어멈이 그녀에게 전수해 준 것이다. 다음과 같은 유씨 어멈의 이야기는 통치계급의 이데올로기가 어떻게 전파되었는가를 보여주고 있다.

> 유씨 어멈은 닭도 잡고 거위도 삶아야 하는데, 육식도 않고 살생도 하지 않는 신앙심 깊은 사람이어서 단지 식기를 씻는 일밖에는 아무 일도 하려고 들지 않았다. ……
> 두 번째 남편과는 이태도 살아 보지 못하고 죄명만 뒤집어썼잖아. 자네가 이제 죽어서 저승에 가면 두 남자 귀신이 서로 서로 빼앗으려고 할거야. 자네 어느 쪽에 가야 하지 ? 염라대왕도 자네를 톱으로 썰어 두 사람에게 나누어주는 수밖에 없을 텐데, 그렇게 되면 정말……[62]

이렇게 유씨 어멈은 통치계급에 속한 인물이 아님에도 불구하고 그녀의

---

61) <隨感錄 61>(≪新靑年≫ 第 6卷 6號, 1919. 11. 1), ≪魯迅全集≫ 1卷, 358쪽.
62) <祝福>(≪東方雜誌≫, 第 21卷, 6號, 1924. 3. 25), ≪彷徨≫, ≪魯迅全集≫ 2卷, 18 - 19쪽.

미신적 관념을 통해 횡적으로 봉건 이데올로기가 전파되어 가는 것이다. 이같은 봉건적 전통문화의 피해자로는 아Q, 상림수, 윤토 등 농민뿐만 아니라 공을기, 진사성과 같은 지식인을 포함한 중국인의 대부분이라 할 수 있다. 이와 같이 종적, 횡적으로 계승되어 온 봉건사상에 의해 마비된 국민성을 개조하는 문제는 인간가치의 실현 문제, 즉 인간성 회복과 밀접하게 관계되어 있다.

인도주의의 주제는 음울한 정조로 가득한 ≪야초≫ 경우에서도 쉽게 찾아볼 수 있다. 예컨대, <구걸자>에서 '높은 담벽'은 사람들 사이의 정서적 장벽을 상징하고 있으며 '사방에서 불어오는 먼지'는 도처에 존재하는 사람들의 관계를 표현하고 있다. "산들바람이 일자 주위는 온통 먼지투성이다. 다른 몇 사람은 각기 제 갈 길을 가고 있다. 흙먼지, 흙먼지, ……흙먼지"[63] 이와 같은 마지막 연은 먼지처럼 서로에게 무관하게, 심지어는 일시적 불쾌감을 주는 존재일 뿐인 인간관계에 대한 작가의 슬픔을 전하고 있다. 여기서 노신은 침묵하는 도덕성을 그려보이면서 '무성(無聲)의 중국 현실'을 비판하고 있다.

노신의 인도주의 사상은 <나그네>의 다음과 같은 대화에서도 잘 드러나고 있다.

나그네 : - 다 갈 것 같지 못하다구요? ……(생각에 잠겼다가 문득 놀라며) 안됩니다! 가야 합니다! 되돌아서면 어디로 가나 명목 없는 곳이 없고 지주 없는 곳이 없고 추방과 감옥이 없는 곳이 없고 징그러운 웃음이 없는 곳이 없고 거짓 눈물이 없는 곳이 없습니다. 저는 그들을 증오합니다. 저는 돌아가지 않겠습니다.
노인 : 그렇지 않수다. 나그네를 위해 슬퍼하는 마음 속의 눈물도 볼 수

---

63) <求乞者>, ≪野草≫, ≪魯迅全集≫ 2卷, 167 - 168쪽.

있을 것입니다.[64]

위에서 나그네를 위해 '슬퍼하는 마음 속의 눈물'이란 바로 노신 자신의
눈물이라 할 수 있겠다. 이처럼 '지주가 없고 추방과 감옥이 없는' 참된 사
람의 세상을 꿈꾸는 노신의 인도주의 사상은 결국 사회개혁의 문제로 귀결
된다. 또한 사회개혁을 위한 그의 계몽주의 문학관은 리얼리즘 기법을 통
해 가장 잘 구현되고 있는 바, 노신은 "봉건적 정조에 사로잡힌 인도주의
자"[65]가 아니라 '계몽주의 사상'을 리얼리즘 문학으로 구현해 낸 인도주의
작가였던 것이다.

제2절 리얼리즘적 성격

1) 노신적 리얼리즘 문학

문학에서 '리얼리즘'의 문제는 모더니즘의 그것만큼 대단히 복잡하며,
이에 관해 수많은 글들이 쓰여져 왔다. 이 용어에 대한 해석 또한 매우 다
양하여 한 마디로 정의하기가 어렵지만, 사전적 의미에서 간단히 살펴보면
다음과 같다.

　좁은 의미에서 리얼리즘은 19세기 중엽에서 프랑스, 영국, 독일, 러시아
　등 여러 나라에서 형성, 전개되었던 문예사조를 의미한다. …… 넓은 의미
　에서의 리얼리즘이란 현실을 있는 그대로 보고 다루려는 세계관, 예술적

---

64) <過客>(≪語絲≫周刊 第 25期, 1925. 3. 9), ≪野草≫, 위의 책, 191쪽.
65) 혁명문학가와 논쟁을 벌일 때, 馮乃初가 노신을 비판한 말

태도, 방법론 일반을 뜻하며 이상주의적 경향의 상대개념을 말한 것이
다.66)

본고에서는 후자의 리얼리즘 정신을 계승하면서 동시에 19세기 서구에
서 풍미하였던 리얼리즘 문학을 노신이 독자적인 형태로 소화시킨 것을
'노신적 리얼리즘'이라고 명명하기로 한다. 따라서 노신적 리얼리즘 문학은
서구 리얼리즘 문학과 부분적으로 공통적인 형태를 띠지만 결코 서구 리얼
리즘 문학을 지칭하는 것은 아니다. 노신적 리얼리즘 문학의 특성을 살펴보
기에 앞서 중국 근대에 리얼리즘 문학이 어떻게 유입되었는지 간단히 알아
보자.

중국에 있어서 리얼리즘은 5·4 시기에 유입되었다. 당시에는 리얼리즘뿐
만 아니라 낭만주의, 상징주의, 모더니즘 등 여러 종류의 문예사조가 한꺼
번에 들어와 개념의 혼란을 겪어야만 했다. 이 같은 혼돈 현상은 서구의 문
예사조가 일정한 과정을 거치면서 변화 발전된 것임에 반하여, 중국에서는
이러한 과정이 생략된 채 유입된 까닭이었다. 그 중 리얼리즘과 낭만주의가
신문학을 구성한 가장 큰 흐름이었으며, 노신의 작품에도 자연히 이러한 요
소들이 상당히 반영되어 있다.

신문학 운동 초기 리얼리즘의 영향력은 낭만주의에 비길 바가 못됐다.
금세기초 10년 사이에 바이런, 셀리, 괴테 등 서구 낭만파 작가들의 작품이
본격적으로 소개되었고, 노신 또한 <악마주의 시의 힘>에서 이들을 소개
하면서 혁명정신을 강조하였던 것이다. 그러나 20년대에 들어서면서, 특히
문학연구회에서 '인생을 위한 문학'을 제창하면서부터 리얼리즘의 영향이
점차 커지기 시작하였다. 이들은 '인생을 위한 문학'이라는 구호를 내세우

---

66) 金容稷 著, ≪文藝批評用語辭典≫, (서울 : 탐구당, 1985). 107쪽.

며 유희적인 문학에 공격의 예봉을 돌렸고, 문학과 사회와의 밀접한 관계를 강조하면서 문학이 사회를 비판하는 사명을 능동적으로 짊어질 것을 요구하였다.[67] 이때의 주요한 적수는 문이제도(文以載道)의 문학이 아니라 '소일거리'를 종지(宗旨)로 하는 '앵앵호접파'(鴛鴦胡蝶派)의 문학이었다.[68] 이들의 '소일거리'문학은 현실을 반영, 개조하고자 하는 문학연구회의 입장과 상치되는 것이었으므로 자연히 배척당했다. 따라서 '인생을 위하여' 창작할 것을 제창하는 문학연구회의 주장은 리얼리즘 사조를 주된 흐름이 되게 하는데 일조하였다고 할 수 있다. 그러나 이들 문학연구회 작가들은 자신들의 주장을 이론적으로 천명하기 위하여 서구 리얼리즘을 비교적 계통있게 소개하였지만 리얼리즘과 자연주의를 체계적으로 구별해내지는 못했다. 그들이 소개한 리얼리즘 이론은 일반적인 자연주의 문학이론과 같았던 것이다.

아무튼 20년대 전반기의 리얼리즘 문학은 서구의 문학사조나 그 창작방법보다는 '인생을 위한 문학'이라는 구호의 영향을 크게 받았다. 당시의 작가들은 리얼리즘의 구체적인 창작방법의 모색보다는 주관적인 태도로 창작에 임했던 것이다. 이러한 상황을 노신은 다음과 같이 말하였다.

중국 문예계에서 두려운 현상은 문예사조를 무턱대고 수입해 놓고 이 명사의 뜻을 소개하지 않는 것이다. 이에 각각 임의대로 해석을 한다. 작품에서 자신을 많이 말하면 표현주의라 칭한다. 다른 사람을 많이 말하면 리얼리즘이다. 여자의 대퇴부를 보고 시를 짓지 못하게 하면 고전주의이다. 천상에서 머리가 떨어지고 머리 위에 소가 서있으면 …… 미래주의 등등[69]

---

67) 溫儒敏 著, 김수영 역, 앞의 책, 41쪽.

68) 위의 주)와 같음.

69) <扁>(≪語絲≫ 第 4卷 17期, 1928. 4. 23), ≪魯迅全集≫ 4卷, 87쪽.

이처럼 문예사조를 적절하게 수용하지 못하고 있었던 당시의 문단 상황에서 신문학 시기 작가들이 서구의 문예사조를 제대로 소화, 적용시킨다는 것은 무리가 따를 수밖에 없었다. 이 같은 혼돈 속에서 많은 작가들이 서구 문예이론을 무비판적으로 수용하고 있을 때, 노신은 '수용주의'(일명 '가져오기주의' - 나래주의(拿來主義))의 원칙 아래 나름대로 독특한 문학체계를 세우고 있었다. 그리하여 후기에는, "사적 유물론을 통해 이론적으로 체계화하기 시작하고, 그렇게 체계화되어 가는 자신의 리얼리즘관을 가지고 노신은 신사실주의와 유물변증법적 창작방법이 성행하던 시기에, 그것들의 이름에 기대지 않고 자기 나름의 관점에서 당시 문학의 비리얼리즘의 양상에 대한 비판을 꾸준히 행할 수 있었다."[70]

그러나 노신은 리얼리즘이라는 말을 서양의 문예사조나 외국 문예이론가의 용어를 논할 때를 제외하고는 거의 사용하지 않았다. 리얼리즘에 관한 노신의 언급을 찾아보면 대개 1923년부터 1925년의 작품에 많이 집중되어 있음을 알 수 있다. 그는 이 시기에 리얼리즘을 비롯한 서구의 문예사조에 대하여 구체적이고 체계적인 식견을 가지게 되었던 것이다. 이러한 결과는 그의 잡문, 서문과 후기 및 편지들에서 찾아볼 수 있는데, 중요한 것으로는 <≪납함≫서문>, <뇌봉탑의 붕괴를 다시 논함(再論雷峰塔的倒掉)>, <러시아어 역본 ≪아Q정전≫ 서문 및 저자의 약전(俄文譯本≪阿Q正傳≫序文及著者的略傳)>, <눈을 뜨고 봄을 논함(論睜了眼看)>, <≪아Q정전>이 씌어진 원인(≪阿Q正傳≫的成因)>, <문예와 정치의 기로(文藝與政治的岐途)> 등을 들 수 있다. 그밖에 <≪가난한 사람들≫서문(≪窮人≫序文)>, <≪상아탑을 나와서≫후기(≪出了象牙之塔≫後記)>, <≪고

---

70) 全炯俊, <노신의 리얼리즘 이론에 관한 연구>, 中國現代文學學會 編, ≪中國現代文學≫ 6號, (서울, 1992), 106쪽.

민의 상징≫서문(≪苦悶的象徵≫序文)> 및 <시가의 적(詩歌之敵)> 등이 있다.71) 이 같은 글들을 통하여 노신은 고전문학의 폐단점을 비판했으며, 외국의 문예사조를 번역, 소개하면서 자신의 문예이론 체계를 완비시켜 나갔다.

평생동안 리얼리즘이나 그 밖의 문예사조에 대한 자신의 정의론적인 언급을 한 적은 없었지만, 노신의 대부분의 작품은 리얼리즘 문학정신에 입각하여 창작된 것이었다. 자신의 시대를 온몸으로 치열하게 살았던 노신에게는 리얼리즘문학의 창작이 무엇보다도 자연스러웠다 하겠다.

리얼리즘 정신의 초석이라 할 수 있는 현실인식은 노신의 경우, 사회의 진면목을 바라보면서 생겨난 것이었다. 추악한 중국의 현실을 정면으로 응시할 수 있었던 비판적 안목이 유학시절을 거치면서 더욱 성숙해졌고 결국 소설을 쓰기 시작하면서 문학적으로 구현될 수 있었던 것이다. 중국문화와 고전문학에 해박한 지식을 가지고 있었던 노신은 중국의 찬란한 문화를 '아름다운 수의에 덮인 주검'으로 생각했으며, 이미 죽어버린 문화, 문학은 빨리 사장시키고 새로운 문화와 문학을 창조하자는 것이 ≪납함≫의 출발이었다. 그는 답답한 현실세계를 '무쇠의 방'이라고 지칭하면서, 이 '무쇠의 방'을 파괴할 정신계의 전사를 희구했다. 앞장에서 언급한 바와 같이, '정신계의 전사'란 낡고 병든 구문화, 구사회를 파괴하는 자이자 새로운 문화, 새로운 사회를 건설할 견인불발의 신념을 갖춘 창도자를 의미했다.

특히 노신은 이 구문화, 구사회가 몇 천년 동안 지탱해 올 수 있었던 것은 상부구조의 하나인 문학 때문이라고 규정하면서, 중국 고전문학의 폐단점을 냉혹하게 비난하였다. 그는 고전문학을 한 마디로 '기만문학'이라고 통칭하면서 '기만문학'이 없어져야만이 사회를 바로 볼 수 있다고 주장하였

---

71) 溫儒敏 著, 김수영 역, 앞의 책, 72쪽.

다. 이러한 의지를 펼칠 수 있는 문학이 리얼리즘 문학이었던 것이다.

노신은 '기만문학'의 표현방식에 있어서 대단원(大團圓)과 십경병(十景病)[72]을 가장 큰 폐단점으로 지적하였다. 항상 원만하고 완벽하게 결말을 맺음으로써 독자로 하여금 비판, 사고할 필요없이 현실에 만족하게 만드는 것이 기만 문학의 본질이라고 파악한 것이다. 그래서 노신은 이같이 의식을 마비시키는 기만 문학을 반대하면서 "가면을 벗어 던지고 참답고 심각하게 인생을 들여다보고 그것의 피와 살을 그려내야 한다"[73]고 요구하였다. 그는 잘못된 사회구조를 깨는 '참신한 맹장'을 원했는데, 그 역할을 담당해야 할 사람은 다름아닌 철저한 리얼리즘 작가였다.

노신은 도스또예프스키의 말을 인용하여 스스로를 "나는 높은 의미에서의 리얼리스트이다. 나는 인간 영혼의 모든 심오함을 깊이 묘사하여 사람들에게 보여주는 사람이다"[74]라고 하면서 중국의 고전문학가들이 이제까지 허위와 기만의 가면을 쓰고 현실을 왜곡했다고 강조하였다. 무릇 작가란 사회생활을 심도있게 인식하여 그 자신이 겪은 일을 묘사함으로써 진실성을 획득하여야 한다는 것이다. 이것이야말로 노신의 리얼리즘 문학정신의 핵심이었다. 따라서, 그는 사회생활을 중시했으며 작품을 창작할 때 진실되게 생활을 묘사하여 현실의 복잡한 관계를 잘 반영할 것을 요구했다. 이러한 주장은 고전소설의 리얼리즘을 찬양하는 데에서 잘 나타나 있다. 그는 ≪유림외사(儒林外史)≫의 인물묘사를 "시정(市井)의 하잘 것 없는 백성들까지

---

72) 중국인들은 옛부터 10이라는 완성된 숫자를 좋아하여 경치에는 十景, 과자에는 十樣錦, 요리에는 열가지 菜, 음악에는 열가지 악기, 閻羅殿에는 十殿, 藥에는 十全大補湯, 나쁜 행실이나 죄목까지도 대체로 열가지를 열거했다 한다. <再論雷峰塔的倒掉>, ≪墳≫, ≪魯迅全集≫, 1卷, 191쪽.

73) <論睁了眼看>, ≪墳≫, ≪魯迅全集≫ 1卷, 241쪽.

74) <≪窮人≫小引>(≪語絲≫周刊 第 83期, 1926. 6. 14), ≪集外集≫, ≪魯迅全集≫ 7卷, 103쪽.

도 모두 지상(紙上)에 등장하게 하였으며 그들의 말소리나 모습을 아울러 그려내어 그 당시의 삶의 모습을 눈앞에 보는 듯 하다"75) 고 말한 바 있다.

그러나, 노신은 인간 삶의 모습을 반영하되 기계적으로 반영하거나, 작가가 작위적으로 꾸민다면 진실이 결핍되어 생활의 거울이 될 수 없으며 리얼리즘 문예의 독특한 효과를 거둘 수 없다고 경고하였다.76) 그것은 "만약 예술이 삶을 반영한다면 그것은 특수한 거울을 사용하여 반영한다"77)는 브레히트의 견해와 일치한다. 삶이 보통의 거울이 아니라, 특수한 거울, 즉 깨진 거울이나 굴절된 거울에 의해서 묘사된다는 이 같은 견해야말로 현실을 객관적으로 반영하되 진실되게 반영해야 한다는 노신의 리얼리즘관이라 하겠다. 진실의 개입이 없다면 문예의 가치는 상실되고 마는 것이다.

> 현재의 많은 사람들의 투쟁과 간고함을 의당 표현해야 한다고 생각하는 데 이것은 맞는 말이다. 그러나 만약 자신이 이 소용돌이 속에 있지 않다면 표현할 방법이 없다. 뜻(마음내킨 대로 한 것)으로써 이것을 삼는다면 그것은 결코 진실하거나 심각할 수 없어 예술이 될 수 없다. 그러므로 나의 의견은 예술가는 그가 경험한 바를 표현하면 된다고 생각한다. 당연히 서재 밖으로 나와야 한다.78)

가장 좋은 창작방법은 수많은 사람들의 생활과 체험을 바탕으로 하여 현실생활을 진실하게 반영하는 것이다. 물론 고대사회의 삶을 진실하게 반영하는 것도 좋지만 현실생활의 반영이 더욱 현실감 있고 문학의 공용성도 크다 하겠다.

---

75) <≪中國小說史略≫ 23篇>, ≪中國小說史略≫, ≪魯迅全集≫ 9卷, 221쪽.

76) 王向峰, <魯迅的現實主義文藝觀>, ≪魯迅研究≫(北京: 人民大學, 1981, 6), 124쪽.

77) Terry Eagleton, ≪Marxism and Literary Criticism≫, (Berkeley : University of California Press, 1976), 49쪽 재인용

78) <致李樺>(1935. 2. 4), ≪書信≫, ≪魯迅全集≫, 13卷, 45쪽.

또한 노신은 리얼리즘 작품의 소재를 영웅이나 위인들, 혹은 커다란 사건에서 찾을 것이 아니라 '극히 평범한 일'이나 '소인물'에서 찾아야 한다고 주장하였다. 그것은 바로 "지극히 평범한 것이 우리와 가장 밀접하며, 가장 깊은 관계가 있기 때문이다"[79] ≪홍루몽(紅樓夢)≫이 이런 점에서 가치가 있다고 생각한 노신은 "≪홍루몽≫의 소비극은 사회에 늘 존재하는 일로 작가는 비교적 과감히 사실적으로 묘사했다"[80]고 평가하였다. 계속해서 노신은 평범한 생활 속에서 리얼리즘 문학이 기인한다고 말하면서 "일이 평범한 것일수록 더욱 보편적으로 된다"[81]고 강조하였는데 이 같은 관점이야말로 노신적 리얼리즘관의 본질이라 하겠다. 중국고대의 전통적인 리얼리즘 작품들을 살펴보면, 노신의 리얼리즘관의 기초가 무엇이었는지 더 분명해진다.

예컨대, 대표적인 리얼리즘 작품으로 꼽히는 청말의 ≪홍루몽≫, ≪유림외사≫, ≪요재지이(聊齋志異)≫ 등의 작가들은 통치계급의 죄악상을 폭로할 뿐만 아니라 낡은 사상과 과거제도 및 일상생활의 폐단점을 공격하였다. ≪홍루몽≫은 웅대한 구성과 세밀한 묘사로써 비극적 인물을 통하여 봉건 가족 제도 및 봉건 예교의 허위와 잔인성을 폭로하였으며 봉건 종법제도가 붕괴되어 가는 역사적 추세를 객관적으로 예시했다.[82] ≪유림외사≫의 경우도 봉건사회의 관료계층의 부패 ― 특히 과거제도의 죄행을 신랄하게 풍자했다.

그러나 ≪홍루몽≫이 봉건제도 내부의 인애(仁愛), 효제(孝悌), 서로 배

---

79) <葉紫作 ≪豊收≫序>(≪太白≫半月刊 第 1卷 11期, 1935. 2. 20), ≪且介亭雜文二集≫, ≪魯迅全集≫ 6卷, 220쪽.

80) <論睜了眼看>, ≪墳≫, 앞의 책, 239쪽.

81) <什麽是'諷刺'?>(≪雜文≫月刊, 1935. 9), ≪魯迅全集≫ 6卷, 329쪽.

82) 馮光廉, ≪魯迅小說硏究≫, (天津人民出版社. 1989), 116쪽.

척하며 속고 속이는 추악한 내막 등을 드러내긴 하였지만, 작가가 진정 바란 것은 여전히 '임금은 어질고 신하 또한 어질며 아버지는 자애스럽고 자식은 효성스럽다'는 봉건윤리사상이었다. ≪유림외사≫ 또한 봉건사대부 및 유가문화의 하층 지식인들의 추악성과 정신적 위축상태를 가차없이 풍자하고 있지만 작가가 형상화해 낸 인물들에는 여전히 유가 전통사상의 낙인이 새겨져 있다.83) 소위 '어진 정치'라는 것이 사회의 이상적인 통치로써 구가되고 있는 것이다. ≪요재지이≫는 풍자의 창 끝을 과거제도에 향하고 있지만 한편으로는 과거제도에 대한 일말의 환상을 드러내고 있다. 작중인물이 과거에 합격하여 관리가 되는 대단원 결말은 작가의 공명이록(功名利錄) 사상을 드러내고 있으며 과거제도에 대한 근본적인 부정이 이뤄지지 않고 있는 것이다.

이에 비하여, 노신 문학의 사상적 기초는 민생의 어려움을 슬퍼하는 민본주의(民本主義)로서, 이는 민중의 곤궁한 생활을 보면서 자발적으로 생겨난 노신의 동정과 연민에서 비롯된다. ≪납함≫, ≪방황≫에 잘 구현되어 있듯이 이러한 정감형태는 일종의 인도주의이다. 이런 정감형태의 리얼리즘 문학의 특징은 하층 민중에 대하여 동정을 표시할 뿐만 아니라, 근본적으로 그들의 노예적 운명을 어떻게 바꿀 것인가를 탐색하게 한다. 노신은 초기에 이미 막연하나마 계급적 관점에서 상류사회와 하층사회를 구분하였으며, 봉건지주에게는 증오를, 하층사회의 근로대중에게는 동정과 연민을 표현했다. 이와 같이 민중의 요구를 반영하는 노신적 리얼리즘 문학은 낡은 사회를 비판, 폭로한다는 점에서 러시아의 '비판적 리얼리즘' 형태를 띠고 있으나, 그 성격은 또 다르다. 러시아 비판적 리얼리즘 작가들의 중심 사상은 자산계급의 인도주의와 인성론이다.84) 그들은 중소 자산계급 혹은 자유

---

83) 위의 책, 117쪽.

귀족의 입장에 서서 폭로와 비판을 가했다. 따라서 그들의 현실비판에 대한 심각성과 첨예함은 곧잘 그들 자신의 동정주의에 의하여 좌절당한다. 그들은 근로대중의 고통에 대하여 어느 정도의 동정을 나타내지만 대부분 높은 곳에 고고히 앉아 은혜를 베푸는 식이다. 따라서 근로대중을 정확하게 묘사하지 못했다. 예를 들면 근로대중의 형상을 부정적으로, 즉 우매하고 각성하지 못한 가련한 존재로 묘사하거나, 그들의 혁명투쟁을 적대시한 것이다. 이러한 동정주의 표현형태의 하나는 귀족주의, 혹은 자산계급의 부패상과 죄악을 폭로하는 동시에 그들의 아름다움을, 혹은 동정과 찬양받을 가치가 있는 품덕을 묘사한다는 것이다.[85]

비판적 리얼리즘 작가의 동정주의 표현의 다른 하나는 바로 그들이 비판하는 인물의 자아회개, 즉 악을 고치고 선을 향하도록 하며, 옛 것을 버리고 새로운 길을 꾀하도록 고취하는 것이다. 예를 들면, 톨스토이는 '가난하고 병든 사람들'을 동정적으로 묘사할 뿐만 아니라 도덕으로 자아를 수양, 영혼을 소제하여 죄악을 씻고 도덕적으로 자아완성에 이르게 하여야 한다고 주장하였다. 그는 전쟁에 반대하였으며 짜르 황제의 통치가 인민들에게 가져왔던 재난을 폭로하였는데, 이것은 톨스토이의 진보적인 면이다. 그러나 귀족출신이었던 그는 빈민을 동정하였지만 계급투쟁을 주장하지는 않았다.[86]

《부활》의 경우를 보면, 네흘류도프는 법정에서 마슬로바를 만나 그녀의 운명이 자기 자신이 초래한 것이라고 느끼면서 '양심'을 되찾고 정신적 '부활'을 얻는다. 그는 상류사회의 생활을 포기하고 마슬로바와 결혼하며 토지를 농민에게 나누어주고 사회를 개량할 것을 결심한다. 이처럼 톨스토

---

84) 위의 책, 119쪽.

85) 위의 주)와 같음.

86) 李永壽, 《魯迅的論辯藝術》, (陝西人民出版社, 1988), 57쪽.

이는 '도덕적 자아완성'을 통하여 폭력에 호소하지 않고 '악에 저항'하는 목적에 도달할 수 있다고 생각했던 것이다. 따라서, 다음과 같은 구추백(瞿秋白)의 평가는 아주 적절한 것으로 여겨진다.

> 톨스토이는 상대적으로 낙후된 사회에서 자본주의 초기단계의 모순에 대한 반발로 '정신적 반란'을 이끈 초기 사회주의 지식인의 전형이었다. 따라서 라살레나 입센과 마찬가지로 톨스토이 역시 역사에 있어서 의식과 관념의 역할을 지나치게 강조하였으며 물질적, 그리고 객관적 힘의 역할을 과소평가 하였다. …… 요컨대 다른 관념론자들과 마찬가지로 톨스토이는 인간의식의 개혁은 객관적 실재의 변혁을 위한 선행조건이라고 믿고 있었던 것이다.[87]

그러므로, 톨스토이의 작품에 드러나는 연민의 중요성과 필요성을 인정할지라도, 그것을 문학과 예술에 있어서 위대함을 판단하는 평가 기준으로 제시할 수는 없다고 할 수 있다.

노신 소설은 톨스토이의 동정주의나 인도주의와는 또 다르다. 그의 소설은 지주계급을 대표하는 인물을 적나라하게 묘사하고 있을 뿐만 아니라 끝까지 그들과 타협하지 않고 그들의 결점을 폭로한다.

<광인일기>는 이 같은 노신적 리얼리즘의 첫 신호탄이었다. 수천 년 동안 '인의도덕(仁義道德)'의 미명 하에서 '사람을 잡아먹는' 구세계의 본질을 광인이라는 독특한 형상을 빌어 파헤침으로써, 전제 제도하의 인간 관계는 야만성에 의지해서만이 유지될 수 있었음을 적나라하게 폭로하고 있다. 여기에서 '큰형'은 농민을 착취하는 지주계급을 대표하며 광인의 간절한 간청과 권고를 끝까지 거절한다. 이와 같은 가차없는 묘사는 지배계급에 대한

---

87) Paul. G. Pickowicz ≪Marxist Literary in China-The Influnce of Chu chiu-pai≫ 심규호 역, ≪중국 마르크스주의 문예이론≫, (서울 : 청년사, 1991), 183쪽.

깊은 인식을 드러내 주는 것으로서 <비누>의 사명(四銘), <고로부자(高老父子)>의 고간정(高幹亭), <아Q정전>의 조태야(趙太爺), <축복>의 넷째 나으리 등의 인물에서도 잘 나타난다. 그들은 한결같이 '인의도덕'을 말하지만 허위의식에 사로잡힌 사람들로서 모두 잔인하고 교활하며 부끄러움이 전혀 없다. 이 같은 상류계급에 대한 묘사는 톨스토이 작품에서는 찾아볼 수 없는 것으로서[88] 노신의 소실 전반에 길쳐서 확연히 드리니는 특징이라 하겠다.

2) 전형화 문제

전형화 문제는 리얼리즘 창작방법의 중심문제일 뿐만 아니라 문예창작의 기본법칙으로서 매우 중요하다. 따라서 노신의 전형화 이론은 그의 리얼리즘 작품을 이해하는데 중요한 관건이 된다.

진실성과 전형화 문제는 일찍이 '엥겔스가 하크네스에게 보낸 편지'[89]에

---

88) 톨스토이는 ≪지주의 아침≫, ≪전쟁과 평화≫, ≪안나 까레니나≫, ≪문명의 과실≫, ≪암흑의 세력≫, ≪부활≫ 등 일련의 작품에서 적지 않은 농민형상을 부각시켰다. 작품에서는 이러한 형상을 통하여 자산계급혁명시기 지주에 대한 농민들의 적대감정, 토지에 대한 갈망, 소위 지주들의 '자비'와 '평민'에 대한 경계 등을 직접 반영하였다. 延邊大學 朝文學部 編, ≪맑스주의 문학예술론≫, (延邊出版社, 1986), 494쪽.

89) 내가 무언가 비판할 점이 있다면, 그것은 어쩌면 이 소설이 결국에 가서는 충분히 리얼리스틱하지 못한 것이 아니냐는 점이겠습니다. 내 생각에 리얼리즘이란 세부의 진실성 외에도 전형적 환경에서의 전형적 인물들을 진실하게 재현하는 것을 의미합니다. 당신의 인물들은 그들 나름으로는 충분히 전형적입니다. 그러나 그들을 둘러싸고 그들의 행동을 좌우하는 환경은 어쩌면 그만큼 전형적이지 못하지 않은가 합니다. ≪도시의 처녀≫에서 노동자 계급은 스스로 도울 능력이 없고 심지어 스스로 도우려는 노력조차 보여주지 않는 수동적인 대중으로 그려져 있습니다. 그들을 무기력한 곤궁에서 끌어내는 모든 시도는 밖으로부터, 위로부터 옵니다. 그런데 이것이 생시몽과 로버트 오웬의 시절이던 1800년이나 1810년경에는 정확한 묘사일 수 있겠지만, 거의 50년 동안 전투적 프롤레타리아의 투쟁의 대부분에 동참해 온 영예를 지닌 이 사람에게 1887년의 시점에 그렇게 보일

서부터 천명된다. 엥겔스는 여기에서 하크네스의 ≪도시의 처녀≫라는 소설에 대하여 논평하였는데, 문학의 진실성과 전형성을 대립된 것으로 보지 않고 오히려 서로 의존, 제약되고 있는 전체로서의 양면으로 보았다. 여기에서 문제가 되는 것은 "내 생각에 리얼리즘이란 세부의 진실성 외에 전형적 환경에서의 전형적 인물들을 진실하게 재현하는 것을 의미합니다"라는 엥겔스의 진술이다. 하크네스의 작품은 일정한 대표성을 가진 개성화된 인물성격을 창조하여 세부묘사에서 리얼리즘의 진실성을 획득하고 있다. 그러나 그 시대를 대표하는 보편적이고 개성화된 인물성격을 창조하지 못했다는 점에서 결함을 안고 있는 것이다. 즉 변화된 현실관계를 정확하게 밝히지 못하고 계급관계의 새로운 특징을 예술적으로 나타내지 못했다는 것이다. 이렇게 엥겔스는 리얼리즘 문학의 진실성과 전형성의 문제를 제기하였는데, 이것은 훗날 수많은 해석을 불러일으킨 전형론의 원조가 되었다.

　노신 또한 사실의 진실과 전형의 진실에 대한 관계를 언급하였다. 그에 의하면 예술의 진실이란 "반드시 일찍이 있는 사실이어야 할 필요가 없다. 반드시 있을법한 사실이면 된다"[90]는 것이다. 즉 생활의 사실은 예술내용의 기초가 되지만 예술의 진실이 반드시 사회의 사실이나 역사적인 진실일 필요는 없는 것이다. 만약 예술이 주어진 세계만을 다룬다면 그것은 삶의 다양한 경험 중에서 매우 제한된 삶의 경험밖에는 취급할 수 없으며 따라서 예술의 영역은 지극히 제한되어 있다고 할 수밖에 없다. 이러한 노신의 주장은 고리끼의 전형론과 비슷한 점을 가지고 있다.

수는 없는 것이지요. 그들을 둘러싼 억압적 환경에 대한 노동자 계급의 항거, 인간으로서의 지위를 되찾으려는 그들의 때로는 발작적이고 때로는 반의식적이며 때로는 의식적인 시도들은 엄연한 역사의 일부이며, 따라서 리얼리즘의 영역에서도 자기 자리를 요구하지 않을 수 없는 것입니다. 백낙청, ＜민족문학론과 리얼리즘론＞, ≪벽사 이우성 교수 정년 퇴임 기념논총≫ (1990)의 번역을 따랐다.

90) ＜什麽是'諷刺'＞, ≪且介亭雜文二集≫, 앞의 책, 328쪽.

나는 감히 문학이 현실보다 높은 곳에 이르는 것이라고 주장하는 바이다. 왜냐하면 문학의 과제는 현실의 단순한 반영(존재하는 사실을 다만 있는 그대로 할 뿐이라는 의미)으로 끝나는 것은 아니기 때문에 사실을 표현하는 것만으로는 불충분하다. 바람직한, 그리고 가능한 것을 상상하는 일이 필요하다. 보잘것없는 듯하지만 그러나 특징적인 것을 추려내서 커다란 그리고 전형적인 것으로 만들어내지 않으면 안된다. - 이것이야말로 문학의 과제이다.91)

노신은 또 <그림이야기 잡담(連環圖畵瑣談)>에서 "회화에서 예술적 진실이 만일 실물과 꼭 같아야 한다면 두세 치 정도 그린 사람은 사실에 위배될 것이며, 지구만큼 큰 종이가 없으니 지구는 그릴 수 없을 것이다"92)라고 비유하였다. 예술적 진실이 비록 생활의 사실에서 나오지만 예술적 진실이 생활의 사실과 일치할 수만은 없다고 생각했던 노신은 서무용(徐懋庸)에게 보낸 편지에서 다음과 같이 말하였다.

예술의 진실이 역사상의 진실은 아니라고 우리는 들은 적이 있습니다. 그것은 역사의 진실은 실제 사실이 있어야 하지만 창작에서는 이것저것 한데 끌어모아 엮을 수 있고 느낀 바를 서술할 수 있으며, 오직 진실감이 있기만 하면 그런 사실이 실제로 존재하지 않아도 되기 때문입니다.93)

여기서 엮기도 하고 쓰기도 한다는 것은 곧 개괄과 허구이며 또한 전형화이다. 이런 전형화를 통한 문예작품은 실제의 사실보다 더욱 강렬한 교육작용과 예술적 가치를 지닌다.

---

91) 村上嘉隆 著, 유염하 역, ≪계급사회와 예술≫, (서울 : 공동체, 1987) 91 - 92쪽, 재인용.
92) <連環圖畵瑣談>(≪中華日報·動向≫, 1934. 5.11), ≪且介亭雜文≫, ≪魯迅全集≫ 6卷, 28쪽.
93) <致徐懋庸>(1933. 12. 20), ≪書信≫, ≪魯迅全集≫ 12卷, 302쪽.

또한 노신은 전형화에 있어서 작가의 사회생활의 실천을 매우 중시하였다. <엽자≪풍수≫서언(<葉子≪豊收≫序言>)>에서 그는 "비록 몸소 겪을 필요는 없을지라도 가능한 한 직접적인 체험을 하는 것이 중요"[94] 하다고 하였는데 이는 그의 생각을 잘 드러내주는 말이다.

사회생활로부터 예술전형을 창조하는 과정은 작가가 사회생활에 깊이 참여하여, 각종 사회현상에 대하여 내재적 연관을 파악하는 과정이다. 문예작품을 창작하고 전형적 예술형상을 부각하는 데에 있어서 작가가 의거하는 모델은 실제생활의 인물이다. 노신은 자신의 창작경험을 총결하여 다음과 같이 말하였다.

> 쓰여진 사건은 어느 정도 보고들은 것과 관계는 있지만 사실을 그대로 쓰지는 않았다. 일부만을 뽑아 내어 손을 보거나 전개시켜 거의 완전히 나의 생각을 나타낼 수 있는 모양이 되도록 만들었다. 인물의 모델도 마찬가지로 있는 그대로 쓰지 않았다. 때로는 말투는 절강(浙江), 얼굴모양은 북경(北京), 옷맵시는 산서(山西)라는 식으로 끌어 모아 인물을 설정했다.[95]

이것은 실제로 노신이 채용한 전형화의 방법으로서, 어떤 사실에서 하나의 측면만을 취하여 모델로 사용하지 않는 것이 노신 소설의 전형화의 기본적인 특징이다. 위의 글은 인물형상의 전형화에 있어서 개괄화를 지적한 것이다. 개괄화란 같은 부류의 여러 인물이 지닌 본질적 특징을 집중시키고 정련, 심화하여 평범한 인물에 비해 대표성과 보편성을 지니도록 하나의 인물에 개괄시키는 것이다. 노신은 수십, 수 백명에 이르는 관리, 노동자, 농민 하나 하나로부터 그들의 가장 대표적인 특징인 습관, 기호, 자세, 신앙,

---

94) <葉子≪豊收≫序言>, ≪且介亭雜文二集≫, ≪魯迅全集≫ 6卷, 219쪽.
95) <我怎麼做起小說來>(≪申報月刊≫2卷, 6號, 1933. 6.), ≪南腔北調集≫, ≪魯迅全集≫ 4卷, 513쪽.

말투 등을 뽑아내어 또 하나의 관리, 노동자, 농민으로 종합시켜 전형을 창조하였다.

그런데, 인물형상의 전형화는 개괄화뿐만 아니라 개성화를 특징으로 한다. 개성화란 인물의 개성을 정확하게 묘사하여 인물이 지닌 보편적 특징을 보다 선명하고 두드러지게 표현하는 것이다.[96] 개성화의 잘·잘못은 때로는 전형화 성패의 관선이 된다. 개괄화만 되고 개성화가 안됨으로써 공통성만 있고 개별성이 없게 되어 '개성이 원칙 속으로 용해되어 버리면' 그 인물은 추상적 개념의 확성기로 변해 버릴 것이다.[97]

그래서 노신은 전형화의 개성을 강조하여 다음과 같이 말하였다.

> 한 인물의 특징을 아주 철저하게 그려내려면 그의 눈을 그리는 것이 가장 좋은 방법이라는 설이 있다. 이 설은 아주 옳다고 나는 생각한다. 만일 머리털을 그린다면 아무리 미세하게 그리더라도 그것은 하등의 의미가 없는 것이다.[98]

노신은 또 대화로써 인물의 개성을 반영할 것을 주장하였다. 불필요한 점은 삭제하고 각자의 특색있는 대화만 끄집어낸다면 다른 사람으로 하여금 담화에서 말하는 인물들을 하나 하나 짐작하게 할 수 있다고 생각하였다.[99] 아Q를 비롯한 많은 전형적인 인물들은 바로 '눈을 그리는 방법'과 '특징 있는 담화'로 창조되었기에 독창적인 인물이 될 수 있었다.

이와 같은 개괄화와 개성화는 인물의 전형화에 있어서 유기적으로 통일

---

96) 侯健, 劉鶴齡, 許自强 著, ≪文學理論百題≫, (北京 : 書目文獻出版社, 1985), 임춘성 역, ≪문학이론학습≫, (서울 : 제 3문학사, 1989), 153쪽.

97) 위의 주)와 같음.

98) <我怎麼作起小說來?>, ≪南腔北調集≫, ≪魯迅全集≫ 4卷, 513쪽.

99) <讀書雜記>(≪申報·自由談≫, 1934. 8. 8), ≪花邊文學≫, ≪魯迅全集≫ 5卷, 530쪽.

되어 있어 분리될 수 없다. 개별성은 공통성 가운데 있어야 하며 공통성은 개별성을 통하여 체현되어야 하는 것으로 양자는 하나로 융합되어 있는 것이다. 개성만 있고 공통성이 결핍된 인물은 전형의 의의가 없으며 공통성만 있고 개성이 결핍되면 형상이 무미건조해져 근본적으로 전형이 될 수 없다.

노신은 전형화 과정에서 모델을 택하는 방법을 두 가지로 개괄하고 있는데 하나는 특정한 한 사람을 택하여 언어나 동작은 말할 것도 없고, 사소한 버릇이나 의복의 유형까지 하나도 변경하지 않는 방식을 취하고 있고, 다른 하나는 여러 사람들의 언행, 습관, 옷을 입는 유형을 부분적으로 끌어 모아 한 사람을 만들어내는 것이다. 여기에서 '끌어 모은다는 것'은 결코 기계적인 조합이 아니라 생활의 기초 위에서 작가의 상상과 허구를 통해 용해시켜 만든 하나의 생기있는 형상이다. 노신은 위의 두 가지 방법 중 후자의 것을 즐겨 사용하였다.[100]

노신 소설의 아Q, 상림수, 공을기 등은 모두 노신 자신의 주변에 존재했던 인물이었다. 예컨대, 아Q의 모델은 많은 동류 인물의 소재를 집대성한 것이다. 거기에는 절구 찧는 일을 돕는 아유(阿有), 아Q처럼 머슴질 뿐만 아니라 품팔이, 도적질 등을 했던 고향사람, 공을기와 유사한 동소야(桐少爺), 그리고 도시와 시골의 많은 건달 등이 있었다. 이처럼 노신은 아Q의 전형을 창조하는 과정에서 자신이 보고들은 것뿐만 아니라, 주위의 고향 사람들과 이웃 친척들에게서 들은 것들을 끌어모아 전형화의 모델로 삼았다. 그는 아Q라는 전형적인 인물을 창조하는데 있어서 여러 사람의 특징을 기계적으로 끌어 모은 것이 아니라 광범위하게 개괄함으로써 '침묵하는 국민의 영혼'을 창조해낸 것이다. 이 '침묵하는 국민의 영혼'이란 봉건통치에

---

100) 물론 노신은 첫번째 방법도 배척하지는 않았다. 대표적인 예로 <故鄕>의 주인공 閏土를 들 수 있겠다. 그 모델은 浙江省 紹興縣에 사는 보통 농민 章運水라는 사람이었다.

의하여 상처받은 민중 전체를 가리키는 말이다. 다음과 같은 임홍택(林興宅)의 <아Q 성격을 논함(論阿Q性格系統)>은 아Q의 전형을 여러 각도로 평가한 좋은 전범으로 여겨진다.

> 사회학적으로 볼 때 아Q는 농촌의 떠돌이 고용농이다. 심리학적으로 보면 아Q는 정신병 환자이며, 정치학적으로 보면 전제주의의 산물이며 사상적으로 보면 장자철학의 기식자이다. 또한 근대사 각도로 볼 때 아Q는 신해혁명의 거울이라 할 수 있으며 철학적 각도로 보면 이화된 전형이다.[101]

이처럼 아Q라는 한 인물의 전형을 통하여 전반적인 사회문제와 여러 인물들의 성격을 관조할 수 있게 된다.

그런데 앞에서 노신이 개괄한 두 가지 전형화 방법에는 각각 장·단점이 있다. 즉, 한 사람을 모델로 삼는다면 인물과 사건을 쉽게 묘사할 수는 있으나 언어, 거동의 세부에 이르기까지 비슷한 점이 많기 때문에 독자들은 흔히 소설의 인물과 현실의 인물을 동일시하게 되는 것이다. 더군다나 소설에 악한 인물이 등장할 경우, 작가가 개인의 원한을 토로한다고 생각하는 사람들이 있어 전형의 사회적 의의를 쉽게 잃게 되는 것이다. 반면에 여러 사람의 특징을 부분적으로 취하는 방법은 개괄하는 범위가 비교적 넓어 좋지만 여러 사람에게서 특징을 취합하였기 때문에 단숨에 쓰지 않으면 생각했던 인물의 형상이 자꾸 흐트러지고, 인물의 성격도 변할 수 있으며 정경도 미리 생각해두었던 것과 달라질 수가 있다. 노신은 그와 같은 예를 다음과 같이 들고 있다.

---

101) 林興宅, <論阿Q 性格系統>, (≪魯迅硏究≫, 84年 1期) 孫郁, <新思潮影響下的魯迅硏究>, 앞의 책, 21쪽 재인용.

　　내가 쓴 <보천>을 예로 든다면 원래는 성욕의 발동과 창조, 나아가서는
쇠망을 묘사하려고 생각한 것인데 집필 도중에 신문에서 어떤 도학적 비
평가가 애정시를 공격한 글을 보고 황당하게 생각되어 한 작은 인물을 여
왜(女媧)의 사타구니로 쫓아 들어가게 하고 말았다.[102]

　　노신은 위와 같은 결과를 초래함으로써 구성의 치밀함을 파괴하고 있다
고 생각했다. 그렇지만 또한 그는 작자 자신을 제외하고는 누구도 이것을
알아차리지 못한다고 생각하였다.[103]
　　이러한 방식으로 창조된 인물형상은 사회에 비슷한 점을 가진 사람들을
종종 놀라게 하는데 노신은 <≪아Q정전≫의 내원(≪阿Q正傳≫的成因)>
이라는 글에서 이 사실을 다음과 같이 말하였다.

　　……그리고 보니 <아Q정전>이 1회, 또 1회 단락을 지어 발표되고 있었
　　을 무렵 많은 사람들이 다음에는 자기가 당하는 차례가 아닐까 하고 전전
　　긍긍하고 있었다. 또 실제로 친구 중 한 사람은 얼굴을 맞대고 내게 이렇
　　게 말했다. "아무래도 <아Q정전>의 어제의 이야기는 내 험담인 것 같다"
　　라고. 그리고 <아Q정전>의 작자는 아무개가 분명하다. 왜냐하면 나의 그
　　건을 알고 있는 것은 아무개밖에는 없으니까……[104]

　　노신이 바라던 목적은 이렇게 독자로 하여금 마치 자신의 이야기나 다른
사람의 이야기를 하는 것처럼 느끼게 하여 남에게 책임을 전가하거나 방관
자가 되는 것을 막고 반성의 길로 나아가게 하자는 것이었다. 이렇게 볼 때
노신의 전형화 작업은 상당한 효과를 거두었음을 알 수 있다.

---

102) <我怎麼做起小說來>(≪申報月刊≫2卷, 6號, 1933. 6.), ≪南腔北調集≫, 앞의 책,
　　513쪽.
103) 위의 주)와 같음.
104) <≪阿Q正傳≫的成因>(≪北新≫周刊 第 18期, 1926. 12. 18), ≪續編的續編≫, ≪魯
　　迅全集≫ 3卷, 378쪽.

노신은 전형화의 제재를 선택함에 있어서 생활의 사실들이 좋은 자료가 되므로 일상생활을 눈여겨볼 필요가 있다고 생각했다.

> 현시기 중국에 있어서 모든 사람이 관심을 갖는 중대한 문제는 민족의 생존문제이다. 모든 생활(먹고 자는 것)이 다 이 문제와 연관이 되어 있다. …… 이 점을 안다면 작가는 생활을 관찰하고 소재를 처리하는데 있어서 마치 실을 뽑은 듯 실마리가 잘 잡힐 것이며 노동자, 농민, 학생, 도적, 창기, 가난한 사람 및 부자 등 무슨 소재든지 다 자유롭게 쓸 수 있고 써내면 모두 민족혁명전쟁의 대중문학으로 될 수 있는 것이다.[105]

이렇게 노신은 제재의 다양화를 최대한 확대하고자 하였지만, 동시에 제재를 무차별적으로 선택할 것이 아니라, 가치있는 것을 선별해야 한다고 강조하였다. 그래서 그는 <반하소집(<半夏小集>)>에서 다음과 같이 말하기도 한다.

> 세상에는 소설의 재료로 쓸 수 없는 것도 있다. 만약 소설 속에 가치없는 소재를 너무 진실하게 묘사하다가는 그 소설은 끝장나고 만다. 이것은 소위 화가들이 뱀, 악어, 자라, 과실껍질, 쓰레기통은 그리지만 송충이, 부스럼, 콧물, 똥 같은 것은 그리지 않은 것과 같은 이치이다.[106]

이와 같이 노신은 생활의 사실들이 모두 작품의 소재가 되는 것은 아니라고 지적하면서 전형화의 창조과정에 있어서 모델을 취한 후 반드시 이를 개조하고 발전시킬 것을 강조하였다. 실제 생활의 사건들에는 흔히 현상과 본질, 우연과 필연이 함께 섞여져서 체계없는 자연형태로 드러나기 마련이

---

105) <論現在我們的文學運動>(≪現實文學≫月刊 第 1期. ≪文學界≫ 第 1卷 1期에 동시 발표) ≪且介亭雜文末編附集≫, ≪魯迅全集≫ 6卷, 591쪽.
106) <半夏小集 9>, ≪且介亭雜文末編附集≫, 위의 책, 598쪽.

다. 따라서 작가는 선택, 정련, 집중, 개괄을 거쳐 예술적 형상으로 발전시키지 않으면 안된다. 다시 말해서, "우연적이고 표면적인, 비본질적인 현상을 버리고 사물의 본질과 특징을 반영한 것을 남김으로써 전형성을 갖춘 예술형상을 창조하여 현실생활을 반영해 내는 것"107)이다. 이 과정의 모든 단계는 구체적인 형상과 유리될 수 없다.

<약>은 이러한 좋은 예가 된다. 사람의 피가 묻은 만두로 폐병을 치료한다는 믿음은 옛 중국에 있었던 미신행위였다. 그러나 노신은 이러한 모델을 선택하여 봉건미신의 우매함을 보여주는데 그치지 않았다. 구중국의 혁명가는 민중을 위하여 분투하였지만, 민중은 그를 고발하였고 고발한 대가로 상금을 받으며 총살당한 그의 피를 사 인혈만두를 만든다. 우매한 민중은 혁명가의 희생이 누구를 위한 것인지도 모르고 단지 자신들의 이익을 취하는 모습을 보여주고 있다. 이렇듯 민중과 유리된 신해혁명은 실패할 수밖에 없음을 나타낸 것이다.

이렇게 노신 소설은 실제 생활에서 흔히 보고들을 수 있는 자그마한 일반적 사실에 심각한 사회적 의의를 부여하여 시대적 면모와 그 사회의 본질을 적나라하게 파헤쳐 보였다. "씌여진 사건은 어느정도 본 적이 있거나 들었던 것과 관계가 있지만 결코 모든 사실을 쓰지는 않았다. 단지 일부만을 뽑아내어 개조시키거나 발전시켰다"108)라는 말은 노신의 창작방법을 자세히 설명한 것이다.

<고향>의 경우도 마찬가지이다. 주인공 윤토와 그의 아버지의 모델은 장운수(章運水)와 장복경(章福慶)이다. 그는 미신을 잘 믿었고 결혼 후에는 시골의 한 과부와 지내다가 마침내 이혼하였으며, 금전적으로 아버지에게

---

107) 侯健 外 著, 임춘성 역, 앞의 책, 170쪽.
108) <我怎麼做起小說來>(≪申報月刊≫2卷, 6號, 1933. 6.), 앞의 책, 513쪽.

많은 손해를 끼쳤고 그 후 집은 곤궁하게 되었다.[109] 그러나 노신은 윤토의 변화를 "아이가 많고 흉년이 들고 병정, 도적, 관리, 신사(紳士)들이 못살게 굴었기 때문에 그는 목석같은 사람이 되고 말았다"[110]라고 변형시켜 설명하고 있다. 이렇게 노신은 윤토를 파산지경으로 몰아넣은 근본 원인을 개인적인 문제가 아니라, 잘못된 사회제도와 끊임없는 군벌혼전 등의 사회적 혼란 탓으로 돌렸던 것이다. 그럼으로써 소설은 더욱 심각한 전형적 의의를 가지게 된 것이다.

≪야초≫의 <복수 2> 또한 좋은 예이다. 기독교 ≪신약전서≫의 <마가복음>, <마태복음> 등에서 예수가 십자가에 못 박힌 내용을 인용하면서 노신은 예수를 신의 아들이 아닌 '사람의 아들'로 개조하였다. 이는 신화화된 종교의 우상을 역사의 진실에 비추어 예수가 이스라엘의 해방을 위한 개혁자라는 본래의 면모를 되찾게 한 것이다.

또한, 노신은 전형의 형상창조에 있어서 인물을 절대화하거나 단순화하지 말아야 한다고 강조하였다. 세계의 문학사에서 볼 수 있다시피 일반적으로 고대 예술은 유형화의 수법으로 신화적 영웅을 묘사하였으며, 근대에 들어서서야 점차 개성화되어 소박한 수법으로 보통사람의 형상을 묘사하게 되었다. 노신은 인물의 성격표현에서 선한 사람은 지극히 선하게, 악한 사람은 지극히 악하게 단순화시킴으로써 인물의 입체감이 결여된다는 사실을 지적하면서, 사실적인 묘사에 있어서 ≪홍루몽≫의 현실적 가치를 인정하였다.[111] 모든 사물에는 정·반(正·反)이라는 대립면이 있듯이 인간에게도

---

109) 周遐壽, ≪魯迅小說裏的人物≫, 52-53쪽, 周建人 ≪魯迅古家的敗落≫, 190-191쪽에 보임. 周作人, 周建人 형제는 章運水의 이혼과 미신을 솔직히 말하고 있지만, 기타 기록에서는 모두 章運水의 어린시절의 영웅 형상과 늙어서 착취 당한 농민의 형상을 강조하고 있다. ≪回憶魯迅資料輯錄≫, ≪魯迅在紹興≫, ≪鄉土憶錄-魯迅親友憶魯迅≫은 모두 閏土를 소설인물로 간주하여 미화시키고 있다.

110) <故鄉>, ≪吶喊≫, ≪魯迅全集≫ 1卷, 483쪽.

야누스적인 모습이 있으며 이 대립적인 양면은 상호 모순되는 복잡한 성격을 구성하기 마련인데, 중국의 고전문학은 대개 일면만을 강조함으로써 예술적 효과를 감소시켰던 것이다.

그래서 노신은 ≪삼국연의(三國演義)≫의 인물묘사의 결함을 다음과 같이 지적하였다.

> 인물을 묘사함에 있어서도 과실이 많다. 유비의 후함를 표현하려고 한 것이 위인(僞人)처럼 되어 버렸고, 제갈량의 지혜로운 모습을 그린다는 것이 요괴에 가깝게 되어 버렸다. 오직 관우에 대해서는 특히 좋은 말을 많이 하여 의용지개(義勇之慨)는 때때로 눈으로 보는 듯 선하다.[112]

노신의 이 같은 견해는 현대작품에 대한 평가에서도 마찬가지로 드러난다. 그는 파제예브의 ≪궤멸≫을 번역하면서 무산계급의 혁명적 인물의 형상을 부각시키는 문제에 주의를 기울였는데 이 소설의 인물묘사는 매우 소박하며 숨김이 없다. 예컨대 유격대장 레윈손은 때로는 동요하고 때로는 실책도 하며, 그가 거느린 부대도 150여명에서 마지막에는 19명밖에 남지 않게 된다. 이에 대하여 노신은 다음과 같이 말하였다. "이것은 지금 세상에서 유행되고 있는 소설 속의 주인공이 매우 특출하여 하는 일마다 성공하지 않는 것이 없는 내용과 비교한다면 정말 재미가 없는 책이다."[113] 그러나 노신은 이러한 묘사가 생활의 실제적 상황에 부합된다고 생각하였다. 노신은 완벽함을 추구함으로써 현실을 왜곡하는 문학가들을 비판하여 다음과 같이 말하였다.

---

111) 王向峰, 앞의 글, 122쪽.

112) <≪中國小說史略≫>, ≪魯迅全集≫ 9卷, 129 - 130쪽.

113) ≪毀滅≫後記>(≪萌芽月刊≫ 第 1期, 1931. 1. 17) , ≪譯文序跋集≫, ≪魯迅全集≫ 10卷, 330쪽.

혁명에는 더러운 피도 있지만, 이를 통하여 신생아가 태어난다. 궤멸이란
바로 새로운 생명이 태어나기 전의 한 점의 피다. ……궤멸은 바로 신생의
일부분이다. 그러나 중국의 혁명문학가들과 비평가들은 항상 미만한 혁명
과 완전한 혁명가를 묘사할 것을 요구하고 있다. 의견은 매우 고상하고 완
벽하다. 그러나 그들은 이로써 끝내 공상주의자가 되고 말았다.114)

이렇게 노신은 통상석인 리얼리즘의 한계를 깨뜨리고 대담한 시도를 하
였다. 그는 사실의 묘사를 전형의 개괄의 경지까지 높여 보다 광활한 진실
에 도달하게 할 것을 요구하였던 것이다.

앞에서 언급한 바와 같이 전형화의 기초는 생활의 사실이다. 진보적인
이상이나 혁명의 정치적 관점이 문학에 표현될 때에는 반드시 생활의 사실
이라는 논리를 따라야 한다. 노신 소설의 심각성은 마비된 국민 영혼을 적
나라하게 드러냈을 뿐만 아니라, 그 시대의 사회생활을 진실하게 반영하였
으며 특히 하층민의 생활을 부각시켰다는 데에 있다. 이야기의 구성이나 모
순의 갈등, 인물성격의 발전 등이 모두 생활의 논리에 부합되는 것이다.

후기에 이르러 노신은 문학이 사회생활을 반영해야 한다는 점을 강조한
동시에 사회생활에 대한 문학의 반작용을 언급함으로써 문학과 사회에 대
한 변증법적인 관점을 제기하였다.

문학과 사회의 관계는 먼저 그것이 민감하게 사회를 묘사하고 만약 힘이
있으면 곧 사회에 영향을 미쳐 변혁을 일으킨다. 이것은 마치 참기름이 참
깨에서 뽑은 것이지만 그것을 참깨에 묻히면 참깨가 더욱 기름 돌게 되는
것과 같은 것이다.115)

---

114) <≪潰滅≫第二部一至三章譯者附記>(≪萌芽≫月刊, 第 1卷 4期, 1930. 4. 1) 위의
    책, 336쪽.
115) <致徐懋庸>, ≪書信≫, ≪魯迅全集≫ 12卷, 302쪽.

전형화에 성공한 작품만이 그 힘을 발휘하여 비로소 사회에 영향을 미칠 수 있다. 노신의 작품이 오늘날까지 심금을 울리는 예술적 역량을 가지게 된 것도 이 전형화의 성공에서 비롯되었다고 할 수 있다.

3) 개방적 리얼리즘

노신의 리얼리즘의 또 하나의 특징은 그 용어에 얽매이지 않고 항상 개방적으로 모든 사조를 받아들이는 데에 있다. 이 사실을 온유민(溫儒敏)은 다음과 같이 서술하였다.

> 노신은 주관성이 리얼리즘 창작에 개입될 수 있다면 사실적 수법, 또한 낭만적 수법, 상징적 수법 및 기타 비사실적 수법을 받아들일 수 있다고 생각하였다.[116]

노신은 낭만주의와 상징주의를 자신의 리얼리즘을 보완하는 요소로 받아들였는데,[117] 이와 같은 면은 노신의 리얼리즘을 다른 문학연구가들이 규정하는 리얼리즘과 구분지어 준다. 노신의 '개방적 리얼리즘'을 이해하기 위해서는 무엇보다도 러시아 문학의 영향을 이해해야만 한다. 현대 중국문학에 대한 러시아 문학의 영향은 잘 알려진 사실로서, 주제뿐만 아니라 소재의 선택 방법, 형식적 구조 등에 많은 영향을 끼쳤다. 여느 다른 외국문학보다 더 강력하게, 전통문화체계를 파괴하고 새로운 문화체계를 향해 독자

---

116) 溫儒敏 著, 김수영 역, 앞의 책, 79쪽.

117) 이러한 관점은 唐弢의 <論魯迅小說的現實主義>(≪魯迅硏究≫ 第 6集), 嚴家炎 <論魯迅小說的歷史地位>(≪文學評論≫ 1981. 6期) <論≪狂人日記≫的創作方法>(≪北京大學學報≫ 1982. 1期), 楊義 <魯迅小說的現實主義的本質特徵>(≪中國社會科學≫ 1982. 4期) 등에 보인다.

들을 재규합하는 지렛대 역할을 하였던 러시아 문학은 많은 새로운 가치를 도입해 왔다. 특히 낭만주의, 리얼리즘, 상징주의, 그리고 퇴폐주의가 그 대표적인 것들이었다. 노신이 번역했던 러시아 작품은 낭만주의와 상징주의가 높게 묘사되어 있음에 반해 리얼리즘 가치는 낮게 제시되어 있는데, 이는 노신의 리얼리즘을 이해하는데 하나의 실마리가 될런지도 모른다.

D.W. Fokkema는 노신이 현존하는 러시아 문학의 리얼리즘에 특별한 흥미를 갖지 않았다고 단정지으면서 낭만주의나 상징주의에 편중된 노신의 번역취향을 그 예로 들었다.118) 또한 그는 현실사회의 객관적 재현이라든가 교훈적, 도덕적, 사회 개혁적인 리얼리즘의 제반 특성 중 현실사회의 객관적 묘사는 노신에게 있어서 큰 영감을 주는 요소가 아니었음을 지적하면서,119) 리얼리즘의 제반 가치들 중 오직 교훈주의와 인물의 전형화만이 많은 제한없이 노신을 비롯한 중국작가들에게 받아들여졌다고 주장하였다. 물론 이 두 요소의 수용은 중국 전통문예의 특성 때문에 보다 더 쉬웠을 것이며120), 노신의 경우 그의 국민성 개조사상으로 말미암아 교훈주의 성격은 더욱 손쉽게 받아들여졌다. 따라서 파제예브, 야코블레, 세라피모비치

---

118) 노신은 ≪전쟁과 평화≫의 번역은 郭沫若에게, 뚜르게네프의 ≪아버지와 아들≫의 번역은 陳源에게 맡긴 채, 그 자신은 톨스토이, 뚜르게네프, 도스토예프스키 등의 작품을 번역하지 않았다. 1934년, 노신은 풍자가 M. Ye. Saltykov - Schedrin(1826-1889)의 한 작품을 중국어로 번역하였으며, 1년 후에는 체홉의 ≪나쁜 소년≫, ≪불가해한 인물≫ ≪그것은 그녀였다≫ 등을 포함한 몇몇 소설들을 번역하였다. 그러나 이것들은 상징주의로 가득찬 코믹한 우화들이었지 리얼리즘 작품으로 불리우기는 어려웠다. D. W.Fokkma, <The Impact of Russian Literature>, Merle. Goldman 編 ≪Modern Chinese Literature in the May Fourth Era≫, (Cambridge, Harvard University Press, 1977), 91쪽.

119) Douwe. W.Fokkema는 러시아 사회에 대한 깊은 인식을 갖지 않은 魯迅으로서는 톨스토이나 뚜르게네프가 제시한 객관성의 정도를 판단할 수 없었으며 또한 세계관의 차이 - 리얼리즘 작가들의 세계관은 신이나 운명, 혹은 과학에 대한 견실한 믿음에 뿌리 내리고 있으나 중국인들에게 있어서 그것은 거리감 있는 것이었다 - 도 중요한 요인이 되었을 것으로 보았다.

120) 특히 가극작품의 도덕주의와 도식적인 인물화는 중국 독자들에게 아주 익숙한 것이었다.

등과 같은 러시아 작가들에 대한 노신의 관심은 현실사회에 목적론적인 중요성을 불어넣고자 하는 이들 작가들의 주관주의적 시도가 노신의 성미와 부합되었음을 드러내 준다는[121] D. W.Fokkema의 지적은 타당성있게 여겨진다. 낭만주의와 상징주의 그리고, 그 밖의 초기 사회주의 리얼리즘의 공통적 요소는 세계나 신화의 창조자로서의 작가의 역할에 관한 것으로서, 이는 통합된 세계관 - 20세기 중국과는 거리가 먼, 19세기 유럽에 널리 받아들여진 세계관 - 에 기초를 둔 리얼리즘 작가들의 초연한 묘사보다 노신에게 더 매력을 주었음은 자연스러운 일이라 하겠다.

일찍이 노신은 광인이나 아Q와 같은 부랑아 혹은 공을기, 상림수, 여위보 등과 같은 버림받은 자들을 주인공으로 하여 자신의 세계관을 드러냈는데, 패잔병들이나 버림받은 자들에 의해 진실이 말해지도록 하는 이 수법은 바로 19세기 러시아 낭만주의 문학의 성향이었다. 낭만주의의 광인은 사회적 인습에 묶이지 않으며, 인간영혼의 본질을 발가벗기는 역할을 담당한다. 진실이 오직 광인이나 좀도둑에 의해 말해질 수 있다는 것이야말로 가장 신랄한 사회비평이라 할 수 있으며, 이처럼 함축적인 사회비평을 위해 낭만주의를 도입했다는 점이 노신의 개방적 리얼리즘의 특성 중 하나이다.

또한 노신적 리얼리즘에 있어서 간과할 수 없는 것은 상징주의적 특징이다. 러시아 문학이 전달해 준 복잡한 상징주의 요소들은 아르치바세프(1878-1927), 안드레예프(1871-1919), 가르신(1855-1888) 등의 노신의 번역작품에 나타나 있다. 본래 상징주의의 관심은 무종파적, 비자연적, 비세속적이며 낭만주의와 리얼리즘보다 사회적 관계가 덜 밀접하다고 할 수 있다. 그럼에도 불구하고 이들 작가의 노골적이고 관능적인, 혹은 허무주의적인 상징주의가 중국에 있어서 오히려 리얼리즘보다 더 인습적인 규범을 흔들

---

121) Douwe. W.Fokkema, 앞의 책, 앞의 글, 96쪽.

어 놓았다는 것은 아주 아이러니칼하다. 기성의 전통관념을 약화시킬 수 있는 것이면 무엇이나 환영받았던 것이다.

안드레예프 소설의 신비하고 심오한, 독자적인 특징에 대하여 흥미를 느끼면서 번역하기 시작하였던 노신은 '5·4'이후에도 안드레예프의 작품을 다음과 같이 칭찬한 바 있다.

> 그의 작품은 모두 엄숙한 현실성 및 심각성, 섬세함으로 인하여 상징인상주의와 리얼리즘 요소가 잘 조화되어 있다. …… 내면세계와 외적표현의 차이를 없애고 영혼과 육체가 일치된 경지를 이루었다. 그러므로 이런 저작들은 상징 인상주의적인 특색이 완연하면서도 의연히 현실성을 가지고 있다.[122]

물론 여기서 노신이 느낀 흥취는 안드레예프의 상징주의보다는 그 작품의 현실성에 있음을 주목해야 한다. 노신은 이것을 상징주의라 부르지 않고 상징주의와 리얼리즘의 종합체라고 칭하였는데, ≪납함≫과 ≪방황≫의 많은 작품에서 이런 상징주의와 리얼리즘의 조화 및 통일성이 드러나 있다. 이에 대해서는 다음 장에서 보다 더 구체적으로 논의될 것이다.

일본 유학시절의 노신은 이론에서부터 구체적인 문학창작에 이르기까지 옛 규범을 벗어나 마음을 직접적으로 토로하는 적극적이고 혁명적인 낭만주의자였으며 '5·4' 이후 낭만주의로부터 리얼리즘으로 전환하였으나 낭만주의의 요소를 버리지는 않았다. 그는 1927년 문학작품과 작가의 관계를 "작품이란 무릇 작가가 타인을 빌어 자신에 관하여 쓰거나 그렇지 않으면 자신을 중심으로 타인을 추측하여 쓴 것이다"[123]라고 정리한 바 있다. 이

---

122) <暗澹的煙霧裡>(≪現代小說譯叢≫ 第 1集, 1921. 9.8), ≪魯迅全集≫ 10卷, 185쪽.
123) <怎麼寫> (≪莽原≫半月刊, 第 18期, 19期, 1927.10.10), ≪三閒集≫, ≪魯迅全集≫ 4卷, 23쪽.

같은 관점은 곽말약이 강조한 '자아표현'과 상당히 유사하다. 앞에서 지적한 바와 같이 노신은 리얼리즘의 객관적인 묘사에 제한을 받지않고 주관적 체험과 주관적 서정성에 주의를 돌렸다.

<≪무덤≫후기>에서, 해부용 메스를 다른 사람들보다 자기 자신에게 더 사용하였노라고 노신 스스로 밝힌 바와 같이, 자기 해부의 흔적은 그의 소설의 형식적 실험으로 증명되고 있다. 즉, 노신 작품의 형식과 문체의 과감한 혁신은 전례없는 심미적 자아의식의 발흥이었으며 여기서 드러나는 것은 작가로서의 정체성(identity)과 책임의식이었다. 일찍이 일본 유학시절에 겪었던 '환등기 사건'에서 노신은 자국민들의 도덕적 무감각에 경악하면서 구경꾼들의 역할의 중요성에 주목하였는데, 이것은 바로 작가로서의 책임의식에 대한 눈뜸이기도 하였다. 중국사회의 관찰자로서, 그리고 문학의 대변인으로서의 자신의 역할에 대해 끊임없이 반성적 검토를 되풀이하였던 노신은 따라서 비판적 사회의식을 갖고 창작에 임했으며 자신의 작품이 사회적 억압에 기여하는 것을 피하려했음은 물론이다.

그래서 노신은 문학작품이 희생자를 단지 독자의 호기심이나 동정의 대상물로 삼는 것을 반대하고, 독자로 하여금 주인공들과 동일시되는 것을 막는 수법으로 독자들을 일깨우고 충격을 가한다. 동시에 독자들은 도덕적 토대에 있어서의 동일시를 거부하는 한 계속해서 그들 자신에 관해 면밀히 관찰, 조사하도록 강요받으며 결국 반성의 길로 나아가게 된다. 예컨대, 아Q는 공동체 사회의 일부이기도 하면서 또한 별개의 것이기도 하다. 자신의 미천한 지위에도 불구하고 더 낮은 조소의 대상물을 찾고 있는 아Q에게 독자들은 그가 단순한 사회구조의 희생자가 아니라 그 참가자임을 느낀다. 즉, 독자들은 아Q라는 전형화된 인물에서 자신의 여러 모습을 보면서도 아Q와 동일시되는 것을 불쾌하게 느끼면서 그의 정신승리법에 대해 조소를

보내게 되는 것이다. 이와 같이 독자로 하여금 동일시를 거부하면서도 주인 공과 일정한 거리를 유지하지 못함으로써 중심을 잃게 하는 독특한 기법이 야말로 앞 절에서 말한 바와 같이 노신적 리얼리즘의 특징이자 전형화의 성공이라 하겠다.

그런데, 여기서 우리는 노신이 ≪납함≫의 <자서>에서 스스로 '곡필' (曲筆)이라 부르는 것을 사용하여 리얼리즘의 정화효과를 감소시켰음을 규 명해야 할 필요가 있다. 노신은 비극적 색채를 덜어내기 위해 소설의 마지 막에 곡필을 도입했노라고 설명하고 있는데, 노신 스스로도 소설 형식의 완 전성에 있어서 군더더기일 뿐이라고 여기고 있듯이, 이는 확실히 작품의 예 술성을 떨어뜨리는 요소인 것이다.

그 대표적인 예로 <약>에 나오는 무덤 위의 화환, <내일>에서 죽은 아들에 관한 꿈, <광인일기>의 끝에 나오는 "어린애를 구하라!"라는 외침, 그리고 <고향> 끝에 나오는 '새로운 생명'에의 전망 등을 들 수 있다. 또 한 자신의 죽음의 의미도 모르고 그에 대한 의문점조차 제기 할 줄 몰랐던 우매한 아Q가 마지막 순간에 외치는 "살려달라"는 탄원도 '곡필'과 맥을 같이 하고 있다. 즉, 자신의 희생과 억압자의 역할에 관한 본질을 인식하게 되는 이 같은 갑작스런 전환점은 어디서 생겨난 것인가? 그것은 소설 밖의 현실세계, 즉 나레이터(작가 자신이기도 함)의 비판의식에서 생겨난 분개가 직접적으로 표출되고 만 것으로 보여진다. 물론 "살려달라"는 외침은 "그 러나 아Q는 이 말은 하지 않았다"124)라는 서술로써 다시 철회되며 아Q의 죽음에 대한 묘사를 대신하여 효과적으로 소설의 절정을 이루기는 하지만, 이미 작가 자신은 관찰자로서의 객관성을 잃은 채 자신의 모습을 노출시키 고 만 것이다.

---

124) <阿Q正傳>, ≪墳≫, ≪魯迅全集≫ 1卷, 526쪽.

또한 작품에서 나레이터들의 도덕성 결여의 문제도 확실히 리얼리즘 소설의 카타르시스 효과에 어긋나는 역할을 한다. 예컨대 <축복>에서 나레이터는 지적 빈곤과 도덕적 비겁성을 드러내고 있으며, <술집에서>의 여러 등장인물들도 한결같이 도덕적 오염에서 벗어나지 못하고 있다. '나'라는 주된 나레이터조차 아순(阿順)의 죽음에 관한 이야기를 즐김으로써 '따분함'에서 벗어나는데 성공하며 결국 여위보와의 만남으로부터 "신선해진 기분"을 느끼며 가버릴 뿐이다. 이 같은 나레이터의 도덕성 결여는 독자들로 하여금 충분한 정화효과를 얻지 못하게 함으로써 소설에서의 도덕적 유용성에 대한 의문을 야기하게 만드는데, 이러한 소설 구성은 중국의 어느 작가도 추종을 불허하는 노신의 자기 점검의 글 쓰기, 즉 도덕적 회의에서 기인한 것이었다. 노신은 자신의 ≪납함≫과 ≪방황≫의 제목이 암시하듯이 환멸과 희망 사이에서 끊임없이 망설이면서 자신의 소설적 효과를 차단시키기도 하며 배가시키기도 하는 것이다. 그래서 이를 두고 Marstion Anderson은 "노신의 냉혹한 자기반성은 관찰자로서의 객관성과 독자의 카타르시스적 만족감, 양쪽을 다 손상시킴으로써 그가 서구에서 받아들였던 리얼리즘 소설의 모델을 혼란스럽게 한다"[125]라고 지적한 바 있다. 물론 이 같은 지적은 일견 노신 리얼리즘의 결함으로 들릴 수도 있지만 결코 그런 의미만은 아니다. 노신 작품의 리얼리즘이 의도하고 있는 자기반성과 교훈적 효과는 이로써 배가되며 그 비판적 기능을 다하고 있는 것이다.

　이상에서 살펴본 바와 같이 노신의 리얼리즘은 낭만주의와 상징주의, 그리고 강렬한 도덕적 내성 등이 결합된 복합적인 '개방적 리얼리즘'이라는 데에 그 특징이 있다. 노신 작품이 단순한 사회비평으로만 축소되어질 수

---

125) Marston Anderson, ≪The Limits of Realism‐Chinese Fiction Revolutionary Period≫, (Berkely Los Angeles Oxford : University of California Press, 1990년), 92쪽.

없는 까닭이 여기에 있다. 예를 들면 <광인일기>는 한 개인의 이야기로, 인간존재에 대한 본질적인 문제제기로, 혹은 정치적 풍자 등으로 읽혀질 수 있는 것이다. 또한 버림받은 자들이나 부랑아, 광인 등을 주된 대변자로 삼았던 노신의 낭만주의 수법은 현실사회의 정교한 묘사보다도 오히려 더 함축성 있는 사회비평을 가능케 해주었다.

이 같은 노신 작품의 비직접성과 모호성이야말로 '노신의 개방적 리얼리즘'의 정수이자, 그의 문학을 시대와 공간을 초월하여 영원하게 하는 요소이며, 노신을 예술가로서의 본래의 모습을 유지케 하는 힘이라 하겠다.

제3절 비극적 성격

1) 노신 문학에서의 비극

고전적 의미에서의 비극에 대한 정의는 일찍이 고대 희랍의 아리스토텔레스로부터 그 연원을 찾을 수 있다. 그는 비극이란 "평범한 사람보다 더 훌륭한 인간을 다룬다"[126]고 말하였다. 비극적인 것은 현실보다 아름다우면서도 일반 사람보다 고귀한 인간을 모방하며 또 그들의 파멸을 통하여 관중의 연민과 공포를 환기시킴으로써 사람들을 정화시킨다는 것이다. 이 같은 고전적 비극관은 19세기 러시아 문학 비평가 벨렌스키로 이어져 왔다. 그는 "비극은 가장 숭고하고 시의(詩義)가 풍부한 생활단편을 집중시키는 바, 그것은 오직 영웅들에게 적용될 뿐 기타 인물에게는 적용되지 않는

---

126) 아리스토텔레스, 해밀턴.화이프 해설, 김재홍 역, ≪詩學≫, (서울 : 평민사, 1984), 40 - 41쪽.

다"127)고 했다.

반면에, 18세기 프랑스의 디드로는 '가정의 불행한 사건'을 비극의 주제로 삼아 일상생활을 묘사했으며, 독일의 레싱 또한 평범한 사람들의 운명을 묘사하는 시민비극을 주장하였다. 이것은 19세기에 이르러, 푸시킨, 고골리, 도스또예프스키, 체홉 등 러시아의 비판적 사실주의 작가들이 '소인물'과 '쓸모없는 자'의 비극을 통하여 인간의 존엄을 말살하는 사회를 고발하는 것으로 발전되어 갔다.

노신은 서양의 전통적인 영웅비극관을 특별히 반대하지는 않았지만 그것보다는 고골리, 도스또예프스키, 체홉 등의 소인물 비극관을 원용하여 반봉건· 반식민지로 전락한 중국의 실정에 맞는 나름대로의 비극관을 정립하였다.

예컨대, 노신은 고골리의 <죽은 넋(死靈魂)>에 대하여 '무력한 삶의 悲劇'을 썼다고 평가하면서 다음과 같이 말하였다.

> 극히 평범한 것들 혹은 거의 일이 없는 것에 가까운 비극은 마치 소리없는 언어와 마찬가지여서 시인이 그 형상을 그려내지 않으면 쉽게 알아차리지 못한다. 따라서 영웅적이고 특별한 비극 때문에 파멸하는 사람은 극히 적고 지극히 평범하고 거의 무력한 삶의 비극에 힘을 소모하는 사람은 오히려 많다.128)

이렇게 노신은 고골리를 비롯한 비판적 사실주의 작가들의 창작실천으로부터 '무력한 삶의 비극'이란 새로운 명제를 도출해냄으로써 노신은 비극을 영웅적인 인물의 협소한 범위에서 벗어나 억압받는 수많은 소인물의 비

---

127) 임범송, 김해룡 저, ≪미학에의 초대≫,(서울 : 도서출판 이웃, 1990), 187쪽.
128) <幾乎無事的悲劇>(≪文學≫月刊 第 5卷, 2號, 1935. 8), ≪且介亭雜文二集≫, ≪魯迅全集≫, 6卷, 371쪽.

극적 운명을 호소하는 예술양식이 되게 하였다.

평범하고 일상적인 일에서, 그리고 억압받고 소외당한 소인물의 파멸에서 진정한 비극적 요소를 발굴한 노신은 "비극은 사람들에게 인생의 가치 있는 것을 파멸시켜 보여주고 희극은 사람들에게 가치없는 것을 보여준다"[129]고 정의하기도 하였다. 인간에게 있어서 영혼의 파멸은 최대의 파멸이며 영혼의 파멸을 그리는 비극이야밀로 최대의 비극이라 할 수 있는 바, 노신은 영혼의 파멸을 최대의 비극으로 강조함으로써 비극의 본질을 내적으로 심화시켰다. [130]

중국에 있어서 노신 이전 혹은 동시대의 평범비극(平凡悲劇)이 주인공의 개인적인 불행이나 고통과 멸망 등의 평범한 사건에 주의를 기울였다면, 노신의 비극문학은 바로 동시대인을 대표하는 주인공의 정신적인 파멸을 그림으로써 비극을 더욱 심도있게 반영했다고 할 수 있다. 또한 노신의 비극작품은 운명비극이나 성격비극과도 다르다. 운명비극과 성격비극은 모두 비극의 원인을 초자연력의 운명에 귀결시키거나 주인공의 성격상의 결함으로 돌리고 있기 때문에 유심주의에서 벗어나지 못하고 있다.[131] 노신은 이 유심주의의 오류에서 벗어나 비극의 근원을 모순된 현실사회 - 특히, 식인적인 봉건제도에서 찾고 있다.

이와 같은 노신의 관점은 비극의 모순충돌을 강조한 헤겔의 사상과 맥을 같이 하고 있다. 헤겔은 "비극의 본질은 두 가지의 대립된 이상이나 두 가지의 윤리관념의 충돌과 화해에 의해 구성된다"[132]고 주장하였으며, 맑스

---

129) <再論雷峰搭的倒掉>(≪語絲≫周刊, 第 15期, 1925. 2. 23), ≪墳≫, ≪魯迅全集≫ 1
卷, 192 - 193쪽.

130) 夏明釗, <魯迅悲劇觀初探>,安徽學報, 1982年 第 1期, 81쪽, 李力,黃南山의 공동논
문인 <魯迅悲劇藝術的歷史性貢獻> (≪江南社會科學學報≫, 1985年 1期, 81쪽)이
란 글에서도 이 같은 주장이 발견된다.

131) 陣明華, <試論魯迅悲劇觀及其小說的悲劇特色>, ≪魯迅硏究≫, 1988. 65쪽.

와 엥겔스는 이보다 한 걸음 더 나아가 더욱 과학적이고 포괄적으로 설명하였다. 그들은 비극적인 것을 "새로운 사회제도가 낡은 사회제도를 대체하는 신호"로, 또한 "사회생활에서의 신·구역량간의 모순갈등의 필연적 산물"133)로 보았다. 이와 같이 미적 범주로서의 비극은 일정한 사회 역사적 조건하에서 상대적으로 약하고 착한 사회적 역량이 강대하고 추악한 세력과의 투쟁에서 당하게 되는 실패와 고난 및 희생을 이른다.134)

노신 개인사를 살펴볼 때, 주안(朱安)과의 결혼은 주안의 경우뿐만 아니라 노신 자신도 봉건가족제도의 희생양임을 나타내주는 것으로서, 평생 노신으로 하여금 '인의도덕'이라는 봉건제도의 암울한 족쇄에서 자유로울 수 없게 한, 그의 생애동안 점철되었던 방황과 갈등의 내재적 요인 중 하나였다. 따라서 그 누구보다도 노신은 봉건제도의 식인성에 대해 통렬하게 비난할 수밖에 없었으며, 그의 대다수의 작품은 낡은 구제도의 폭력 아래 파멸되어 가는 나약한 인간존재를 형상화해냄으로써 비극적 심미효과를 자아내고 있는 것이다.

이와 같은 노신의 비극문학의 연원은 그의 계몽주의 문학관에서 찾을 수 있다. <나는 왜 소설을 쓰기 시작하였는가? (我怎麼做起小說來)>라는 질문은 바로 '왜 비극작품을 쓰게 되었나?'로 순환(feedback)된다고 할 수 있다.

　　왜 소설을 썼는가를 말한다면, 나는 여전히 10년 전의 계몽주의를 품고 이로써 인생을 위하고 인생을 개조하기 위하여 소설을 썼으며 ……그러므로 나는 소설의 제재를 병든 사회의 불행한 사람들로부터 취하여 이들을

---

132) 劉再復 著, ≪魯迅美學史上論考≫, (北京 : 社會科學出版社, 1981), 83쪽.
133) 임범송, 김해룡 저, 앞의 책, 142쪽.
134) 위의 책, 139쪽.

통하여 사회의 병든 곳을 폭로하여 치료에 주의를 돌리고자 하였다.[135]

노신은 이 같은 목적을 실현시키기 위해 다음과 같은 창작방법을 취하였다.

첫째, 병들고 모순된 사회의 불행한 사람들을 소재로 삼았다. 상류사회의 타락성과 하층사회의 불행을 묘사하여 사람들에게 인생의 가치있는 것을 파멸시켜 보여줌으로써 선량한 사람들에 대한 동정을 불러 일으켰으며, 아름다운 것에 대한 찬사, 부패한 것에 대한 증오, 악한 세력에 대한 항거를 불러 일으켰다.

둘째, 숨기고 속이는 문예를 반대하였다. 인생이란 본래 완전할 수 없으며 현실생활 또한 모순과 결함이 있기 마련인데 그 동안의 작가들은 모두 사기와 기만에 도취되어 모든 것을 완벽하게만 묘사하였다. 노신은 여기에 맞서 작가들이 허위의 가면을 벗어 던지고 진실되고 깊이있게, 그리고 대담하게 인생을 관찰함과 동시에 그 피와 살을 써야 한다고 주장하였다. 그는 특히 허위와 기만의 상징인 십경병(十景病)을 반대하였다.

> 십경병은 일종의 형식의 아름다움으로써 실질의 추악함을 감추는 허위의 병이며, 사상에 있어서는 자신을 기만하고 남을 속이는 정신 승리법의 병이며, 예술에 있어서는 태평스럽게 꾸미고 모순을 감추는 천박병, 사기병이다.[136]

셋째, 비속한 대단원주의를 반대하였다. 서양의 비극은 일반적으로 주인공이 비극적인 종말을 맞게 되는데 중국의 전통적인 비극은 이와 달리 곡

---

135) <我怎麼做起小說來>(≪申報月刊≫2卷, 6號, 1933. 6.), ≪南腔北調集≫, ≪魯迅全集≫, 4卷, 512쪽.
136) 劉再復, 앞의 책, 88쪽. 재인용.

중지아(曲終奏雅 :유종의 미를 이룬다)를 중시하였다. 예컨대 중국의 전통 비극에서는 주인공이 불행을 당하지만 결국에는 그 비극이 기쁨으로 변한다. 그러므로 중국 전통문학에는 서양에서 말하는 엄밀한 의미의 비극은 존재할 수 없다. 노신은 모순을 감추고 현실을 미화하면서 자신을 속이고 맹목적인 낙관과 만족으로 투쟁의지를 마비시키는 대단원주의의 본질을 밝히면서, "만사가 다 단원 (원만한 결말)이 있기 마련이니 우리들이 안타까워할 필요도 없다. 마음놓고 찻물이나 마시고 잠이나 자면 그만이다"[137]라고 대단원주의를 비난하였다. 이렇게 노신은 전통적인 원만한 결말을 부정하고, 가치있는 것의 파멸과 비극적인 현실을 대담하게 독자들에게 펼쳐보임으로써 마비된 중국인의 각성을 촉구하였다. 이 같은 노신의 계몽주의 문학관은 비극작품을 낳은 근간이 되는 바, 그의 비극문학은 한 마디로 인민대중이 역사와 예술의 주인이며, 비극적 현실을 청산해야 할 주역이 되어야 함을 강조하고 있다 하겠다.

2) 국민정신의 비극

노신의 비극작품은 구시대의 암울한 현실을 적나라하게 반영하고 있다. 작품집 ≪납함≫과 ≪방황≫에서는 신해혁명전후부터 제 1차 국내혁명전쟁 전후에 이르는 중국의 반식민지 반봉건의 암울한 사회제도 아래 신음하고 있는 농민, 여성, 지식인들의 비극적 삶이 극명하게 그려져 있다.

앞에서 서술한 바와 같이 노신은 비극의 근원을 현실사회의 구조적 모순에 두고서, 그 모순된 사회 속에서 왜 영혼이 파괴될 수밖에 없는가를 비극이라는 예술적 무기를 통하여 예리하게 드러냈다. 노신이 이렇게 정신비극

---

137) <論睜了眼看>, ≪墳≫, ≪魯迅全集≫ 1卷, 238쪽.

을 창조한 것은 그의 창작목적 - 마비된 국민의 의식을 개조하고 인생을 개량, 올바른 사회를 건설하고자 하는 - 에 따른 당연한 귀결이었다. 그리하여 노신은 파멸당하는 국민의 영혼을 심도있게 묘사하였으며, 다른 한편으로 '침묵하는 국민의 영혼'을 묘사하여 국민을 분개, 각성하게 하였다. 그는 그들의 불행에 대해서는 동정하였지만, 방관하면서 싸우지 않는 사람에 대해서는 추상같이 분노하였다.

(1) 농민의 비극

노신의 소설에서 대표적인 향토소설로 들 수 있는 <아Q정전>, <고향>, <풍파>, <내일>, <축복>, <이혼>의 주인공들은 대부분 사회 저변층을 대표하는 농민들로서, 현실과 장래에 대하여 한 가닥의 희망조차 없이 비극적으로 살아간 인물들이다. 노신이 이같이 천하고 억압받는 농민을 비극의 주인공으로 삼은 이유는 크게 두 가지로 요약해 볼 수 있다.

첫째, 절대 다수를 차지하는 농민은 중국국민을 대표함과 동시에 피억압 계층의 대표자이다. 따라서 그 사회의 전반적인 문제점과 국민정신의 취약점을 드러내는 데에는 농민이 가장 적합한 대상이었다.

둘째, 중국농민은 오랜세월 동안 억압과 착취를 당해 왔지만 그들 자신이 왜 그러한 비극적인 삶을 살아야 하는지조차 깨닫지 못하였다. 그러나 그 농민들이 정신적으로 깨어나기만 한다면 비극적인 삶에서 벗어날 수 있을 뿐만 아니라 낡은 세계를 파괴하는 혁명역량이 될 수도 있다. 따라서 노신이 농민을 주인공으로 선택한 것은 자연스러운 것이었다 하겠다.

신해혁명을 다룬 노신의 비극작품 중 가장 뛰어난 것으로 알려진 <아Q정전>에는 신해혁명에 대한 국민의 반응과 실패한 혁명의 비운이 아Q의 죽음을 통하여 잘 형상화되어 있다. 노신은 수많은 중국인들의 특징을 모아서 아Q의 형상을 창조하였고 아Q를 통하여 중국국민의 약점을 드러냈다. 오랜 봉건사회제도와 봉건예교에 의하여 마비된 그의 영혼은 중국사회의 특유한 산물이며 중국의 암울한 현실을 비추어 주는 본보기였다.

예컨대, 아Q는 실패를 승리로, 치욕을 영광으로, 환상을 현실로 간주하여 스스로 변명하며 만족해한다. 노신은 아Q의 행동이 중국문화의 특징인 독단적이고 자기 분열적인 사회양식을 대표하고 있다고 믿었으며 이 추악하고 가증스러운 정신승리법을 가차없이 파멸시켜 사람들에게 보여주고자 하였다. 혁명의 의미를 알지 못하는 아Q는 그를 억압하는 조태야, 가짜양놈, 조수재, 심지어 그와 같은 사회적 지위에 있는 소D, 왕호(王鬍)까지 혁명의 대상으로 생각한다. 그가 생각하는 혁명은 그들을 죽이는 것이며 그들의 물건과 마음에 드는 여인을 빼앗는 것이다. 그 같은 아Q의 혁명에는 농민 보복사상과 민가를 습격, 약탈하는 사상이 들어있으며 동시에 아Q의 정신이 전통적인 노예근성에 의해 매우 부식되어 있음을 보여준다. 애석하게도 아Q는 혁명대열에 끼어보지도 못하고 혁명군의 누명을 쓰고 사형대에 올려진다. 마지막 총살되기 직전에 서명하는 그의 모습은 비통한 슬픔을 자아냄과 동시에 마비된 그의 영혼에 대하여 분개를 느끼게 한다.

> 아Q는 붓을 어떻게 쥐었으면 좋을지 몰라 망설이고 있었다. 그것을 보고 종이와 붓을 가지고 온 사나이가 한 곳을 가리키며 거기다 서명하라고 하였다. "전…글을…모릅니다" 아Q는 붓을 덥석 쥐고 불안스럽게 부끄러운 듯 말하였다. "그럼 동그라미를 하나 그려라 !" 아Q는 동그라미를 그리려고 하였으나 붓을 잡은 손이 떨리기만 하였다. …… 아Q가 동그랗게 그리지 못한 것을 창피해하고 있는데 그 사람은 별로 탓하지 않고 어느새 종이와 붓을 거두어 갔다.[138]

---

138) <阿Q正傳>, ≪吶喊≫, ≪魯迅全集≫ 1卷, 524쪽.

이처럼 아Q의 관심은 자신이 무고하게 잡힌 것에 대한 해명이나 항쟁이
아니고 자신의 서명이 어떻게 그려졌는가에 있다. 이러한 현상은 무성(無
聲)의 중국 - 국민들의 영혼이 마비된 중국 - 에서만 일어날 수 있는 것이다.
자신의 비극적 운명까지도 하늘에서 정해준 것처럼 생각하여 운명을 순순
히 받아들이는 아Q의 침묵하는 영혼은 죽어가는 국면에서도 자신을 합리
화시킨다. "아마도 사람이 인간세상에 태어나서 살아가노라면 때로는 목을
잘리우는 일도 있을 것이다."139) 이처럼 수 천년 동안 내려온 봉건사상에
의해 마비된 아Q의 정신은 자신이 왜 죽어야 하는가에 대한 문제제기조차
도 하지 한 채 죽음의 길로 가도록 방기하였다. 이렇게 아Q의 비극은 자신
을 깨우치지 못한 국민 영혼의 처절한 비극인 것이다.

<고향>에서는 윤토라는 농민을 통하여 당시의 비극적인 현실과 일그러
진 농민의 영혼을 보여 주고 있다. 20년 전 소년시절의 윤토는 붉은 홍조를
띤 기상이 넘치는 소년이었는데, 지금은 모든 것을 박탈당한 것처럼 푹 패
인 붉은 두 눈덩이에 파리한 얼굴을 하고 있다. 이러한 것은 화자인 '나'로
하여금 윤토를 완전히 꼭두각시처럼 느끼게 한다. 그 윤토의 변모는 자신의
내부변화에 의한 것이 아니라 제국주의와 군벌혼전이란 사회적 환경의 결
과로서, 신해혁명 실패 후 중국 경제의 파산을 진실하게 반영하고 있는 것
이다. 노신은 소년 윤토와 중년 윤토의 외적인 변모뿐만 아니라, 정신적인
변모에도 주의를 기울이고 있다.

겨울이 되어서 아무것도 없습니다. 이건 집에서 말린 청콩인데 나으리님
께서……그는 그저 머리를 절레절레 흔들 뿐이었다. 얼굴에는 숱한 주름살
이 잡혔으나 전혀 움직이지 않아 그것은 마치 석상과 같았다.140)

---

139) <阿Q正傳>, ≪吶喊≫, 위의 책, 525쪽.
140) <故鄕>, ≪吶喊≫, 위의 책, 483쪽.

소년시절에는 '나'를 형님이라고 부르면서 허물없이 지냈던 윤토가 지금은 "나으리"라고 부르는 이 한 마디는 짓밟히고 파멸당한 윤토의 일그러진 영혼을 적나라하게 드러내주는 말이라 하겠다.

또한 지난 20년 동안 군대와 비적, 관료 등의 억압과 착취로 인하여 생활이 빈궁하게 되었을 뿐만 아니라, 정신까지 마비된 윤토는 향로와 촛대를 소중히 간직하는 등, 윤토의 비극성은 사회가 그에게 노예적인 지위를 규정해 주었다는 사실에 앞서 그에게 노예적 근성을 조장시켰다는 데에서 더욱 심화된다. 놀라울 정도로 뿌리깊은 자비감(自卑感), 조마조마하면서 순종밖에 모르는 비굴성 - 윤토의 이러한 노예근성으로의 변모는 과거의 아름다운 세계를 파멸시킨 추악한 현실에 대하여 증오를 불러일으키게 한다.

(2) 여성의 비극

노신은 농민 못지않게 여성의 문제를 중시하였다. 중국사회에서 여성은 봉건제도의 희생물이며 남자의 종속물이었다. ≪납함≫과 ≪방황≫에 나타나있는 대부분의 여성은 구사회, 구제도의 희생물로서 새로운 사상, 문화, 교육 등을 전혀 접해보지 못한 전형적인 농촌여성들이다. 선량하고 순수한 이들은 새로운 역량을 받아들이지 못하여 구세력에 의해 철저히 파멸당하고 만다.

<축복>의 주인공 상림수는 이와 같은 여성상을 드러내는 대표적인 인물이다. 처음 넷째 나으리 집에 나타났을 때의 그녀는 튼튼하고 일도 잘했었다. 그러나, 남편과 자식을 잃어버린 후 그녀는 육체적, 정신적으로 극심한 상처를 입고 노진(魯鎭)으로 다시 돌아온다. 그녀는 노예가 되어 안정된 삶을 영위할 수 있기를 바랬지만 냉혹한 현실은 이를 받아주지 않는다. 아들의 죽음과 재가에 대한 죄책감, 이웃사람들의 조소, 유씨 어멈과 넷째 아

주머니의 위협 등은 상림수로 하여금 차라리 죽는 것이 더 나으리라는 생각이 들게 한다. 죽은 후에 더 좋은 곳에 가고자 정성들여 제사를 지내면서 있는 돈을 다 털어 토지묘(土地廟)에 시주하던 그녀는 결국 죄의식을 이기지 못하고 죽고 만다. 이 같은 줄거리에서 노신이 무엇보다도 관심을 집중한 것은 상림수의 정신적 파멸에 대한 것이라 보여진다. 노예가 되고 싶어 했던 그녀의 마비된 정신, 봉건예교에 사로잡혀 죽어가면서도 자각하지 못한 채 미신을 믿어야 했던 가엾은 여성, 제사에 정성을 들임으로써 현실에서 이루지 못한 것을 이승에서 해결하려는 우매한 영혼 등을 꼼꼼히 해부해 보이면서 결국 상림수를 비극적인 결말에 이르게 한 봉건예교의 본질을 철저하게 펼쳐 보인 것이다.

이와 유사한 형태로 청상과부의 비극을 다룬 <내일>이 있다. 빈농의 과부 선사부인은 베를 짜서 세살박이 아들을 연명시킨다. 그녀에게는 아들이 빨리 자라는 것 이상의 희망은 없다. 그러나 아들은 기대를 저버리고 죽어버린다. 봉건사회에서 아무런 지위도 없는 여성에게는 남편이나 아이가 최대의 희망이라 할 수 있다. 아들이 죽어버리자 재가도 못하는 그녀는 희망을 잃고 결국 삶의 의의조차 상실해버린다. 이러한 비극을 낳게 한 원인이 봉건예교에 있음은 더 말할 나위가 없다. 이것은 선사부인 일 개인의 삶이 아니라 어두운 봉건사회의 전체 빈농여성들의 삶이었던 것이다. 이 작품에서도 노신은 봉건예교의 폐해를 보여주는 데에 각별한 주의를 기울이고 있다. 즉, 봉건예교의 미신성은 다음과 같은 아들의 장례식 때 더욱 두드러진다.

선사부인은 보아(寶兒)에게 지극한 정성을 다 기울였다. 어제는 종이 돈 한 묶음을 태웠다. 오전에는 49권의 대비축문(大悲呪文)을 태웠다. 입관할 때는 보아에게 새 옷을 입혔고 평소에 좋아하던 장난감 - 흙인형 하나, 나

무공기 두개, 유리병 두개 - 을 베갯머리에 놓아주었다. 왕구(王九)할머니
가 뒤에 손가락으로 꼽아가며 이것저것 헤아려 보았으나 거의 빠뜨린 것
이 없을 정도다.[141]

죽은 사람에게 주문을 외우거나 대비주문을 태워주면 저승에서 재화를
모면하고 극락에 가서 살 수 있다는 봉건적인 미신은 <축복>의 상림수와
같이 선사부인에게도 극심하게 드러나 있는 것이다.

<이혼>은 <축복>이나 <내일>과 유사한 농촌 여성소설이지만 또 다
른 면모를 보여준다. 상림수나 선사부인은 구사회에 철저히 순종하는 가엾
은 영혼을 가진 인물들이지만, <이혼>의 애고(愛姑)는 구사회에 맞서 싸
우는 반항자의 비극이라 할 수 있다.

그녀는 남편의 불륜에 항거하여 이혼을 하기 위해, 학식있고 권세있는
일곱째 나으리를 찾아가 이혼의 정당성을 재판해 주기를 청한다. 그러나 그
녀가 생각했던 재판은 이루어지지 않고 그들의 압력과 위세에 눌려 오히려
굴복하고 마는데, 자신이 굴복할 수밖에 없는 원인을 그녀는 피상적으로만
파악할 뿐이다. 그녀의 진정한 비극은 봉건관료를 상징하는 일곱째 나으리
에 대한 환상에 있으며, 봉건사상의 질곡에서 벗어나야만이 진정한 인간의
권리와 여성해방을 쟁취할 수 있다는 사실을 깨닫지 못했다는 점에 있다.
여기에서 애고의 자각하지 못한 정신비극이 생겨난다.

상림수와 선사부인이 현실을 직시하지 못한 채 모순된 현실에 순응하며
살아가려 하지만, 그러한 삶조차 박탈당하는 구세대의 비극을 대표한다면
애고의 경우는 어느정도 현실의 모순을 알고 그것을 타파하려고는 하나 철
저히 깨어있지 못한 정신과 성격상의 결함으로 인하여 파멸의 길을 걷는
신세대의 비극이라 할 수 있다. 이처럼 비교적 새로운 문물을 접한 애고의

---

141) <明天>(≪新潮≫月刊, 第 2卷 1號), ≪呐喊≫, 위의 책, 455쪽.

세대까지도 낡은 봉건제도에 의해 철저히 파멸당한다는 것은 노신이 바라
본 현실의 어둠이 얼마나 깊었는가를 가늠할 수 있게 해준다.

예컨대, 자신의 부인에 대한 다음과 같은 노신의 견해는 그가 바라보는
봉건적인 중국 여성관을 단적으로 드러내 준다 하겠다.

> 중국여자는 틀렸다. 하루 종일 아무것도 하지 않고 방안에 들어앉아 있
> 다. 아무런 움직임, 아무런 생활도 하고 있지 않다. 우리 집사람 같은 사람
> 이 그 대표적인 예다. 그 사람은 어머니의 며느리지 나의 아내는 아니
> 다.[142]

스스로 '달팽이'에 비유한 바 있는 주안[143]을 노신은 평생 아내가 아닌,
'어머니의 며느리'로만 간주하였다. 이는 앞에서도 언급한 바 있는 노신의
이중구조로서 그의 방황과 고뇌의 근원지의 하나였다. 즉 봉건가족제도의
장남으로서의 역할에 최선을 다한 그는 분명 '인의도덕'에 사로잡힌 고풍스
런 인물이었으며, 동시에 봉건적인 인습의 굴레를 깨고 제자를 아내로 삼
은[144]그는 하나의 자유연애 사상가였던 것이다.

이와 같은 현실 속에서 당대의 누구보다도 노신은 여성의 삶에 깊은 관
심을 갖고 있었다. 본부인 주안에게서 전형적인 중국 봉건 여인상을 본 노

---

142) 후쿠오카 세이치 著, 《魯迅의 結婚》, 南雲智 著, 정성호 역, 앞의 책, 86쪽, 재인용.

143) 언젠가 朱安은 자신을 달팽이에 비유한 적이 있다. 몸을 껍데기로 둘러싸고 한 자리에
서 죽어라 하고 꼼짝도 하지 않는, 그것이야말로 바로 그녀의 인생이었다. 봉건 사상에
듬뿍 젖어 그러한 삶의 방식을 그대로 받아들이고 있던 그녀는 자식을 낳지 못하는 것
에 대해 공포감까지 품고 있었다. 그 때 사람들은 자식을 못 낳는 여자는 죽어서 지옥에
떨어진다고 믿고 있었다. 유방, 《내가 기억하는 魯迅 先生》, 南雲智 저, 정성호 역,
앞의 책, 36쪽. 재인용.

144) 18세 연하의 許廣平이 魯迅의 실질적인 아내였음은 익히 알려진 사실이다. 魯迅은 끝
까지 본처와 이혼절차를 갖지 않았으며, 시어머니의 비문에 許廣平의 이름 대신에 朱
安의 이름이 새겨져 있다는 것은 許廣平이 주씨 가문에 있어서는 결국 하나의 첩이었
음을 말해준다 하겠다.

신은 자신의 소설에서 여성들에 대한 동정과 연민만을 그린 것이 아니었다. 노신은 봉건제도 자체에 대한 증오와 분노뿐만 아니라, 그에 물든 여성들의 몽매함과 자각없는 맹목성에 대해 노여움을 표하면서 그들의 각성을 촉구하였던 것이다.

(3) 지식인의 비극

농민이나 여성들 못지않게 비극적인 삶을 살았던 또 하나의 계층은 하층 지식인들이었다. 그 자신도 지식인이었기에 보다 더 주변 지식인들의 허위와 모순, 그리고 비극적인 삶에 대하여 깊이있게 관찰할 수 있었던 노신은 지식인에 대하여 상당한 애정을 가지고 있었으며, 그들의 삶에 대하여 동정과 분노를 표하였다. ≪방황≫의 대다수 작품에 묘사되어 있는 지식인의 비극적 삶은 바로 노신의 지식인에 대한 애정과 관심의 반증이라 하겠다.

≪납함≫과 ≪방황≫에 묘사된 지식인은 크게 두 가지 유형으로 분류할 수 있다. 그 중 한 유형은 신해혁명 이전의 봉건적인 농촌에서 자라면서 오로지 과거에만 몰두하다가 몰락한 구독서인 공을기와 벼슬과 재물에만 정신이 빠진 과거시험 낙방생 진사성 등과 같은 인물이다.

공을기의 비극은 그의 비천한 사회적 지위와 가난한 경제생활, 그리고 사대부 계층의 자존자대심리(自尊自大心理)등의 상존할 수 없는 모순된 심리에 기인하고 있다. 공을기는 천진난만한 아이를 좋아하고 외상값을 꼬박꼬박 갚는 선량한 사람이다. 그러나 그는 곧잘 도둑질도 서슴지 않는다. 그러면서 "선비는 원래 가난한 법"이며 "훔치는 것은 도둑이 아니다"[145]라고 합리화시킨다. 여기서 우리는 봉건 지식인의 모순된 심리와, 그의 영혼 속에 숨겨진 구린내 나는 독창(毒瘡)을 엿볼 수 있다. 노신은 도적질하다 얻

---

145) <孔乙己>(≪新靑年≫ 第 6卷 4號, 1919. 4), ≪吶喊≫, ≪魯迅全集≫ 1卷, 435쪽.

어맞아 부러진 공을기의 다리에 동정을 보내면서 동시에 봉건주의 교육에 구속되어 진보할 줄 모르는 그의 마비된 의식과 낙후된 사상에 대하여 가차없는 비판을 가하고 있다.

진사성 역시 공을기와 비슷한 봉건제도의 희생물로서 그는 16차례나 과거시험에 응시했다가 낙제한 낙방생이다. 한 마디로 그는 과거제도의 환상에 사로 잡혀 이성을 잃은 희생물이다. 공명을 추구하고 재물에 눈먼 그는 과거시험에 또 다시 실패하자 보물을 찾기에 전력하지만, 결국 환각 속에서 굴을 파다가 호수에 빠져 죽고 만다.

이와 같은 유형과 다른 또 하나의 유형으로는 신해혁명전후 5·4운동의 세례를 받은 보다 진보적인 지식인을 들 수 있다. <술집에서>의 여위보, <고독자>의 위련수(魏連殳), <단오절>의 방현작(方玄綽), <비누>의 사명 등이 그들이다. 이 유형의 지식인들은 모두 5·4시기에 이상을 품었던 참신한 인물들로 봉건세력에 반항하였다. 그러나 선각자라 할 수 있는 그들은 사회에 용납되지 않았으며 일반대중의 무리 속에도 들어갈 수 없었다. 대체로 그들은 신·구역량의 모순 속에서 몸부림치며 방황하다가 구세력의 압력과 도전에 의해 파멸되거나, 혹은 구사회와 타협, 투항하는 길을 걷다가 마침내 비극적인 종말을 맺는다.

<고독자>의 위련수(魏連殳)는 이러한 지식인의 대표적 인물이다. 제목처럼 위련수는 정말 고독하다. 고독이라는 말은 위련수 일 개인 뿐만 아니라 당시의 모든 지식인에게 해당되는 말로서, 완전히 깨어있는 지식인 속에도, 혹은 우매한 대중 속에도 귀속되지 못한 그들의 운명은 비극적으로 끝날 수밖에 없었다. 그렇게도 위세가 당당했던 위련수는 직장에서 해고되고 경제적 압박을 받게되자, 군벌인 두(杜) 사단장의 고문이 되어 자신이 증오했던 모든 것을 몸소 행하게 된다. 그는 상대가 누구든간에 보복의 총을 겨

누었으며 동시에 그 자신도 내적인 고통과 회한을 안고서 살다가 비참하게
세상을 등진다. 노신은 외롭고 고통스러운 위련수의 영혼을 깊이 동정하면
서 그의 불쌍한 영혼의 울부짖음을 다음과 같이 묘사하고 있다.

> 그것은 길게 울부짖는 소리 같기도 하였다. 마치 상처입은 이리가 깊은
> 밤중에 광야에서 울부짖는 것 같은 그 슬픔 속에는 분노와 비애가 뒤섞여
> 있다.[146]

<술집에서>의 여위보는 미신타파를 주장하기도 한, 비교적 진보적인
지식인이었다. 한때는 중국을 개혁할 방법을 의논하다가 의견이 맞지 않는
사람들과 싸움까지 벌였던, 의욕 넘치던 그는 현재 아무런 의의도 없는 일
에 자신을 내맡기고 스스로 위안을 삼을 뿐이다. 진보적이고 씩씩한 청년
여위보에서 목표도 없이 흐리멍텅하게 살아가는 중년 여위보로의 변화에서
독자는 그 외적인 변모보다 정신적인 변모에 더욱 커다란 비애감을 느끼게
된다. 여위보는 혁명의 앙양기에 원대한 희망을 품고 혁명의 대열에 참가하
였지만, 그 혁명이 좌절되고 봉건세력이 헤게모니를 잡게 되자 자신의 주장
을 완전히 포기하고 현실과 타협해 버린 것이다. 이것은 그의 불쌍한 영혼
뿐만 아니라 나약하고 기회주의적인 지식인의 속성을 잘 드러내주는 경우
라 하겠다.

<비누>의 사명과 <고로부자>의 고간정의 비극은 그들의 모순된 허위
의식에서 비롯되고 있다. 예컨대, 사명은 학교의 폐해를 개탄하면서도 자기
자식을 학교에 보내 공부시키고 있다. 그가 학정(學程)을 중국식과 서양식
의 절충학교에 입학시킨 것도 모순된 의식이 빚어낸 비극적 현상이다. 여자
의 단발은 군인이나 토비가 되는 것보다 더 잘못된 것이라고 생각한 그가

---

146) <孤獨者>(1925. 10. 10), ≪彷徨≫, ≪魯迅全集≫ 2卷, 107 - 108쪽.

서양문물을 대표하는 비누를 사 가지고 오는 행위 또한 지식인의 모순된 심리의 반증이다. "비누를 사서 이 소녀거지의 온몸에 오독오독 문질러 보면 어떤 기분이겠냐"[147]라는 어떤 사람의 야유에 분개하면서도 한편으로는 소녀거지에 대하여 음욕을 품는 모습에서 봉건사대부들이 갖고 있는 허위의식이 적나라하게 드러나고 있다.

<고로부자>의 고이초(高爾礎) 또한 모순된 의식을 가진 비극석 시식인의 대표자이다. 고리끼를 숭상하여 고이초라고 이름을 바꾸기까지 하였으면서도 고리끼 같은 삶을 살기는커녕 여전히 옛 것에 집착하여 '중국국수주의론'을 발표한 것을 보면 그의 의식이 얼마나 모순되어 있는가를 알 수 있다. 또한 남자학교가 있는 것만으로도 풍기가 문란해지는데 여학교까지 세운다면 앞으로 어떤 일이 벌어질지 모르겠다라는 생각이야말로 '고로부자'식의 국수주의 모습이다. 따라서 국수를 주장하면서 여학교의 교사가 된다는 것은 바로 자신을 죽이는 자충수 격이라 하겠다. 그는 마침내 여학교 교사가 되었으나 강의를 철저하게 준비하지 못하여 학생들에게 수모를 당한다. 그러면서도 그는 여전히 "여학교는 풍기가 문란하니 문을 닫아야 해"[148]하고 자신을 합리화시킨다. 이와 같은 심리는 일종의 '정신승리법'으로서, 아Q만의 고유한 것이 아니라 전 중국민들의 공통된 것임을 보여준다. 이렇게 노신은 사명과 고이초를 통하여 위선적인 이중심리를 적나라하게 밝힘으로써 지식인의 본질을 솔직하게 펼쳐보이고 있을 뿐만 아니라, 봉건사상의 해독에서 벗어난 참된 지식인들의 부재에 대한 분노와 비판을 아낌없이 퍼붓고 있는 것이다.

---

147) <肥皂>(≪晨報副刊≫, 1924. 3. 27/28 分載), ≪彷徨≫, 위의 책, 53쪽.
148) 위의 책, 82쪽.

(4) 영웅 비극

　평범비극에 관심을 기울였던 노신은 영웅비극을 많이 쓰지 않았다. 노신의 작품에서 영웅들에 관한 비극이 흔치 않다는 것은 물론 노신에게만 특이한 현상은 아니다. 일반 서민을 독자로 둔 소설의 발전사에서 드러나듯 왕이나 고위 귀족, 영웅들이 중심인물이 된다는 것은 극히 드문 일로서, 제재를 과거에서 구하지 않는 한 영웅적인 주인공을 찾기란 그리 쉽지 않는 것이다. 그렇지만 노신은 또 영웅비극의 주인공을 '사업에 몰두하는 사람', '목숨을 내걸고 분투하는 사람', '백성들의 질고를 부르짖는 사람', '희생을 두려워하지 않고 진리를 용감하게 추구하는 사람' 등으로 생각했다. ≪납함≫과 ≪방황≫에서 영웅비극으로 간주될 수 있는 작품을 찾아본다면 <약>한 작품을 들 수 있겠다.

　<약>에서는 혁명가와 우매한 국민의 이중적 비극이 묘사되어 있다. 혁명가 하유(夏瑜)는 민중을 위하여 투쟁하다가 희생되지만, 우매한 군중은 그 혁명가의 죽음의 의의를 알지 못한다. 그의 희생은 사람들에게 구경거리일 뿐이며 찻집 사람들의 이야기거리를 보태주었을 뿐이다. 더욱 비분을 자아내게 하는 것은 그 혁명가의 피를 폐병을 치료하는 좋은 약이 될 것으로 믿는다는 것이다.

　여기서 '인혈만두'는 중요한 비극적 요소가 되고 있다. 혁명열사의 붉은 피는 인민을 발동하는 불씨가 되어야 하는데 도리어 인민을 속이는 도구가 되어 버린 것이다. 동시에 그것은 화로전(華老栓)의 비극을 산생시키는 열쇠가 된다. <약>에서는 화로전이 인혈만두를 가지러 갈 때와 그것을 받았을 때의 모습을 이렇게 묘사하고 있다.

　　화로전의 기분은 상쾌하였다. …… 마치 십대독자를 안은 듯이 그 밖의 어떤 일에도 관심이 없었다. 그는 지금 이 종이에 싼 새 생명을 자기 집에 옮겨 심어 숱한 행복을 거두고 싶었다.[149]

화로전의 이러한 내면의 모습은 선량하면서도 미신적이고 노예적인 영혼을 적나라하게 나타내준다. 인생의 최대비극은 육체의 파괴가 아니라 자신의 운명에 대한 무지라 할 수 있다. 하유가 처형되는 장면에서 묘사하고 있는 것과 같이, "군중들은 모두들 목을 길게 빼고 있었는데 마치 보이지 않는 손에 잡혀 쳐들린 오리"[150]처럼 정신적으로 철저히 파괴당한 가엾은 영혼들이다. 하유가 죽은 후 친척들은 발길을 끊고 하유의 어머니는 아들의 죽음을 수치로 여기며, 우매한 군중들은 자신들의 이익에만 급급하다. 노신은 이렇게 하유, 화로전(華老栓), 하유의 어머니와 우매한 군중들의 파멸된 영혼을 독자들에게 펼쳐 보여줌으로써, 고독한 혁명가의 비극뿐만 아니라 군중과 괴리된 신해혁명이 실패할 수밖에 없었다는 것을 역설하고 있다. 또한 <약>의 처형장면은 '예수의 죽음장면을 묘사한 <복수 2>'[151]의 경우와 흡사하다.

노신은 예수를 영웅으로 간주하였는데 이 "영웅은 천상과 지상의 중간에 매달려 비극적인 운명으로 끝날 수밖에 없었다"[152]고 규정한다. 신의 세계에도 지상의 세계에도 속할 수 없는 예수는 신의 희생물인 동시에 민중의

---

149) <藥>(≪新靑年≫ 第 6卷 5號, 1919. 5) ≪吶喊≫, ≪魯迅全集≫, 1卷, 442쪽.

150) <藥>, ≪吶喊≫, 위의 책, 441쪽.

151) "병사들은 그에게 자줏빛 옷을 입히고, 가시관을 씌워, 그를 찬양하였다. 갈대로 그의 머리를 때리고, 침을 뱉고, 무릎 꿇고 절하였다. 조롱하기를 마친 뒤에는 자주빛 옷을 벗기고 본래의 옷으로 갈아 입혔다. …… 통행인들 모두가 그를 비방하고, 제사장과 서기관들은 그를 우롱하였다. 함께 십자가에 매달린 두 사람의 도둑조차도 그를 비웃었다." <復讐 2>(≪語絲≫周刊 第 7期, 1924. 12. 29), ≪魯迅全集≫ 2卷, ≪野草≫, 174－175쪽.

152) N. 프라이 저, 임철규 역, ≪비평의 해부≫ (서울 : 한길사, 1980), 289쪽.

속죄양이었다. 우매한 민중들은 현실을 직시하지 못한 채 자신들을 해방시키러 온 영웅까지 죽이고 마는데, 이 같은 예수의 죽음은 혁명가 하유의 희생만큼 부조리한 것으로서, 독자들로 하여금 동정을 넘어선 분노를 일으키게 한다.

3) 노신비극의 특징

(1) 비극과 희극의 융합

아리스토텔레스는 희극이 평범한 사람보다 더 열등한 인간을 다룬다고 말하였다. 그의 견해에 따르면 희극적인 것은 현실의 추악하고 익살스러운 사건에 대한 예술적 모방이라는 것이다. 체르니셰프스키는 "희극적인 것의 진정한 영역은 인간, 인류사회, 인류생활에 있으며", "추악한 것은 익살스러운 것의 근원이며 본질이다"[153]라고 말했다. 이 같은 견해는 아리스토텔레스의 그것보다는 진보적이지만, 희극의 본질을 전면적으로 설명했다고 보기에는 불충분하다. 그에 비하면 비극이나 희극을 신구역량의 갈등에서 파생된 것으로 보았던 맑스. 엥겔스의 견해는 보다 더 설득력 있게 받아들여진다. 맑스는 변증법적 유물론에 입각하여 "모든 대 사변과 대 인물은 첫번째는 비극으로, 다음에는 희극으로 나타난다"[154]고 말하였다.

그에 따르면 비극이란 신·구 역량이 교체되는 사이에서 구역량을 대표하는 주인공이 비극적 결말을 맺거나, 신역량이 진보계급의 역량을 대표하지만 그들의 요구는 역사조건의 미성숙으로 인하여 아직 실현되지 못하고 구역량에 압도당하여 비극적인 결말을 맺는 경우이다. 반면에 희극적인 것은

---

153) 임범송, 임해룡 저, 앞의 책, 153 - 154쪽.
154) 위의 책, 154쪽.

새로운 역량이 승리한 이후나 머지않아 승리하게 될 때 낡은 사물에 주어지는 부정이라 할 수 있다. 낡은 사물은 낡은 시대의 찌꺼기로, 그것이 이미 공인된 진리와 모순될 때 풍자와 부정의 대상이 된다. 바로 희극의 본질은 추악한 것을 비판, 부정하고 아름답고 선한 것을 찬양하는 것이다. 이와 같은 견해와 궤를 같이하여 노신은 <무너진 뇌봉탑에 대하여 다시 한 번 논하다(再論雷峰塔的倒掉)>에서 "비극은 사람들에게 인생의 가치있는 것을 파멸시켜 보여주지만 희극은 사람들에게 가치없는 것을 파멸시켜 보여준다"155)라고 말하였다. 여기서 '가치있는 것'이란 선한 것, 좋은 것, 정의로운 것, 좋은 품성, 도덕, 사상 등을 말하며 '가치 없는 것'이란 이것의 반대 개념이라 하겠다. 노신은 가치있는 것을 파멸시켜 비극미를 조성시켰고, 무가치한 것을 폭로, 조소, 풍자하여 희극미를 조성시켰던 것이다.

<아Q정전>, <공을기>, <축복>, <풍파> 등과 같은 대표적인 작품에는 비극적인 요소와 희극적인 요소가 절묘하게 융합되어 있는데, 바로 이 점에서 노신의 독특한 예술성을 찾아볼 수 있다. 중국의 전통적인 비극작품과는 달리, 노신작품에 드러나는 비극과 희극의 융합은 결코 슬픔과 기쁨이 분리된 것이 아니다. 희극적인 요소는 작품의 비극성을 더욱 심화시켜 주며 주인공의 비극적 운명의 필연성을 더욱 잘 나타내줄 뿐 결코 작품의 분위기를 희석시키지 않는다. 따라서 희극적인 요소 또한 줄곧 비극적인 기조를 유지하고 있다. 이러한 점에서 노신은 전통적인 비극예술의 고착성을 깼다고 할 수 있다. 중국의 전통적인 비극작품에서는 희극적인 요소가 곧잘 비극을 희화시키는 약점을 가지고 있었던 것이다. ≪배월정(拜月亭)≫, ≪두아원(竇娥冤)≫, ≪조씨고아전(趙氏孤兒傳)≫, ≪서상기(西廂記)≫ 등의 경우가 그러한 대표적인 작품들로서, 원만하게 끝을 맺음으로써 침중한 분위

---

155) <再論雷峰搭的倒掉>, ≪魯迅全集≫ 1卷, 192 - 193쪽.

기가 가벼워지고 심지어는 비극적인 것이 희화되어 비극적 예술성이 감소되고 마는 것이다.

이와는 달리 <아Q정전>, <공을기>, <풍파>, <이혼> 등의 작품에 드러나 있는 희극성은 웃음을 통하여 비극을 더욱 심화시켜 주고 있다. 진보와 개혁을 모르고 안주하려고만 하는 중국인의 특유한 심리구조인 아Q의 정신승리법은 가장 무가치한 것으로서 응당 타기되고 비판되어야 할 것이다. 노신은 이를 희극적인 수법으로 가차없이 파멸시키고 있다. 아Q는 자기보다 힘있는 자에게 두들겨 맞고는 "내가 결국 아들놈한테 맞은 셈이군. 요즘 세상은 정말 말이 아니야"156)라고 하면서 자신을 합리화시켜 버린다. 그리고 나서 그는 곧잘 힘없는 소D나 비구니에게 분풀이를 한다. 약자에게 강하고 강자에게 비굴하게 구는 아Q의 사대주의적 노예근성이 표출되는 것이다. 제 2장 <승리의 기록>에서는 또 아Q의 정신승리법을 이렇게 희극적으로 묘사하고 있다.

> 그러나 그는 실패의 기분을 곧 승리의 기분으로 전환시켰다. 그는 오른손을 들어 힘껏 자기의 뺨을 때리고 나니 마음이 가라앉고 기분이 누그러졌다. 때린 사람은 자기이고 맞은 사람은 또 다른 사람인 것처럼 느껴지더니 좀 지나니 자기가 다른 사람을 때린 것처럼 생각되었다. 아직은 좀 얼얼하지만 그는 자기가 이긴 것처럼 흐뭇한 마음으로 자리에 누웠다.157)

노신은 이렇게 아Q의 추한 정신승리법에 조소를 보내면서 독자로 하여금 이러한 추함으로부터 벗어나고 싶게 만드는 것이다.

신해혁명의 폭풍우가 미장(未莊)에 불어오자 아Q는 혁명의 광상곡에 도취되어 제멋대로 생각한다.

---

156) <阿Q正傳>,≪吶喊≫, 위의 책, 492쪽.
157) 위의책, 위의 글, 494쪽.

그 때면 미장의 사내놈들과 계집년들 꼴보기 좋겠다. 무릎을 꿇고 "목숨만 살려주게, 아Q"하고 빌 것이다. 흥, 누가 들어준데, 쳇! 제일 먼저 죽일 놈은 소D와 조영감이야. 그 다음에 생원님, 가짜 외국놈이구 …… 몇 놈을 살려준다? 텁석부리 왕가는 살려둘 수 있어, 에잇, 그놈두 안살려 둔다. 그리고 물건은 …… 곧장 뛰어들어가 상자를 연다. 그러면 은으로 된 말굽이며 은화며 양사저고리이며 …… 얼마든지 있다. 먼저 생원놈 여편네의 영파식(寧波式) 침대를 토지묘에 날라 오고 그 다음에는 전가네 책상과 걸상도 가져온다. 아니면 조가네 걸 갖다 써도 되겠지. 나는 가만있고 소D보고 나르라고 시켜야지. 빨리 빨리 나르지 않고 꾸물거리면 따귀를 올려붙일 테다……

조사신(趙司晨)의 누이동생은 정말 박색이다. 주칠 아주머니의 딸년은 몇 해 후에 다시 보고, 가짜 외국놈의 여편네는 머리태가 없는 사내녀석과 잠자리를 같이 했으니 그건 쌍년이구! 생원년의 여편네는 눈두덩이에 흠집이 있구……오어멈은 오랫동안 보지 못했는데 지금은 어디에 있는지. 그런데 유감스럽게도 발이 너무 커.158)

이처럼 아Q의 심리는 희극적이다. 이러한 희극성에는 구질서 파괴에 대한 아Q의 통쾌함과 동시에 그 우매함에 대한 조소가 내포되어 있다. 혁명이 무엇인지도 모르고 혁명당의 일원인 것처럼 행세하는 우스꽝스러운 그의 모습이나 가짜양놈, 조백안(趙白眼)이 그를 제외시키고 소위 혁명을 한다고 하자 자신의 분수도 모르고 그 대열에 참여하려는 희화적인 아Q의 모습은 단순한 웃음보다는 오히려 가련하다는 동정을 일으키게 하며, 동시에 그러한 추한 모습에서 떨어져 나오고 싶게 하는 것이다.

아Q의 마지막 서명 장면은 희극과 비극의 융합의 절정이라 할 수 있다. 자신이 왜 총살당해야 하는지 영문도 모르고 무조건 서명을 해야 하는 상황, 어떻게 서명을 해야할지 몰라 쩔쩔매는 그 당혹스럽고도 우스꽝스러운

---

158) 위의 책, 위의 글, 515쪽.

그의 모습에서 독자는 동정을 넘어선 분노와 비애를 느끼게 된다.

공을기(孔乙己) 또한 희·비극의 주인공이다. 가난한 그는 항상 더럽고 찢어진 장삼(長衫-사대부들이 입는 옷)을 걸치고 있다. 그는 술집에 나타날 때마다 항상 웃음을 자아내게 한다. 책을 훔쳤으면서도 "책을 훔친 것은 도적질이 아니다"159)라고 강변한다. 그의 지위는 미천하지만 말할 때는 항상 "지호자야"(之乎者也)라 하며 고투어를 쓴다. '나'는 글자를 배우는데 관심이 전혀 없는데도 그는 '나'에게 글을 가르쳐 주면서 쓰는 방법이 여러 가지가 있다고 아는 체를 한다. 도적질을 하다가 다리가 부러졌음에도 불구하고, 술 한잔 먹고 싶어서 거적을 밑에 깔고 그것을 새끼에 매달고 나타나는 그의 모습은 눈물을 자아내는 웃음을 불러일으킨다. 노신은 이렇게 공을기의 추한 모습을 통하여 쓴웃음을 자아내게 하면서 동시에 봉건사회와 봉건교육에 의해 침식당한 현실 모습을 가차없이 파멸시키고 있는 것이다.

<행복한 가정>은 주인공의 '행복한 가정 생활'이라는 허상을 통하여 비극성을 더욱 심화시키고 있다. 재난이 빈번한 구중국에서 이상적인 착한 가정에 대하여 쓴다는 것 자체가 현실과 괴리된 것으로서, 주인공 자신의 생활이 확실한 증거이다. 주인공 부부는 결혼한 지 5년이 지났으나 그들의 궁핍한 생활은 그들을 기아선상에서 헤매게 만들었으며 결국 애정마저 철저히 파괴시킨다. 그러나 작가인 주인공은 자신의 현실생활과는 완전히 대조적으로, 서양인 유학생 부부가 넓고 좋은 집에서 용호투(龍虎鬪)라는 음식을 먹으며, 한가하게 생활하는 모습을 그려내고 있다. 노신은 이렇게 의식적으로 비극에 희극성을 침투시킴으로서 비극과 희극이 서로 전화된 문예변증법을 사용하여 소설의 주제를 더욱 심화시키고 있다.

---

159) <孔乙己>, 위의 책, 435쪽.

(2) '무력한 삶의 비극'

'무력한 삶의 비극'은 노신 비극예술의 정수이다. 노신의 소설에는 영웅적인 주인공도 별로 없으며 손에 땀을 쥐게 하는 흥미진진한 사건도 없어서 그저 '일이 없는 것'처럼 느껴진다. 내용자체가 일이 없을 정도로 평범하고 소재 또한 극히 사소하며 일상적이어서 주목하지 않으면 작품이 의도하는 시사점이 선뜻 발견되지 않는다.[160]

'무력한 삶의 비극'이란 의식이 마비되어 사물의 본질을 올바로 파악해 내지 못하고 삶을 주체적으로 살아가지 못하는 민중이, 모든 사건을 '일이 없다'는 식으로 방관함으로써 오는 비극을 말한다. 노신은 중국의 비극적인 현실이 개인의 불행이나 이웃의 불행, 민족과 국가의 불행을 오불관하며 일이 없는 것으로 간주하는 민중들의 무관심과 무력감에서 초래되었다고 생각했다. 또한 이 '무력한 삶'을 산생시키는 근원을 오랫동안 민중의 의식을 지배해 온 봉건예교, 봉건교육과 봉건사상에서 찾고 있다. 비극은 바로 봉건사상에 의해 마비된 의식에서 생겨난다는 것이다. 무지몽매한 민중들은 자신의 운명과 국가의 운명을 이미 하늘이 정해 준 것처럼 생각한다. 그리하여 개인과 민족이 불행한 사건이나 커다란 시련에 부딪칠 때 문제의식을 가지고 그 사건의 본질을 파악하려는 것이 아니라, 하느님이 더 커다란 일을 맡기기 위해서 시련을 주는 것이라고 운명에 순응해 버린다. 그렇게 하면 문제는 없어져버리고 마음은 편안해지기 마련인 것이다. 그래서 노신은 <눈을 똑바로 뜬 데에 대하여>에서 다음과 같이 말했다.

> 결함이 드러날 때나 위기일발의 순간에 다다르면 그들은 얼른 그런 일이 없었다고 하는 동시에 눈을 감아 버린다. 이렇게 눈을 감으니 모든 것이

---

160) 張大雷, <論魯迅小說悲劇性>, 蘭州大學學報, 1982. 第 1期, 87쪽.

완전무결한 것 같이 보이며 당면한 고통은 하느님이 그 사람에게 큰 일을 맡기려할 때 우선 그의 마음을 고통스럽게 하고 그의 살과 뼈를 단련시키며 배를 굶주리게 함으로써 그를 시험하게 한다는 것이다. 그렇기 때문에 아무런 문제도 생기지 않으며 결함도 없고 불평도 없다. 따라서 해결할 것도 없고 개혁할 것도 없으며 반항할 것도 없다. 만사가 다 원만한 결말로 끝나기 마련이니 안타까워할 필요가 없다.[161]

비극은 이렇게 문제의식을 갖지 못한 채 해결할 것도, 개혁할 것도, 반항할 것도 없다는 마비된 의식에서 기인하는 것이다. 노신의 소설은 이 같은 비극에 대한 관심을 보여주고 있다.

<《납함》자서>의 환등기 사건에 나타난 우매한 군중이나 <약>에서 혁명가의 사형을 바라보는 군중은 모두 문제의식을 지니지 못한 '무력한 삶의 비극'의 산물들이다. 이 방관자들을 질책하고 깨우치기 위하여 노신은 《야초》에서 <복수>라는 글을 썼다. 성경의 이야기를 빌려 자신의 분노와 울분을 토로한 작품이다. 여기에서 군중들은 일이 없다고 여기는 방관자뿐만 아니라, 도살자의 공범으로 묘사하고 있다.

로마의 빌라도 총독은 예수를 풀어주려고 했으나 정작 군중들은 그를 십자가에 못박아 죽일 것을 요구했다. 노신은 이 같은 예를 들어 폭군 통치하의 백성들은 대개 폭군보다 더욱 강폭하다면서 "폭정이 타인의 머리 위에 떨어지기만을 바라고 그것을 보고 기뻐할 뿐만 아니라 잔혹함을 즐기고, 타인의 고통을 감상함으로써 안위를 삼을 것이다"[162]라고 비판한다.

이처럼 무지몽매한 민중에 대한 노신의 태도는 두 가지로 즉, 동정적 태도와 비판적 태도로 나타나고 있다. 노신은 무력한 민중의 불행과 죽음에는 동정과 슬픔을 표하였으나 싸우지 않는 방관적 태도에는 진노하였던 것이

---

161) <論睛了眼看>, 《墳》 《魯迅全集》, 1卷, 237 - 238쪽.
162) <暴君的臣民>(《新靑年》 第 6卷 6號, 1919. 11. 1) 《熱風》, 위의 책, 366쪽.

다.163)

　‘무력한 삶의 비극관’에는 또한 노신의 예술심리학이 반영되어 있다. ‘무력한 삶의 비극’이 발생하는 데에는 사회 역사적 원인 이외에 한 개인의 심리적 원인도 작용한다는 것이다. 인간의 고통은 극에 이르면 도리어 슬픔이 없어진다. 노신은 이에 대하여 “고통을 당할 때는 고통을 말할 수 없으며 가장 고통스러운 지옥에 있는 영혼들은 도리어 부르짖음이 없다”164)라고 말했다. 이러한 현상은 그의 소설의 여러 인물들의 모습에서 쉽게 찾아볼 수 있다. 영혼을 압살당한 윤토(閏土)는 “고개만 절레절레 흔들 뿐이었다. …… 그는 괴로움을 느끼긴 하였으나 그것을 말로 형용할 수 없었는지 한동안 덤덤히 앉아 있다가 장죽만 빨고”165)있다. 공을기는 사람들이 “자네 정말 글을 아나”,166) “자네, 또 도적질 했지”167)라는 놀림에 대하여 다시는 자기를 놀리지 말아달라고 애원할 뿐이다. 고독하게 일생을 마친 위련수는 “죽은 후 입가에 차가운 미소가 어려있었는데, 그것은 마치 이 우스운 시체를 냉소하고 있는 것 같았다.”168) 상림수의 경우를 보면 “겁에 질려 오돌오돌 떠는 폼이 마치 대낮에 구멍 밖에 나온 쥐를 방불케 한다. 그렇지 않으면 멍하니 앉아 있는데 그 꼴은 나무로 깎은 허수아비 같다.”169) 자군(子君)은 “침묵을 지킬 뿐이었다. 그녀는 허기진 아이가 어머니를 찾을 때처럼 사방을 휘둘러보았다.”170)

---

163) 林志浩, ≪魯迅硏究≫ (下), (北京 : 人民大學, 1988), 13쪽.

164) <“石幷壁”之後>(≪語絲≫周刊 29期, 1925. 6. 1), ≪華盖集≫, ≪魯迅全集≫, 3卷, 68쪽.

165) <故鄕>, ≪吶喊≫, ≪魯迅全集≫ 1卷, 483쪽.

166) <孔乙己>, 위의 책, 436쪽.

167) 위의 책, 위의 글, 435쪽.

168) <孤獨者>, ≪彷徨≫, ≪魯迅全集≫, 2卷, 107쪽.

169) <祝福>, 위의 책, 21쪽.

170) <傷逝>(1925. 10. 21), 위의 책, 124쪽.

　　이와 같이 가장 극심한 고통은 오히려 소리가 없으며 결국 '일 없는 것'
으로 넘어가 버리는데, 이것이 바로 '무력한 삶의 비극'의 정체이다. 위에서
보는 것과 같이 노신은 아주 간결하고 절제된 묘사를 통해 비극미를 한층
심화시키고 있다.

(3) 비극 속의 낙관적인 정서

　　노신의 《납함》과 《방황》 그리고 《야초》의 기본적인 흐름은 암담
하기 짝이 없다. 물론 <아Q정전>, <공을기>, <풍파> 등에는 희극적인
요소가 많이 가미되어 있지만 오히려 참담한 기분을 고조시킬 뿐이다. 그렇
다고 해서 노신 작품 전체가 완전히 절망과 비관으로 일관되어 있다고 단
정지을 수 없는 문제이다.

　　노신 자신이 <《납함》자서>에서 "희망에 대해서 말하자면 그것은 말
살할 수 없는 것이다. 희망이라는 것은 미래를 향하는 것이므로 반드시 없
다고 하는 내 증명을 가지고 있을 수 있다는 그의 주장을 꺾을 수 없다"171)
라고 말한 바와 같이 그는 절망과 방황 속에서도 항상 '희망'을 희구했다.
1932년 <《자선집》자서>에서는 또 다음과 같이 밝히고 있다.

　　물론 그 기분 속에는 낡은 사회의 병근을 폭로하여 어떠한 방법이든 치
　료법을 강구하도록 사람들의 주의를 환기하고 싶다는 희망도 섞여 있지
　않다고는 말할 수 없다. 다만 이 희망을 달성하기 위해서는 선구자와 동일
　한 보조를 취할 필요가 있었다. 그래서 나는 암흑을 좀 깎고, 웃는 얼굴을
　좀 더하여 작품에 어느 정도나마 밝은 색을 내게끔 했다. 이것이 후에 한
　권으로 묶은 《납함》이다.172)

---

171) <《吶喊》.自序>, 《吶喊》, 《魯迅全集》 1卷, 419쪽.
172) <《自選集》自序>(上海天馬書店, 1993. 3), 《南腔北調集》, 《魯迅全集》 4卷,
　　　455‒456쪽.

이 같은 노신의 직접적인 고백에는 암흑의 현실 속에서도 희망을 갖고자 하는 그의 낙관적인 정서가 드러나 있다. <광인일기>을 보면, 미래에 대한 노신의 소망이 다음과 같이 표출되어 있다.

> 너희들은 지체없이 마음을 고쳐야 한다. 진심으로 고쳐야 한다. 앞으로는 사람을 잡이먹는 자들은 이 세상에서 살 수 없다는 것을 알아야 한다.[173]

마지막 13장에서는 "혹시 사람의 고기를 먹어 보지 못한 아이가 아직도 있을련지? 아이들을 구해야지"[174]라고 말하면서 미래에는 사람을 잡아먹지 않는 아이들만이라도 구해내야겠다는 강렬한 희망을 나타내고 있다. 이 같은 비극 속의 낙관적인 정서는 낡은 사회, 낡은 세력에 대하여 사람들로 하여금 증오와 항쟁을 불러일으키게 할 뿐만 아니라 이상적인 미래를 위하여 투쟁하도록 고무시켜준다.

<광인일기>를 쓴 지 약 1년 후 그는 <수감록66>에서 다음과 같이 말하였다.

> 어떠한 암흑이 조류를 막는다 할지라도 어떠한 비참한 것이 사회를 습격한다 할지라도 어떠한 죄악이 인도주의를 모독한다 할지라도 완전한 것을 갈망하는 인류의 잠재력은 언제나 이러한 가시철망을 짓밟아버리고 앞으로 나아갈 것이다.
> 생명은 죽음을 두려워하지 않으며 죽음 앞에서 춤추며 사멸해 가는 사람을 넘어 앞으로 나아간다. 길이란 무엇인가 ? 바로 길이 없었던 곳을 사람이 밟고 지나감으로써 만든 것이며 가시덤불 속에서 개척해낸 것이다. 옛날부터 길은 있었고 앞으로도 영원히 있을 것이다. 인류는 결코 쓸쓸하지 않을 것이다. 생명이란 진보적이고 낙천적이기 때문이다.[175]

---

173) <狂人日記>, ≪吶喊≫, 앞의 책, 431쪽.
174) 위의 책, 위의 글, 432쪽.

　현재의 세상이 아무리 암울하고 비참하여도 결국 이 암흑은 극복될 것이며 희망찬 미래가 오기 마련이라는 다분히 '진보적이고 낙관적인' 생각은 현실을 뛰어넘어 미래에 희망을 거는 노신의 통찰력을 나타내준다 하겠다. 또한 <약>에서는 하유의 무덤둘레에 놓여있는 화환을 통하여 구사회의 어둠에 대한 항쟁과 민중의 희망을 미래에 기탁하는 낙관적인 정서를 보여주고 있다. 무덤까지 찾아올 친척도 아이들도 없는데 꽃이 놓여 있다는 것은 그의 희생이 완전히 헛된 것이 아니었음을 말하고자 하는 작가 자신의 의사표현이라 하겠다. 노신 자신이 <≪납함≫자서>에서 "공연히 곡필을 들어 이유없이 꽃다발을 하유의 무덤 주위에 놓았다"176)고 밝힌 것을 상기해 볼 때, 미래에의 희망을 희구하는 노신의 의식을 알 수 있다.

　<고향>은 이보다 좀 더 밝은 정조를 드러내고 있다. 노신은 여기서 옛 농촌의 아름다운 시절에 대한 그리움을 노래하면서 군인과 토비, 세금 등이 없는 진정으로 태평하고 행복하며 자유스러운 세계에의 희망을 표현하고 있다. 그는 <생명의 길>에서 말한 것과 비슷한 논조로 <고향>의 결말에서 다음과 같이 말하고 있다.

> 희망이라는 것은 원래부터 있다고 할 수 없고 없다고도 할 수 없는 것이 아닌가. 그곳은 마치 땅위에 난 길과도 같은 것이 아닐까. 사실 말이지 길이란 원래부터 있는 것이 아니라 다니는 사람들이 많아지면서 차차 생긴 것이다.177)

　희망의 존립여부는 투쟁과 실천에 의하여 결정된다. 오직 투쟁과 실천을 견지해 나갈 때 길이 열리듯 희망은 현실화될 수 있는 것이다. 이렇게 비록

---

175) <隨感錄66.生命的路>(≪新青年≫ 第 6卷 6號, 1919.11.1),≪熱風≫, 위의 책, 368쪽.
176) <≪吶喊≫.自序>, 위의 책, 419쪽.
177) <故鄕>, 위의 책, 485쪽.

당시의 노신은 미래에 대한 뚜렷한 목표를 제시할 수는 없었지만 늘 미래에 대한 희망을 버리지 않았다고 할 수 있다.

1926년 8월 22일 북경여자사범대학에서 행한 다음과 같은 노신의 강연은 미래에의 희망에 대한 강도 높은 열망을 느낄 수 있게 한다.

> 아무리 생각해 보아도 미래에 대한 희망이 있기 때문에 우리는 위안할 수 있습니다. 희망이라는 것은 존재하는 것과 함께 하므로, 존재가 있으면 즉 희망이 있는 것이고 희망이 있으면 빛이 있는 것입니다. …… 어둠은 점차적으로 멸망하는 것과 함께 하므로 그 사물이 멸망하면 어둠 또한 함께 멸망하며 영원히 존재하지 못합니다. 그러나 미래는 영원히 빛과 함께 존재할 것입니다. 다만 어둠의 부착물이 되지 않고 빛을 위하여 사라진다면 우리에게는 반드시 영원한 밝은 미래가 있을 것입니다.[178]

이것은 노신이 북경여자사범대학 사건을 겪은 이후 학교를 그만두고 하문(廈門)으로 떠나기 4일 전에 행한 강연이다. 이즈음 노신은 오랫동안 몸담고 있던 교육부에서의 해고, 북경여자사범대학 사건과 가정의 불화, 허광평(許廣平)과의 사랑 등으로 인하여 심정적으로 많은 고통과 변화를 겪고 있었으며 암담한 좌절에 빠져들던 시기였다. 그러나 위의 글에서 보다시피 이러한 절망은 오히려 강도높은 낙관적인 정서로 표출되어 있다. 그것은 바로 노신이 말한대로 희망이 없으면 존재할 수 없고 사멸할 수밖에 없기 때문일 것이다. 그는 또한 하문대학 학생들이 운영하던 빈민학교의 학생들에게 행한 연설에서 "여러분의 가난한 아이들은 모두 총명하며 똑같이 지혜를 가지고 있습니다. ……여러분은 반드시 성공할 것이며, 앞날이 밝을 것입니다"[179] 라고 말하면서 그들에게 희망과 격려를 아끼지 않았다.

---

178) <記談話>(《語絲》周刊, 94期. 1926. 8. 24), 《華盖集續編》, 《魯迅全集》, 3卷, 359쪽.

20년대 말에 이르러 진화론적인 세계관이 붕괴되고 계급론자로 변신한 노신은 무산계급에게 미래에 대한 기대를 걸었다. "오로지 신흥하는 무산자만이 전도가 있다"180)라든가 "당신들에게 중국과 인류의 희망이 기탁되어 있습니다"181)라는 확신들은 전기의 작품에서 볼 수 없는 것이었다. 전기에 진화론적 관점에서 미래에 대하여 막연한 기대를 갖고 있었던 노신이 후기에 들어와서는 무산계급사회라는 대안을 가지고 미래를 낙관했던 것이다.

노신의 일생은 끊임없는 절망 속에서도 한 가닥의 희망을 찾고자 하는 몸부림이었다. 노신의 삶과 마찬가지로 작품 또한 구체적인 전망은 아닐지라도 미래에 대한 희망과 기대를 담고 있다. 노신의 비극문학은 궁극적으로 사람들을 나약하게 만들거나 굴종으로 이끌어 가는 것이 아니라, 이상의 실현을 방해하는 모든 것에 대하여 비판, 항거하도록 하는 힘을 갖고 있는데 이것은 바로 그의 작품의 비극성 속에 내재되어 있는 낙관적인 정서의 힘이라 하겠다.

제4절 외국문학사조의 수용

국·내외의 문예유산을 어떻게 처리할 것인가 하는 것은 문예발전 과정에서 중요한 문제이다. 이에 대한 노신의 인식과 태도는 줄곧 변화, 발전하였

---

179) ≪魯迅在夏門≫, (福建 : 福建人民出版社, 1976), 99쪽.
180) <≪二心集≫序言>, ≪魯迅全集≫ 4卷, 190쪽.
181) <중국 공농홍군 장정 승리에 대하여 중공중앙에 보낸 전보문>(1935) ≪魯迅言論選集≫
    (연변인민출판사, 1976), 21쪽.

으며 그 과정은 그의 사상 발전의 모습과 밀접한 관계를 맺고 있다. 그는 처음에는 전통 문화유산에 대하여 극단적인 비판의 태도를 취하였으며 외국문학에 대해서는 개방적인 태도를 취하였다. 그러나 시간이 흐름에 따라 전통 문화유산에 대해서는 비판과 계승, 외국 문학에 대해서는 유용한 것만 취사선택한다는 '수용주의' 원칙을 견지하게 되었다.

5·4시기 서구의 다양한 문예사조를 받아들인 중국 현대문학 작품에는 문예사조가 얽히고 설켜 복합적으로 반영되어 있는 것을 볼 수 있는데, <광인일기>, <약> 등의 작품에 나타나 있는 리얼리즘, 낭만주의, 상징주의 등은 바로 좋은 한 예이다. 이들 세 가지 요소는 서로 유기적으로 결합하여 작품을 예술적으로 더욱 심화시켜 주고 있으며, 특히 리얼리즘이 주조를 이루면서 낭만주의와 상징주의가 리얼리즘의 보조적인 수단이 되고 있음은 앞장 '리얼리즘적 성격'에서 살펴본 바와 같다.

그러나 노신이 러시아의 리얼리즘 문학으로부터 상당한 영향을 받았음에도 불구하고 결코 똘스또이, 뚜르게네프, 도스또예프스키의 작품을 번역한 적이 없으며 오히려 아르치바셰프, 안드레예프, 가르신 등의 작품을 번역, 소개했다는 점은 다시 한번 주목할만하다. 이들 작품이 사실주의와 대립되는 상징주의 작품이었음을 상기할 때, 그가 그들로부터 받은 깊은 영향을 짐작케 하는 것이다.

19세기 말엽에서 20세기 초엽, 러시아 사회가 전례없이 암담해지고 사회적 모순이 심화됨에 따라 비판적 리얼리즘 작가들이 분열되었는데, 이때 고리끼, 세라코피치 등은 현실투쟁에 관심을 갖고 혁명사상으로 사회를 개량하고자 하였으며, 아르치바셰프, 안드레예프 등은 현실투쟁을 회피하고 자아로 돌아와 내면적인 고통 속에서 자아완성과 사회의 완벽함을 추구하였다. 따라서 후자의 작가들은 혁명을 회피하고 자아를 중심으로 하여 정신적인 초월과 영원성을 추구하였으며 사실주의, 자연주의의 객관적 묘사를 반대하고 후기 낭만주의의 무병신음을 배제하는 등 풍부한 이미지로 문학의 표현력을 다양하게 하였다.

노신 문학은 이 같은 상징주의의 영향에 힘입었을 뿐만 아니라 시대를 앞서간 현대성, 즉 모더니즘적 요소를 갖추고 있다. 리얼리즘과 자연주의의 고정적인 세계관에 대한 반발로 생겨난 이 모더니즘은 일정한 틀 속에 갇히기를 거부하기 때문에 한 마디로 정의 내리기는 어렵다. 리얼리즘을 비롯한 전통문학이 객관세계의 모사를 기본으로 삼는데 반하여, 모더니즘은 "예술은 실제를 모방하는 것이 아니라 오히려 예술가의 상상력을 통하여 그것을 창조해 낸다"[182]는 입장을 표명하고 있다. 따라서 인간의 주관세계를 표현하는데 치중하여 직감이나 본능, 환상, 잠재의식 등의 묘사에 관심을 기울였다. 이 같은 모더니즘은 상징주의 뿐만 아니라 표현주의, 미래주의, 다다이즘, 의식의 흐름 소설, 부조리극 등 다양한 문학유파를 포괄하는데 그 공통점으로는 현대의식을 표방하면서 기성의 가치관을 배격, 반전통을 부르짖는다는 것이다. 내용면에서 보면 자본주의 사회의 인간과 현실관계를 전면적으로 왜곡하고 이로 인해 발생하는 인간의 정신적 손상과 변태심리를 반영하고 있는데,[183] 모더니즘 문학이 "정신병리학에 집착하고 있다든가 불안심리를 빈번히 주제로 삼고 있는 것도 모든 작가들이 자본주의라는 실체에서 도피하고자 하는 욕구를 반영하고 있을 뿐이다"[184]라는 견해는 이와 같은 맥락에서 나온 것이다.

노신의 경우는 작중인물의 내면세계를 심도있게 묘사하기 위하여 모더

---

182) 김욱동, <Mordersim>, 이선영 편, ≪문예사조사≫, (서울: 민음사, 1986), 136쪽.
183) 侯健 外 著, 임춘성 역, 위의 책, 207쪽.
184) 이상옥, <리얼리즘과 모더니즘에 대한 유용한 재조명>, ≪외국문학≫, (서울 : 전예원, 1984년) 창간호, 370쪽.

니즘의 창작정신을 수용하였을 뿐이며, 그 수용의 정도는 아무런 비판없이 전면적으로 받아들인 것이 아니라, 노신이 그리고자 하는 본래의 작품 취지를 부각시키기 위한 방편이었다는 것을 염두에 두어야 할 것이다.

본고에서는 편의상 프로이드설의 영향 및 꿈과 의식흐름의 형태를 띤 상징적 수법을 '프로이드설의 수용'으로 따로 묶었고, 그 외의 다양한 상징적 수법은 1절 상징주의 수용에서 다루기로 한다. 여기서 노신의 상징주의가 주로 리얼리즘의 융합으로 나타나 작품을 함축적이고 심각하게 해주며 유미감(幽美感)을 증강 시켜주고 있음을 보게 된다. 마지막 3절에서는 노신 문학 사상을 완결지은 맑스 문예관의 수용과 노신과의 관계를 검토해 본다.

1) 상징주의의 수용

오랜동안 중국 대륙에서는 상징주의와 노신과의 관계를 금기시해 왔다. 그것은 맑스주의 연구파의 영향과 리얼리즘 독존론(獨尊論)의 영향에 기인한 것으로 보인다. 이에 대하여 엄가염(嚴家炎)은 다음과 같이 말하였다.

> 노신 소설은 주체적 리얼리즘 외에 기타 다른 창작방법을 채용했는데, 그 중 상징주의와 낭만주의가 가장 두드러진다. 이 두 가지 창작방법은 어떤 때에는 노신 작품의 구성요소가 되어 리얼리즘과 결합하여 존재하며, 어떤 때에는 각각 독립적인 작품을 구성하여 또 다른 뛰어난 모습을 드러낸다. 그들은 모두 이렇게 객관적으로 존재했던 것이다. 단지 오랜 동안 인식상의 제한 혹은 리얼리즘 독존론의 영향으로 인하여 왕왕 노신 소설의 낭만주의를 적게 제기하였고, 상징주의에 대하여 거들떠보지도 않았으며 그것의 존재를 무시해버렸다. 이것은 바로 노신 소설 창작방법을 상당히 협소하게 이해한 것이고, 본래 열려있는 창작방법을 저해시키는 것이다.[185)]

이 같은 엄가염의 지적은 노신 문학을 보다 객관적으로 파악할 수 있는 지평을 열어주었다.

노신은 5·4시기에 누구보다도 먼저 상징주의 수법을 그의 작품에 도입하여 성공적인 실험을 하였다. 노신 문학의 상징주의는 "단지 19C말 불란서의 상징주의가 아니라 광의적인 표현수법의 상징주의이다. 광의적인 표현수법의 상징주의는 오래 전부터 어떠한 민족 작품 가운데에 존재하는 상징적인 묘사수법을 말한다."[186] 따라서 노신이 사용한 상징주의 수법은 중국 고전문학에서 사용했던 상징주의 수법까지 모두 포함한다.

노신은 주천백촌(廚川白村)의 문예논문집 ≪고민의 상징≫에 대한 평가에서 상징주의에 대한 자신의 생각을 다음과 같이 개괄하였다. 생명력이 억압받을 때 생기는 고민과 번뇌가 곧 문예의 바탕이 되며 그 표현법은 광의적인 상징주의이다.[187] 노신은 바로 이 '광의적인 상징주의'로 현실과의 정신적인 교량을 찾았으며 현실에 대한 애착과 국민성 개조의 관점을 결합시켰던 것이다.

따라서 노신은 철저히 사실성을 바탕으로 하여 상징주의 수법을 적용하였다. 현실적인 인물, 사건, 이야기, 풍물 등에 상징적인 의미를 부여하여 표현할 뿐만 아니라, 분위기를 조성해 주고 쌍관적(雙觀的)인 의미로 상징적인 의미를 부여한다. 또한 상징주의는 작품의 서정성을 더욱 짙게 하는 작용도 하고 있다. 노신의 전기소설의 짙은 서정성은 모두 상징적 수법과 관련되어 있다. 만약 노신의 작품에서 상징성이 배제된다면 많은 작품들의

---

185) 嚴家炎, <魯迅小說的歷史的地位>, ≪北京大學魯迅誕辰記念論文集≫ (北京 : 北京大學出版社, 1982), 193쪽.

186) <苦悶的象徵>(≪晨報副携≫, 1924. 11. 1일부터 31일까지 分載), ≪魯迅全集≫ 10卷, 232쪽.

187) 위의 주)와 같음.

서정적 특질이 상쇄되어 예술적 매력도 훨씬 감소할 것이다. ≪납함≫, ≪방황≫에서의 상징적 의미의 구성방식은 인물, 줄거리, 환경 등 소설창작의 중요한 측면과 관계되고 있다. 노신의 전기소설들은 정도의 차이는 있으나 어느 작품이나 상징적 의미가 부여되지 않은 것이 없다.

상징주의 수법으로 창작된 작품으로는 먼저, 가족제도와 예교의 폐단을 폭로한 노신의 <광인일기>를 들 수 있다. 이 작품은 제목부터 구성에 이르기까지 고골리의 <광인일기>의 영향을 받은 것으로서 작품자체가 상징주의적으로 쓰여졌을 뿐만 아니라 주인공 광인도 상징적인 인물로 형상화되어 있다. 여기서 광인은 봉건예교와 가족제도의 피해자이자 반역자의 상징으로 그려져 있다. 그는 반봉건 전사의 결합체로서 현실성과 상징성이 서로 결합된 인물형상일 뿐만 아니라 이상성까지 갖춘 인물이다. 그는 사람이 사람을 잡아먹는 사회를 저주하면서 서로 불신하는 인간관계를 통렬하게 질책하고 있다. 그의 언행은 외면적으로 보기에는 미친 자의 터무니없고 황당한 것임에 틀림없지만, 기실 깨어 있는 자의 몸부림이자 절규이다. 예컨대 사람이 '사람을 잡아먹는다'는 것은 아프리카나 중국의 고대 역사 속에 나오는 희귀한 일이지만, 소설은 이러한 것을 단편적인 사실로 묘사하지 않고, 봉건예교가 사람을 잡아먹었다는 역사적 내용을 부여하면서 예술적으로 형상화시키고 있는 것이다. 봉건제도와 낡은 예교는 수많은 사람을 무참히 박해하고 압살한 상징의 매체로서, 노신은 식인적인 봉건예교에 대하여 사람들이 쉽게 인식할 수 있도록 문학적으로 형상화, 상징화시켰다. 여기서 만약 상징주의의 요소가 배제된다면 소설이 이처럼 승화되고 심화될 수 없었을 것이다. 또한 사실주의 방법을 배제하고 상징주의 방법만 채용했다면 봉건예교가 '사람을 잡아먹는다'는 작품의 사상이 추상적이거나 허황된 것으로 전락하고 말았을 것이다. 이렇게 두 가지 창작방법은 서로 뗄 수 없는 관계로서, 상징주의는 반드시 사실주의의 토대 위에서 고도의 예술적 효과를 거두고 있다. 노신은 리얼리즘과 상징주의 수법을 결합하여 광인의 인물상을 만들어냄으로써 객관적 진실성뿐만 아니라, 심각한 상징적 의의와 복잡한 예술적 전형을 갖추어낸 것이다.

<광인일기>의 상징적 작용은 구체적인 세부묘사에서도 드러난다. '큰형', '고구선생', '조귀영감'은 수 천년간 봉건제도를 전승해 온 부패하고 반동적인 봉건세력을 상징하며 '케케먹은 출납부'는 장기간 봉건통치집단에 의하여 왜곡된 중국 역사와 낡은 사서를 상징한다. 따라서 광인이 "고구선생네 케케먹은 출납부를 밟아놓았다"[188)는 것은 봉건적인 역사와 전통에 대한 항거를 의미한다고 할 수 있다. '큰형', '고구선생', '조귀영감'이 의미하고 있는 것은 잔인한 식인세상이며 광인과 철저히 대립된 막혀있는 세상이다. 그래서 광인과 식인자들을 '사자처럼 흉악'하고 '토끼처럼 비겁', '여우처럼 교활'하다고 표현하고 있는데, 이 같은 인식은 봉건통치자들의 본질에 대한 것으로서 실제로 장기간 관찰하고 체험한 노신의 현실인식을 표현한 것이었다.

<약>의 경우도 제목에서 구성, 줄거리와 세부묘사에 이르기까지 뚜렷한 상징적 의미를 가지고 있다. 하유와 화소전의 비극적인 이야기는 모두 현실생활을 바탕으로 하여 사실적으로 묘사함으로써 객관적 사실성을 갖추고 있다. 즉 하유는 바로 총살당한 여자 혁명가 추근(秋瑾)을 상징한 것이며, 동시에 중국혁명이 우매한 군중으로부터 지지를 얻지 못하고 압살 당하는 것을 말한다. 만약 작가가 리얼리즘 창작방법만 적용하였다면 이 두 비극적인 고사에 표현된 주제는 그들의 불행한 운명을 통하여 봉건통치의 암울함과 포학성을 드러내는 것에 불과할 것이다. 그러나 작가는 사실성에 상

---

188) <狂人日記>, ≪呐喊≫, ≪魯迅全集≫ 1卷, 423쪽.

징성을 부여하여 예술적 효과를 더욱 크게 거두고 있다.

좀 더 구체적으로 살펴보면, 인혈만두로 제조된 약은 심각한 상징적 의미를 갖고 있다. 만약 그것이 일반 사람의 피로 만들어진 약이었다면 그 항의는 그렇게 힘차지 않을 것이다. 혁명열사의 피로 만들어진 약은 혁명가와 대중과의 괴리가 얼마나 깊은 것인가를 확연히 드러내 주는 상징체이며 독자들의 깊은 비감을 지아내게 하는 것이다.

또한, 작가는 두 비극적 인물의 무덤을 모두 서쪽 성문 밖의 묘지에 두고 오솔길을 경계선으로 하여 한 쪽에는 사형당한 사람들과 옥사한 사람들의 무덤을, 다른 한 쪽에는 가난한 사람들의 무덤을 놓고서 "길 양쪽에 촘촘히 들어앉은 무덤들은 부잣집 생일 잔치에 빚어 놓은 만두를 방불케 하였다"[189]라고 묘사한다. 이처럼 강렬한 암시를 주는 세부적인 묘사와 대조를 통해 깊은 상징적 의미를 획득한다. 소설에 표현된 '화'(華)씨와 '화'(夏)씨 두 집안의 비극은, 모든 중국민족의 비극이자 자산계급이 영도한 신해혁명의 비극인 것이다. 이러한 비극의 근원은 봉건통치와 관계가 있으며 그것은 또한 중국 국민의 우매함과 관계가 있다. 불행한 두 가정의 비극을 전체 중화민족의 비극으로, 또한 구민주주의 혁명의 비극으로 승화시키면서 인생과 사회문제에 대한 독자들의 사색을 보다 광범위하고 심각하게 이끌어 가는 것은 이렇게 상징효과를 통해서이다. 다시 말하면, 상징적 묘사를 통하여 주제를 반봉건 사상혁명으로 승화시킴으로써 보다 큰 보편적 의의를 획득하게 되는 것이다.

그밖에 노신은 비통하고 애상적인 작품의 전반적인 기조를 덜어내기 위해 의도적으로 하유의 무덤 위에 화환을 등장시키고 있다. 화환은 이상과 희망의 상징물로서 사람들을 격려시켜 주며 신심을 안겨준다. 또한 앞에서

---

189) <藥>, 위의 책, 447쪽.

언급된 '인혈만두'도 역설적으로는 '희망'을 상징하고 있다고 볼 수 있다. 혁명열사의 피로 만든 '인혈만두'로 어린아이를 치료할 수 있으리라는 미신은 어린 아이의 죽음을 통해 깨어지고, 반면에 그의 처형을 통해 혁명이 국민의 영혼을 위한 약을 제공하리라는 희망이 상징적으로 부각되는 것이다. 이와 같이 '미신적'인 것이 마지막에 가서 '희망적'인 것으로 급진적으로 대체되는 좋은 예로 무덤가의 까마귀를 들 수 있다.

> 하느님은 모든 걸 다 알고 계신다. 널랑은 편안히 눈을 감으렴. - 만약 정말 네가 여기에 있어서 내 목소리를 들을 수 있다면 저 까마귀를 네 무덤 위로 날게 하여 나에게 보여다오. …… 두 사람이 미처 스무 발짝도 못 옮겼을 무렵에 별안간 등뒤에서 "까악"하는 큰 울음소리가 들렸다.[190]

위와 같은 결말은 까마귀의 상징성을 주목하게 할 뿐만 아니라, 작품의 전 구조와 묘사가 얼마나 상징주의 기법에 의존하고 있는가를 여실하게 드러내 준다.

<고향>의 결말에서도 노신은 서정이 풍부한 필치로 새로운 미래와 인생에 대한 희망을 나타내고 있다.

> 비몽사몽간에 나의 눈앞에는 바닷가의 푸른 밭들이 펼쳐있다. 쪽빛 하늘에는 둥근 달이 걸려있다. 나는 생각하였다. 희망이란 원래부터 있다고도 할 수 없고 없다고도 할 수 없는 것이 아닌가. 그것은 마치 땅 위에 난 길과도 같은 것이 아닐까. 길이란 원래부터 있는 것이 아니라 다니는 사람들이 많아지면서 차차 생긴 것이다.[191]

---

190) <藥>, 위의 책, 448 - 449쪽.
191) <故鄉>, 위의 책, 485쪽.

이처럼 작가는 길이 생기는 법칙을 빌어 아름다운 이상에 대한 신념을 표출하고 있는 바, 충만한 생활을 동경하는 작가의 열렬한 희망이 '길'이라는 상징체를 통해 성공적으로 전달되어 온다.

아Q 역시 사실적인 인물일 뿐 아니라 상징적인 의미를 지닌 전형적인 인물이다. 노신은 아Q의 형상을 빌어 '현대 중국 국민의 영혼'을 묘사해냈다. 아Q는 자경자천(自輕自賤), 망자존대(妄自尊大)의 양면성을 지닌 인물로 약자를 무시하고 강자를 두려워하는 정신승리법의 황당한 성격의 대표자이며 비인간적인 행위를 서슴지 않는다. 예를 들면 '왕호의 이는 커서 체통을 잃게 한다'든가, '라두창이 왕호에게는 맞지 않다'와 같은 자가당착적인 말은 모두 아Q 자신의 인격의 존엄을 보호하는 상징이다.

<아Q정전>의 결말은 '중국 국민의 영혼'을 대표하는 아Q의 모습을 상징적으로 처리함으로써 분위기를 고조시키고 있다.

> 군중 속에서 늑대의 울부짖음같은 소리가 들려왔다. …… 이 찰나 그의 사념은 또 회오리바람처럼 뇌리에 소용돌이쳤다. 4년 전, 그는 산기슭에서 굶주린 늑대 한 마리를 만났었다. 늑대는 그에게 가까이 오지도 않고 멀리 떨어지지도 않은 채 어디까지고 그의 뒤를 따라와 그의 고기를 먹으려고 했다. ……그것은 흉측하고도 무서웠으며 반짝 반짝 빛나는 도깨비불처럼 두 눈이 멀리서도 그의 육체를 꿰뚫을 것 같았다.[192)]

이렇게 늑대를 회상하게 함으로써 몸서리쳐지는 무서운 분위기를 살려 아Q의 긴장하고 공포에 떠는 정신상태를 돋보여주고 있다. 이어서 환각을 통하여 처형당하기 전 아Q의 절망적인 심리를 더욱 두드러지게 그려낸다. 굶주린 늑대는 더 이상 가까이 다가오지도 않고 물러서지도 않은 채 일정

---

192) <阿Q正傳>, 위의 책, 526쪽.

한 간격을 두고 끈질기게 그의 뒤를 쫓아오고 있다. 이러한 눈초리들이 한 데 엉키어 이미 그의 영혼을 물어뜯고 있는 것이다. 이것은 마치 총살당하기 전, 남의 고통을 감상하려는 구경꾼들을 연상시킨다. 의식이 마비된 군중의 탐욕은 거대한 위압적 역량이 되어, 사람들에게 전율과 공포를 주며 작가는 이들 군중들에게 격분과 혐오감을 보내고 있다. 현실과 환각 속에 나오는 늑대와 그 눈초리는 상징적 의미를 전달해주는 좋은 매체이다.

　어렸을 때 겪은 일상생활의 작은 사건을 묘사한 <토끼와 고양이(兎和猫)>는 순하고 약한 한 쌍의 흰토끼가 밉살스럽고 사나운 검정 고양이의 먹이가 된다는 에피소드를 통하여 현실세계를 그려내고 있다. 그는 고양이의 먹이로 사라져버린 토끼를 생각하면서 예전의 일을 생각한다.

　　비둘기의 털이 흩어져 있었다. 매의 밥이 된 게 분명했다. 또 한번은 서사패루(西四牌樓)를 지나가다가 한 마리의 강아지가 마차에 치어 죽어가는 것을 본 적이 있었다. 돌아올 때는 벌써 치워버렸는지 아무것도 보이지 않았다. 거리를 지나가는 사람들은 아무 것도 모르고 걷고 있었으니, 그곳에서 한 생명이 끊어졌다는 것을 누가 알았겠는가? …… 만약 조물주에게 질책할 수 있다면 그가 생명을 너무 계획성 없이 만들어내고 또 너무나 멋대로 짓밟아버린다는 점이라고 나는 생각한다.[193]

　토끼의 죽음을 비둘기, 강아지의 죽음과 연결하여 독자로 하여금 약자들의 죽음이 너무 무력하고 그들의 생존이 무의미함을 역설하고 있다. 이렇게 이 이야기는 동물들의 이야기이지만, 고도의 상징성을 통해 인간 현실세계를 풍자하고 있다. 19세기 말 제국주의가 중국을 비롯한 제 3세계를 침략, 온갖 악을 행하며 살인을 자행한 사실에 대한 이야기와 다름 아닌 것이다.

---

193) <兎和猫>(≪晨報副刊≫, 1922. 10. 10), 위의 책, 552 - 553쪽.

"조물주는 왜 이렇게 계획성 없이 만들어내고 또 멋대로 짓밟아버리는가"
라는 작가의 의문에는 악한 세력을 반드시 척결해야 한다는 굳은 의지가
담겨 있다. 이렇게 이 작품은 상징성과 사실성이 유기적으로 결합되어 있
다. 만약 여기에서 고도의 상징성이 결여되었다면 이 이야기는 어린 시절의
신변잡기에 지나지 않았을 것이다.

<축복>에서 제사 지낼 때의 세물 또한 큰 상징적인 의미를 가지고 있
다. 두 번이나 과부가 된 상림수는 풍속을 더럽힌 추한 사람이기 때문에 그
녀가 제물을 바치면 "깨끗하지 않아 조상이 드시지 않을 것"194)이라 하여
제물을 차리는 권리를 박탈당한다. 이것은 사실 인간의 권리를 박탈당한 것
을 의미한다. 그러므로 그녀가 토지묘에 문지방을 시주하는 것195)은 바로
박탈당한 인간의 권리, 즉 노예의 권리를 얻기 위해서다. 여기서, 문지방을
시주한 사건 자체는 단순히 미신에 머물지 않고 인간의 권리와 가치의 상
징물이 되고 있다. 노진 또한 그의 고향 소흥(紹興)을, 혹은 노신 어머니의
고향인 안교두(安橋頭)를 지칭한 것으로서 우매하고 낙후된, 그리하여 미신
을 잘 믿는 폐쇄적인 곳을 상징한다.196) 노신은 이렇게 현실적인 이야기와
지명에다 상징적 의미를 부여하였던 것이다.

그밖에 <장명등(長明燈)>에서는 봉건사회의 상징물인 '장명등'을 파괴
하려는 광인과 마을의 봉건세력들과의 갈등이 묘사되어 있으며, <머리털
이야기>에서는 머리태 - 청조 반동통치와 민족억압의 징표이자 낡은 관습,
낡은 세력의 보수성의 징표 - 를 둘러싸고 벌어진 사건이 묘사되어 있다.

---

194) <祝福>, 《彷徨》, 《魯迅全集》 2卷, 16쪽.

195) 문지방을 토지묘에 시주하여 자신의 몸 대신 천명의 사람들이 밟게하고, 만명의 사람들
이 타고 넘게하면 이 세상의 죄도 사라지고, 죽은 후에도 고통을 면한다는 데에서 나온
말. 위의 책, 위의 글, 20쪽 참조.

196) 王潤華, 《魯迅小說新論》, (臺北 : 東大圖書公司印行, 1992), 62쪽.

이러한 것들은 모두 제목 자체부터 사실적이면서 상징적 의미를 내포하고 있다.

노신의 상징주의 문학의 정수는 ≪야초≫에 더욱 잘 드러난다. 23편의 산문시가 수록된 ≪야초≫는 제 1차 대혁명전야, 즉 중국에 있어서 가장 어두운 시기에 탄생된 작품이다. 당시는 단기서(段祺瑞) 정부가 일본 제국주의와 야합하여 세력범위를 화북으로 확대하고 있었고 경제적으로는 거듭되는 군벌전쟁으로 인하여 민생이 말할 수 없는 도탄에 빠져 있던 시기였다. 노신은 북경 여사대 사건과 3·18사건, 5·30사건 등을 겪고 나서 고통과 절망 속에서 방황과 고독으로 치닫고 있었다. 이러한 정신적 고통과 방황이 노신으로 하여금 ≪야초≫에 고도의 상징적인 수법을 낳게 한 요인이 되기도 했다. "≪야초≫는 밝음과 어둠, 생과 사, 과거와 미래의 혼합으로써의 허무의 심연으로부터 꽃을 피우게 하는 신의 정신의 전투가 깃들어 있다"197)는 일본학자 장속상덕(長涑常德)의 지적은 매우 공감을 불러일으킨다. 따라서 그가 이 시기에 "문예는 고민의 상징"이라는 주천백촌의 사상에 경도된 것은 자연스러운 것이었다. 자신의 사적인 고민을 직접적으로 토로하지 못하고 고도의 상징적 수법을 쓸 수밖에 없었던 노신은 1934년 10월 9일 소군(蕭軍)에게 보낸 편지에서 다음과 같이 말한 바 있다.

> 나의 이 한 권의 ≪야초≫, 기술은 결코 나쁘지 않다. 그러나 심정이 매우 의기소침하다. 그것은 매우 많은 못(시련을 의미)을 맞고 쓴 것이기 때문이다. 나는 당신이 이런 의기소침한 심정의 영향에서 벗어나기를 희망한다.198)

---

197) 長涑常德, <≪野草≫ について>, ≪野草≫, 中國文藝硏究會 編, 大阪, 1972. 9號, 30쪽.
198) <致蕭軍>(1934. 12. 9), ≪書信≫, ≪魯迅全集≫ 12卷, 532쪽.

여기서 '의기소침'이나 '못을 맞다'는 표현은 그에 대한 북양군벌 정부의
억압이나 봉건가정을 둘러싸고 벌어진 복잡한 갈등을 말한다. 단기서, 장사
교의 박해나 현대평론파 등과의 논쟁, 가정사의 복잡한 문제 때문에 "그 때
는 직설하기가 어려웠다. 그러므로 어떤 때는 조사(措辭)도 매우 모호했
다"199)고 노신은 술회하고 있다. "침묵하고 있을 때 충실함을 느낀다. 입을
열려고 하면 곧 허무를 느낀다"200) 라고 토로할 수밖에 없었던 현실, 노신
은 그것을 적막이라 했다. "내가 티끌이 될 때 자네는 나의 미소를 볼 것이
다"201)라고 표현하지 않으면 안될 정도의 심적 고통이 내부에 끓고 있었고
마치 거대한 뱀이 자신을 끊임없이 삼켜버릴 것 같은 허무와 냉혹감 속에
빠져 있었다. 그러나 이러한 것 때문에 현실로부터 유리될 수는 없었다. 현
실로부터 떨어진 관념형태는 항상 무(無)를 지향하며 결국 공허한 자기의
부정이 되어 자신에게 돌아오기 때문이다.202)

그리하여 《야초》는 여러가지의 풍물, 인물, 이야기를 통한 은유와 연상
으로 작가의 주관적 느낌과 복잡한 심리 상태를 표현하고 있다. <가을밤
(秋夜)>, <눈(雪)>, <책갈피 속의 이파리(腊葉)> 등은 모두 이러한 좋은
예이다.

> 잎은 다 떨어지고 가지만 남았지만 …… 긴 가지들은 쇠꼬챙이 마냥 야
> 릇하고도 높은 하늘을 묵묵히 찔러 눈만 깜빡거리게 한다. …… 앙상한 가
> 지는 여전히 쇠꼬챙이 마냥 야릇하고도 높은 하늘을 묵묵히 찌르고 있으
> 며 제아무리 하늘이 매혹적인 눈매를 하며 깜박인다 하더라도 기어이 하
> 늘을 죽음에 빠뜨리고야 말 작정이다. …… 진홍의 치자가 꽃필 때 대추나

---

199) <《野草》英文譯本序>(1931. 11. 5), 《二心集》, 《魯迅全集》 4卷, 356쪽.
200) <題辭>(《語絲》周刊, 138期, 1927. 7. 2), 《野草》, 《魯迅全集》 2卷, 159쪽.
201) <墓碑銘>(《語絲》周刊 32期, 1925. 6. 22), 위의 책, 202쪽.
202) 長淚常德, <《野草》 について>, 앞의 책, 31쪽.

무는 또 다시 작은 핑크 꽃의 꿈을 꾸며, 무성하고도 푸른 둥근 모습을 그
려볼 것이다.[203]

여기에는 두 가지 대립되는 풍물을 묘사하여 상징적 의미를 드러내고 있
다. 사악한 세력들 앞에서는 작은 분홍 꽃의 천진한 꿈이나 작은 날벌레의
쓸모 없는 희생은 모두 찬양할 바가 못된다. 잎은 모두 떨어졌으나 묵묵히
쇠기둥처럼 높은 하늘을 찌르고 선 대추나무만이 오직 찬양하고 배울만하
다. 사회적 의의가 없는 자연풍물을 작가는 이렇게 자신의 연상과 환상을
통하여 상징적 의의를 부여함으로써 시적인 정조를 띠게 하고 있는 것이다.

노신이 이렇게 '꿈'을 매개로 쓴 것은 현실의 형식적인 속박을 벗어나 보
다 자유스러운 창작공간을 얻을 수 있기 때문이다. 또 한편으로는 포착하기
어려운 심정과 정서를 응축하여 구상적인 인물, 풍경으로 상징화시켜 표현
하고자 한 것이다.

<눈(雪)>의 경우도 마찬가지이다. '눈'은 이미 가버린 작가의 청춘과 이
상을 상징하고 있으며 눈사람이 사람들에게 감상할 여유를 주고 녹아버린
다는 것은 자신이 사람들에게 희생당하는 것을, 혹은 희망의 허무함을 은유
하고 있는 것이다.

그밖에 <그림자의 고별(影的告別)>, <개의 반박(狗的駁詰)>, <죽음
의 불꽃(死火)>, <총명한 사람과 바보 그리고 노비(聰明人和傻子和奴
才)> 등은 모두 풍유, 우언, 비유의 색채가 짙은 산문시로서 암시와 자극을
통하여 예술적 효과를 거두고 있다. 주천백촌은 이에 대하여 다음과 같이
말한 바 있다.

---

203) <秋夜>(≪語絲≫周刊, 第 3期, 1924. 12. 1), ≪野草≫, ≪魯迅全集≫ 2卷, 162 - 163쪽.

　　상징의 외형은 약간 복잡한 것으로 곧 풍유, 우언, 비유류인데, 이것은
모두 진리, 교훈들로 지극히 평이한 것에 의하여 동물이야기 혹은 인물의
이야기에서 표현된다. 상징이라는 것은 암시, 자극을 이른다. 작가 내부생
명의 밑에 깔려있는 것, 혹은 각종의 것을 시비없이 감상자에게 매개물로
준 것이다.204)

　이 같은 표현수법이 노신의 작품에도 상당부분 드러나고 있는 것으로 보
아 주천백촌의 영향을 받았다는 추론이 가능하며 이러한 가설은 온유민의
주장에 의하면 더욱 확실시된다.

　　노신은 주천백촌의 ≪고민의 상징≫을 번역한 후 계속해서 기타 상징주
의 작품을 긍정했으며, 더욱 상징주의 수법을 탐색하는데 주력했다. 또한
현실수법과 결합하여 그의 창작방법은 더욱 원숙해졌고 특색도 두드러졌
다. 예를 들면 ≪야초≫와 ≪벼린검≫ 등은 ≪고민의 상징≫이 나온 후의
작품이다. 205)

　예컨대, <그림자의 고별>에서 작가는 그림자를 통하여 자신의 마음을
토로한다. "천당도 싫고, 지옥도, 황금세계도 들어가기 싫다"206)고 하면서
현실에 집착하고 있는 그림자는 차라리 암흑 속에 침몰하고자 한다. 광명과
암흑사이에서 방황하는 것을 달가워하지 않으면서도 결국 방황하게 되는
데, 이 방황에서 얻은 것은 오직 '암흑과 공허'뿐이다. 이것은 당시 노신의
사상과 정서의 상징으로서 고민, 반성, 희망, 실망, 방황 등의 복잡한 정서
를 표출하고 있다.

---

204) 江蘇省魯迅硏究學會 編, 王吉鵬, <魯迅小說的現代化與西方文學的影響>, ≪魯迅
　　 與中外文化≫ (江蘇省敎育出版社, 1988), 225쪽.
205) 溫儒敏, <魯迅前期美學思想與廚川白村>, ≪北京大學記念魯迅百年誕辰論文集≫
　　 (北京 : 北京大學出版社, 1982), 105쪽.
206) <影的告別>, ≪野草≫, ≪魯迅全集≫ 2卷, 165쪽.

봉건신분제도가 가져온 인간의 권세와 재리(財利)를 폭로한 <개의 반박>은 '동물이야기'에 빗대어 교훈과 진리를 설파한 작품이다. 권세와 재리를 가진 사람의 아부가 개보다 더 심하여, 개는 "그 면에서 사람보다 못한 것이 부끄럽습니다"[207]라고 풍자한다. 이 같은 추악한 현상을 조성한 것은 바로 귀천, 상하, 고저의 신분제도와 등급관념임을 이 작품은 상징하고 있는 것이다.

<죽음의 불꽃>은 얼음골짜기에서 이미 얼어서 꺼진 불이 체온에 의하여 다시 연소됨을 묘사하고 있다. 이는 이미 얼어서 꺼져버린 혁명의 불꽃을 다시 일으켜보려는 작가의 희망을 상징한 것이라고 보여진다.[208]

<총명한 사람과 바보, 그리고 노예> 역시 주로 상징주의 수법에 의존하고 있다. 총명한 사람은 값싼 동정과 거짓말로 노예를 속인다. 그는 노예 앞에 한숨을 쉬며 슬퍼하는 모습을 보인다. 그러나 그는 곧 "너도 언젠가는 좋은 날이 올거야"[209]라는 거짓말로 노예를 속여 천리(天理)에 안주하게 한다. 이것은 반동통치자를 위해 충성하고 통치질서를 지키기 위해 인간을 속이며 마취시키고 있음을 상징한 것이다. 바보는 노예를 해방하고 억압자와 수탈자에 대하여 항거하는 혁명가의 상징물이다. 그는 과감하게 주인을 욕하고 그 집의 담장을 허물려고 한다. 여기서 담장은 봉건통치의 울타리를 상징하며, "흙담을 뚫어 창문을 내준다"[210]에서 '창문'은 피억압자를 위한

----

207) <狗的駁詰>(≪語絲≫周刊 25期, 1925. 5. 4) , ≪野草≫, 위의 책, 198쪽.

208) 黎活仁은 여기에 대하여 다른 학설을 제기한다. "火宅에서 나온 불은 응결되어 연소의 운명에 처해 있는데, 이것은 영원히 輪廻하는 苦海에서 완전히 이탈한 것을 상징하고 있다. 그는 이러한 장면이 쇼펜하우어 철학의 영향을 받은 것이라고 주장한다. 쇼펜하우어의 철학은 印度의 우파니샤드 철학의 영향을 입은 것으로 인생은 허무하고 고통스러운 것으로 간주한다." 黎活仁, <≪野草≫的精神分析>, ≪野草≫ (大阪 : 中國文藝研究會) 1991년 2월 제 47호, 190쪽 참조.

209) <聰明人和傻子和奴才>(≪語絲≫周刊 第 6期, 1926. 1. 4), ≪野草≫, 위의 책, 216쪽.
210) 위의 책, 위의 글, 217쪽.

출구를 의미하고 있다. 노신은 중국의 희망을 바보에게 기탁했다. 그가 "세계는 멍청한 사람에 의해서 만들어지는 것이지 총명한 사람에 의해서 지탱되는 것이 아니다. 특히 중국의 총명한 사람"211)이라고 한 말 속에서 노신이 민중에게 희망을 기탁하고 있음을 다시 한번 엿볼 수 있다.

이와 같이 리얼리즘을 토대로 한 노신 소설의 상징주의와 이상주의의 융합은 염세주의로 특징 지워진 안드레예프식의 창작과 구별되며 서방의 절망적이고 퇴폐적인 세기말적인 작가들의 창작과도 구별되는 가장 뚜렷한 특징이다. 따라서 노신 문학의 상징주의는 분위기를 더욱 냉혹하고 적막함을 조성시켜 비관주의에 빠지게 하는 것이 아니라, 이를 통하여 작품의 사상성이 더욱 심오하게 되며 동시에 미래에 대한 끊임없는 갈망을 표출해내는 이상적인 그릇이라고 할 수 있다.

2) 프로이드설의 수용

프로이드는 문학을 성적욕망의 소산으로 보았으며 인간의 심리구조를 통해 이드, 에고, 슈퍼에고로 나누어 이드의 기능에서 생긴 상상이 슈퍼에고의 기능을 통해서 여과되어, 에고의 기능에 의해서 표현된 것이 문학작품이라고 보았다. 여기에서 외디프스 컴플렉스 이론이나 '승화'의 개념으로 소설이나 희곡의 작품구조 및 주인공의 심리현상을 분석하는 경우, 그리고 신경증세를 활용하여 시나 소설 작품에 나오는 정신 병리적 현상을 규명하는 경우 등이 생겨난다.212) 노신은 이러한 프로이드의 정신분석학설의 영향을 받아 꿈이나 환상을 통하여 작중의 인물의 내심세계를 심도있게 반영해

---

211) <寫在≪墳≫後面>(1926. 11.11), ≪墳≫, ≪魯迅全集≫ 1卷, 286쪽.
212) 김용직 외 공저, ≪문학의 이해≫, (서울 : 방송통신대학, 1989), 192쪽

냈다. 또한 프로이드 정신분석학뿐만 아니라 베르그송, 구리가와학손의 이론을 받아들여 모두 상이한 각도에서 작가의 주체의식과 잠재의식의 중요성을 강조하였다.

본절에서는 주로 꿈과 환상을 통한 의식의 흐름수법을 중심으로 하여 노신작품에서 드러나는 모더니즘적 요소를 살펴보기로 한다. <광인일기>, <흰빛>, <비누>, <행복한 가정>, <형제> , <작은사건> 등에서 노신은 꿈이나 환상을 통하여 주인공의 잠재의식에 숨겨져 있는 허위를 적나라하게 폭로하고 있다. 그러나 노신이 꿈을 통해서 제시한 주인공의 의식활동에는 모더니즘 문학에서 보여지는 혼란이나, 공포감, 신비감이 없다.[213] 그는 서구의 모더니즘 수법을 리얼리즘 정신에 입각하여 하나의 보조적인 수단으로 수용한 것이다.

노신은 <광인일기>에서 '박해광' 환자를 상징적 객체로 선택하고 광인의 여러가지 변태적인 심리활동을 통하여 음산하고 우울한 분위기를 조성하고 있다. 달빛도 없는 밤, 사람을 잡아먹으려는 무궁무진한 음모, 잡아먹힐 아이 등 무서운 상징과 암시가 연이어 나와, 무거운 분위기가 독자들을 숨가쁘게 만든다. "밤이 캄캄하여 밤인지 낮인지 알 수 없다. 조가네 개가 또 짖어댄다"[214]는 말은 현실에 대한 주인공의 직접적인 느낌일 뿐만 아니라 봉건통치의 암흑과 공포에 대한 상징이기도 하다. "방안은 어둡기만 하였다. 대들보와 서까래가 머리 위에서 흔들리는가 싶더니 점점 더 세게 흔들리면서 나를 짓눌러 버렸다"[215]에서 알 수 있듯이 작가는 주인공의 환각을 통하여 암울한 사회와 역사적 전통으로부터 받은 주인공의 압박을 보여주고 있다.

---

213) 朱德發, 앞의 글, 50쪽.
214) <狂人日記>, ≪吶喊≫, ≪魯迅全集≫ 1卷, 427쪽.
215) 위의 책, 위의 글, 431쪽.

<흰빛>도 잠재의식의 심리를 이용한 대표적인 작품으로서 변태심리와 환각을 주요 묘사대상으로 하고 있다. 주인공 진사성은 봉건 예교에 깊이 중독된 지식인의 전형으로서 벼슬을 얻고 돈을 벌고자 하는 꿈에 사로 잡혀있다. 그는 줄곧 "수재의 자격을 얻어 성에 향시를 보러 가고, 차례차례 급제하여 ……그렇게되면 사람들은 흡사 신을 우러러보듯 그를 두려워하고 존성할 것이며, 이제껏 그를 경멸했던 것을 깊이 후회하겠지"216)라고 생각하였다. 그러나 과거시험에서 16차례나 낙방함으로써 벼슬의 환상이 깨어지자 이제 그는 집 어디엔가 조상들이 묻어 두었다는 은화를 캐내어 과거시험에서 실패한 패배의식을 회복하려고 한다. 환상 속의 은화의 흰빛이 진사성의 눈앞에 어른거린다. "왼쪽으로 돌고 오른쪽으로 돌아라. 앞으로 갔다 뒤로 가라 ……금이야 은이야 찰랑찰랑"217)이라는 환각의 소리를 들으면서 그는 무의식적인 행동을 계속 한다. 그는 환각상태에서 흰빛을 따라 산에까지 가고 끝내 호수에 빠져 죽고 만다. 이와 같이 '벼슬'과 '재산'에 미혹된 진사성의 변태심리를 잠재의식의 행동과 환각을 통해 적절하게 묘사해냄으로써 사람들의 강렬한 동정과 공포를 불러일으킬 뿐만 아니라 작품의 비극성을 더욱 심화시켜 주고 있다.

여기서 또한 작가는 잠재의식의 활동을 묘사함에 있어서 사실적 묘사 방법과는 다른 표현기교를 채용하고 있다. 즉, 사실적 묘사방법이 갖는 연계와 조응을 생략하고 작중 인물의 환각 속에서 펼쳐지는 정경을 작가가 직접적인 서술로 표현함으로써 독자들에게 직접 그러한 상황에 처한 느낌을 주게 하는 것이다. 과거시험 결과를 보고 집에 돌아온 진사성은 일곱명의 어린 학동들이 책 읽는 장면을 목격하는데 그 장면은 진사성을 더욱 억압

---

216) <白光>(≪東方雜誌≫ 第 9卷 13號, 1922. 7. 10), ≪吶喊≫, ≪魯迅全集≫ 1卷, 542쪽.
217) 위의 책, 위의 글, 544쪽.

할 뿐만 아니라 환각을 일으키게 한다.

> 그가 자기 집 문 앞까지 오자 일곱 명의 학동들이 일제히 목청을 돋구어
> 책을 읽기 시작했다. 그는 갑자기 귓전에다 종을 울린 것같이 깜짝 놀랐다.
> 작은 변발을 늘어뜨린 일곱 개의 머리가 눈앞에서 어른거리더니 온 방 안
> 에 퍼지며 검은 동그라미와 어울려 춤을 추었다. 그가 자리에 앉자 아이들
> 은 오후의 숙제를 제출했는데, 얼굴에는 모두가 그를 깔보는 기색이 역력
> 했다.[218]

학생들은 선생 진사성이 시험에 낙방한 것을 알지 못하며 아울러 평상시
에 선생을 두려워하는 학생들인지라 감히 선생을 얕잡아 볼 수도 없다. 그
러므로 학생들이 진사성 자신을 얕잡아 본다는 의식은 그의 주관적인 느낌
에 불과하다. 작가는 고의적으로 이렇게 변태적이며 주관적인 느낌을 객관
적인 묘사 속에 섞었다.

<비누> 역시 잠재의식을 그린 작품이다. 사명은 도덕군자인양 점잔을
빼는 도학선생인데, 작가는 사실적인 수법으로 이 도학자의 허울 밑에 숨어
있는 더럽고 추악한 영혼을 폭로하고 있다. 사명은 거리에서 한 젊은 여자
거지를 보았는데 그의 비정상적인 생각으로는 "그런 나이에 밥을 구걸한다
는 것은 마땅하지 않다"[219]고 느낀다. 후에 거지에 대한 두 깡패의 대화로
부터 더욱 음란한 생각을 갖는다. 즉, 깡패의 "비누나 두어 개 사다가 몸뚱
이를 빡빡 닦아주기만 하면 예뻐진다"[220]라는 말은 계속 사명의 성적 충동
을 일으키며 뇌리에서 떠나지 않는 것이다. 이렇게 노신은 사명의 욕망을
잠재의식의 억압과 발설로 생동감있게 반영하여 양심을 잃은 허위군자의

---

218) 위의 책, 위의 글, 543쪽.
219) <肥皂>, 앞의 책, 48쪽.
220) 위의 주)와 같음.

내심의 더러운 영혼을 파헤치고 있다.

<형제>는 꿈(夢境)을 통하여 잠재의식이 묘사되고 있다. 소위 꿈은 본질적으로 무의식적인 소망의 상징적 달성이다. 만약 꿈의 재료가 직접적으로 제시된다면 우리의 잠을 깨울 정도로 충격적이고 혼란을 야기시킬 것이기 때문에 꿈은 상징적 형태로 제시된다.[221] 일반적으로 주인공은 이 같은 꿈을 숨기려 하지만 압력을 받으면 무의식 속에 나타나게 된다. 예컨대 주인공 두 형제는 외견상으로는 매우 사이가 좋은 관계이다. 형인 장패군(張沛君)은 다른 형제들이 금전문제 때문에 싸운 것에 대하여 "한 집안의 형제가 무엇 때문에 따져야 하는가"[222]라고 말하며 형제간의 우애를 과시하곤 하였다. 동생이 아프게 되자 의사를 불러오고 약을 지어주는 모습은 정말 우의가 돈독한 형제라는 인상을 준다. 그러나, 내심은 동생의 죽음으로 인한 이해득실을 계산하고 있다. 겉으로 보기에는 지극히 우애가 돈독한 형제지만 꿈을 통하여 그 허위성은 적나라하게 드러난다.

> 그러나 어지러운 생각의 실마리가 또 틈을 타고 일어났다. 그는 마치 정보(靖甫)의 병이 틀림없이 성홍열이고, 게다가 살아날 수 없다는 것을 알고 있는 듯했다. 그렇게 되면 가정을 어떻게 꾸려나갈 것인가? 나 혼자만의 힘으로? 비록 작은 도시에 살고 있기는 하지만, 그러나 물가가 올랐고 …… 자기의 세 아이, 동생의 두 아이 키우는 것만도 어려운데, 게다가 학교에 보내 공부를 시킬 수 있을까? 한 명이나 두 명에게만 공부를 시킨다면 물론 자기 자식인 강(康)이 놈이 가장 총명하긴 하지만 - 그러나 모든 사람들은 틀림없이 동생의 자식들을 소홀히 한다고 비난하겠지……
> 뒷일은 어떻게 처리한담? 관을 살 돈도 부족한데 어떻게 해야 집에까지 운반할 수 있을까? 잠시 문중의 땅에 맡겨두는 수밖에 없지……[223]

---

221) 김용직 외 저, 앞의 책, 189쪽.
222) <弟兄>, ≪彷徨≫(≪莽原≫半月刊 第 3期, 1926. 2. 10), ≪魯迅全集≫ 2卷, 132쪽.
223) 위의 책, 위의 글, 137쪽.

이와 같이 노신은 장패군의 꿈을 통해 그 내심의 이기성을 펼쳐 보이면서, 동시에 금전 앞에 무력해지는 일부 지식인들의 위선을 보여주고 있다. 이렇게 꿈을 빌려 주제의 깊이를 더하면서, 동시에 금전의 세력 밑에 형제 간의 정이 위선으로 이화되는 것을 폭로하고 있는 것이다. 이 작품에서 꿈을 묘사한 부분은 짧지만 아주 중요하다. 만약 장패군의 잠재의식이 꿈으로 표현되지 않았다면 작품의 주제는 완전히 상반되는 내용으로 변했을 것이기 때문이다.

<작은 사건>은 한 인력거꾼의 착한 마음을 묘사한 작품으로 다른 작품에 비하여 꽤 밝은 느낌을 준다. 한 인력거꾼의 조그마한 선행에 작가 자신이 수치심을 느끼는 것을 모더니즘적 묘사수법으로 표현하고 있다. 그는 이 경험을 "나는 인력거꾼 뒷모습이 일순간 몹시 커지더니 한 발짝 발을 떼어 놓을 때마다 그것은 점점 커져서 마침내 올려다보지 않으면 안될 만큼 확대되어 갔다"224)라고 고백한다. 이것은 현실의 사건으로부터 산생된 환영으로서, 이 환영은 즉시 일종의 위압적인 환각으로 변하였다가 다시 잠재의식 깊은 곳에 숨겨져 있는 참회감을 일으키게 한다.

<보천>은 여왜의 인류창조설을 현대의 사건과 융합시켜서 우화적으로 묘사한 작품이다. 서두부터 여주인공 여왜는 꿈속의 성적 충동으로 만족을 얻지 못하고 억압당하는 가운데 오뇌와 고민으로 가득 차 있다. "뭔가 부족함을 느낀다 할지, 또한 뭔가 많은 듯하다는 느낌이 들었다"225)라고 매우 함축적으로 성욕이 억압되어 있음을 표현하고 있다. 일종의 억압된 잠재의식이 그녀를 쫓고 있었고, 그 맹목적인 충동은 자아의식 혹은 초자아의 의식에 의해 제약받고 있어 그녀의 고뇌를 더욱 가중시켰다. 비록 우주가 오

---

224) <一件小事>, ≪吶喊≫, ≪魯迅全集≫ 1卷, 459쪽.
225) <不周山>(≪晨報四周紀念增刊≫, 1922. 12. 1), ≪故事新編≫, ≪魯迅全集≫ 2卷, 345쪽.

색찬란하고 바람이 아무리 따사로워도 그녀는 무심할 뿐 기쁨을 느낄 수 없었으며, 오히려 "여지껏 이렇게 무료한 적이 없었다"226)고만 느낄 뿐이다. 이 같은 그녀의 고민은 극에 이르러 마침내 성충동의 원동력을 발설할 돌파구를 새로운 생명의 창조에서 찾게 된다.

소설의 제 1부는 낭만주의 색채가 풍부한 필치로 여왜의 '성적 발동과 창조'를 생동감있게 묘사하고 있으며 성적욕망이 억압되고 발설되는 강렬한 내심의 모순 충돌 가운데 여왜의 건강미와 노동력, 선량함과 낙관적인 모습이 나타나 있다. 제 2, 3부에서는 여왜의 보천과 죽음의 장면이 묘사되어 있는데 여기서는 현실적 모순을 투영시키는데 주력하고 있다. 예컨대, 공공(共工)과 전욱(顓頊)의 전투는 당시의 군벌혼전을 연상시키며, 여왜의 다리 사이에 출현한 '옛 의관을 갖춘 소장부(小丈夫)'의 모습은 현실의 도학가를 풍자한 것이 역력하다. 즉 소장부의 더러운 영혼과 추태를 숭고한 여왜의 형상과 대비시켜 풍자, 폭로하고 있는 것이다. 이렇게 노신은 정신분석법을 수용하되 주관적인 상상 속에서 허구적으로 묘사한 것이 아니라 현실감을 살려내는 데에 주력했다.

≪야초≫의 <아름다운 이야기>나 <잃어버린 좋은 지옥> 등도 꿈을 주제로 한 작품으로서 모더니즘적 요소가 역력하며 <나그네>는 부조리극에 가까운 극시이다. 꿈은 현실의 '인간고통'으로부터 무의식중에 생긴다는 것을 다음의 <아름다운 이야기>에서 알 수 있다.

> 깜깜하게 가라앉은 밤, 나는 몽롱함 속에서 아름답고, 그윽하며, 즐거운 이야기를 꿈꾼다. 아름다운 많은 사람들과 사연이 하늘 가득히 비단구름처럼 어우러지고, 수많은 유성처럼 날아다니면서 끝없는 교안으로 번져간다.227)

---

226) 위의 주)와 같음.

이렇게 작가는 아주 극렬한 감정으로 상상 속의 아름다운 천국을 서술하고 있다. 현실의 고통이 꿈을 통하여 이상적인 가치와 희망의 불꽃을 찾고 있는 것이다.

또한 <잃어버린 좋은 지옥>에서는 지옥에 대한 묘사로써 현실사회의 냉혹함과 적막감을 부각시켜 비극성을 더욱 심화시키고 있다. 작가는 역시 꿈의 형식을 빌어 그의 현실에 대한 인식과, 현실적 욕구에 대한 불만을 반영하고 있다.

> 일체 귀신들의 울음소리는 가냘프면서 질서가 있었다. 화염의 성난 소리와, 기름이 튀는 소리, 쇠 작살이 부딪치는 소리와 함께 어우러진 소리는 넋을 잃을 정도의 교향악을 이루면서 지하는 태평하다고 삼계(三界)에 고하고 있었다.[228]

이것은 당시의 현실을 지옥을 통하여 상징화시킨 것으로 몇 천년 동안 보아온 계급사회 역사의 축영이자 당시 사회현실의 모습이다. 이 같은 냉혹하고 공포스러운 묘사는 암울한 현실에 대한 작가의 철저한 부정적인 음성 - "이러한 지옥은 반드시 없어져야 한다"[229] - 을 들려주고 있다.

또한 <나그네>의 다음과 같은 대화는 Samuel Beckett의 <고도를 기다리며>, Edward Albee의 <동물원이야기> 등과 같은 부조리극의 기법을 연상시킨다.

> 노인 : 손님, 이리 앉으시오. 실례하지만 성함은?
> 나그네 : 성함이요 ? - 모릅니다. 저는 철든 이후로 홀몸이어서, 제이름이

---

227) <好的故事>(≪語絲≫周刊 第 13期, 1925. 2. 9), ≪野草≫, ≪魯迅全集≫ 2卷, 185쪽.
228) <失掉的好地獄>(≪語絲≫周刊 第 32期, 1925. 6. 22), 위의 책, 199쪽.
229) 위의 주)와 같음.

무언지 모릅니다. 길을 걸을 때, 혹 사람들이 되는 대로 부르기는 하였지만, 너무도 여러 가지여서 기억할 수 없습니다. 더구나 같은 이름은 두 번 다시 듣지를 못했으니까요.

　　노인 : 허, 그렇다면 손님은 어디서 오시는 길이오?

　　나그네 : (잠시 주저한 끝에) 모릅니다. 저는 철든 이후로 줄곧 이렇게 걷고 있으니까요.

　　노인 : 그렇겠군요. 그러면 어디로 가는 길인지 물어봐도 되겠소?

　　나그네 : 그야 물론이지요. - 그러나 저는 모릅니다. 저는 철든 이후로 이렇게 걷고 있습니다. 걸어서 아무 곳이나, 앞쪽의 어느 곳이든 갑니다. 저는 많은 길을 걸었다는 것, 그리고 지금 이곳에 왔다는 것밖에는 기억이 나지 않습니다. 이제부터 저쪽으로(서쪽을 가리킴)향해 갑니다……

(중략)

　　노인 : 무덤을 지난 다음 말인가요? 그건 나도 가 본 일이 없어서 모르겠수다.

　　나그네 : 모른신다고요?

　　소녀 : 저도 몰라요.

　　노인 : 내가 알고 있는 건, 남과 북과 동, 말하자면 그대가 지나온 길, 그뿐이오. 그곳들은 내가 잘 알고 있는 곳, 그리고 그대한테도 제일 좋은 곳일지 모르겠소. 외람된 말을 하는 것 같으나, 보아하니 벌써 지쳐 있는 것 같소. 돌아서는 게 좋겠군. 더 간다 한들, 당도하게 되는지 어떨는지.[230]

　자신의 이름도 모르는 나그네는 어디서 오는 길인지, 또 어디로 나아갈지도 모르는 채 오직 '서쪽'으로만 갈 것을 고집한다. 그가 가리키는 서쪽에는 도입부의 무대설명에서 밝혀져 있듯이 '황폐해진 묘지'가 있을 뿐이다. 나그네와 노인, 소녀의 대화는 '의사소통'의 부재를 드러내면서 서로 합일되지 못하고, 각기 다른 세계에 함몰되어 있다. 물론 노신의 <나그네>

---

230) <過客>, 《野草》, 《魯迅全集》 2卷, 189 - 191쪽.

는 리얼리즘에 굳건한 토대를 두고 있다. 따라서 인물들의 상징성은 부조리 극의 인물보다는 훨씬 선명하게 부각된다. "지쳤으니 돌아서는 편이 나을 것"이라고 권유하는 늙은이는 낡은 구 중국의 대변인이라면 서쪽 너머에 "개나리와 장미"의 존재를 강조하는 소녀는 신세대의 희망을 상징한다고 보여진다. 물론 내면의 갈등과 고통을 분연히 떨치고 나아가는 '나그네'는 구 중국을 타파할 '정신계의 전사'의 원형이다. 그럼에도 불구하고 <나그네>의 작품에서 드러나는 정체성의 상실과 방향상실, 삶의 무목적성, 의사소통의 단절 등은 모더니즘의 그것과 유사한 것으로서, 노신 문학의 현대성이 얼마나 시대를 앞서 갔는가를 보여주는 좋은 예이기도 하다.

앞 절에서도 살펴보았듯이 《야초》의 표현 수법은 매우 다양하다. 23편 중 고정된 틀이 없으며, 사실과 상징을 교체 운용하고 암시와 자유연상을 통하여 어떤 추상적 철리(哲理)와 복잡한 내심활동을 표현하고 있다. 그러므로 《야초》는 어떤 한 유파에 속하는 작품이 아니다. 여러 모더니즘 기법들이 혼용된 노신의 모더니즘적 문학작품이라 보아야 할 것이다.[231]

노신은 《야초》를 쓸 때 비록 번민하고 방황하였지만 결코 서구의 모더니즘이 갖는 비관주의, 퇴폐주의, 신비주의 경향에는 빠지지 않으려고 노력하였다.[232]그래서 그는 "다시는 이 짓을 하지 않겠다. 날로 변화하는 시대에 이러한 글을 허용하지 않겠다. 심지어 이러한 감상이 존재하도록 허용하지도 않겠다"[233] 라고 말하고 있는 것이다.

---

231) 劉正强은 《野草》는 상징주의 수법을 많이 쓴 적극적인 낭만주의 작품으로 보고 있다. 劉正强, 앞의 책, 214쪽. 包忠文은 상징주의와 현실주의가 섞여진 작품으로 보고 있다. 《魯迅的思想和藝術新論》 (南京出版社, 1989) 293쪽.
232) 무산계급문학의 관점에서 보았을 때 모더니즘은 비관주의적이고 신비적이며 퇴폐적인 색채를 띠고 있다.
233) 《<野草>英文譯本序》, 《二心集》, 앞의 책, 356쪽.

3) 맑스주의 문예관의 수용과 노신

창조사·태양사와의 논전을 통하여 맑스주의 문학이론을 수용하였던 노신은 <상해문학의 일별(上海文學的 一瞥)>이라는 글에서 플레하노프, 루나찰스키 등의 유물론적 문학이론의 중요성을 좌련작가들에게 강조하였다. ≪삼한집≫서언에서 "플레하노프의 ≪예술론≫을 번역함으로써 나로 인한 모든 사람들의 진화론만 믿는 편견을 바로잡게 되었다"[234]라고 고백한 바 있듯이 노신은 플레하노프의 관점을 다음과 같이 개괄하고 있다.

> 예술이란 인류의 미적 감정이 존재하고 있는 가능성(종적 개념)이며, 현실조건(역사적 개념)의 제고에 따라 이동되는 것이다. 이 조건은 물론 그 사회의 생산력의 발전 단계이다. 그러나 플레하노프는 여기서 이것을 예술 탄생의 중요한 문제로 삼아 생산력과 생산관계의 모순 및 계급간의 모순이 어떠한 형식으로 예술에 작용하는가를 해명했다. 그리고 그러한 생산관계에 서 있는 사회적 예술은 다시 어떤 개별적 형태를 취하여 다른 사회의 예술과 어떻게 다르게 되는가에 대해 해명하였다.[235]

여기서 주목할 것은 노신이 플레하노프의 문학사상을 받아들일 때 과거의 유심론적인 요소를 버리고 사적 유물론에서 출발하였다는 것이다. 즉, 베르그송이나 구리가와 학손의 생명력의 도약으로 예술 탄생의 근원을 해석하는 유심론적인 관점을 청산했다는 점이다.

노신은 또한 루나찰스키의 ≪예술론≫, ≪체르니세프스키의 문학관≫, ≪소련의 문학정책≫ 등을 번역함으로써 많은 영향을 받았다. 그는 ≪체르니세프스키의 문학관≫에서 자신이 처한 계급적 위치에 따라 관점이 달라

---

234) <≪三閑集≫.序言>(1932. 4. 24), ≪三閒集≫, ≪魯迅全集≫ 4卷, 6쪽.
235) <≪藝術論≫譯本序>(≪萌芽月刊≫ 第 1卷 6期, 1939. 6. 1), ≪二心集≫, 위의 책, 262쪽.

진다는 사실을 다음과 같이 설명하고 있다.

사람들의 미의 개념은 예술 작품 속에서 표현되며, 우리는 서로 다른 사
회계급에 있어서는 미의 개념이 서로 다르며, 어떤 때는 심지어 거의 상반
되기까지 한다는 것을 알았다. 특정 시기에 사회에서 통치지위를 점한 계
급은 문학과 예술에 있어서도 통치지위를 점한다. 그들은 자신의 관점과
개념을 문학과 예술에 지니고 들어간다고 여겼다.[236]

노신은 또한 유물론에 입각하여 인간의 "성격과 감정은 모두 경제에 지
배를 받는다"[237]고 하였다. 인간은 경제관계, 주로 계급관계의 지배를 받기
때문에 반드시 계급성을 띤다는 것이다. 이러한 노신 문학관의 변화는 겉으
로 보기에는 혁명 문학가들과의 논쟁을 통하여 급전환 한 것처럼 보이지만,
"이미 1920년 중반기부터 사회과학 서적 및 맑스주의 문학이론을 탐독한
것으로 보아"[238] 점진적인 발전과정을 거쳤음을 알 수 있다. 따라서 1930

---

236) 樊籬 외 지음, 유세종 외 옮김, 앞의 책, 311쪽, 재인용.

237) <文學的階級性>(≪語絲≫ 第 4卷 14期, 1928. 8. 20), ≪魯迅全集≫ 4卷, 127쪽.

238) ≪新俄文學之光期≫(昇曙夢, <新露西亞パンフレット> 제 3편, 1924년, 東京,新潮社
─ 이 책은 1926년 馮雪峰이 번역하여 北新書局에서 출판했음), ≪露國現代の思潮及
文學≫(昇曙夢, 1923년, 改造社), ≪露西亞文學の理想と現實≫(크로포트킨, 馬場勝弥
외역, 1920년, 東京, アルス), ≪新俄美術大觀≫(昇曙夢, 제 1, 新ロシア美術大觀>,
<新露西亞パンフレット> 제 4편), ≪文學と革命≫(트로츠키, ─후에 미명총간으로 偉
素園,李霽野가 공역하여 출판함) 등을 구입하였다. (<魯迅日記,十四>,14권, pp.578-
581.) 1925년 8월 北新書局에서 출판한 ≪소비에트 러시아의 문예논전≫은 魯迅이 편
집한 미명총서 중의 하나로 노신은 이 책의 <前記>를 썼다. 26년 7월에는 소련의 시
인 불록의 시집 ≪十二個≫를 출판했는데 <후기>를 썼고, 트로츠키가 쓴 ≪문학과 혁
명≫의 <제3장 알렉산더블록> 편을 번역하여 시집의 前記를 대신하여 앞에 실었다.
26년에는 ≪無産者文化論≫, ≪無産階級藝術論≫(麻生義 역, 日本 人文會出版部가
<社會思想文藝叢書>의 하나로 보그다노프의 저작을 번역), ≪新露西亞パンフレット二
本≫(이 책들은 昇曙夢, <新露西亞パンフレット>의 5,6편에 해당하는 책으로 <プロ
レタリヤ劇と映畵及音樂>, <第2.新ロシア美術大觀>을 지칭한다.), ≪無産階級文學
の理論と實際≫(이는 昇曙夢, <新露西亞パンフレット>의 7편임) 등을 구입하였다.

년대 이후의 노신의 "정치참여는 맑시즘으로의 단순한 사상전향과는 다른, 지적인 심사숙고의 과정을 통해서 생겨난 것"[239]이라는 Leo Lee의 지적은 노신의 철저한 자기점검의 태도와 무관하지 않을 것이다.

그런데 여기서 우리는 노신이 맑스주의 문학이론을 토대로 한 소설창작을 하지 못했다는 사실에 주목할 필요가 있다. 이에 대하여 김용운(金龍雲)은 다음과 같이 말하였다.

> 노신의 맑스주의 문학이론의 수용은 창작을 위한 것이었기보다는 논쟁상의 필요에 의한 수용이었기 때문에 맑스주의 문학이론에 입각한 소설작품이 없다는 것은 바로 이상과 같은 맑스주의 문학이론과 노신과의 특수한 관계를 반영한다.[240]

문학이론과 창작실천의 불일치에 대한 위와 같은 지적은 주목할만하다. 더 나아가 필자에게는 노신이 맑스주의 이론을 수용하면서 작품을 쓰지 못하게 된 것은 정치에 참여함으로써 예술 생성의 원동력을 잃어버린 것으로 보여진다. 참여란 어떠한 형태이든지 어떤 전제를 두고 그 효과를 미리 계산하기 마련이며, 그렇게 되면 예술 그 자체의 원천적 힘은 약해지고 제한될 수밖에 없다. 전기의 소설이나 산문이 어떤 특정한 문학이론에 구속받지

1926년의 <도서구입목록>에서 주목되는 것은 《무산자문화론》 《무산계급예술론》 <신러시아 팜플렛 두권> 및 《무산계급문학의 이론과 실제》이다. 그밖에 《무산계급예술론》과 같은 것은 인문회 출판부에서 <사회사상문예총서>의 1편으로 출판된 보그다노프의 작품(역자는 마생의)이다. 그리고 <신러시아팜플렛 두권>은 각각 제5편 및 제6편에 상당하는 《프로레타리아극과 영화 및 음악》 《제2.신러시아 미술대관》 등이다. 《무산계급문학의 이론과 실상》도 역시 같은 시리즈의 제7편이다. 山田敬三, 《魯迅の世界》, (東京 : 大修觀書店, 1977) 238 - 239쪽 참조.

239) Leo Ou-fan Lee <Introduction>, 《Lu Xun and His Legacy》, (Berkeley. Los angeles. London: University of California Press,1985), 7쪽.

240) 金龍雲, 《魯迅創作意識硏究》, 성균관대학교, 박사학위논문, 1990 93쪽.

않고 작가 자신의 자유분방한 사고에 의해서 만들어진 창작품들이라고 했을 때 후기의 맑스주의 문학이론은 그의 자유 분방한 사고를 묶어놓은 틀이 되고 만 것이다.

그밖에, 국민당의 백색테러의 위협 하에서 행동의 자유를 잃은 노신은 민중들과 직접 접촉하는 기회가 적었으며, 우익진영의 문학유파들과 논전을 벌이느라 너무 많은 시간을 허비하였다는 점 또한 그가 소설을 쓰지 못한 이유가 될 것이다. 그래서 그는 다음과 같이 고백하였다.

> 나는 오랜 동안 단편소설을 쓰지 못했다. 현재의 인민들은 더욱 고통 속에 빠져있다. 나의 생각은 이전과 달라 새로운 문학의 조류를 보지 못한다. 이러한 정황 하에서 새로운 것을 쓴다는 것은 불가능하고, 그렇다고 낡은 것을 쓰고 싶지는 않다.[241]

낡은 것은 더 이상 새로운 시대를 반영할 수 없으며, 새로운 것을 쓰기 위해서는 혁명의 중심지에서 직접 민중들과 고락을 같이 해야 했다. 만약 억지로 쓸 경우 생동하는 예술적 형상을 창조하지 못하기 때문이다. 여기서 우리는 예술이란 '자발적인 감정의 발로'라고 말했던 초기 노신의 예술사상을 떠올리게 된다. 그러므로 맑시즘으로 그의 사상적 여정을 완결지어버린 노신은 옛 이야기를 빌어[242] ≪고사신편≫과 같은 작품을 쓸 수밖에 없었던 것이다. 재미학자 하지청(夏志淸)은 이러한 노신의 전변을 다음과 같이 평가하고 있다.

---

241) ＜英譯本≪短篇小說選≫自序＞(1933. 3. 22), ≪集外集附錄≫, ≪魯迅全集≫ 7卷, 390쪽.

242) 1928년 이전에 지은 ＜不周山＞, ＜奔月＞, ＜鑄劍＞을 제외하고 나머지 작품은 모두 1930년 이후에 지어졌음

    ≪고사신편≫의 천박함과 산만함은 걸출한 소설가의 비참한 몰락을 보여준 것이다. 노신은 자신의 내심이 남에게 보여질까 두려워했으며, 자신의 중국에 대한 비관과 염세적인 관점이 드러날까 봐 두려워했으며, 공산당에 대한 믿음이 깨진 것이 공개적으로 표출될까, 두려워했다. 그러므로 그는 자신의 가슴속에 깊이 감추어져 있는 감정을 정치풍자의 형태로 만들 수밖에 없었다.[243]

이 같은 하지청의 지적은 편협된 것이기는 하지만 여러 가지 시사점을 던져준다. 노신의 사상이 어떻게 전변되었든간에 노신의 고백에서 우리는 문학에 대한 본래의 기본관념을 노신이 그대로 지니고 있었음을 알 수 있다. 그가 아무리 위대한 사상가나 혁명가로 추앙 받을지라도 그의 내부에서 일관되게 흐르는 피는 진정한 예술가적 기질과 정신이었다. 보다 더 성숙한 문학작품을 산생시킬 수 없었던 후기 노신의 모습에서 우리는 맑스 문예관에 의해 박제가 되어버린 한 예술가의 초상을 보게 되는 것이다.

제5절　전통문학의 계승과 발전

앞장에서 살펴본 바와 같이 노신 문학의 '수용주의' 정신은 그의 문학의 풍성함을 일구어준 하나의 토양이었다. 그러나 이 '수용주의' 정신은 어디까지나 중국의 '전통문학'에 깊은 뿌리를 내리고 시작된 것이었으며 동시에 전통문학의 발전에 궁극의 목적을 둔 것이었다. 노신은 "뿌리없이 돌연히 발생되는 새로운 예술은 없으니 반드시 선조의 문학유산을 계승해야 한

---

243) Zhi-Qing Xia, ≪A History of Modern Chinese Fiction≫, (London : Yale University Press, 1971), 46쪽.

다"244), "쓸 수 있는 것은 전수하고, 찌꺼기는 걸러서 과거 속에 남겨 두어야 한다"245)고 경고하였는데 이 같은 전통문학의 선별적, 비판적 수용은 노신 문학을 이해하는데 하나의 실마리가 된다.

맑스주의 문예에서는 과거의 문학유산을 비판적으로 계승해야 한다고 강조하는데, 이는 문학유산의 비판적 계승이 민족적 자신감을 고양시킬 뿐만 아니라, 민중의 심미적인 욕구를 만족시키며 사회주의 문학창작에 귀감을 제공할 수 있다고 보는 까닭이다. 중국 현·당대문학에서 중요한 지침이 되고 있는 <연안문예좌담회에서의 강화(在延安文藝座談會上的講話)>에서 모택동은 다음과 같이 말한 바 있다.

> 우리는 반드시 모든 우수한 문학예술 유산을 계승하고 그 가운데 유익한 모든 것을 비판적으로 흡수함으로써 현재 인민생활 속의 문학 예술재료로 작품을 창작할 때 귀감으로 삼아야 합니다. 이러한 귀감이 있는 것과 없는 것은 차이가 있습니다. 여기에는 정련됨과 거침의 분별이 있으며, 조잡함과 세밀함의 차이, 고상함과 저급함의 차별, 빠름과 늦음의 구별이 있습니다.246)

이와 같은 견해에서 보았을 때 노신은 확실히 전통 문학유산을 비판적으로 계승하였을 뿐만 아니라 가장 잘 흡수한 모범적인 작가였다. 일찍이 중국의 봉건통치자들은 소설을 '패륜도덕'을 설교하고 인심을 그르치며 난동을 선동하는 것이라고 여겼으며 청나라 때는 여러 차례 소설에 대한 금지령을 내리고 인쇄자, 판매자, 구매자들까지 엄벌을 내리기도 하는 등, 소설

---

244) <致魏孟克>(1934. 4. 9), ≪書信≫, ≪魯迅全集≫ 12卷, 381쪽.

245) <關於飜譯的通信>(≪文學月報≫ 第 1卷, 1號, 1932. 6), ≪二心集≫, ≪魯迅全集≫ 4卷, 383쪽.

246) 毛擇東, <在延安文藝座談會上的講話>, 北京大學 外 編, ≪文學運動史料選≫ 第 4 卷, 530쪽.

의 발달은 순탄하지 못했다. 학계에서는 문이재도(文以載道)를 특징으로 한 고문을 정통학문으로 찬미하였고, 예교와 충돌되는 속문학이나 소설은 천박한 것으로 여겨 배척하였는데, 이와 같이 소설이 경시받게 된 가장 근본적인 원인은 봉건세력의 거부감이었다 할 수 있다. 소설의 독자는 주로 대중인데다 당시의 사회상을 충실히 반영하는 소설이 봉건통치자들에게 환영받을 리가 없었던 것이다. 그래서 봉건 통치자들은 시문으로 선비를 선정하였고, 지식인들은 벼슬길에 오르기 위해 시문을 공부하지 않을 수 없었다. 따라서 자연히 소설은 경시되었으며, 중국 봉건사회의 경제적 낙후성에서 오는 대중의 낮은 문화 수준과 감상 능력의 한계 등도 소설의 발전을 저해하는 한 요인이었다.

이와 같이 소설을 경시하는 전통세력의 압력 하에서도 노신은 고전소설을 정리, 연구하였으며 많은 외국소설 작품을 소개함으로써 이론과 실천에서 전통적인 소설관념을 극복하고자 하였다. 사실 노신은 전통문학을 연구하고 비판하는 가운데 그 영향을 누구보다도 깊게 받았으며 중국문화와 문학유산을 중시하게 되었다. 그리하여 1912년에는 ≪고소설구침(古小說鉤沈)≫, 1915년에는 ≪회계군고서잡집(會稽郡故書雜集)≫[247]등을 펴내기까지 하였으며 금석탁본을 수집하는 등 고문연구를 게을리 하지 않았던 것이다. 그 결과물로 ≪중국소설사략(中國小說史略)≫과 ≪한문학사강요(漢文學史講要)≫를 들 수 있는데 지금까지 중국문학사 연구의 기념비적인 저작이 되고 있다.

5·4 신문학 운동의 말기, 낡은 문학과 낡은 문화, 문언문에 대하여 철저

---

247) 이 책은 周作人 이름으로 출판되었지만 사실은 노신의 편집이었다. 이것은 그의 출생지 紹興縣의 옛날 학자들의 8가지 저작을 모은 것이다. 삼국시대로부터 南朝末 무렵에 이미 잃어버린 서적을 여러 책 중에서 그 인용문을 찾아 모아서 출처를 밝혀 정리 편집하였다.

히 결렬하는 태도를 표하면서 청년들에게 "고서를 읽지 말 것"248)을 충고
하였던 노신 자신이 실제로 고문의 영향을 가장 잘 흡수하였다는 사실은
특기 할만하다. 그는 평생 동안 60여 편의 시를 남겼는데, 대부분이 구체
시의 형식을 따르고 있으며 ≪야초≫의 24편 중 <실연(失戀)> 한 편만 제
외하고 23편이 모두 문언체이다. 물론 여기서 노신은 구체시의 엄격한 격
률의 제한을 탈피하고 용전(用典)의 새로운 이미지를 운용하여 새로운 뜻
을 전달하고자 하였다. 특히 굴원(屈原)의 시와 이하(李賀)의 시를 좋아했
던 노신은 굴원의 시에서 두번째 소설집 ≪방황≫이라는 제목을 땄으며
<≪방황≫서>와 <≪자선집≫자서>에서는 굴원의 이소경(<離騷經>)을
인용하기도 하였다.249) 노신은 이와 같이 초사에서 많이 본받았을 뿐만 아
니라 굴원과 같이 자연경물에 관해 쓰기를 좋아하였다.250) 그리하여 노신은
구어를 활용하는 외에 엄격한 언어의 선택을 통하여 고문의 생명력 있는
어휘와 구절을 창작에 운용함으로써 세련되고 함축성 있는 새로운 스타일
의 언어를 만들어냈던 것이다.

이렇게 새로운 형식의 창조와 구형식의 계승의 문제에 관심을 기울였던
노신은 새로운 형식이란 구형식을 변형시킨 것으로서 구형식과는 전적으로
다르다고 여기면서 "이는 마치 소와 양을 먹을 때 발굽과 털은 버리고 그
정수만을 취하여 보양함으로써 새로운 생체를 발달시키는 것과 같다. 이때
새로운 생체는 결코 소, 양과 비슷할 리가 없다."251)라고 설명하였다. 이와

---

248) <靑年必讀書>(≪京報副刊≫ 1925. 2. 21), ≪魯迅全集≫ 3卷, 12쪽.

249) "아침에 수레를 타고 舜임금이 묻힌 蒼梧를 떠나, 저녁에 崑崙山 縣圃에 닿아, 잠시동
안 이 신령스러운 문전에서 쉬렸더니, 벌써 날이 저물었구나. 義和를 시켜 해를 천천히
가게 하여, 해 지는 崦山玆山에 해를 닿지 못하게 해 놓고는, 멀고도 까마득한 길을,
난 오르내리며 현인을 찾으리" 屈原, <離騷經>, ≪王逸注楚詞≫, (臺北 : 黎明文化
事業公司, 1973), 16쪽.

250) Leo Ou-fan Lee, ≪Voices from the Iron House : A Study of LUXUN≫, 43쪽.

같은 노신의 주장에 대하여 일부 청년 문학가들은 고전문학에 대한 투항이라고 생각하였는데, 그것은 '채용'과 '모방'을 혼동하고 있는데서 비롯된 것이었다. 구형식이 전통문학의 틀이라면, 작가정신과 창작기법의 계승은 틀 속에 담긴 내용물과 그 내용의 재료라 할 수 있는 바, 현실투쟁과 긴밀한 관계를 맺고 있는 노신의 리얼리즘 정신은 외국문학의 영향에 앞서 2천년 동인 면면히 이어서 온 중국의 위대한 작가들 - 굴원, 사마천, 도잠, 두보, 이백, 관한경, 조점, 장태염, 공자진 등의 문학정신과 맥을 같이 하는 것이다. 그는 굴원, 도잠, 두보, 이백 등이 위대한 까닭은 바로 '금강이 눈을 부릅뜨는' 식의 격정적인 작품을 썼기 때문이라고 보았다.[252]

또한 노신의 작품에는 민족전통과 민족적 정서, 풍부한 생활내용과 복잡한 심리상태가 표현되어 있다. 중국의 전통을 잘 알고 또한 세계적 문학 사조를 이해하고 있었던 노신은 묘사수법에 있어서 지극히 간결한 방법을 사용하는데 찬성하면서 중국 고전 문학의 '백묘수법(白描手法)'을 받아들였다.

> 백묘에는 별다른 비결이 없다. 그러나 꼭 설명해야 한다면 백묘란 눈을 가려 모호하고 어렵게 만드는 것이 아니라 진실하고, 번거로운 수식이 없고, 과장을 줄이며, 뽐내지 않는 기법이다.[253]

진실하면서도, 정련되고 간결한 수법은 중국 시가와 산문의 가장 두드러진 특징으로서 이 같은 전통적 수법을 노신은 <비누>, <고향>, <축복>

---

251) <論"舊形式的採用">(≪中華日報·動向≫, 1934. 5. 4), ≪且介亭雜文≫, ≪魯迅全集≫ 6卷, 23쪽.
252) 樊籬 외 저, 유세종 외 역, 앞의 책, 357쪽.
253) <作文秘訣>(≪申報月刊≫ 第 2卷 12號, 1933. 12. 15), ≪南腔北調集≫, ≪魯迅全集≫ 4卷, 614쪽.

등에 잘 적용시켰다. 예컨대 <고향>에서는 '나으리'라는 한 마디 말로써 윤토의 변모를 잘 드러내주고 있으며, <축복>에서 상림수는 아들을 잃은 후 "내가 정말 바보였어요. 정말"254)이라는 말로써 그녀의 정신상태와 상처받은 영혼을 잘 그려내고 있다. 또한 상림수의 죽음은 중요한 얽음새일 뿐만 아니라 비극발전의 클라이막스가 되고 있는데 노신은 다만 노씨집 심부름꾼의 입을 통해 "굶어 죽었겠지" 라는 한 마디 뿐 그 밖의 묘사를 하지 않는다. 상림수가 어떻게 죽었는가를 직접적으로 그리지 않음으로써 독자로 하여금 내재적인 의미를 생각하게 하는 효과를 낳는 것이다.

봉건도학자를 비판한 <비누>의 경우도 마찬가지이다. 사명 영감으로 하여금 길거리에서 본 젊은 여자거지에 대한 음욕적인 생각 - "온 몸을 비누로 싹싹 씻겨보면 정말 좋겠구먼"255)-을 계속해서 연상시킴으로써 극단적인 그의 허위의식을 드러내는데, 이와 같이 점잖은 체하는 사명을 직접 비난하기보다는 심리묘사를 통해 위선적인 도학자의 내면세계를 보는 듯이 그려내고 있는 것이다. '벗기면서도 드러내지 않는' 노신소설의 이러한 예술적 처리는 내재적이며 본색적인 표현을 강조하는 전통적인 예술적 취미와 일치한다. 다시 말해서 이것은 '정신'을 표현할 것을 요구하면서 함축성과 소박성을 추구하는 중국 고전의 예술적 취미와 일맥상통한다고 보여진다.256)

이와 같이 노신은 간결한 필치로 형상을 명확하고, 깊이있게 그리면서도, 생동감 있게 묘사하여 인물의 정곡을 그려냈는데, 여기서 인물의 정곡을 그

---

254) <祝福>, 《魯迅全集》 2卷, 15쪽.

255) <肥皂>, 위의 책, 49쪽.

256) 中國의 고전 예술은 사상과 정신의 표현을 중시, '意境'(의미적 경지)을 강조하였고 표현수법에서는 '一以當十'(하나로 열을 대체함), '惜墨如全'(필묵을 아낀다) '遠致餘韻'(여운을 숨긴다) 등을 요구하면서 一瀉無餘(적나라한 묘사)를 반대하였다.

려낸다는 것은 영혼을 사실적으로 묘사하는 것으로서 오랜동안 형성된 중
국 전통적 리얼리즘 창작기법의 하나라 할 수 있는 전신론(傳神論)[257]과 합
치된다. 전신론이란 간결하고 정련된 필치로 인물의 정신세계에 깊이 파고
들어가 가슴 속 깊이 숨겨져 있는 감정을 끄집어내는 것으로서, 노신은 자
신의 모든 창작에 이 기법을 창조적으로 적용하였던 것이다. 더 나아가 노
신은 전통적 수법을 인물 묘사에 멈추지 않고 자연경관을 묘사하는 데까지
적용하였다.

> 소설창작에 있어서는 쓸데없는 서술을 피해야만이 독자들에게 의미가
> 명료하게 전달될 수 있기 때문이다. 왜냐하면 이것이야말로 쓸데없는 부작
> 용을 없애는 길이다. 예를 들어 중국의 희곡에는 무대배경이 없다. 또한 정
> 초에 아이들에게 사주는 그림책에는 주요 등장인물의 형상만이 존재한다.
> 나는 이 방법이 나의 목적에 가장 적합하다고 믿고 있기 때문에 풍월(風
> 月)을 묘사하지 않을 뿐 아니라 움직이는 것에 대한 대화도 결코 길게 하
> 지 않는다.[258]

따라서 노신은 의미의 전달에 치중함으로써 자연경관의 묘사를 쓸데없
이 끌어들이는 것을 피하고 이를 세련되게 운용하였다. 다시 말해서 노신의
작품에 등장하는 자연은 단순한 자연경관이 아니라, 작품의 내용상으로도
빠뜨릴 수 없는 절대적인 구성요소가 되는 것이다. <고독자>에서 주인공
이 위련수의 시체를 보고 나올 때의 장면을 살펴보자. "짙은 구름은 벌써
걷혀버리고 둥근 만월만 차가운 빛을 발하며 걸려 있었다"[259]에서 '차가운
달빛'은 위련수의 죽어있는 모습 - 입가에는 마치 차가운 미소를 머금고, 이

---

257) 그림 혹은 글로써 대상 인물의 표정이나 감정 및 정신을 묘사하는 수법을 말한다.
258) <我怎麽做起寫小說來>, ≪南腔北調集≫, 앞의 책, 512쪽.
259) <孤獨者>, ≪魯迅全集≫ 2卷, 107쪽.

우스꽝스러운 시체를 냉소하고 있다 - 과 결합하여 강렬한 분위기를 이루고
있을 뿐만 아니라, 평소 위련수의 시니컬한 모습을 연상케 해준다.

> 나는 혼자서 내가 묵은 여관으로 걸어갔다. 차가운 바람과 눈발이 얼굴
> 을 때리는 것이 오히려 상쾌하게 느껴졌다. 하늘은 이미 어두워졌고 집과
> 거리는 모두 빽빽이 내리는 새하얀 눈 속에 휩싸여, 꼭 그물 속을 가는 것
> 같았다.[260]

여기서는 끊임없이 내리는 눈발을 '그물'로 형상화시킴으로써 독자나 행
인들로 하여금 빠져나갈 수 없다는 무력감을 유발시키고 있다. 노신의 경물
묘사는 이렇게 등장인물의 심리묘사와 결합, 스토리 전개와의 매개, 배경전
환에의 요소 등 작품 구성의 필수 불가결한 형태로 등장인물의 성격을 표
출시키고 있다.[261]

또한 노신은 ≪홍루몽≫, ≪유림외사≫ 등의 고전소설의 영향을 받아 풍
경묘사에 주의를 기울였다. 풍경화는 분위기를 고조시켜 작품의 사실성을
한층 강하게 해준다. <아Q정전>의 경우도 주점으로부터 노름판, 토곡사,
방앗간 등 한폭의 풍경화로 조성되어 있으며, 그밖의 <풍파>, <공을기>,
<약>, <고향>, <축복>, <이혼> 등 모두 시골의 생활방식을 드러냄으
로써 한층 사실적이 되게 하고 있다.

> 태양은 그 마지막 광선을 거두어 들였다. 물위는 어두워지면서 다시 시
> 원한 기운이 되돌아왔다. 마당에서는 젓가락과 대접이 달그락거리는 소리
> 가 울리고 사람들의 등줄기에서는 땀방울이 배어 나왔다.[262]

---

260) <在酒樓上>, ≪彷徨≫, ≪魯迅全集≫ 2卷, 34쪽.
261) 신홍철, <魯迅小說技法의 特徵>, ≪中國語文論集≫ 第 4號, 1988. 2, 166쪽.
262) <風波>(≪新靑年≫ 第 8卷 1號, 1920. 9), ≪吶喊≫, ≪魯迅全集≫ 1卷, 469쪽.

양 언덕의 콩과 보리, 강바닥의 수초에서 풍기는 상큼한 향기가 축축한 공기 속에 섞여 정면에서 불어오고 있었다. 달빛은 이 물기 속에서 아련히 흐려서 뒷전으로 달려 지나갔다. …… 제일 먼저 눈에 띈 것은 마을 밖 강가의 빈터에 높이 솟아 있는 무대였다. 멀리 달빛 속에 흐려져 있어 하늘과의 경계점을 분간할 수 없었다. 나는 그림에서 본 일이 있는 선경(仙境)이 여기에 나타난 것인가 의심했을 정도였다.263)

이 같은 묘사는 작품의 분위기를 고조시킬 뿐만 아니라 거대한 사회적 역사적 진실성을 갖추게 함으로써 사회생활 이면의 흐름을 통찰력 있게 반영할 수 있도록 해준다. 다시 말해서, 노신 작품에는 구 중국 향촌의 생활방식과 심리상태가 자연스럽게 드러나 있다. 소시민들이 오동나무 그늘아래 담배를 피우고 더위를 식히며 이야기를 하거나, 물가의 타작 마당에서 부채질을 하고 밥을 먹으며 이것저것 욕하고 원망하는 장면, 누추한 찻집에서 이 사람 저 사람 얘기하고 종일 한가롭게 앉아서 생명을 소모하는 것 등이 사실적으로 그려져 있다. 그밖에 변발과 전족이라는 봉건예교에 구속되어 있는 우매함이라든가, 사형장면을 무감각하게 삥 둘러서 구경하는 집단적인 무관심 등이 나타나 있다. 이같이 낙후된 사회습속이 비참한 인생운명과 서로 얽혀있는 것이 바로 구 중국의 침체된 시골생활 광경이었다. 따라서 노신의 소설은 중국 대지의 가장 심층에서 나오는 소리에 귀 기울인 것으로서, 향촌 저변에서 울려나오는 정치적 변동의 메아리를 담고 있다고 말할 수 있다.

또한 노신 작품에는 고전시가와 민간예술의 영향도 적지 않다. 예컨대, <아Q정전>의 아Q를 묘사함에 있어서 ≪유림외사≫의 "강개하면서도 해학을 잘했고, 완곡하면서도 풍자를 잘하는 것"264)에서 출발하여 ≪서유기≫

---

263) <社戱>(≪小說月報≫, 第 13卷 12號), 위의 책, 564쪽.
264) <≪中國小說史略≫ 23篇>, ≪中國小說史略≫ ≪魯迅全集≫ 9卷, 220쪽.

에서 사용된 수법 - 즉, 등장인물의 성격을 민첩하면서도 멍청하게, 절박하면서도 교활하게 그린다든가, 정면형상 뒤에는 항상 이면의 행위가 나타나도록 하여 한편으로는 긍정을 하면서도 다른 한편으로는 비판을 하고, 웃음 속에는 침통함이 담겨져 있는 묘사수법을 사용하였던 것이다.265)

≪야초≫에 나타난 상징수법 역시 중국고전 시가 중, 시경의 비흥수법(比興手法)266), 굴원의 <이소(離騷)>에서 사용된 비유수법, 기탁수법(寄托手法)을 본받은 것이라 할 수 있다. 기탁은 중국 고전시가에서 사용된 일종의 표현수법으로서 시경의 비흥수법이 계승, 발전된 것이다. 기탁은 은유와 상징의 기법을 취하는데 시인은 직접적으로 그 뜻을 표현하지 않고 예술형상을 통하여 간접적으로 자신의 사상을 표현한다. 사가(詞家)들은 이러한 기탁수법을 더욱 많이 썼는데 노신은 이 전통적인 기탁수법을 ≪야초≫에 수용하였던 것이다.267)

노신의 잡문 또한 우수한 전통문학을 계승 발전시킨 좋은 전범이라 할 수 있다. 약 10권에 달하는 노신의 방대한 잡문은 당시의 도피생활과 한정된 지면으로 인하여 고전문학의 간결한 문체를 필요로 했던 것으로 보여진

---

265) 唐弢, ≪西方影響與民族風格≫ (北京 : 人民大學出版社), 170쪽.

266) 比라는 것은 직접 감정을 토로하지 않고 다른 사물에 비유하여 말한 수법이다. 詩經의 碩鼠를 예를 들면 "碩鼠碩鼠, 無食我黍"(쥐아 쥐아, 나의 기장 먹지 말라)에서 쥐는 탐욕스런 착취자를 것이다. '興'이라는 것은 먼저 다른 것을 이야기함으로써 본제를 끄집어내는 수법이다. '興'에는 서로 다른 경우가 있는데 먼저 이야기되는 소위 다른 것과 本題 사이에 연관성이 있는 것도 있고 없는 것도 있다. 연관성이 있는 것이라고 해도 시가의 본의와 관련되는 것이 있는가 하면 본의와는 전혀 관계없이 정서나 분위기를 조성하는 면에서 관련되는 것도 있다. 그리고 다만 운율에 관련되는 것도 있다. ≪시경≫에서 이런 흥은 흔히 比와 겸용되고 있다. 예를 들면 ≪詩經≫의 첫 편인 <周南.關雎>에서는 한 쌍의 "저구새 물가에서 지저귀네(關雎鳩, 在河之洲)"라고 눈앞의 경물을 빌어 시의 첫머리를 시작했다. 이 첫머리는 흥이다. 그것은 "아리따운 숙녀는 군재의 배필일세(窈窕淑女, 君子好逑)"라는 본의를 비유한 것이 된다. 김명덕, 허용구, 김병수 편저, ≪中國文學史≫, 上編, (서울: 청년사, 1990), 36 - 37쪽 참조.

267) 위의 책, 213쪽.

다. 전통문화의 계승과 발전을 보여주는 노신의 잡문은 그러나 낡은 형식의 모방이 아니라 새로운 형식으로의 변화였다.

잡문의 원형은 전통문학의 여러 가지 형식에서 찾을 수 있다. 제자백가의 웅변력이나, 위진시대 산문의 발랄함과 예리함, 육조 필기의 간략성과 정련됨, 한유(韓愈)의 정론에 나타나는 근엄함과 명석함, 유종원(柳宗元)의 우인의 정확하고노 적절한 비유, 당말 소품의 비분과 명말 소품의 풍자적 공격 등이 그것이다.268) 노신은 그 여러가지 형식 - 고문, 변문, 소품문, 필기, 서신, 일기, 유기(遊記), 관방기념(官方記念) 및 팔고문(八股文) 등 - 가운데 특히 설명이나 논쟁에 종종 사용되었던 위진시대의 고문과 명말 소품문의 풍자적, 공격적, 파괴적인 면을 좋아했다.269)잡문에 있어서 전통의 영향은 그의 산문시나 소설의 경우보다 훨씬 지대하게 나타난다.

> 광의적으로 말해서 노신의 잡문은 일종의 체제라 말할 수 없다. 어떤 특정한 시간과 특정한 지점에서 썼던 것으로서 모든 산문류를 포함한 다른 총칭이다. 이렇게 넓게 말하자면 그의 논문, 산문시, 회억류(回憶錄) 및 기타 산문이 모두 잡문 가운데 포괄된다.270)

노신 잡문의 다양성은 다분히 전통적인 중국 산문의 잡다한 범위와 부합되는 것으로서, 노신은 마음에 떠오르는 것이면 무엇이든 형식에 구애받지 않고 자유로이 썼던 것으로 보여진다. 그래서 장르에 대한 엄격한 구분 없이 노신의 산문에는 시가, 시에는 산문이 들어 있으며 똑같은 모티브가 산문과 시, 소설에서 종행무진 하는 것이다.

---

268) 黃修己 著, 高大中國語文硏究會 譯, 앞의 책, 350쪽.
269) Leo Ou-fan Lee (李歐梵) ≪Voices from the Iron House, A Study of Luxun≫, 121쪽.
270) 위의 주)와 같음.

고전의 인용과 격언으로 가득 찬 초기 노신의 잡문은 생물학적 진화, 생명의 길 등에 관한 다소 철학적인 것으로서 중국 민족성에 대한 노신의 사유방식을 담고 있으며, 전통적인 산문의 경우보다 더 수준 높은 보편성과 독창성을 드러내주고 있다.

예컨대, <전사와 파리(戰士和蒼蠅)>에서 비유적으로 사용된 일반화된 이미지들은 추상적인 문맥 속에서 복잡한 의미를 상징하는 은유가 되고 있는데, 이 같은 특성을 Leo Lee는 '은유적 양식'으로 일컬으면서, 이를 노신 잡문의 자기 반성적인 특징으로 보고 있다.271) 중국 사회 현실에 대한 이같은 서정적이고도 철학적인 접근방식은 확실히 전통적인 산문들과는 구별되는 특징이며, 1927년 이후 노신이 좌익문예운동에 관련되면서부터는 차츰 이 서정적이고 은유적인 요소가 감소되고, 반면에 쓰디쓴 풍자가 특징적인, 이른바 '투창과 비수'와 같은 잡문이 등장하였다. 1930년대 초기의 개인적인, 그리고 이데올로기적인 싸움이 중심이 되고 있는 이들 후기 잡문에 대한 예술성은 오늘날 다분히 의심받고 있으나, 노신 전 작품의 적은 분량에 비해 노신의 잡문이 차지하는 비중은 의심할 수 없으며 전통문학의 유산을 계승, 독창적인 세계로 발전시킨 대표적인 장르임은 틀림없다 하겠다.

이상에서 살펴본 바와 같이 봉건 문화의 파괴와 새로운 문화의 재창조를 외쳤던 정신계의 전사 노신은 그 누구보다도 전통문학에서 많은 자양분을 얻어낸 작가였다. 견책소설(譴責小說)의 발전적 측면을 계승한 단편소설들, 새로운 산문형식으로 쓴 잡문, 고사를 재제로 한 ≪고사신편≫ 등은 모두 어떤 형식으로든 중국문학의 전통에 접목된 것으로서 전통문학 유산에 대한 노신의 뿌리깊은 인식을 반영해주고 있다.

---

271) Leo Ou-fan Lee (李歐梵) <Tradition and Modernity in the Writings>, ≪Lu Xun and His Legacy≫, 27‐28쪽.

제3장 결론

맺음말을 대신하여

격동의 중국 현대사는 단순한 문학가보다는 혁명가, 사상가로서의 노신을 필요로 했다. 그러나 본고에서는 상대적으로 평가절하 되어왔던 '문학가'로서의 노신의 위상을 그의 현실주의 문학관을 중심으로 재조망하여 보았다.

아편전쟁 이후 군사력과 자본을 동원한 서구 열강의 중국 침략은 중국의 전근대적인 경제토대를 뿌리채 흔들어 놓았으며 중국의 사회구조를 반봉건 반식민지적 상태로 이행하게 하였다. 이 같은 현실을 타파하고자 했던 노신의 계몽주의 사상은 필연적으로 현실개혁의지를 담은 현실주의 문학으로 나타날 수밖에 없었으며, 암울한 시대를 반영한 비극문학일 수밖에 없었다. 그런데 노신의 리얼리즘은 서구 모더니즘의 상징주의 수법을 보조수단으로 삼았을 뿐만 아니라, 전통문학을 계승, 발전시킨 개방적 리얼리즘이었다. 노신 문학의 다채로움은 그의 '수용주의'정신에서 비롯된 것으로서, 그 궁극적 목표는 바로 전통문학의 계승과 발전이었다. 외국문학의 수용과 전통문학의 계승 및 발전의 측면은 노신 문학을 세계문학 속에서 민족문학으로서의 아이덴터티를 확립할 수 있도록 해주었다.

본고에서는 노신 문학사상의 틀을 형성한 사상적 배경과 논쟁을 살펴보았고 그것이 반영된 작품을 그 성격별로 - 계몽주의, 리얼리즘, 비극문학, 외국문학의 수용 등으로 분류하여 조망하여 보았다. 이것은 다소 무리가 따른 분류일수 밖에 없었다. 왜냐하면 이들 특성은 서로 맞물려 있기 때문에 명확히 선을 그을 수가 없기 때문이다. 그럼에도 불구하고 이 같은 분류작업은 현실주의에 입각한 노신 문학의 다양성과 그 풍요로움을 입증해 주는데 일조할 것이며, 노신 문학의 전모를 다각적으로 접근하여 분석, 파악할 수 있게 해주는 기회가 될 것이다.

일찍이 대가족 제도의 모순과 청말의 무력한 봉건사회 속에서 현실에 눈뜬 노신은 진화론에서 반봉건 투쟁의 논리적 근거를 찾았으며, 이 진화론은 니체의 인본주의와 더불어 초기 노신 사상의 핵심이었다. 구제도와 구문화의 암담한 현실 사회를 타파하고 새로운 문화를 창출하여 인간의 진정한 가치를 찾고자 했던 노신의 인도주의 사상은 1910 - 20년대 소설에 일관되어 투영되어 있다.

그러나, 1925년 북경여사대 학생운동과 그 이듬해의 3·18사건, 그리고 1927년 4·12정변과 4·15 광주대학살 등을 체험하면서 노신의 진화론적 사상은 서서히 붕괴되었다. 또한 창조사, 태양사와의 논쟁은 노신의 초기 사상을 프롤레타리아 사상으로 일대 전환케 하였다. 그리하여 끊임없이 고민하고 분투하던 과정 속에서 노신은 소위 "진화론자로부터 계급론자로, 신사계급의 반역자로부터 무산계급과 근로대중의 진정한 벗이자, 전사"로 되었으며 개성주의자로부터 집단주의자로, 소자산계급 민주주의 혁명가로부터 공산주의자로 성장함으로써 '중국혁명의 주장(主將)'이 되었다.

그렇지만, 이 같은 세계관의 전환은 그의 문학에는 걸림돌이 되었다고 보여진다. ≪고사신편≫을 중심으로 하는 1930년대 이후의 작품은 단순화된 성격형상으로 인하여 과거의 진지함과 섬세함이 결여되어 있는데, 이같이 문학성이 떨어질 수밖에 없는 것은 맑스주의 문예관의 획득으로 인하여 문학의 목적성에서 자유로울 수 없었기 때문이다. 이것은 노신이 활동한 1930년대 중국의 상황이 만들어낸 필연적인 현상으로서, 노신은 혁명가, 사상가의 감투 앞에 문학가의 면류관을 벗을 수밖에 없었던 것이다.

그리하여 만년에 노신은 맑스주의에 입각한 전형적인 인물형상을 창조하지 못하고 대신 20여권의 번역본을 썼다. 또한 금석미술을 수집하고 ≪북평전보(北平箋譜)≫, ≪십죽전보(十竹箋譜)≫, ≪메페르트의 시멘트화≫, ≪목각공정(木刻工程)≫, ≪인옥집(引玉集)≫, ≪소련판화집≫, ≪케테콜비츠 판화집≫ 등을 자비로 출판하는 등 다양한 예술활동을 폈다.

예술가로서의 노신의 지난(至難)한 생애는 아들에게 <죽음>이란 글에서 "아무 짝에 쓸모없는 작가나 예술가는 되지 말아라"1)는 유언을 남기고 마감된다. 이 같은 유언은 자기와 같은 예술가는 되지 말라는 당부로, 혹은 이데올로기에 편향된 예술가는 되지 말라는 의미로, 더 나아가 실천하는 혁명가가 되라는 의미로, 그리고 그 밖에 여러 가지로 생각할 수 있는 여지를 남기고 있다. 어떤 식으로 받아들이든지 간에 이 말은 문학가로서의 자신의 삶에 대한 최종적인 결산으로서, 예술가에 대한 회오를 나타내주고 있다. 결국 노신이 공산당에게 이용당했는가라는 의문은 차치하고라도, 노신은 톨스토이나 도스토예프스키 등의 것과 같은 대작을 낳지 못했을 뿐만 아니라, 논전에 많은 시간을 허비했으며 사회주의 리얼리즘에 입각한 작품을 창작해내지 못했다. 후기에는 잡문 창작에 열중하였지만 정치적 색채가 강하

---

1) <死>(≪中流≫半月刊 第 1卷 2期, 1936. 9. 20), ≪且介亭雜文末編附集≫, ≪魯迅全集≫ 6卷, 612쪽.

여 문학평론보다는 시사평론에 가까운 것이었다. 이와 같은 것은 노신의 세계관과 창작실천의 불일치를 보여주고 있는 것이라 하겠다.

비판적 리얼리즘이 세계관과 창작실천의 모순 속에서 낡은 사회를 비판, 폭로하면서 리얼리즘의 승리를 획득할 수 있는 것이라면, 사회주의 리얼리즘은 세계관과 창작실천의 일치 하에 한 걸음 더 나아가 새로운 사회를 지향, 건설하고자 하는 운동을 반영한다. 따라서 "사회주의 리얼리즘이 세계관과 창작실천이라는 면에서 비판적 리얼리즘보다 일보 전진된 것"[2]이라 할 때, 노신의 후기 작품 ≪고사신편≫에서 사회주의 리얼리즘에 입각한 인물의 전형성을 찾아볼 수 없다는 점은 노신 리얼리즘의 한계를 보여준다. 다시 말해서 맑스주의 사상을 받아들임으로써 노신의 문학사상이 과학적, 체계적으로 발전되었다는 일반적인 주장은 창작실천 면에서 다시 연구되어져야 할 과제라 하겠다.

이와 같은 한계성에도 불구하고 노신이 중국현대문학에서 거봉으로 자리매김되는 것은 그가 중국 현대 문학에 끼친 지대한 공적 때문이라 여겨진다. 좌익연맹의 결성으로 인하여 중국문학은 세계 프롤레타리아 혁명문학의 대열에 가담할 수 있게 되었는데, 이 좌익연맹의 결성은 노신의 동의와 협조없이는 거의 불가능한 것이었다. 그리하여 노신은 현대중국문학에 다가올 수 십 년 동안의 창작 및 문학비평의 풍토를 마련해 주었던 것이다. 중국 신문학 운동의 기수였던 노신의 후배들과 제자들 - 노사(老舍), 파금(巴金), 호풍(胡風), 소군(蕭軍), 소홍(蕭紅), 풍설봉 등이 중국 문단을 주도해 왔던 것을 생각해 볼 때, 노신의 위치를 다시 한 번 인정하지 않을 수 없게 된다.

그러나 그 무엇보다도 문학가로서의 노신의 위상을 확고히 해주는 것은

---

2) 村上嘉隆 著, 유염하 옮김, ≪계급사회와 예술≫, (서울 : 공동체, 1987), 86쪽.

앞에서 살펴본 바와 같이 다양한 문학성을 보여 준 ≪납함≫과 ≪방황≫, ≪야초≫그리고 독특한 그의 잡문들이다. 비록 후기에는 맑스주의 이론에 의해 날지 못하는 박제가 되어버렸지만, 전통비판 및 외국문학의 수용을 위한 끊임없는 자기연마에서 비롯되었을 노신의 '개방적 사유'와 현실주의야말로 노신을 정신계의 전사로, 진정한 예술가로 자리매겨 주는 것이다.

일본유학시기 (1909)

신해혁명후 (1912)

동생 주건인, 부인 허광평,
친구 손복원과 함께 (1927)

북경사범대학에서 강연 (1932)

타계하기 직전 제2회 전국목각이동전람회에서 청년들과 함께 (1936)

제2부
노신문학 이해의 지평확대

제1장 ≪고사신편≫과 일본 역사제재소설

제1절 서 론

≪고사신편(故事新編)≫은 중국의 신화와 전설, 우화, 고사(故事) 등을 현실생활에 결합시킨 노신의 색다른 형태의 단편소설집이다. 소재를 신화와 전설, 고대사에서 취했다하여 역사소설[1]이라 불리우는 ≪고사신편≫에는 희곡 형태를 띤 ≪기사(起死)≫를 포함하여 13년간에 걸쳐 쓰여진 8편의 단편소설이 수록되어 있다. ≪보천(補天)≫[2]은 1922년 북경에서, ≪주검(鑄劍)≫[3]과 ≪분월(奔月)≫ 2편은 1926년 하문(廈門)에서, 나머지 5편[4]은 1927년 이후 상해에서 쓰여졌다. 노신문학을 크게 전기와 후기로 나누어 볼 때, ≪고사신편≫이 이처럼 후기인 1934년과 1935년에 집중적으로

---

1) ≪故事新編≫의 성격규정에는 논란이 분분하다. 역사소설이 아니라 풍자문학이라고 주장하는 이도 있는데, 본고에서는 역사소설의 측면에서 논지를 전개해 나간다.

2) ≪補天≫은 처음에 ≪不周山≫이라는 제목으로 ≪吶喊≫에 수록하였다가 제 13집 인쇄 때부터 빼어 ≪故事新編≫에 수록하였음.

3) ≪鑄劍≫은 ≪眉間尺≫이라는 제목으로 잡지 ≪莽原≫에 발표하였다가 ≪故事新編≫에 수록하였을 때 제목을 고친 것임.

4) ≪理水≫는 1935년 11월, ≪采薇≫는 1935년 12월, ≪出關≫은 1935년 12월, ≪非攻≫은 1934년 8월, ≪起死≫는 1935년 12월에 각각 쓰여졌는데, 이들 작품은 당시 잡지나 신문에 발표되지 않았다가 후에 ≪故事新編≫에 실린 것이다.

쓰여졌다는 것은 노신문학사상을 이해하는데 좋은 단서가 된다하겠다.5)

≪고사신편≫은 크게 중국의 전통적인 역사소설의 영향과6) 외국문학의 영향으로 나누어 살펴볼 수 있다. 국내에서는 ≪고사신편≫의 산생배경과 창작기법을 주로 내적요인, 즉 중국의 전통적인 역사소설에서 찾고 외국문학의 영향은 주시하지 않는 경향이었다. 설령 노신 소설에 대한 외국문학의 영향을 논할 때에도 러시아문학과의 관계만 언급될 뿐, 일본문학과의 비교연구는 아주 미비한 실정이다. 일찍이 일본에 유학하였던 노신이 당시 일본 작가들과 문학사조로부터 적지 않은 영향을 받았으리라는 점을 고려해본다면, 그동안 상대적으로 도외시 됐던 노신문학에 투영된 일본문학의 영향, 그 중에서도 일본의 근대 역사소설과의 영향관계를 살펴보는 일은 필요한 작업이라 생각한다.

본고에서는 ≪고사신편≫의 산생배경을 살펴보기에 앞서 일본문단이 역사제재소설을 받아들인 문학사적 조건과 환경, 그리고 일본에 있어서 역사

---

5) 맑스주의 문예관을 고수하여 문학의 목적성에서 자유로울 수 없었던 魯迅은 후기에 들어서느 정치적 새채가 강하 자무차작이나 버염 ≪故車新編≫에 여주하여다

6) 중국 역사소설은 宋朝 話本小說의 역사 이야기 즉 講史로부터 발단되었으며 송조로부터 청조말기에 이르기까지 講史演義가 줄곧 중국 역사소설의 正宗로 되었었다. 이전의 소설들은 역대왕조의 흥망성쇠와 명인전기들에 치중하여 서술하였으며 역사적 사실 고증에만 전력을 다하였다. 魯迅은 ≪中國小說史略≫에서 講史體는 "역사적 사실은 서술하면서 빈말을 섞었을" 뿐만 아니라 "대저 역사적인 큰일은 소홀히하고 사소한 일에 전력을 다하여 윤색을 하면서 騈麗文이나 詩文으로 논증하였으며 우스게 소리를 넣어 웃음을 자아내게 했다."라고 지적하였다. 이와 같은 특징은 오랜 동안 전해 내려오면서 ≪三國演義≫, ≪說岳全傳≫, ≪東周列國志≫, ≪東漢演義≫, ≪西漢演義≫ 등 많은 역사소설들에 뚜렷이 표현되고 있다. 뿐만 아니라 중국 고대소설들은 전통적인 봉건사상을 선전하고 帝王將相과 협객의사들을 미화하였으며 현실을 이탈하여 유한계급의 취향에만 맞추었다. 이러한 창작경향은 "인생을 위하며" "인생을 변화시키고 사회를 개조"하려는 魯迅의 문학사상에 완전히 배치되었다. 따라서 魯迅은 역사소설을 창작할 때 중국 고대역사소설에 대한 깊은 인식으로부터 그에 대한 근본적인 변혁을 탐구하지 않을 수 없었다. 바로 이런 탐구과정에서 魯迅은 일본 역사소설의 중요성을 인식하였으며 그것으로부터 중요한 영향을 받게 되었다.

제재 소설의 발단과 흥기 등을 세계문학과의 관계 속에서 살펴보기로 한다. 그리고나서 노신에게 가장 영향을 끼쳤던 신사조파 작가(新思潮派作家) - 삼구외(森鷗外), 개천용지개(芥川龍之介), 국지관(菊池寬) 등의 창작활동과 문학관을 간략히 살펴본 다음, 이들 일본 신사조파 작가들의 창작방법과 《고사신편》의 창작방법이 어떠한 영향관계를 갖고 있는가를 작품을 통하여 구체적으로 비교해보고자 한다.

제2절 창작배경

역사제재소설은 고대부터 존재해 왔다. 중국의 《삼국지연의(三國志演義)》, 《설악전집(說岳全集)》, 고희랍의 《일리아드》 등이 그 대표적인 것이라 할 수 있는데, 사실 모든 문학제재는 어느 정도 역사적인 성질을 띠고 있다. 그렇지만 서양문학사에서 역사를 제재로 삼은 본격적인 문학작품으로는 무엇보다도 세익스피어의 역사극을 들 수 있겠다.[7] 세익스피어 역사극을 연구하는데 있어서 사실의 세목이 역사적 진실과 어느 정도 부합하느냐 하는 사료의 충실성 여부보다는 역사제재를 어떻게 새로운 가치체계로 분석하고 처리하는가에 주의를 기울이는 태도는 일찍이 영국의 역사제재소설의 창작에 큰 영향을 주었다. 그 이후 18세기에 이르러 월트 스코트의 작품들을 위시한 역사 소설이 쏟아져 나왔다. 이 같은 서방의 문학사조는 자연스럽게 일본의 문단에 영향을 미치게 되었다.

일본 명치 초기에 들어온 서방의 역사제재 문학은 주로 역사적 사실에 충실할 것을 강조한 영국의 Edward. G.Lytton(1803 - 73)류의 소설이었다.

---

7) 세익스피어의 모든 극작 중 근 1/3은 역사적 사실 혹은 전설 등을 채용하여 제재의 내용을 삼았다. (程麻, 《溝通與更新》, 中國社會科學出版社, 1990), 182쪽

이는 문학이 역사로부터 완전히 독립되지 못한 단계였다. 미기홍엽(尾崎紅葉), 행전노반(幸田露伴), 산전미묘(山田美妙) 등이 역사제재 소설의 창작을 시도하였지만, 본격적으로 근대소설의 수법으로써 역사소설을 쓴 사람은 역시 삼구외라 할 수 있다. 그는 명치문단에서 "최초로 서구의 문예를 소개하는데 공헌한 사람"[8]으로서 많은 작품을 남겼다. 삼구외는 명치·대정 원년에 역사소설을 쓰기 시작하였다.

1912년 9월 13일에 죽은 명치천황의 장례식 날에 내목장군(乃木將軍) 부처 또한 자살하였는데 이 일은 당시 일본 사상계에 커다란 파문을 일으켰다. 수많은 사람들은 일본이 이미 신자본주의 시대에 들어섰으며 이 같은 봉건관념을 고수하는 행위는 시대에 적합하지 못한 것이라 여겼던 것이다. 이러한 배경하에서 내목 부부의 장례식 날인 9월 18일 저녁, 삼구외는 일본 근대문학사상 첫 번째 역사소설 ≪홍진미오우위문의 유서(興津彌五右衛門の遺書)≫을 썼다. 고대의 사실을 빌어 자신의 고·금 윤리 심리에 대한 견해를 표현하였던 것이다. 그는 그 후 ≪아부일족(阿部一族)≫(1913년 1월), ≪좌교심오랑(佐橋甚五郞)≫(1913년 4월), ≪호특원원의 적토(護特院原の敵討)≫(1913년 10월), ≪한산습득(寒山拾得)≫ (1916년 1월) 등을 발표하였다.

삼구외는 일찍이 역사소설에 대한 '역사기진(歷史其儘)(역사적 사실에 충실함)'과 '歷史離れ(역사적 사실에서 벗어남)' 이라는 창작방법을 제시하였다. ≪아부일족≫, ≪좌교심오랑≫, ≪경사건(堺事件)≫ 같은 작품들은 전자의 창작방법을 따른 것들로서 역사적 사실에 충실한 작품들이다. 역사적 사실과 문학적 사실간의 관계에서 전자에 중점을 두었던 그는 한때 사료의 충실에서 벗어나 이를 변형시키고자 하기도 하였다.[9] 그래서 역사적

사실에 현대인의 생활을 결합시킨 작품들을 창작하였지만 사료를 마음대로 변경하는 것에 한계를 느껴 다시 사료에 충실한 사전소설(史傳小說)을 쓰기 시작하였다. 삼구외의 역사소설은 명확한 주제를 중심으로 하는 작품을 창작함으로써 개천용지개 및 국지관 등의 주제작가들의 주제소설에 본보기가 되었다. 신사조파의 대표적인 작가인 개천용지개와 국지관은 삼구외를 뒤이어 현대적 의식이 접목된 수준 높은 역사소설들을 창작함으로써 역사소설의 창작영역을 넓혔다.

개천용지개는 ≪제국문학(帝國文學)≫에 ≪나생문(羅生門)≫(1915)을 발표하면서 작가로서 활동을 시작하였지만 본격적으로 그가 문단에서 활동한 시기는 1916년 ≪신사조≫ 창간호에 ≪코≫를 발표할 때부터이다. ≪나생문≫과 ≪코≫는 모두 왕조물에 속하는 역사소설로 인간의 추악한 에고이즘과 모순된 내면적 심리를 묘사하고 있다. 암울한 유년시절[10]의 경력과 세기말 퇴폐적인 작가들에 경도되었던 그는 프랑스의 아나톨 프랑스와 보들레르로부터 창작기법과 기교, 창작태도를 배워 냉혹한 풍자기법으로 암담한 현실을 비판하였다. 역사적 사건과 인물을 통하여 현재 살고 있는 인간의 문제와 심리를 나타내고자 하였다.

개천용지개와 같은 신사조파의 동인으로서 소설제재를 역사영역으로까지 확대한 사람은 국지관이었다. 그는 송산시(松山市)의 번가(藩儒)의 집에서 태어났으며 중국과 일본의 고대사에 심취하였다. 동시에 그는 문학창작

---

9) ≪山木叔大夫≫부터 그 변화가 보여진다.

10) 개천용지개는 1892년 3월 1일 도쿄에서 태어났다. 그가 태어난 지 9개월 만에 어머니가 정신이상을 일으켰기 때문에 그는 외가인 아꾸다가와 家에 맡겨졌다. 아꾸다가와 家는 비록 쇠퇴한 집안이었지만 전통이 있는 집안이었기에 항상 가문의 체면을 세워야 한다는 분위기가 집안에 감돌았다. 어려서부터 받은 이 영향은 정신이상 유전의 공포와 함께 와꾸다가와 개천용지개에게 무거운 짐이 되었으며 그의 문학 - 암울한 정서 - 에 상당한 영향을 미친다.

에 있어서 주제의 작용을 매우 중시한 소위 주제소설의 대표적인 작가이다. 명확한 주제를 중심으로 작품을 창작하는 삼구외의 창작태도를 이어받아 더욱 발전시킨 국지관의 작품은 인류심리를 밀도있게 해부하여 냉정하고 지적인 작품들로 간주되고 있다. 그의 작품 속에는 사람을 이끄는 심오한 사상의 철리적 요소와 강렬한 사회의식이 담겨져 있어 항상 사회정신과 도덕문제를 다룬다. 현실 사회생활에서 창작영감을 흡수한 것을 제외하면 그는 삼구외 등의 역사제재소설의 전철을 답습했다. 그러나 그는 경험을 본받아 한걸음 더 나아가 문학의 영감을 고대의 영역까지 뻗쳤으며 이전 사람들보다 더욱 성숙한 역사제재소설을 썼다.

노신은 국지관이 오래된 재료를 가지고, 오히려 현실에 대한 한 단면을 포착하여 그것을 표현해내고 다시 새로운 해석을 가하여 인간이 고통받는 원인을 발굴해낸다고 생각하여 그에게 호감을 가졌다. 그리하여 노신은 ≪복수의 이야기≫와 ≪삼포우위문의 최후(三浦右衛門의 最後)≫ 두 편의 소설을 번역하고 ≪삼포우위문의 최후≫에 대한 ≪번역후기≫까지 썼던 것이다.

노신이 역사제재소설을 쓴 이유는[11]은 여러가지로 추정할 수 있겠으나, 초기에는 무엇보다도 서구의 문예사조 흐름과 일본 역사제재소설의 영향을 받았다고 할 수 있다. 노신이 최초로 역사제재 소설을 쓴 시기는 ≪스파르타 영혼≫을 쓴 일본 유학시기로 거슬러 올라간다. 이것은 중국 근대문학사에 있어서 역사제재 소설을 쓴 초기의 시도 중의 하나이다. 이 작품에서 노신은 중국인들이 분발하여 강해지기를 꾀하는 상무정신(尙武精神)을 썼는데, 그 인물과 내용은 매우 거칠다. 이 소설은 의미심장한 삶의 묘사가 아니라 처음부터 끝까지 정치적 선전의 분위기로 가득 차 있다. 제재 또한 정치

---

11) 중국전통소설의 영향과 외국문학의 영향, 국민당 검열에 대한 도피의 수단 등을 들 수 있다.

설교의 상징으로 가득 차 세밀한 문학적 묘사가 결여되어 있다. 엄격히 말하자면 ≪스파르타 영혼≫은 성숙한 소설이라 칭할 수 없으며 단지 청년 노신이 옛일을 빌어서 뜻을 밝히는 선동적인 문장이라 하겠다.

노신이 본격적으로 역사소설을 창작한 것은 일본의 삼구외의 소설 ≪유희≫, ≪침묵의 탑≫ 개천용지개의 ≪코≫, ≪나생문≫과 국지관의 ≪삼포우위문의 최후≫, ≪복수의 이야기≫ 등을 번역한 후인 1922년이다. 노신의 첫번째 역사소설 ≪보천≫은 1922년 11월, 즉 일본 역사 소설을 번역한 1년 후에 창작된 것이다. 이와 같은 사실을 통해 우리는 노신이 중국현대소설을 창작하는 과정에서 일본 역사소설로부터 직접적인 영향을 받았음을 알 수 있다.

제3절 창작기법

노신은 많은 일본 문인들로부터 영향을 받았지만 ≪고사신편≫을 놓고 보았을 때는 역시 앞에서 잠깐 언급했던 신문학사조파 - 삼구외, 개천용지개, 국지관 - 의 영향을 집중적으로 살펴보지 않을 수 없다.

노신은 삼구외에게서 냉정한 풍자기법과 원숙한 기교 등을 배웠지만 그의 역사소설들이 무사도 정신과 봉건적인 자기 희생정신을 선전하는 점에 대해서는 동의하지 않았다. 뿐만 아니라 노신은 삼구외의 유심주의 문예관을 반대하였다. 삼구외는 ≪유희≫의 주인공 목촌(木村)의 언행을 통하여 자신의 문예관점을 잘 표현한 바 있다. 즉, 문예창작은 작가의 내심으로부터 산생된 자각적 요구로 진행된다는 것이다. 모든 일에 대하여 일종의 유희로 간주하는 목촌은 현실생활의 압력과 지배에서 벗어나 진지하고 엄숙하게 생활에 임한다. 삼구외는 이러한 유심주의의 문예관과 전통적 도의감에 의지하여 용속한 일본자본주의 사회와 투쟁을 하고자 하였다.

그러나 노신은 ≪유희≫에서 목촌이 취했던 그같은 방식으로 항변하고 도전하는 것은 군중과 호흡할 수 없으며 오히려 문예창작을 잘못된 길로 이끌거나 혼란의 경지로 들어가게 한다고 생각하였다. 삼구외의 '체험하지 못한 문학(不觸的文學)'에 대하여 냉담하였던 노신은 "많은 문헌을 고증하여 구절마다 근거가 있을 것"[12]을 추구하는 삼구외의 사료 고증에 집착하는 창작 태도에 동의하지 않았다. 예술적 진실과 역사적 진실에 대하여 노신은 "예술의 진실이 곧 역사의 진실이 아니며", "오직 진실이 있기만 하면 그런 사실이 실제로 존재하지 않아도 되며", "반드시 이미 존재했던 실제 사실이어야 하는 것은 아니지만 반드시 있을 수 있는 사실이어야 한다."[13]고 주장하였다. 이런 면에서 노신은 개천용지개와 국지관의 창작정신에 접근하였으며 그들로부터 보다 뚜렷한 영향을 받았다고 할 수 있다.

개천용지개는 1917년에 출판된 소설집 ≪담배와 악마≫의 서문에서 자신의 창작태도에 대하여 다음과 같이 쓴 바 있다.

> 대부분의 재료는 줄곧 낡은 것에서 취했다. …… 그러나 재료가 있다 하더라도 나는 그 재료 속에 들어갈 수 없다. …… 만약 재료와 나의 심정이 하나로 밀착되지 않는다면 소설을 쓸 수 없다. 억지로 쓰면 성공한다 하더라도 변변치 못한 것으로 되고 만다.[14]

한편, 일본학자 남부수태랑(南部修太郎)는 국지관의 작품에 대하여 다음과 같이 평하였다.

---

12) <≪故事新編≫序言>, ≪魯迅全集≫, 2권, 342쪽

13) <致徐懋庸>, (1933年 12月 20日), ≪魯迅全集≫,12券,302

14) <≪現代日本小說集≫附錄>, ≪魯迅全集≫10券, 221쪽 再引用

　　그들도 인간이다. … 이 말은 국지관 작품 속의 모든 인물들의 말을 대변
　　하고 있다. … 그들의 약한 성격이나 더러운 감정이 깊이 드러날수록 그
　　배후에서 더욱 깊이 활동하고 있는 그들의 소질, 즉 사랑스러운 인간성이
　　나를 감동시키고 빨아들인다. 바꾸어 말하면 국지관의 작품을 읽으면 읽을
　　수록 나는 인간적인 감정에 빠지게 된다."[15]

　이처럼 개천용지개와 국지관의 역사소설들은 역사적 진실이나 역사적
사실에 각별한 관심을 기울이지 않고 시종 현실이나 고금에 공통되는 인생
에 착안하여 고대와 현대와의 연계 속에서 현실적 의의가 있는 주제를 발
굴하는데 힘을 기울였다.

　국지관의 소설 ≪삼포우위문의 최후≫[16]는 일본 고대전설에서 제재를
선택하여 생존을 위하여 전통적인 무사도 정신을 결연히 포기한 청년 무사
를 형상화하였다. 이 소설은 인성과 전통적 도덕간의 첨예한 모순을 깊이
있게 헤쳐 보이면서 전통적 도덕에 대한 멸시와 풍자를 가함으로써 강렬한
현실적 의의를 표현하고 있다. 노신은 삼포우위문의 행위야말로 진정한 인
성에서 나온 것이라고 생각하였다. 그는 본능적으로 살려고 하는 강인한

---

15) 위의 책, 220 쪽에서 再引用
16) 18세기 중엽 수川氏康이 職田信長에게 격퇴당하여 저택이 함락 당하는 날, 그의 총애하
　　는 시종 삼포우위문만 천신만고 끝에 홀로 탈출한다. 그는 이전에 수川氏康의 인질로
　　잡혀와서 그의 보살핌을 받았던 公孫康에게 도움을 받고자 찾아갔다. 公孫康은 예전의
　　은혜도 저버리고 삼포우위문을 참혹하게 살해하여 그의 머리를 職田信長에게 바쳐 공을
　　세운다. 소설의 클라이막스는 병사가 그의 사지를 하나 하나 자르면서 그를 희롱하는데
　　있다. "죽고싶냐, 살고싶냐"라는 병사의 물음에 삼포우위문은 "살고 싶다"고 대답을 하
　　자, 병사는 그의 왼쪽 팔을 자르면서 "한쪽 팔만 자르는 것은 너무 싸다"라고 희롱하며
　　"다른 한쪽 팔을 자르고 나서, 목숨을 살려준다"라고 말한다. 삼포우위문은 그렇게라도
　　살려주면 좋겠다고 말하자, 병사는 또 다른 오른 팔을 자르고나서, 또 "두팔을 자르는
　　것만으로도 싸다"라고 말하면서 "다리를 자르고 나서 용서해 준다"라고 말한다. 삼포우
　　위문은 어찌할 수 없이 고개를 끄덕일 수 밖에 없었다. 병사는 이렇게 삼포우위문을 희롱
　　하면서 사지와 머리를 잘랐다. 마지막 그의 머리는 굴러가면서 끊임없이 "목숨만 살려주
　　십쇼"라고 애원한다.

욕망을 잘 표현한 작품이라 극찬하면서 <≪삼포우위문의 최후≫의 역자부기>에서 다음과 같이 평하였다.

> 국지관의 창작은 힘써 인간성의 진실을 발굴하고 있다. …… 그는 수시로 아득한 여명을 응시하였는바, 분투자가 되기에 손색이 없다. …… 일본의 무사도는 그 위력이 중국의 예교보다 더 대단하다. 그러나 작가는 인간성을 만회하기 위하여 단연히 도끼를 사용하였는데 여기에서도 작자의 용맹성을 볼 수 있다.17)

소설 ≪복수의 이야기≫18)역시 고대전설에서 제재를 선택한 것으로서 한 무사의 끈질긴 복수과정을 묘사하고 있다. 무사가 복수를 하는 전통적인 제재를 가지고 인성의 각성을 보여주면서 인도주의의 주제를 반영하고 있는 이 작품 역시 현실사회에 대한 작가의 느낌과 인생관이 잘 표현되어 있다.

노신은 1923년 국지관의 이 소설을 번역하였으며 4년 후에 ≪벼린검≫을 완성하였다. 이 작품의 소재를 ≪초왕주검기(楚王鑄劍記)≫, ≪열이전(列異傳)≫, ≪수신기(搜神記)≫, ≪월절서(越絶書)≫, ≪오월춘추(吳越春秋)≫, ≪추양잡조(酋陽雜俎)≫ 등에 기재되어 있는 보검전설에서 취재했

---

17) <≪三浦右衛的最後≫譯者附記>, ≪魯迅全集≫10券,228-229쪽

18) ≪복수의 이야기≫는 鈴木八彌가 아버지의 원수를 갚는다는 스토리로 전개된다. 鈴木八彌가 17세가 되었을 때, 어머니는 그에게 아버지가 前川孫 병사의 손에 죽었으니 부친의 원수를 갚으라 하였다. 鈴木八彌는 곧장 어머니를 떠나 원수를 찾아나선다. 4년만에 마침내 그를 찾게 되었는데, 그는 이미 늙은 맹인이 되었었다. 맹인은 젊었을 때 취중에 그의 부친을 잘못하여 죽였다고 자인을 하고 그에게 침통한 참회를 하면서 자살하고 만다. 그날밤 鈴木八彌은 그의 목을 베어 급히 고향으로 돌아간다. 승리로써 복수의 사명을 완성하지만, 그는 오히려 공허함과 고민에 휩싸인다. 그것은 원수가 자신의 과오를 인정하고 죽음으로써 사죄를 구했기 때문이다. 이것을 복수라 생각하지 않은 그는 집을 버리고 도처를 유랑하는 낭인이 된다.

다는 설이 있다. 이 때 국지관의 소설을 번역하면서 얻은 창작방법이 그의 소설 속에 자연스럽게 녹아들어 갔으리라는 것은 쉽게 짐작이 간다. 그런데 ≪주검≫과 ≪복수의 이야기≫의 주제는 첨예하게 대립되어 있다는 점이 무척 흥미롭다. 예컨대 ≪주검≫은 검은 사나이가 왕의 목을 벤 것에 그치지 않고, 자신의 목까지 베어 끓는 가마솥에 넣어 또 다시 혈전을 벌인다. 그리하여 마침내 다시 한번 왕을 죽임으로써 민중의 원수를 갚는다는 이중 복수를 묘사하고 있다. 그러나 ≪복수의 이야기≫에서는 원수가 자신의 과오를 인정하고 자살함으로써 사죄를 구하였기 때문에 복수가 필요없게 되고 만다. 즉, 전자는 복수의 사상을 긍정한 것이고 후자는 복수의 사상을 부정한 것이라 하겠다.

이와 같이 ≪복수의 이야기≫는 승리의 비애를 구가한 것으로서 ≪아Q정전≫의 '승리의 기록'을 연상시킨다. 아Q는 자기보다 힘이 강한 왕호, 가짜 양놈에게 맞고는 힘없는 소D나 비구니에게 분풀이를 하면서 승리의 환상에 젖어든다. ≪복수의 이야기≫의 영목팔미((鈴木八彌)에게는 아Q와 같은 정신승리법이 없기 때문에 독자들은 아Q에게서 느낀 비극미의 진한 페이소스를 맛볼 수 없는 것이다.

개천용지개의 소설 ≪코≫[19]는 ≪긴 코를 가진 중≫과 ≪지미선진내공

---

19) 작품 속의 주인공 禪智內供의 코는 池の尾에서 모르는 사람이 없을 정도로 5.6인치나 되며 입술 위에서부터 턱밑까지 늘어졌으며 모양은 밑도 끝도 똑같은 굵기로 이상하게 생겼다. 이 긴코는 비록 이상하게 생겼지만 많은 사람들은 오랫동안 보아왔기 때문에 이상하게 여기지 않았다. 그러나 그는 이 코를 자신의 결점으로 여겨 온갖 방법 - 쥐참외를 달여서 먹어본다할지 쥐오줌을 코에 문질러 봄 - 온갖 방법을 다 동원하여 코를 치료하고자 한다. 어느날 그는 제자가 가르쳐 준 비법(코를 뜨거운 물에 담겄다가 제자로 하여금 밟게 함)으로 코를 마침내 치료하게 된다. 그 이튿날 그는 정상적으로 된 코로 많은 사람들 앞에 나타나 자랑하지만 사람들은 자신들과 같은 코를 가지고 있는 젠지승의 코를 보자 비웃어 버린다. 그는 억지로 코를 짧게 한 것이 도리어 원망스러워졌다. 그러던 어느날 아침 코를 만져보니 코가 예전처럼 다시 길어져 그는 마음이 즐거워졌다는 내용.

비어(池尾禪珍內供鼻語)≫의 이야기에서 소재를 구한 것으로서 개천용지개의 손을 거쳐 질적으로 승화된 작품이다. 여기에서 개천용지개는 인간의 이기적인 내면세계를 생동감 있게 묘사하면서 고금의 인간들에게 상통되는 심리상태를 탐색하고자 하였다.

이와 비슷한 창작기법을 쓴 작품으로는 아일랜드의 극작가 J·M·Synge의 ≪The Wall of the Saints(聖泉)≫[20]를 들 수 있다. ≪성천≫과 ≪코≫는 비록 다른 소재로 창작되었지만 기묘할 정도로 친연성을 가지고 있다. ≪성천≫은 환상의 깨짐과 그로 인한 현실인식의 고통, 그리하여 이전의 환상을 희구하는 것을 묘사하고 있다. ≪코≫의 경우도 마찬가지이다. 여기서는 보수적인 사람들이 비정상적인 현상에 대하여 그 그릇됨을 알지만 오히려 이것을 정상적인 것으로 간주하며, 비정상적인 현상이 정상적으로 바꾸어지자 이를 배척하고 다시 비정상적인 것으로 돌아가고자 하는 내용을 다루고 있다.

노신은 <≪코≫역자부기>에서 "개천용지개의 작품에서 사용하고 있는 주제는 대부분 희망이 달한 후의 불안 혹은 불안할 때의 심정이다."[21]라고 말하면서 '희망이 이루어진 후의 불안'이라는 개천용지개의 창작방법을 자신의 작품에 사용하였다. ≪보천≫과 ≪주검≫, ≪분월≫ 등이 이 같은 영향을 드러낸다.

≪보천≫은 여왜(女媧)의 인류창조설을 우화적으로 그려 공공(共工)과

---

20) 한쌍의 맹인 부부가 있었는데 두사람 사이에 금슬은 매우 좋았고 두사람은 매일 행복한 생활을 보냈다. 이 부부는 이러한 생활에 만족하며 살아가고 있었는데 서로 볼 수 없다는 것이 매우 아쉬웠다. 그들은 항상 눈이 보였으면 좋겠다고 말하였는데, 훗날 어느 곳의 샘물로 씻으면 두눈이 밝아진다는 사실을 알았다. 그들은 그곳을 찾아가 그물로 눈을 씻으니 과연 서로 볼 수 있었다. 눈을 떠보니 남자는 우락부락한 못생긴 남자였고 여자는 사납게 생긴 추녀였다. 이에 이들은 이럴 줄 알았으면 차라리 눈을 뜨지 않는 것인데 하고 후회하였다.

21) <≪鼻子≫譯者附記>, ≪魯迅全集≫ 10券, 226쪽

전욱(顓頊)의 부하가 전쟁을 하여 하늘이 파괴되자, 그 하늘을 보수하는 여왜의 모습을 묘사하고 있다. ≪보천≫을 통해 노신은 현대문명사회에 대한 비판의식과 전쟁을 일삼는 그들의 행위에 대한 불만을 나타내고 있다. ≪분월≫에서 우직한 남편 예(羿)는 부인 상아(嫦娥)를 위하여 성심 성의껏 잘 대해주지만 교활한 부인은 그의 성의를 무시하고 달나라로 도망간다. 달나라로 도망간 부인을 잡지 못한 그는 마침내 실망해버리고 내일을 기약하며 잠을 자버린다. ≪주검≫에서는 검은 사나이와 미간척이 원수를 갚기 위하여 왕궁에 들어가 혈전을 벌이고 마침내 잔혹한 왕을 죽이고 자신도 죽고 만다. 이와 같이 노신의 작품들은 희망이 이루어진 후의 불안을 표현한 개천용지개의 작품들과 유사한 점을 보여주고 있다.

또한 노신은 이와 같은 주제와 제재내용 간의 긴밀한 관계에 주목하면서 개천용지개의 창작태도를 다음과 같이 찬양하였다.

> 그가 옛일을 서술한 것은 단순한 호기심에서가 아니라 더욱 깊은 근거가 있었다. 그는 이런 재료 속에 있는 옛사람들의 생활에서 자신의 심정에 밀착되고 접촉되는 것을 찾으려고 애썼다. 그러므로 고대의 이야기들은 그의 개작을 거치면 모두 새로운 생명이 주입되어 현실인생과 관련을 가지게 되었다.[22]

즉, 개천용지개의 작품의 제재는 고대의 것이지만 함축된 의미는 현대인의 것이다. 개천용지개는 인류의 역사생활을 통해 나타난 심리욕망, 윤리의식을 승화시켜 현대인들이 능히 이해할 수 있는 새로운 주제사상으로 승화시켰던 것이다.

노신 역시 현실의 요구에 맞추어 고대의 제재에서 그 정수를 빼내 현대

---

22) <≪現代日本小說集≫附錄>, ≪魯迅全集≫ 10券, 221쪽

의식으로 역사적 사실을 선택하여 문학적 가공을 가하였다. 현대적 심미의
식으로 역사를 관조함으로써 현대적 사상 감정을 주입하는 노신의 창작방
법은 낡은 전설과 사료를 가지고 고금에 통용되는 인성과 민족정신을 발굴
함으로써 보다 보편적이고 보다 영구적인 예술적 가치를 가진다 하겠다.

문학의 제재와 주제간의 관계에 대하여 좀 더 살펴보자면, 개천용지개는
다음과 같이 말한 적이 있다. "나는 비록 역사의 진고(典故)를 시용히여 소
설을 쓴 적이 있었지만 역사적인 전고나 인물에 대하여 그리운 감정을 가
지고 있는 것을 의미하는 것은 아니다."23) "이른바 역사소설로 역사를 재현
하는 것을 목표로 삼지 않았던"24) 그는 역사제재를 개인창작의 주제를 표
현하는 재료로 삼았던 것이다.

이와 같은 창작태도는 노신의 경우에도 그대로 적용된다.

노신은 ≪고사신편≫의 창작방법에 대하여 "한가지 이야기를 취하여 마
음대로 살을 붙여 한편으로 만들었"으며 "어떤 것은 고서에 근거가 좀 있
으나 어떤 것은 생각나는 대로 썼다"25)라고 말하였다. 그는 "고대와 현대에
서 제재를 취하는"26) 방법으로 고금을 융합하고 역사와 현실을 연계시켜
큰 사건은 될수록 역사적 진실에 부합하게 하고, 구체적인 세부묘사와 인물
조형에서는 역사상에 있을 수 있었던 관계에서 필요한 허구를 만들어냈다.
이와 같이 역사소설의 창작태도와 창작 방법면에서 노신은 개천용지개, 국
지관으로부터 직접적인 영향을 받았음을 알 수 있다.

일본 역사소설로부터 노신이 받은 또 하나의 중요한 영향은 옛것을 빌어
오늘을 논하는 수법으로써 강렬한 사회 비판정신을 제시하였다는 것이다.

---

23) 仰文淵, <略談<地獄圖≫, ≪日本文學≫, 1982年 第 2期, 139쪽
24) 위와 같음
25) <≪故事新編≫ 序言>, ≪魯迅全集≫ 2券, 342쪽
26) 위의 책, 341쪽

개천용지개와 국지관은 제 1차 세계대전을 배경으로 한 일본사회의 동란기에 산생된 신사조파의 대표적 작가들이다. 자본주의 사회의 암흑상을 간파하고 있었던 그들은 시종 사회를 폭로하고 비판하는 태도를 견지한 채 문학창작에 종사하였다. 그들은 예술이 인생과 더욱 밀접해질 것을 주장하였으며 그들의 창작은 참신한 제재, 선명한 주제, 생동감 있는 줄거리로 독특한 풍격을 나타내었다. 그들은 현실사회와 밀접한 연계성을 가지는 고대제재를 선택하여 사회의 폐단점을 고발하고 인간의 추악상, 현실과 이상간의 모순을 폭로하였다.

개천용지개의 ≪나생문≫은 그러한 대표적 작품이다. 일본 평안조(平安朝) 말기의 민간설화집 ≪금석물화(今昔物話)≫중 약 이 천자밖에 안되는 간단한 이야기에서 제재를 취한 이 소설은 주인집에서 해고당한 가정무사의 고달픈 인생을 통하여 암담한 현실사회를 고발하고 있다. 무사는 나생문의 귀신과 싸워 이긴 용맹과 높은 무예를 가지고 있었지만, 주인집에서 쫓겨난 후에는 살길이 끊겨져 굶주림에 시달린다. 그는 한 늙은 여인의 시체에서 머리카락과 옷을 벗겨내어 겨우 연명하는 과정에서 인간이 생존하려면 온갖 방법과 수단을 가리지 말아야 한다는 도리를 깨닫게 되는데, 한마디로 이 소설은 약육강식이라는 본질적인 사회의 면모와 인간의 추악한 에고이즘을 깊이있게 폭로하고 있다.

일본역사소설의 현실사회에 대한 폭로와 비판, 인생에 대한 회의적인 태도 등은 줄곧 "낡은 사회의 가면을 벗겨 진면모를 밝히며", "병을 드러내어 치료에 주의를 이끌며 부조리한 현실을 개혁하고자 한" 노신의 문학관과 완전히 일치한다. ≪고사신편≫에는 이러한 예들이 매우 많다. 이를테면 ≪이수≫의 경우 실천적인 정치가 우왕이 치수를 위하여 동분서주하고 있을 때, 허위적인 학자들은 우의 존재 여부를 놓고 토론을 벌이고 있는데,

이것은 현군인 우왕과 탁상공론만을 일삼는 학자와 관료, 그리고 마비된 의식과 노예근성에 젖어있는 백성들이 공존하는 현실사회의 반영인 것이다. ≪채미(采薇)≫에서는 백이(佰夷), 숙제(叔齊)의 고사를 빌어 현실을 풍자하고 있으며, ≪출관(出關)≫에서는 노자(老子)와 공자(孔子)를 등장시켜 그들을 희화시키면서 현실사회를 비판하였다. 또한 ≪기사≫에서도 장자(庄子)의 사상을 풍자적으로 비판하였다.

그러나 노신은 일본역사제재 소설의 영향을 바탕으로 한 걸음 더 나아가 자신의 문학을 독창적으로 발전시켰는데, 그것이 바로 '익살'필법이다. 노신은 종종 현대화한 이야기, 교묘한 어구와 웃음거리, 예상외의 해악과 풍자를 작품에 삽입하였다. 이 같은 익살필법은 일본역사제재 소설에 일찍이 없었던 것으로서, ≪고사신편≫의 독창적인 수법이라 하겠다. 노신이 지적한 '익살'에는 두 가지 중요한 내용이 포함되어 있다. 그 하나는 현재 사람, 현재의 일에 대한 풍자와 공격이며 다른 하나는 고인에 대한 희롱과 비평이 그것이다.

노신 자신은 익살 필법에 대하여 긍정도 하고 부정도 하였는데 여기에는 그의 모순적인 통일된 심정이 반영되어 있다. 그는 "익살은 창작의 대적으로 나는 내 자신에 대하여 매우 불만스럽게 여긴다"[27]라고 말한 바 있다. 노신은 창작태도에 성실함과 엄숙함이 결여될까 두려웠던 것이다. 그 같은 구체적인 예는 1922년 ≪부주산(不周山)≫을 쓴 동기[28]에서 발견할 수 있다.

---

27) <≪故事新編≫序言>, ≪魯迅全集≫ 2卷, 341쪽

28) 제 일편 ≪補天≫은 - 원래는 ≪不周山≫이라고 제목을 붙였었다. - 1922년 겨울에 썼던 것이다. 그때 생각으로는 고대와 현대 모두로부터 제재를 취하여 단편소설을 쓸려고 했다.≪부주산≫은 바로 '여왜가 돌을 달구어 하늘을 보수했다'는 신화를 취하여 착수한 試作의 한 편이다. 처음에는 매우 착실하였다. 비록 프로이드의 설을 취하여 창조 - 인간과 문학 - 의 연원을 해석하려던 것에 지나지 않았으나, 그런데 왜 그랬는지는 모르겠으나, 중도에 붓을 멈추고 신문을 보았더니, 불행히도 바로 누군가가 - 지금 이름을 잊었다 - 쓴 汪靜之군의 ≪惠의 바람≫에 대하여 비평한 것을 보았다. 그는 "눈물을 머금고 애원하노

노신은 ≪부주산≫에서 옛날 의관을 입은 대장부가 여왜의 두 대퇴부 사이에 들어가 위를 올려다보는 묘사를 통하여 현대의 위선 군자의 추악한 면을 신랄하게 폭로한다. 동시에 이러한 익살은 조화로운 역사분위기를 깨 전반적인 분위기와는 두드러지게 다른 대비 효과를 내게 하여 웃음과 괴이함, 강렬한 풍자작용을 느끼게 하였다. 여기에서 '익살'은 마땅히 작품의 결구를 헤쳐서는 안된다는 전제를 갖고 있다. 노신의 ≪고사신편≫의 모든 작품에는 익살 필법이 쓰이고 있다.

이렇게 노신은 개천용지개와 국지관으로부터 영향을 받았지만 그들을 맹목적으로 추종한 것은 아니었다. 노신은 그들의 경험을 학습하는 과정에서 자신의 심미안, 삶과 예술의 경험에 연결시키면서 독자적인 창조를 하였던 것이다. 그러므로 노신의 작품은 그들의 작품들과 같거나 비슷한 점이 있으면서도 다른 점을 가지고있다.

먼저, 창작방법과 기본적인 예술적 수법의 경우, 노신과 일본 역사소설가들은 모두 진실한 묘사와 생동감 있는 내용을 통하여 인생을 냉정히 관찰하였고 시종 이지로써 감정을 지배하는 사실주의적 특징을 보여주고 있다. 그러나 노신의 사실적 묘사에는 강렬한 감정적 색채가 드러나 있으며 과장, 대비 등의 수법으로 강렬한 애증을 주입함으로써 작품의 대상성과 투쟁성을 돌출시켰다.

작품의 풍격면에서 볼 때, 노신의 작품과 그들의 작품은 모두 섬세하고 완곡하면서도 강렬한 증오를 표현하고있다. 그러나 노신의 작품은 야유와 조소, 풍자와 공격성이 보다 뚜렷한 잡문적 풍격을 보여주고있다.

니 청년들이여 다시는 이런 글을 쓰지 않기를 바란다."라고 말하고 있었다. 이 가련한 음험이 나에게는 익살로 느껴졌다. 다시 소설을 썼을 때에는 어떻게 된 것이, 옛 의관을 갖춘 작은 대장부를 여왜의 두 다리 사이에 출현시키고 말하였다. 이것이 바로 성실함에 서부터 익살로 떨어진 시작이다. 위의 주)와 같음

제재 선택의 경우, 노신과 일본작가들은 모두 역사제재를 다루었지만 일본 작가들은 평범한 인물과 사소한 사건으로부터 인물의 사상감정을 발굴하고 인생의 비밀을 탐구하였다. 반면에 노신은 널리 알려져 있는 전설적인 인물이나 역사인물을 묘사하고 역사상의 큰 사건을 취급하였다. 특히 노신은 후에 창작한 작품들에서 긍정인물 - 우왕(禹王), 묵자(墨子) - 을 형상화하면서 낙관적인 정서, 미래에 대한 신심과 희망을 표현하였다. 이것은 일본 작가들에게 결여되어있는 노신의 고유한 특징이라 하겠다. 개천용지개의 작품은 시종 인생을 회의하고 사회를 부정하다가 점차 비관 실망하여 염세 속에 빠져들어 참을 수 없는 고민과 절망 속에서 몸부림치다가 끝내 자살하고 마는 것을 묘사하고 있다.29) 국지관의 작품은 처음에는 반항하다가 나중에는 타협하고 만다.30) 따라서 그들의 작품들은 서로 다르게 비애와 절망적인 정서를 표출하고 있다.

---

29) ≪地獄變≫이 그 하나의 예이다. 옛날 일본에 良秀라는 화가가 있었는데 그는 가장 아끼는 외동 딸을 데리고 살고 있었다. 그는 사실주의 화가로서 보지 않고서는 절대로 그림을 그릴 수가 없었다. 그는 그림에 대해서 만큼은 절대로 남에게 지기 싫어하는 자부심을 지니고 있었으며, 누구에게도 굴복하지 않은 자존심을 가진 지조 있는 화가였다. 그런데 어느날 그가 살고 있는 영주가 그의 딸을 시녀로 데려가버리고, 그로 하여금 '지옥변'이라는 그림을 그리게 하였다. 사실주의 작가인 그는 사실적으로 그림을 그리기 위하여 제자들로 하여금 지옥에서 고통당하는 모습을 연출하게 하였다. 몇날 몇칠동안 밤낮을 가리지 않고 그림을 그려지만 그림은 만족스럽게 완성되지 않했다. 제자들도 갈수록 피폐해지고 그도 갈수록 사이코가 되어 갔다. 그림이 거의 완성이 될 무렵 良秀는 영주에게 수레 속에 한 여인을 넣어 자기가 보는 앞에 태워달라 요구했다. 그것은 바로 그림의 중심부에 그려질 장면 - 수레 속에 한 사람의 요염한 궁녀가 불길 속에서 검은 머리를 날리면서 고통스럽게 몸부림치는 모습 - 을 위한 것이었다. 영주는 그의 청에 응하여 한 여인을 곱게 단장시켜 수레 속에 넣어 불을 질렀는데, 그 여인은 바로 그 화가의 사랑하는 딸이었던 것이었다. 그는 말로 표현할 수 없는 고통을 감내하면서 그 지옥변을 완성시키고 그 자신 또한 자살해버렸다는 내용.

30) <복수의 이야기>가 그 예의 하나이다.

제4절 결론

노신의 역사소설 창작은 내적으로는 중국전통소설의 영향을 받았으며 외적으로는 일본역사제재 소설의 영향을 받았다. 옛것을 빌어 오늘을 평하고 현실을 채찍질한 노신의 작품들은 강렬한 시사성으로 사람들에게 깊은 계시를 주고 있는 바, 옛것을 회고하면서 은은한 정을 읊조리던 중국고대 역사소설과는 완연히 구별된다. 노신의 ≪고사신편≫은 일본의 신사조파의 영향을 많이 받았는데, 그 대표적인 작가로는 삼구외, 개천용지개와 개천용지개, 국지관을 들 수 있다.

첫째, 노신은 삼구외로부터 냉정한 풍자기법과 원숙한 기교 등 창작 기법면에서 상당한 영향을 받았지만 사료고증에 집착하는 그의 창작태도에는 동의하지 않았다.

둘째, 노신은 개천용지개로부터 '희망을 달한 후 불안'이라는 창작방법을 배웠지만 인생을 회의하고 사회를 부정하며 점차 비관, 실망하여 끝내 죽고 마는 그의 염세적인 인생관은 지양하고자 하였기에, 긍정적인 인물을 형상화하여 미래에 대한 신심과 희망을 표시하였다.

셋째, 노신은 인간의 본질과 사회의 진면모를 아낌없이 드러내는 국지관의 인도주의적인 창작관에 동의하였지만, 작품의 주인공들이 처음에는 반항하다가 후에는 타협하고 마는 소극성에는 반대하였다.

그밖에 노신에게는 일찍이 일본 역사제재 소설에 없는 독특한 창작기법이 있었는데, 그것은 바로 익살필법이었다. 고대의 역사나 전설, 우화로부터 제재를 얻어 현실사회의 상황과 결합시켜 현실을 비판, 풍자하는데 있어서 익살필법은 작품의 조화를 깨뜨리는 것이 아니라 흥미를 더해주면서 옛 소재에 새로운 생명을 불어넣게 하는, 노신문학의 독창성을 나타내주는 것이었다. 이와 같이 노신은 남의 장점을 따라 배우면서 끊임없이 사고하고 혁신하며 창조함으로써 중국현대 역사소설의 참신한 예술적 혁신을 이룰 수 있었던 것이다.

· 參考文獻

魯迅 著, ≪魯迅全集≫ 全 16卷, 北京, 人民文學出版社, 1989
魯迅 著, 金時俊 譯, ≪魯迅小雪全集≫ 第 1卷, 서울, 中央日報社, 1989
中國魯迅研究學會 ≪魯迅研究≫ 編輯部編, ≪魯迅研究≫ 7, 北京, 中國社
　　　　會科學出版社, 1981
中國魯迅研究學會 ≪魯迅研究≫編輯部編, ≪魯迅研究≫ 7, 北京, 中國社會
　　　　科學出版社, 1983
李相信 編, ≪文學과 歷史≫, 서울, 民音社, 1982
程麻 著, ≪溝通與更新≫, 北京, 中國社會科學出版社, 1990
林非, <論≪故事新編≫與中國現代文學中的歷史題材小說>, ≪文學評論≫,
　　　　1984.1
許杰, <論魯迅的歷史小說>, ≪魯迅研究學術論著資料彙編≫ 4卷(1945-1949)
<論≪故事新編≫的寓言性>, ≪魯迅研究月刊≫ 1993. 12, 北京, 魯迅博物
　　　　館
申振浩, <中國現代歷史小說研究>, 　서울, 　延世大學院, 　博士學位論文,
　　　　1993, 12
申洪哲, <≪故事新編研究≫> ≪中國語文學研究≫ 제 4집. 부산,

제2장 노신과 이광수 문학의 페미니즘 비교연구

제1절 서 론

노신(魯迅)과 이광수(李光洙)의 문학은 여러 각도에서 다양한 연구가 진행되어 왔다. 두 작가는 각각 중국과 한국의 현대문학의 정립기에 주도적 위치를 차지하고 있어, 문학연구가라면 누구나 한 번씩은 건너야할 아포리아라 하겠다. 더욱이 한 중(韓中) 양국의 현대문단 초기에 거대한 족적을 남긴 이 두 사람은 서로 많은 유사성을 갖고 있어 대단히 흥미롭다.

노신은 1881년 지주의 가정에서 태어났으나 조부의 하옥, 아버지의 병사 등 잇따른 불행과 함께 청일전쟁, 의화단(義和團)의 난, 신해혁명, 5·4운동, 3·18사건, 5·30운동, 4·12정변, 만주사변 등 중국 근현대사의 가장 숨가쁜 격동기를 온몸으로 겪으며 살다 간 사람이다. 이광수 또한 1892년에 태어나 1950년 6·25사변으로 납북되기까지 한말의 격동기에서 시작하여 일제의 침략, 그 후의 혼란까지 우리 민족의 근대화 과정에서 겪은 혼란기를 모두 겪었다.

그들은 모두 유년시절에 가장을 잃고 불우한 처지에 빠졌으며 이러한 어려움을 극복하기 위해 신학문을 선택했다. 둘 다 일본유학을 하였으며 유학

중에 결혼했으나 배우자와 곧장 별거하였다. 두 사람 모두 민중을 계몽하고 이상국가를 건설하기 위하여 문학을 선택했으며, 교사였다는 점, 비슷한 시기에 문단에 데뷔했다는 점 (노신은 1918년에 <광인일기(狂人日記)>로, 이광수는 1917년에 <무정(無情)>으로 데뷔함), 한쪽은 백화문 운동을, 다른 한쪽은 언문일치 운동을 전개했다는 점 등 많은 면에서 유사성을 보이고 있다. 뿐만 아니라 그들은 초기에는 프로문학을 반대했으며 사상전변으로 인하여 말년에는 모두 역사소설에 전념했는데, 소설, 시, 산문, 평론, 잡문 등 다양한 장르를 다루었지만 소설에서 가장 큰 성과를 거두었다는 점에서도 일치를 보여주고 있다. 본 연구는 이러한 유사점에서 출발하여 페미니즘[1] 관점에서 그들의 문학을 비교, 고찰하고자 한다.

노신은 중국에서 문학가이자 사상가, 혁명가로서 최고의 찬사를 받아왔기에 그의 문학에 대한 연구는 양적으로나 질적으로 대단한 상태이다. 그럼에도 불구하고 그의 문학을 페미니즘 관점에서 조망한 연구는 아주 미약하다. 이광수의 문학적 업적은 노신의 것과 비견할만 하지만 사상의 훼절로 인하여 평가절하 되어왔으며, 그의 문학에서 여성은 빼놓을 수 없는 제재임에도 불구하고 페미니즘 관점에서 접근한 연구는 많지 않다.

더구나 노신과 이광수의 문학을 직접 비교 연구한 사례는 거의 전무한 상황으로 국내의 경우, 소개차원에 지나지 않는 한편의 자료뿐이다.[2] 이 두

---

1) 근래에 들어 국내에서 페미니즘에 관한 담론이 급속히 증가하고 있으며 페미니즘 입장에서 중국문학작품을 분석한 연구자료들도 점차적으로 증가하고 있다.(김경수 외, ≪페미니즘과 문학≫(서울: 문예출판사, 1988), 이창순 외 편역, ≪페미니즘과 포스트모더니즘의 만남≫(서울:한울, 1997), 이정호 저, ≪페미니즘문학론≫(서울:한국문화사, 1996), 한국여성소설연구회 지음, ≪페미니즘과 소설비평(근대편)≫(서울:한길사,1995), ≪페미니즘과 소설비평(근대편)≫(서울:한길사,1997), 조경희의 <魯迅 전기문학에나타난 여성관>(≪중국어문논총≫9집,1995), 최용철의 <홍루몽의 여성존중 의식연구>(≪아세아여성연구≫ 35집, 숙명자대학교, 1996), 고문희의 <홍루몽에 대한 페미니즘적 고찰>, (≪중국어문논총≫12집, 1997.6), <정령의 여성주의 문학> 등을 들 수 있다.

작가의 개인사와 작품 면에서 페미니즘을 중심으로 비교, 고찰할 수 있는
많은 여지에도 불구하고 그러한 시도가 이루어지지 않았던 것이다.

본 연구는 노신의 작품 중 여성을 소재로 한 <상서(傷逝)>, <이혼>,
<축복>, <내일>, <행복한 가정> 등을 연구범위로 삼았다. 이광수의 경
우, 연령에 따라 그의 사상변화가 뚜렷이 나타나있는 바, 35편의 장편 중
여성문제를 보다 적극적으로 다루었다고 생각되는 작품들을 제한적으로 선
택하여 연구대상으로 삼았다. 민족의식을 강조하고 있는 초기작품에서는
≪무정≫, 그리고≪재생≫을 지나 ≪군상≫ 삼부작 중 ≪혁명가의 아내≫,
후기 작품에서는 ≪흙≫과 ≪그 여자의 일생≫ 등이 그것이다. 먼저, 제 2
장에서는 작품과 잡문들을 통해 드러난 두 작가의 여성관3)을 살펴본다. 그
들은 똑같이 남녀평등, 자유연애, 자유결혼, 여성해방, 개성해방을 부르짖었
으나 작품에는 서로 다른 양상으로 나타난다.

제 3장에서는 그 여성관의 차이를 작품을 통해 구체적으로 추적해 본다.

---

2) 李光洙에 관한 연구 또한 魯迅에 비견할 수는 없지만 다른 작가에 비한다면 여러 방면에
   서 많은 연구가 되었다. 대표적인 연구결과물만 소개해보면 김윤식의 <李光洙와 그의 시
   대>, 조연현의 <李光洙論>, 백철의 <춘원의 문학과 그 배경>, 안병욱의 <李光洙의
   민족개조론>, 이영희의 <춘원의 역사소설고>, 정은숙의 <춘원과 동인의 작품상에 나타
   난 여성관>, 구인환의 <李光洙 小說研究≫, 김동인의 <춘원연구>, 김현의 <李光洙>,
   한국문학연구총서인 <최남선과 李光洙의 문학≫ 등을 들 수 있다. 車相轍의 <한·중신문
   학운동의 비교연구>, 胡啓建의 <한·중 양국의 근대초기문학 비교연구>, 金允植의 <근
   대문학에 있어서 한·일·중 삼국의 관계검토와 그 문제점>에서는 魯迅과 李光洙에 대하여
   부분적으로 언급하였을 뿐 작품을 직접적으로 비교, 분석하지 않았으며 단지 문제를 제기
   하는데 그치고 있다. 유여아씨의 논문 <魯迅과 春園의 比較研究>에서는 魯迅과 李光洙
   의 작품을 분석하였지만 두 사람의 작품을 종합적으로 비교 분석하지 않고 따로 따로 분
   석하여 본격적인 비교 연구라기 보다는 두 작가의 특징을 나열한 듯한 그 한계점을 드러
   내고 있다.
3) 본고의 논제가 <魯迅과 李光洙 문학의 페미니즘 비교>이기는 하나, 페미니즘과 페미니
   즘 문학비평이론을 분석의 틀로 삼지는 않았다. 페미니즘 논의는 서양에서 진행된 성과이
   므로 아무리 '여성'을 범역사적으로 논한다 하더라도 그들의 경험을 바탕으로 하고 있기
   때문에 중국문학에 대입하기에는 문제가 있다고 생각되기 때문이다.

두 작가의 여성관이 어떠한 형태로 형상화되었는지, 두 남성 작가가 보여주는 여성주의의 면모와 한계는 어떠한가를 살펴보고자 한다.

노신과 이광수는 동시대에 비슷한 환경에서 성장하고 공부하였지만 서로 영향을 주고받은 증거가 없다. 그러므로 그들을 서로 연결시켜 영향관계를 찾아 이해하기는 어렵다. 본 연구는 그들의 유사성에서 출발한 만큼, 공통된 테마를 찾아 두 작가의 작품들을 계층별, 주제별로 묶어 비교 고찰하여 귀납적으로 분석하고자 한다.

제2절 여성관 비교

1) 노신의 여성관

노신은 어렸을 때부터 많은 여성들이 갖가지 고난 속에서 살아가는 것을 목도하면서4) 자랐다. 더 나아가 봉건제도의 피해자인 본부인 주안(朱安)을 평생 지켜보면서 살아갔던 노신은 누구보다도 중국 여성 문제에 대하여 지대한 관심을 가졌다. "나는 중국의 여인들이 어떻게 억압을 받았는지 기억한다. 어떤 때에는 짐승보다 더 못하게 대접을 받았다."5)라고 밝힌 바와 같이 노신은 중국 여인들이 감수해야 하는 억압을 가슴 깊이 인식하고 있었으며, 그 원인을 봉건제도와 봉건문화에서 찾았다.

그래서 노신은 여성을 억압하는 사회제도와 문화를 다음과 같이 비판하

---

4) 절강일대에 유행한 白蛇 아가씨의 이야기는 魯迅의 어린 마음에 깊은 인상을 심어놓았다. 일본 유학시기에 그는 秋瑾 등이 조직한 "天足會"에 커다란 지지를 보냈고 선진의학으로 전족을 한 부녀의 고통을 없애주자고 하였던 것이다. 교육계에 있었을때, 봉건 복고주의자들이 머리를 짧게 자르는 여학생을 제적시키자 항의를 하고 제적당한 사람들이 입학할 수 있도록 보증까지 섰다.

5) <忽然想到>, ≪華蓋集≫, ≪魯迅全集≫ 3卷, 60쪽

면서 사람이 사는 참 세상이 되기 위해서는 억압구조인 봉건제도와 봉건문
화를 타파하여야 한다고 역설하였다.

> "하늘에는 10개의 태양이 있고 사람에게는 10등급의 계층이 있다. …대·
> (臺)만이 신하를 갖고 있지 못하다니 불쌍하지 않을까 하고 생각할지 모른
> 다. 하지만 걱정할 것이 없다. 더욱 지위가 낮고 힘이 약한 자식을 거느리
> 고 있으니까. 또 아들에게도 희망이 없는 것이 아니다. 성인이 되어 '대
> (臺')로 승격하면 자기보다 지위가 낮고 힘이 약한 아내나 자식을 턱으로
> 부리는 신분이 되기 때문이다."6)

봉건사회에서는 상층계층을 제외한 모든 사람들이 억압받는 소외계층들
이었으며, 특히 여성이야말로 가장 많은 억압을 받았다. 여성은 남자의 성
의 노예로, 아이를 낳는 공구로 간주되었으며, 여자를 불길한 징조의 상징
물로 여길 정도로 여자를 핍박하였다. 일찍이 문인들은 안록산(安祿山)의
난이 일어난 죄를 양귀비(楊貴妃)에게, 주조(周朝)가 멸망하게 된 죄를 포
사(褒姒)에게, 은(殷)나라가 멸망한 원인을 달기(妲己)의 책임으로 돌렸다.
이들이 중국 역사상 실제 인물이었는지, 또 황제의 권한이 지고무상한 남성
주의 사회에서 한 여자가 황제의 권한을 초월하여 국가의 흥망을 결정할
수 있었는지는 사실 의구심이 든다. 노신은 이점을 <아금(阿金)>에서 다
음과 같이 예리하게 지적하였다.

> "나는 줄곧 소군(昭君)이 변방에 나가 한나라를 편안하게 했고 목란(木
> 蘭)이 종군하여 수(隋)나라를 구했다는 말을 믿지 않는다. : 또한 달기(妲
> 己)가 은(殷)나라를 망하게 하고 서시(西施)가 오(吳)나라를 구렁텅이 빠지
> 게 하며 양귀비(楊貴妃)가 당(唐)나라를 어지럽게 하였다는 낡은 말을 믿

---

6) <燈下漫筆>, ≪墳≫,≪魯迅全集≫ 1卷, 北京, 人民文學出版社, 1989, 215-216쪽

지 않는다. 나는 남자 중심사회에서 여인들이 이러한 커다란 역량이 있을
것이라 믿지 않는다. 흥망의 책임은 마땅히 남자가 지어야 한다. 지금까지
남성 작가들은 패망의 죄를 여인에게 돌렸는데 이것은 일전(一錢)의 가치
도 없는 별 볼일 없는 남자들이다.”[7]

　　남자의 사유재산과 수단에 불과한 여성들이 혼인에 있어서 자주적인 발
언권을 갖지 못함은 지극히 당연했다. “봉건사회에서 남자들은 여자 포로
와 여자 노예를 마음대로 강간할 수 있었다.”[8]고 노신이 지적한 바와 같이,
봉건제도하의 남자들은 영원히 살아있는 재산을 얻게되고, 신부는 신랑의
침대에 놓여있게 될 때, 단지 의무만 있을 뿐 연애할 자유도 없게 된다. 사
랑하든 그렇지 않든 간에 주공(周公)과 공자(孔子), 성인의 이름아래 평생
토록 정조를 지켜야 하는 것이다.
　　그렇다면 이렇게 억압된 봉건제도와 봉건문화를 깨뜨려 여성을 해방시
키려면 어떻게 해야 하는가? 노신은 진정한 해방을 위해서는 여성도 남자
와 동등한 경제권을 가져야 한다고 주장한다.
　　<노라는 가출하여 어떻게 되었는가?>에서 노신은 여성들의 경제권에
대해 설득력 있는 견해를 펴고 있다.

　　“그러므로 노라를 위해서는 돈 - 고상한 말로 하면 경제인데 그것이 가장
중요합니다. 물론 자유는 돈으로 살 수 있는 것이 아닙니다. 그러나 돈을
위해 팔 수는 있습니다. 인류에겐 하나의 커다란 결점이 있습니다. 끊임없
이 배가 고파진다는 것입니다. 그 결점을 보완하기 위해서 … 경제권이 가
장 중요한 존재로 떠오르게 됩니다. 따라서 첫째로 가정 안에서 먼저 남녀
균등의 분배를 취하는 일입니다. 둘째로 사회에서 남녀평등의 힘을 얻는

---

7) <阿金>, ≪且介亭雜文≫, ≪魯迅全集≫ 6卷, 201쪽
8) <男人的進化>, ≪僞自由書≫, ≪魯迅全集≫ 5卷, 283쪽

것이 필요합니다. 하지만 유감스럽게도 그 힘을 어떻게 하면 획득할 수 있느냐는 것을 나는 모릅니다. 그 또한 투쟁해서 얻을 수밖에 없다는 것을 알고 있을 뿐입니다. 그리고 그렇게 하기 위해선 참정권을 요구하는 일보다도 훨씬 격렬한 투쟁이 필요할 것이라는 생각이 듭니다. …

　전투란 바람직스러운 일이 아니며 우리는 누구에게나 전사가 되라고 말할 수도 없습니다. 그렇다면 평화적인 방법도 중요한 셈입니다. 그 평화적인 방법이 무엇이냐고 히면 앞으로 친권을 사용해서 자신의 자녀를 해방하는 것입니다."[9]

현존하는 사회 조건 하에서는 무엇보다 우선 여성도 남자처럼 경제권을 얻어야 한다는 것이다. 그렇지 않으면 노라는 가정을 뛰쳐나왔지만 결국 타락하든지 아니면 돌아올 수밖에 없을 것이라는 것이다.

이 같은 노신의 견해는 분명 정확한 진단이기는 하나 여성이 어떠한 경로를 통하여 경제권을 획득할 수 있는가에 대한 관점은 모호하였을 뿐만 아니라 구체적인 대안이 없었다. 또한 "친권을 사용하여 자신의 자녀를 해방시켜야 한다.", "친권을 사용하여 자녀들에게 재산을 균등하게 분배해야 하며 그들이 평화롭게 충돌없이 동등한 경제권을 얻어야 한다."는 등의 견해도 체계화된 인식은 아니었다.

그러나 평생동안 여성과 남성의 평등한 지위를 요구하였던 노신은 다음과 같이 거듭 소망했다.

"그러므로 일체의 여자들이 만약 남자와 동등한 경제권을 얻지 못한다면 나는 그것은 좋은 명목에 지나지 않으며 모두 헛된 말이라고 생각한다. 자연히 생리적으로나 심리적으로 남녀는 차이가 있는 것이다. : 즉 동성간에도 서로 차이를 면할 수 없는 것인데 지위가 동등해야 한 것이다. 지위가 동등해진 후에야 비로소 진정한 여성과 남성이 있게 되고 비로소 탄식과

---

9) <娜拉走後怎樣?>, ≪墳≫, ≪魯迅全集≫1卷, 161쪽

고통을 사라지게 할 수 있는 것이다."[10]

그리하여 노신은 여성들이 진정한 해방을 원한다면 잠시동안의 위치에 만족해서는 안되며, 끊임없이 사상을 해방하고 경제권을 위해서 투쟁할 때 진정으로 남녀평등이 이루어지며 사회의 해방과 함께 여성의 해방이 올 수 있다고 강조하였다. 그러나 노신은 이에 대한 구체적인 방안을 더 이상 마련해놓지는 못했다. 여성의 해방과 경제권의 확립, 봉건문화의 타파, 이 모든 것이 가능하려면 무엇보다도 먼저 기득권을 지니고 있는 남성의 절대적인 노력, 협조없이는 불가능한 것이다.

2) 이광수의 여성관

노신이 여성을 봉건제도의 희생물로 보았다면, 이광수는 여성을 유교의 인습, 특히 정조관의 희생물이라는 보다 구체적인 문제에서 접근하였다. 유교의 생활이란 가족간의 애정이 없는, 단지 의무만을 강요하는 도덕률의 생활이라고 생각하면서, 이를 망국의 원인으로 여겼던 이광수는 봉건가정을 개혁하는 일이 급선무라고 생각하였다.

> "자래(自來) 유교풍(儒敎風)의 조선의 부부제도의 결함의 요점은 남존여비, 친권(親權)의 절대형식주의, 개인의 행복의 무시, 애경(愛敬)을 혼인의 근본요건으로 아니한 점입니다. 그 외에도 애경을 혼인의 근본 요건으로 아니한 것이 최대의 결함이니, 자래 조선부부간의 비극과 죄악은 실로 십(十)의 구(九)는 차(此)에서 발한 것이외다."[11]

---

10) <關於婦女解放>, ≪南腔北調集≫, ≪魯迅全集≫ 4卷, 598쪽
11) <新生活論>, 每日新報, 1918, 9.6-9.10, 위의 책, 337쪽

조선의 결혼생활을 이렇게 진단한 이광수는 그밖에 <조혼의 악습>(1916), <자녀중심론>(1918), <여성교실>(1936) 등등에서 형식주의적 혼인과 가족제도를 비판하면서 사랑과 부부중심, 그리고 사랑에 의한 자녀교육을 제창하였다. 특히 이광수는 그릇된 정조관의 오류를 다음과 같이 재차 강도 높게 지적하였는데, 정조는 그의 소설을 이해하는데 중요한 실마리이다.

> "혼인은 일종의 계약이외다. 계약은 그 원인이나 당사자의 일방이 소멸할 것이외다. 혼인은 쉽게 말하면 '같이 살자'는 계약이외다. 이미 같이 살자 하였으니, 양편 중에 한편이 죽어 같이 살지 못하면 당연히 그 계약을 소멸할 것이외다. 고래로 남자에게는 이 진리를 적용하면서 여자에게는 적용치 아니함은 (그 이유가 아마 자녀를 양육함에 있으려니와) 옳지 아니하다 합니다. 그러므로, 정조는 부부 쌍방이 생존하는 동안에 논할 바이요, 일방이 사거(死去)하거나, 또는 혼인한 뒤에는 논할 바 아니라 합니다. 그러니까 처가 죽은 후에 부(夫)가 자유로 재혼할 수 있음과 같이 부(夫)가 죽으면 처는 자유로 재가할 수 있을 것이외다."12)

위와 같이 전통적인 정조관을 통렬하게 비판하고 나선 이광수의 사상은 변혁기의 선각자로서의 생활의식을 잘 보여줌과 동시에 그에 대한 페미니스트로서의 접근을 가능케 해준다. 그러나 이와 같은 '신정조관'이 자신의 소설에서 체현되고 있는 과정은 상당히 혼돈스럽게 드러나고 만다. 이광수 소설의 대부분은 주인공이 신여성들인데 거의 전통적 정조관의 희생물들이다.

예컨대, ≪흙≫의 정선이나 ≪재생≫의 순영, ≪그 여자의 일생≫의 이금봉 등은 모두 당시 최고의 고등교육을 받은 인텔리 여성들로 전통적 정조관의 희생물들이다. 그들은 삶을 주체적으로 살아갈 수 있었으며 진정으로

---

12) <婚姻論에 대한 管見>, 學之光 12號, 1917.4. 위의 책 46-47쪽

여성해방과 개성해방을 할 수 있었다. 그런데도 그들은 모두 현실과 타협함으로 말미암아 비극적 결과를 맞이하게 된다.

> "정선은 정조에 대하여 일시 퍽 너그러운 생각을 품었던 일이 있다. 그것이 아마 시대사조라는 것인지 모른다. 그러나 다리를 자르고 여러 달 동안 가만히 누워서 안으로 스스로 살펴보면 볼수록 제가 한 일은 죄였다. 남편을 둔 아내가 다른 사내를 가까이 하는 것은 아무리 생각하여도 양심이 허락하지를 아니하였다. 게다가 뱃속에 그 죄의 증거가 날이 갈수록 달이 갈수록 자라는 것은 마치 정선의 죄를 벌하는 하느님의 뜻인 것 같았다.[13]

여기에서 이광수는 봉건유교문화의 정조관을 비판하고 있다기보다는, 타락한 시대풍조 속에서 정조관념을 잃어버린 정선으로 하여금 자신의 탈선을 명백히 죄로 인식하게 함으로써 여성의 정조관념의 중요성을 역설적으로 주장하고 있는 것이다.

이와 같은 춘원의 정조관념은 유순의 형상화에서 더욱 강하게 드러난다.

> "이 남자 저 남자 입맛을 보고 살맛을 보아 물었다 뱉었다 하는 도회 신식 여성과 달라, 유순에게는 허숭은 유일한 남편이요, 남자였던 것이다. … 그가 조선의 딸의 맘을 그대로 지니지 아니하였다 하면, 그가 도회적, 이른바 신식여자라 하면 울고 원망하고 미쳐 날뛰고 혹은 서울로 달려 올라가 허숭의 결혼식에, 또는 가정에 한바탕 야료라도 하였을 것이다. 그러나 유순은 가슴에 에이는 듯한 아픔을 품고도 겉으로는 아무 일도 없는 듯한 태연한 태도를 가졌다."[14]

---

13) ≪흙≫, ≪春園文學≫ 8권, (서울 : 도서출판 성한, 1985), 350-351쪽 ≪李光洙全集≫은 우신사, 삼중당, 도서출판 성한 등에서 간행되었는데, 본 논문에서는 도서출판 星韓 1985년 판을 저본으로 삼았으며 없는 부분은 삼중당에서 간행된 ≪李光洙全集≫ 10卷을 참조하였다.

14) ≪흙≫, 앞의 책, 84쪽

이와 같이 작가는 전통적인 열녀의 본을 따르려는 유순을 통하여 엄격한 정조관념과 인내력을 가진 한국의 전통적인 여성상을 긍정적으로 평가하는 한편, 도회의 신식여성을 정조관념이나 인내력이 희박하다고 비판하고 있는 것이다.

> "순은 한갑에게 시집을 온 것은 숭을 위함이었다.… 순은 한마디도 남편에 대한 불평을 입밖에 내려고 아니하였다. 끝까지 숭에 대한 자기의 희생을 완성하려고 굳게 결심하였다.[15]

유순은 처음부터 끝까지 허숭에 대한 사랑으로 불행한 일생을 마친다. 춘원은 한국의 전통적인 가치관을 부정적으로 그렸음에도 불구하고 유순의 비극을 이렇게 자기 희생적인 사랑으로 미화시키고 있다. 허숭에 대한 순애만을 관철하는 농촌여성 유순은 엄격한 정조관념과 인내심이라는 한국의 전통적인 여성의 미덕을 가진 여성상으로 나타나는 것이다.

이처럼 작품에서 드러나는 모순성은 이중구조로 싸여있는 이광수 자신의 무의식의 발로라 하겠다. 그의 여성관은 다음과 같은 [신여성의 십계명]에서 보다 구체적으로 나타나 있다.

1. 건강하도록 위생, 운동, 영양, 생활의 규율에 주의하시기.
2. 조선역사, 조선어, 조선문학, 조선사정, 조선의 장래에 관하여 배우고 생각하시기.
3. 첫사랑은 남편에게 라는 주의를 준수하시기
4. 사치를 엄계하고 일신(一身)이나 가정에나 수지예산(收支豫算)을 세워 절약 제일주의를 가지시되, 민족경제에 유의하시기
5. '우리 것' 주의를 지키시기

---

15) 위의 책, 382쪽

6. 내우, 수집음을 던지고 천연(天然)한 인격의 계엄을 지니시기
7. 개인생활, 가정생활, 사교생활, 단체생활, 기타에 개선을 염두에 두
   어 날로 때로 향상의 노력을 쉬지 마시기
8. 신문, 잡지, 서적을 보시기
9. 처녀여든 배우자 선택에, 아내여든 일하는 남편에 정신적 협조를 주
   시기에 힘 쓸 것
10. 젊은 여성은 가정과 그 몸이 있는 곳에 평화와 빛을 주는 것이니 천
   부의 성직이니, 항상 유쾌와 자애와 겸손의 덕을 가지고 분노, 질책
   (叱責), 질투, 투쟁의 형상을 보이지 마시기[16]

이와 같은 <10계명>이 이광수 시대의 이른바 신여성들에게는 꽤 호소
력을 가졌으리라 여겨진다. 그러나 여기서 특히 3항, 10항에 유의한다면,
그의 작품에서 드러나는 여성관의 한계성과 모순성은 전혀 엉뚱한 결과라
고 할 수 없다. 여기서 더 나아가 우유부단하고 이기적인 남자 주인공들의
모순된 의식 또한 자연스러운 출현이라 하겠다.

> "형식은 영채에 대하여 갑자기 싫은 마음이 생긴다. 저 계집이 이때까지
> 누군지 알 수 없는 수 없는 남자에게 몸을 허하지 아니하였는가. 지금 자
> 기 신세 타령을 하는 저 입으로 별의별 더러운 남의 입술을 빨고, 별의별
> 더러운 남의 마음을 호리는 말을 하던 입이 아닌가. 지금 여기 와서 이러
> 한 소리를 하고 가장 얌전한 체하고 눈물을 흘리는 것은 육칠 년 전의 애
> 정을 이용하여 나를 휘어넘기려는 휼계(譎計)가 아닌가."[17]

이와 같이 ≪무정(無情)≫의 이형식의 경우, "정조는 여자의 생명의 전체
가 아니다"라고 말하면서도 영채에 대한 그의 태도에서 볼 수 있듯이 실제

---

16) <新女性十戒銘>, 萬國婦人, 1932.10, ≪李光洙全集≫ 8卷(三中堂), 607쪽
17) ≪無情≫, ≪春園文學≫ 1卷, 34쪽

로는 처녀성을 중시하는 것이었다.

또한, 영채의 시체를 찾으러 간 마당에 계향이라는 기생으로 인하여 즐거움을 얻었다는 것이나, 여자가 무엇을 생각하며, 어떤 인생관을 가진 어떤 인물이란 것을 생각지도 않고 외모와 재산같은 외적인 조건만으로 선형과 결혼한 점 등은, 형식에게서 선구자적인 사상과 인류애를 발견하기보다는 남성위주의 유교적 도덕에 대한 향수가 그의 가슴 밑바닥에 커다란 비중을 차지하고 있음을 짐작할 수 있게 한다. 그의 양심은 유교적인 도덕률에 대한 향수로써 합리화할 수밖에 없었던 것이다.

≪흙≫의 허숭의 경우도 마찬가지이다. "농민 속으로 가자"는 이상을 가진 그는 평소 자기희생의 정신을 주장하고, 이기주의, 지방경시의식, 계급의식 등을 비판하였다. 그러나 그는 서울의 양반집 딸인 정선의 미모와 재산에 끌려, 유순을 버리고 정선과 혼인하는 등 그의 이상이나 주장과는 모순된 행동을 한다. 그리고 자신은 정선이나 유순에 대하여 배신행위를 하면서도 그의 정선에 대한 태도에서 볼 수 있듯이 사랑하는 여성에게는 엄격한 정조관념을 요구하고 있다. 이 같은 남성의 이중구조에 의해 ≪흙≫에 등장하는 여성인물은 거의가 철저한 정조관념을 가지고 있음을 볼 수 있다. 정선의 탈선은 아이의 잉태와 함께 양심의 가책, 자살로 이어지며, 결국 죽지도 못한 채 병신이 된다. - 정선은 한 번의 실수로 죽을 때까지 이 같은 죄과를 짊어지는데, 왜 이렇게 춘원은 여성에게 필요 이상으로 철저한 정조관념을 부각시킨 것일까? 이는 성의 상품화 측면에서 그에게 붙어있는 '통속소설가', '매문주의자(賣文主義者)' 등의 수식어와 무관하지 않을 터이며, 또한 성(性)에 대한 그의 남성중심주의의 발단이라 하겠다. 그래서 그는 여성을 항상 사랑과 정조, 한마디로 '남성'이라는 매개체를 통해서만 미화시켰던 것이다.

결국, 춘원은 많은 새로운 사조를 받아들였으면서도 여성에 대해서는 구세대의 유교적 윤리관에 더 집착하는 경향이 잠재되어 있었음을 알 수 있다.

제3절 억압과 순응, 저항과 비극

1) 하층민 여성의 수난과 저항

노신이 주로 사회의 저변층을 대표하는 농민이나 하층여성의 삶에 주의를 돌렸다면, 이광수는 도시생활, 특히 신여성에게 주의를 돌렸다. 그래서 이광수의 여성소설의 주인공은 대부분 신교육을 받은 신여성들이다. 하층여성들은 대부분 조연들인데, ≪무정≫의 영채, ≪흙≫의 유순, 한갑 엄마, ≪어느 여자의 일생≫의 금봉 엄마, 홍씨 부인, 손명규 부인, 하숙집 아줌마 등이 그들이다. 물론 노신의 여성소설에 비하면 인물들이 훨씬 많고 다양하다. 그러나 이광수 작품은 노신처럼 이들을 주인공으로 등장시키지 않았고 하층 여성들의 수난과 억압, 고통과 번뇌 등을 다양하게 담아내지 못했다. 단지 신여성인 주인공과 작품의 전체적인 구성을 위하여 조연으로 등장시켰을 뿐이다. 이러한 점은 노신과 이광수가 동일하게 여성문제에 관심을 두었지만 여성문제를 어떻게 상이하게 풀어갔는가를 보여주는 좋은 실마리이다.

불행한 사람들에게서 제재를 취했던 노신은 사회의 하층농민의 생활과 농촌의 여성에게 깊은 관심을 기울였는데 이들은 한결같이 신문화와 교육의 영향을 조금도 받지 못한 무지몽매한 여성들이다. 그들은 모든 삶의 의미를 남편이나 아이들, 봉건가정에서 찾는데, <축복>의 상림수(祥林嫂)가 그 전형적인 인물이다.

공손하고 과묵한 시골 여인인 상림수는 봉건예교의 신봉자였고 정조 관념이 매우 완고한 여인이었다. 그러므로 그녀는 열 살이나 손아래인 남편과 우울한 생활을 보냈던 것이다. 설상가상으로 남편은 죽고 그런 고통스러운 날조차 유지할 수 없게 된다. 사나운 시어머니가 그녀를 팔아 넘기려하자 도망쳐 나와 일을 해야만 했다. 시어머니에게 잡혀 팔려갈 때 그녀는 필사적으로 몸부림을 치며 울고 저항하는데 이것은 모두 정조관념에서 나온 행위였다. 포악한 봉건세력의 억압아래 미약한 한 포기의 풀에 불과한 그녀는 결국 재가하지만 다시 과부가 되고 아들마저 이리에게 잃고 만다.

> "그녀는 그때는 아무 대답도 하지 않았으나 무척 고민한 모양인지 이튿날 아침 일어났을 때는 두 눈자위가 거무스름했다. …
> "상림수, 너에게 묻겠는데 너는 그때 왜 결국 승낙했지?"하고 한 사람이 말한다."
> "정말이지 아깝게도 헛부딪쳤지"하고 한 사람이 그녀의 흉터를 바라보면서 장단을 맞춘다.
> 그녀는 그들의 웃는 얼굴과 말투에서 자기를 비웃고 있다는 것을 알고 있었으므로 매양 눈을 부릅뜰 뿐 한마디도 대꾸하지 않았으며 나중에는 머리도 돌리지 않았다. …그녀는 단 화젓가락을 만진 것처럼 손을 움츠렸다. 안색도 동시에 잿빛으로 변했다. 다시는 촛대를 가지러 가지도 않고 실신한 것처럼 서 있었다. 사숙이 분향할 때가 되어서야 가라고 해서 그녀는 비로소 나갔다. 이번의 그녀의 변화는 퍽 큰 것이었다. 이튿날은 눈이 움푹 들어갔을 뿐 아니라 기력마저 아주 없이 보였다. 게다가 몹시 겁보가 되어 깜깜한 밤이나 검은 그림자를 두려워할 뿐 아니라 사람을 보기만 하면 자기 주인일지라도 무서워하는 폼이 대낮에 굴을 나와 돌아다니는 생쥐 같았다. 그렇지 않을 때는 인형처럼 계속 우두커니 앉아 있었다. 반년이 못되어 머리털은 반백이 되고 기억력은 더욱 나빠져 심지어 쌀 일러 가는 것도 늘 잊어버렸다."[18]

두 번째 남편이 죽고 다시 식모로 들어간 상림수는 이렇게 질시와 냉소 속에서 결국 정신적 파멸에 이르고 만다. 죄악이 많아 저승에 가서 엄혹한 형벌을 받을 것이라 생각한 상림수는 오랜동안 그녀의 의식을 마비시켜 온 봉건윤리에 순응하여 유마가 속죄의 길을 가르쳐 준 방법대로 문지방에 헌금을 한다. 그러나 돈만 착취당하고 그녀는 비극적인 결말을 맺는다.

동일한 농촌 여성의 수난을 그린 작품으로 <내일>을 들 수 있다. 빈농의 과부 단사부인(單四婦人)은 베를 짜서 세살박이 아들을 연명시킨다. 남편이 없는 단사부인에게 있어서 아들은 자신의 삶을 지켜나갈 수 있는 유일한 희망이었다. "자아내는 무명실까지도 한 치 한 치가 모두가 의미가 있었고, 마디마디 모두 살아 있는 것 같았다."[19]즉 아들의 존재가 자신의 삶의 기반이었고, 생활의 원동력이었으며, 더 나아가 자신이 자신임을 인정받을 수 있는 최소권리의 상징이었던 것이다. 그러나 아들은 기대를 저버리고 죽어버린다. 봉건사회에서 아무런 지위도 없는 여성에게는 남편이나 아이가 최대의 희망이라 할 수 있다. 아들이 죽어버리자 재가도 못하는 그녀는 희망을 잃고 결국 삶의 의의조차 상실해버린다. 이렇게 빈농의 여성이 수난을 받게 된 원인이 봉건예교에 있음은 더 말할 나위가 없다. 이것은 단사부인 일 개인의 삶이 아니라 어두운 봉건사회의 전체 빈농여성들의 삶이었던 것이다. 이 작품에서도 노신은 봉건예교의 폐해를 보여주는 데에 각별한 주의를 기울이고 있을 뿐만 아니라 아오(阿五)와 노공(老拱)같은 깡패들 외에 하소선(何小仙)의 봉건문화, 음양오행의 현란한 의술, 봉건경제의 착취, 고리대금의 저당제도 및 단사부인을 둘러싼 냉혹하고 우매한 사회의 분위기를 보여주고 있다.

---

18) <祝福>, ≪彷徨≫, ≪魯迅全集≫ 2卷, 20쪽
19) <明天>, ≪吶喊≫, ≪魯迅全集≫1卷, 455-456쪽

<이혼>의 애고(愛姑)는 앞의 상림수나 단사부인과는 사뭇 다른 모습의 농촌여성이다. 15살 때 시집을 간 그녀는 단사부인처럼 고독하게 오열하는 모습도 없고 상림수처럼 뼛속 깊이 스며든 고통도 없다. 그녀는 체면있는 여성이었고 위엄있는 아버지도 있었다. 그녀는 향신 가정에서 성장하였으므로 말이 능란하고 자신의 마음대로 행동할 수 있었으며 억척스러웠다. 이것은 단사부인과 상림수가 최소한의 생존권리를 박탈당하거나 성실하고 무고한 그들이 침묵 속에 질식되는 것과 비교하면 선명한 대조를 이룬다.

그러나 그녀의 일거수 일투족과 말 한마디, 행동 하나하나는 모두 부패 - 반동적인 질서와 봉건제도와 관련되어 있었다. 애고는 구사회의 무수한 농촌 여인들처럼 봉건시대의 분위기 속에서 자라나 봉건질서와 봉건제도의 반동성 및 부패성을 인식하지 못했다. 그래서 그녀가 사람을 위하여 일을 한다할지 시비를 가릴 때는 여전히 구사회가 기준이 되었고 젊은 남편이 과부와 사통하여 그녀를 버리려고 할 때도 "나는 전통혼례식에 따라 꽃가마를 타고 온 사람"20)이라고 주장하였다. 그녀는 매우 억셌지만 유치하였고 확실히 전통혼례와 꽃가마류의 혼인형식을 일종의 숭고한 의식으로 간주하였던 것이다. 상림수나 단사부인보다는 약간 깨어있는 여성이라 할지라도 그녀 또한 여전히 봉건제도의 옹호자였던 것이다. 그래서 그녀는 상류사회의 인물인 일곱째 나으리를 학식과 교양, 예의를 갖춘 정인군자(正人君子)로 간주하였고 그를 찾아가 시비를 가려주기를 원했던 것이다.

그러나 일곱째 나으리 같은 도학자는 여성을 천시하는 전형적인 부권주의자였다. 그는 협박으로 그녀를 굴복시키려고 할 뿐, 정작 그녀의 억울함을 풀어주지 않았다. 애고는 결국 그의 위엄 앞에 굴복하고 만다. "이전에는 모두 제가 잘못하여 방자하고 거칠었어요." 그녀는 매우 후회하였으며

---

20) <離婚>, ≪彷徨≫,≪魯迅全集≫2卷, 150쪽

"제가 본래 일곱째 나으리의 분부를 들어야 하는데"21)하고 자신의 굳은 의지를 꺾고 패배하고 만다.

그녀는 비록 날카롭고 억셌지만 자신보다 지위가 높은 일곱째 나으리 앞에서는 마음이 뛰어 어찌할 줄 몰랐다. 이처럼 그녀는 나약하고 곤혹스러워 마지막에는 공손해지고 부드러워졌다. 그녀는 약자에게는 강하였고 강자에게는 약하여 권세나 이익에 따르는 위선적인 모습을 가지고 있었다. 다시 말하자면 봉건가정에서 태어난 그녀의 사상의식은 봉건관념의 영향을 엄중히 받았으며 봉건적인 전통관념이 그녀를 지배하고 있어서 자각적이든 비자각적이든 그녀는 봉건예교의 법률에 의존하였던 것이다.

이처럼 봉건세력과 봉건예교는 상림수, 단사부인 뿐만 아니라 애고의 머리를 마비시켰다. 그들은 생활에 대하여 어떠한 희망도 없었고 노예같은 평온한 생활도 할 수 없었다. 잡히든지, 팔리든지, 버림을 받던지 봉건적인 악마의 손은 시시각각으로 이 선량하고 우매한 영혼을 사로잡았다. 그들은 자신의 고통의 근원을 알지 못했던 것이다.

이처럼 노신은 하층민 여성의 억압과 수난의 원인을 봉건제도와 봉건예교에서 찾았는데 이 점은 이광수도 궤를 같이 한다.

≪무정≫에서 영채는 부친에게서 배운 유교적 윤리관으로 인해 비극을 맞는다. 아버지를 구하기 위하여 자신의 몸을 판다든가 아버지가 일찍이 짝지어 준 형식을 만나기 위하여 모든 인생을 건다든가 하는 점, 혹은 잃어버린 정조 때문에 자살소동을 일으키는 것 등은 모두 봉건예교의 폐해라고 할 수 있다.

영채는 옛말을 생각하였다. 그때 아버지께서 제 몸을 팔아 그 돈으로 그

---

21) 위의 책, 위의 글, 157쪽

아버지의 죄를 속한 옛날 처녀의 말을 들을 제, 아직 열 살이 넘지 못하였
던 영채는 눈물을 흘리며 나도 그리하였으면 한 일이 있음을 생각하였다.
…

내가 이제 옛날 처녀의 본을 받아 내 몸을 팔아 돈만 얻으면 아버지와
오라버니는 옥에서 나오시렷다. 옥에서 나오시면 칭찬을 하시렷다. 세상
사람들이 나를 효녀라고 …(중략)… 칭찬하였다.[22]

이렇게, 어린 영채는 오직 옥중에 있는 부친과 형제를 구출하여 효녀라
고 칭찬받고 싶은 마음으로 기생이 되고 만다. 그러나 부친과 형제를 구원
하지 못하였을 뿐만 아니라, 영채가 기생이 되었다는 말을 들은 박진사는
절식하여 자살을 하게 된다.

또한 영채는 이형식의 은인의 딸로서 어렸을 적 아버지가 막연히 암시해
준 형식을 남편으로 생각하여 형식을 위하여 7년간 정절을 지킨다.

"몸이 팔려 기생 노릇한 지가 이미 육칠 년에 여러 남자의 청구도 많이
받았건만 아직 한 번도 몸을 허한 적이 없음은 어렸을 적 소학 열녀전을
배운 까닭도 되거니와 마음 속에 형식을 잊지 못한 것이 가장 큰 까닭이었
다. 부친께서 '너는 형식의 아내가 되어라.' 하신 말씀을 자라나서 생각하
니, 다만 일시 농담이 아니라 진실로 훗일에 그 말씀대로 하시려 한 것이
라 하고 내 몸이 가루가 되더라도 아니 어기리라 하였다"[23]

이렇게 영채는 형식을 운명적으로 받아들임으로써 자기의 일생을 맡기
고자 결심한다. 삼종지도(三從之道)와 칠거지악(七去之惡)을 내세우는 유
교제도의 남자본위 사상에 대한 비판의식이 없었던 그녀는 그같은 규범 속
에서 남자의 노예에 불과하였던 것이다. 그녀는 여성의 위치를 한 번도 회

---

22) 《無情》, 《春園文學》 1卷, 45쪽
23) 위의 책, 28-29쪽

의적으로 생각해보지 않고 다만 운명으로만 돌려버리는 구시대 윤리관을 대표하는 여성이었다.

정절에 대한 봉건예교는 더욱 심각하다. 영채는 정절을 잃음으로 말미암아 인생의 지향점을 상실해버리고 자살할 결심까지 한다.

> 이 몸은 옛날 성인과 선친의 가르침을 지키어 선친께서 세상에 계실 때에 이 몸을 허하신 바 선생을 위하여 구태여 이 몸의 정절을 지키어왔나이다……
>
> 그러나 이 몸은 이미 더러웠나이다. 아, 아, 선생이시여, 이 몸은 더러웠나이다. 약하고 외로운 몸이 애써 지켜오던 정절은 작야에 수포로 돌아가고 말았나이다. 이제는 이 몸은 천지가 허하지 못하고 신명이 허하지 못할 극악한 죄인이로소이다.[24]

이와 같이 형식에게 남긴 유서에서 볼 수 있는 것처럼 영채가 정절을 생명처럼 중요하게 여긴 것은 바로 옛 성현과 선친의 가르침으로 말미암은 것으로 그 폐해는 노신이 <광인일기>에서 중국의 역사를 '식인의 역사'로 지적한 것처럼 막대한 것이다.

이광수는 ≪흙≫에서도 정절의 폐해를 다음과 같이 더욱 심각하게 지적하고 있다.

> "당신께서도 아시는 바거니와, 우리 동네에서는 아직 한 번 맘으로 허락하였던 남편을 버리고 다른 남자에게로 시집을 간 사람은 없나이다. 내 조고모께서는 사주만 받고도 그 남자가 죽으매 일생을 그 집에 가서서 늙으셨고, 당신 댁에도 남편이 죽은 뒤에 소상을 치르고는 뒷동산 밤나무 가지목을 달아 돌아가신 이가 있다 하나이다. 그것을 다 구습이라고 동네에서 말하는 이가 없지 아니하나 어리석은 제 맘은 그 본을 따를 수밖에 없다

---

24) 위의 책, 134쪽

하나이다. 부모님께서 정해 주신, 한 번 얼굴도 대해 보지 못한 남자를 위
해서도 저를 지키거든, 저와 같이 제 맘을 사랑하고 또 비록 잠시라도 당
신의 품에 안겨 본 당신께서 저를 잊어버리신다고 저마다 당신을 잊고, 이
몸과 맘을 가지고 또 다른 남자를 사랑할 생각은 없나이다."[25]

단지 한번 허숭의 품에 안겼다고 해서 평생의 남자로 생각할 만큼 봉건
윤리에 철저히 물든 유순은 결국 사랑하는 형식에 의하여 한갑과 결혼하지
만 남편의 오해로 임신한 채 죽음을 당한다. 그녀는 구제도의 억압에 의하
여 자신이 원하는 길을 선택하지 못하고 사랑하는 사람의 중매로 인하여
죽음의 길로 가게 되었던 것이다.

한편, 유순의 시어머니인 한갑의 어머니는 참으로 운명이 박복하다. 일찍
이 친구를 죽인 살인자 남편을 감옥에 보냈던 그녀는 아들 또한 농업기수
를 때려 감옥에 들어갔다가 임신한 부인 유순이를 때려죽이자 자신의 운명
을 비관하여 물에 빠져 자살해 버린다.

《그 여자의 일생》에 등장하는 기생 출신인 금봉이의 어머니 역시 박복
한 운명이기는 마찬가지이다. 어려서는 가난으로 고생하고, 자라서는 이 사
내 저 사내의 놀림감으로 고생했다가 남편을 만났지만, 재산과 청춘을 몽땅
빼앗긴 채 온갖 구박을 받다가 결국 우물에 빠져 자살하게 된다.

병든 손명규 부인은 남편이 의지할 데 없는 여학생을 집안으로 불러들여
농락하는 것을 보면서도 속수무책으로 남편의 횡포를 당하고만 있다.

금봉의 하숙집 아줌마의 인생은 더 한층 비참하다. 남편이 죽은 이듬해
에 중학교 오학년에 다니던 아들이 해수욕장에 갔다가 물에 빠져 죽고, 고
등 소학교를 졸업하고 집에 있던 외동딸은 이층에 기숙하고 있던 대학생의
유혹으로 아이를 임신하지만 그 대학생이 종적을 감추어 버리자 한 달 동

---

25) 《흙》, 앞의 책, 81쪽

안 날마다 울다가 기차에 깔려 자살을 한다. 하숙집 아줌마는 남편과 아들과 딸의 위패를 보면서 그들의 극락왕생을 위하여 몇 번이고 나무아미타불하고 염불을 왼다.

이처럼 남성위주 세계관의 한계를 극복하지는 못하였지만 이광수 또한 봉건예교와 남성중심의 억압구조 속에서 희생당해야만 했던 하층민 여성의 비극적인 삶에도 상당한 관심을 보였다 하겠다.

2) 신여성의 해방과 비극

이광수 작품의 대부분이 신여성을 주인공으로 삼은 반면, 노신의 <상서(傷逝)>와 <행복한 가정>을 제외하고는 거의 전무하다고 할 수 있다. 두 작가의 관심이 어디에 집중되어 있는가를 잘 나타내주는 예라 하겠다. 노신의 관심이 주로 하층계층의 억압받는 여성에 집중되어 있다면 이광수의 관심은 주로 상류계층의 지식인 여성에 초점이 맞추어져 있는 것이다. 두 작가는 신여성을 통하여 모두 자유결혼, 자유연애, 개성해방, 남녀평등을 부르짖는데 노신이 개성해방과 더불어 경제의 독립, 사회해방을 강조한 반면, 이광수는 여전히 구사상의 영향에서 벗어나지 못한 한계를 보여준다.

1923년 말 <노라는 나간 후 어떻게 되었을까>에서 노신은 중국여성의 철저한 해방과 경제제도의 근본적인 개혁을 피력했다. 여기에서 그는 현존하는 사회 조건 하에서는 무엇보다도 우선 여성도 남성처럼 경제권을 얻어야 한다고 주장하였다. 그렇지 않으면 노라는 가정을 뛰쳐나왔지만 결국 타락하든지 아니면 돌아올 것이라는 것이다. 노라가 남편의 집에서 나온 것이나 <상서>의 자군(子君)이 아버지의 집에서 뛰쳐나온 것은 본질적으로 개인의 자유스러운 생활을 위한 것이었으며, 억압된 개성을 해방하자는 것이었다. 방대한 봉건암흑세력의 통치하에서 자군은 용감히 봉건가정을 뛰쳐

나와 연생(涓生)과 결혼하여 살지만, 연생이 회사에서 면직됨으로 말미암아 결혼생활은 비극으로 치닫게 된다.

경제적 타격은 정신적으로 철저히 해방되지 않은 자군으로 하여금 놀라고 당황하게 하여 어찌할 바를 모르게 한다. 환상은 이미 환멸로 변했고 활력은 점차 없어져 그녀는 이 타격 앞에 유약하게 된다.

그들의 삼성에 있어서 두 번째 좌절은 그녀의 천박한 허영이다. 방주인의 조소를 피하기 위하여 어려운 생활 속에서 자신도 먹을 수 없는 양고기를 아수(阿隨)에게 먹였으며 심지어 어떤 때에는 연생으로 하여금 식사조차 하지 못하게 하였다. 연생과 여러차례의 싸움을 거치고 난 후에 닭을 죽여 먹게 되는데 이로 인하여 의기소침해진 자군은 항상 처량함과 무료함을 느끼며 심지어 입을 열려고도 하지 않게 된다. 결국 그들의 애정은 파국을 맞을 수밖에 없었다.

한마디로 자군은 성숙하지 못한 여성이었다. 그녀는 사회적 환경에 적응하지 못했으며 완전히 독립할 수 있는 자각성이 부족하였던 것이다. 철저한 개성해방 사상이 부족했던 그녀는 개성해방을 자유연애와 완전히 동등하게 여겼다. 자유연애는 단지 개성해방의 구체적 내용이지 개성해방의 전체가 아니다.26) 소위 개성해방이란 혼인문제에서 봉건예교의 속박에서 벗어나 자신의 운명을 자신이 결정하는 것을 의미한다. 그러나 더욱 중요한 것은 사회생활의 각 방면에서 자유스럽고 독립적인 인격을 지녀야 하는 것이다. 자군에게 부족한 점은 바로 이것이며, 이점에 있어서 그녀는 입센의 노라와 같지 않다. "저는 저여요. 그들 누구도 저의 권리를 간섭할 수 없어요!"27) 자군은 자유스러운 혼인문제에 대하여 이러한 신념과 용기를 가지고 있었

---

26) ≪魯迅硏究 10≫, (北京 : 社會科學院, 1987), 230쪽
27) <傷逝>, ≪彷徨≫, ≪魯迅全集≫2卷, 112쪽

다. 그러나 그녀가 받아들인 개성해방 사상은 애정에서 시작되어 파멸로 끝난다.

자군은 애정문제에서 각성했지만 그 애정은 오히려 진보하는데 굴레가 된 것이다. 그녀는 자신이 선택한 사랑으로 인하여 파멸하였기 때문에 다시는 자유스러운 독립적인 요구도 없었다. 그녀는 정서적으로 연생에게 버림을 받은 후 아버지 곁으로 돌아갔다. 자군은 5·4시대의 개성해방의 사상을 수용했지만 그것의 풍부하고 다양한 사상 내용을 이해하지 못한 여성이었던 것이다. 이것이 자군의 애정비극을 조성시킨 주관적인 원인이다.

그러나, 근원적으로 살펴보자면 그들의 애정비극은 어두운 사회의 잔혹한 비극이 빚어낸 결과이다. 연생과 자군의 자유연애, 자유혼인은 그 시대에 있어 상궤(常軌)를 벗어난 행위였다. 그러므로 그것은 시작하자마자 어두운 악의 세력에 의해 용납되지 않는다. 길을 걸을 때 때때로 부딪치는 탐색과 조소, 경멸의 눈빛. 뿐만 아니라 자군의 숙부는 연생을 욕하고 연생의 친구는 그와 절교를 하기도 한다. 이것들은 모두 참을 수 있지만 가장 참을 수 없는 것이 바로 경제의 문제였다. 경제문제를 해결하지 못한 자군은 할 수 없이 봉건가정으로 돌아갈 수밖에 없었고 자군은 마침내 부친의 위엄과 차가운 시선 속에 비참하게 죽어간다.

이 같은 분석은 <상서>의 창작동기와 연생과 자군의 애정비극의 근본적인 원인을 정확히 이해하게 해준다. <상서>는 당시 수많은 소자산계급의 지식청년들이 사회의 어둠을 직시하지 못한 채, 맹목적으로 혼인의 자유를 추구하거나 암흑의 세력과 과감히 싸우지 못하는 그들의 사상에 경종을 울리려고 하였던 것이다.

<행복한 가정>은 젊은 부부의 행복관과 냉혹한 현실사이의 첨예한 모순을 잘 반영하고 있다. 소설의 주인공은 행복한 가정을 꾸미기 위하여 노

력한다. 그러나 군벌의 혼전에다 이리들이 도처에서 들끓는 암울한 세상에 서는 행복한 가정을 꾸밀 수가 없다. 여기서 노신은 신랄한 풍자수법을 가지고 가정과 사회의 개조가 불가분의 관계에 있음을 설명하고 있다.

노신은 훗날 <여성해방에 관하여>라는 글에서 다음과 같이 지적한다. "이 개혁되지 않는 사회에서 일체의 단독의 새로운 모습은 간판에 불과하며 사실 이전의 모습과 변함이 없다."[28] 여성이 억압받고 수탈받는 광대한 군중들의 일부인 이상, 아무리 자산계급이 엉뚱한 생각으로 새로운 모습을 만들려하더라도 여성들로 하여금 진정한 해방을 얻게 할 수는 없다. 상림수, 단사부인, 애고와 자군의 운명은 억압받고 수탈받는 구중국의 광대한 군중들의 공통적인 운명이다. 여성의 해방을 사회해방의 대해 속에 끌어넣어야만 비로소 그들의 지위를 철저히 변화시킬 수 있다. 그래서 노신은 상술한 글에서 "사회를 해방해야만이 또한 자신도 해방된다."라고 역설한 것이다.

반면, 이광수의 신여성에 대한 관점은 어떠하였는가? 노신이 여성의 해방을 사회문제로 확대해갔다면, 이광수는 훨씬 개인적인 내면의 문제, 즉 '정(情)의 문제'로 축소해서 접근해 간 양상을 보인다.

이광수 소설의 신여성은 대부분이 미인이면서 이기적이고 세속적인데다 의지가 약한 여성들로 그려져 있다. "호리호리한 키와 날씬한 몸맵시, 얌전하게 윤이 흐르는 머리 모양"[29]이 예쁜 순영이라든가 "그 치렁치렁한 검은 머리, 하얀 목, 샛별같이 빛나는 눈, 그 조화 잘된 몸 모양, 그 보들보들해 보이는 조그마한 손, 그 걸음걸이, 모두 다 사람들의 눈을 끄"[30]는 긍봉이 등, 이광수의 신여성들은 미모와 재질이 뛰어나기 때문에 남성의 흠모의 대

---

28) <關於婦女解放>, 앞의 책, 598쪽(?)

29) 《再生》, 《春園文學》 3卷, 11쪽

30) 《그 女子의 一生》, 《春園文學》 9卷, 17쪽

상이 될 뿐만 아니라 유혹의 대상이 된다.

"처음 만날 때 순영은 '저것이 백윤희' 하고선 선입견으로 백을 무서운 악인같이 보았으나 이 집에 들어와 오륙시간을 있는 동안에 백에게 대한 맘이 많이 변하였다. 첫째 백은 점잖고 공손한 사람이었다. 어쩌면 그렇게 얌전해 보이고 델리킷해 보일까. 순기는 못나 보이고 윤은 못난 듯하고 음흉해 보이고 최는 남자다우나 더펄이다. 김씨는 말라깽이요 추근추근하고 아니꼽게 군다. 그런데 백은 라운드하고 스무스하다. 진실로 아리스토크랙틱(귀족적)이다.
게다가 밀리어내어(백만 장자)요, 이런 좋은 집이 있고 또 나를 사랑한다…. 이렇게 생각할 때에 그는 혼자 웃고 혼자 얼굴을 붉혔다. 그러고는 곁에서 피아노를 타고 앉았는 선주가 그 늙은 변호사에게 시집을 가는 뜻을 깨달은 듯도 싶었다."31)

순영의 내면의 갈등, 망설임, 변덕스러움은 극히 인간적이고 자연스러운 것이기는 하다. 그러나 이같이 세속적인 화려함의 유혹을 뛰어넘지 못한다는 데에 문제가 있다. 마침내 그녀는 돈과 물질에 순응하여 걷잡을 수 없는 타락의 길을 걷게 되는데, 이는 이광수가 그린 신여성의 대표적인 기본 모델이다. 타락의 강도에서 순영보다 한 걸음 더 진일보한 금봉의 경우도 마찬가지이다.

"사람들은 돈과 음욕과 시기와 중상과 음모와 이것으로 일생을 살지 아니하는가, 남만 그러한 것이 아니라 금봉이 자신이 오늘까지 걸어 온 길도 그것이 아닌가. 왜 금봉은 명규한테 시집을 갔나? 돈 때문이 아닌가. 왜 명규를 싫어하게 되었나? 역시 돈 때문이 아닌가. 왜 금봉은 아비 모를 자식을 낳았나? 음욕 때문이 아닌가. 명규의 정성에 움직였다는 둥, 그 사랑에

---

31) ≪再生≫, 앞의 책, 65쪽

감복하였다는 둥, 명규씨를 깨끗한 생활로 인도하려 함이라는 둥, 이런 것
은 모두 다 거짓의 껍데기나 아니었던가."32)

미모와 재질을 겸비하여 모든 사람의 부러움의 대상이었던 금봉은 완고
한 아버지의 뜻을 거역하고 스승인 손명규의 도움으로 동경에 유학을 갔다
가 그의 사기와 돈에 현혹되어 결혼하나, 종국에는 손명규가 빈털털이라는
사실을 알고 타락의 늪으로 빠져들게 되는 것이다.

금봉은 결국 돈 때문에 다시 김광진의 첩이 되고 심상태의 노리개가 되
었다가 모든 것을 잊기 위하여 출가하고 만다. 이렇듯 신여성에 대한 이광
수의 부정적인 견해는 《혁명가의 아내》에서 더 강하게 나타나 있다.

"그러나--그렇지만은,
"흥, 정조. 의리. 남편을 섬김. 흥, 봉건사상. 노예 도덕…흥" 하고 정희는
열녀 타이프인 그 어머니 이메이지에 침을 뱉고 발길로 차 버린다.
"그런 모든 인습적 우상에서--노예의 질고에서 인간을 해방하는 것이 혁
명이다!"
하고 정희는 혁명가다운 용기를 발하여 벌떡 일어난다.
일어난 것은 건넌방으로 가자는 뜻이다. 지금까지 생각한 모든 것이 건
넌방으로 건너가서 권과 같이 자도 옳다는 이론을 성립시키려는 것에 불
과하다."33)

이렇게 《혁명가의 아내》 정희는 혁명가인 남편까지도 부정하고 비판
하여 급기야는 젊은 권의사와 연애하는 것도 옳은 것으로 간주할 정도로
개방적이다. 이 같은 개성해방은 진정한 여성해방과 이어지지 못한 채 타락
의 늪으로 빠지게 마련이다. 이광수는 이렇게 정신적으로 허약한 신여성을

---

32) 《그 여자의 일생》, 앞의 책, 283쪽
33) 《혁명가의 아내》 《春園文學》 1卷, 343쪽

질타하는데, 시선을 보다 범사회학적으로 돌리지 못하고 '남성'과 '돈'이라는 매개체를 통해서만 여성을 파악하는 한계성을 보여준다.

그러나, 초기 작품 <무정>의 병욱은 이들 부정적인 지식인과는 아주 다른 양상으로 나타난다. 자살하기 직전 영채를 구해 준 병욱은 이제까지 봉건윤리에 억눌려왔던 개성을 해방시켜 준 진정으로 깨어 있는 신여성이다.

> 지금까지 여자는 남자의 한 부속품, 한 소유물에 지나지 못하였어요. 영채씨는 부친의 소유물이다가 이씨의 소유물이 되려 하였어요. 마치 어떤 물품이 이 사람의 손에서 저 사람의 손에 옮겨가는 모양으로…우리는 사람이 되어야 합니다. 여자도 되려니와 우선 사람이 되어야 합니다. 영채씨께서 할 일이 많지요. 영채씨는 결코 부친과 이씨만을 위해서 난 것이 아니외다. 과거 천만대 조선과 현대 십 육억 동포와 미래 천만대 자손을 위하여 나신 것이야요. 그러니까 부친께 대한 의무 외에 이씨께 대한 의무 외에도 조상에 대한 의무를 아니하고 죽으려고 한 것은 죄외다.[34]

병욱은 비인간적인 사고방식에서 인간으로서의 의식을 찾으려는 전환기의 가장 대표적인 여성이다. 그녀는 여성이 남성의 소유물이었던 것과 생산의 도구, 향락의 대상으로만 생각되었던 것에서 탈피할 것을 강조하면서, 여성도 인격을 찾음으로써 개성을 가지고 기능을 찾음으로써 남자와 같이 사회의 동등한 구성원이 될 것을 주장했다.

병욱과 영채의 대립, 즉 새로운 윤리와 낡은 윤리의 대립에서 결국 병욱은 영채에게 인간의 존엄성을 바탕으로 한 새로운 사상이 인간의 존엄성을 무시한 구세대의 낡은 인습보다 옳다는 것을 깨닫게 해 준다.

"흥, 그 삼종지도(三從之道)라는 것이 여러 천년간, 여러 천만 여자를 죽

---

34) ≪無情≫, 앞의 책, 233-234쪽

이고 또 여러 천만 남자를 불행하게 하였어요. … 다른 사람의 뜻을 위하
여 제 일생을 결정하는 것은 저를 죽임이외다. 그야말로 인도의 죄라 합니
다. 더구나 부사종자(父死從子)라는 말은 참 남자의 포악함을 표함이외다.
여자의 인격을 무시하는 말이외다.[35]

여기서 병욱이 삼종지도가 여자뿐만 아니라 남자도 불행하게 하였다고
말하고 있는데, 여자의 해방이 남자의 해방과 연결되어 있다는 점을 시효하
고 있는 것은 대단히 주목할만하다. 이와 같은 발언은 구시대의 윤리관인
유교사상에 정면으로 도전한 것이다. 천만 여성의 율법이었던 삼종지도를
'인간의 죄'라고 표현한 것은 실로 놀라운 발언이었다. 이것은 한국의 전통
적인 가족제도나 사회윤리에 대한 공공연한 최초의 반역적인 선언이었다.

이처럼 병욱이라는 인물은 새로운 세대의 새로운 윤리의식을 가지고, 무
자각적인 조선의 여성을 자각의 상태로 끌어올리는 정열을 가진 이상적인
여성이라 하겠다. 이러한 점은 노신의 관점과 유사한 것으로 진정한 페미니
즘 문학은 휴머니즘을 바탕으로 한 것이라는 것을 환기시켜 준다.

3) 억압과 순응, 저항과 비극의 구도

역사적으로 가장 오래, 가장 치밀하게 행해져온 억압은 바로 남성에 의
한 여성의 지배라 할 수 있다. 노신과 이광수의 여주인공들은 한결같이 그
억압 속에서 비극적인 최후를 맞는다고 해도 과언이 아니다. 본 장에서는
그동안 살펴본 작품들을 억압 → 저항 → 순응 → 비극의 구도로 집약시켜
정리해 본다.

먼저, 노신의 <내일>은 단사부인의 '순응성'이 두드러진다. 그러나 여

---

35) 위의 책, 232-233쪽

기서 드러나는 순응성은 이광수의 주인공들이 보여주는 순응주의와는 또 다른 것이다. <내일>은 제목부터 상징적 의미를 갖는다. 단사부인에게 있어서 내일에 대한 희망은 힘들게 고투하는 생활 속에서 갖는 유일한 신념이자 이상이며, 선량하고 고상한 미덕이다. 그녀는 아들 보아(宝兒)의 병이 나으리라는 희망을 끝끝내 버리지 못하지만, 사회의 냉혹함과 엉터리 의사의 오진으로 인하여 보아는 죽고 만다. 아들의 죽음을 믿을 수 없던 그녀는 이내 방적기 앞에 앉아 생활에 대한 희망과 신념을 가진다.

단사부인의 선량함과 부지런함, 의연함과 분수를 지키는 것, '삶에 대한 희망' - 이런 것들은 봉건제도하에서 곧장 절망으로 변하였고 마지막에는 처참한 지경에 이르고 만다. 단사부인의 숭고한 품격은 본래부터 비극적인 씨앗을 품고 있었다. 예를 들면 선조가 안배해 준 일정한 궤도의 생활을 따라서 산다는 것은 통치자의 치적이며 또한 그녀가 각성하지 못한 것의 반증인 것이다. 이 때문에 단사부인은 주어진 운명에 대하여 순응할 수밖에 없었으며, 봉건제도는 그녀의 최소한의 권리를 박탈하였을 뿐만 아니라 그녀의 아름다운 이상에 냉담함과 경멸, 파멸을 덧붙였던 것이다.

<축복>의 상림수 역시 순박하고 선량한 농촌 여성이다. 고통 속에서도 성실한 노력으로 인간으로서의 최소한의 생활을 유지하려고 하나 그녀 또한 결국 4가지 구속36)에서 벗어나지 못한다.

그녀는 부권(父權)의 지배하에 불합리한 결혼을 참아야했고, 남편이 죽은 후에는 도망쳐 나와 넷째 나으리 집에서 일을 도와야 했다. 그 당시 출가한 여인은 영원히 남편의 부속품이었다. 남편이 죽는다할지라도 그가 남겨놓은 부속품이었다. 상림수는 끝까지 반항하지만 마침내 남편의 집으로 다시 잡혀가 짐승처럼 벽촌으로 팔려간다.

---

36) 모택동이 지적한 봉건사회에서 주도적 위치를 차지하고 있는 政權, 族權, 神權, 夫權

"허나 상림수는 여느 여인들과도 달랐대요. 그들 말에 의하면, 가는 길 내내 울부짖고 욕하느라 허씨 마을에 도착했을 때는 목이 꽉 잠겨 버렸다는군요. 가마에서 끌려 나온 뒤에도 두 남자와 시동생 셋이서 힘껏 붙들었지만 식을 올릴 수가 없었답니다. 그 사람들이 잠깐 방심해서 손을 늦추었더니, 어이구 이를 어째! 그 여자는 예식의 상 모서리에 머리를 부딪쳐 커다란 구멍을 내고 말았대요. 피가 펑펑 쏟아져 두 묶음이나 되는 향불의 재를 발라도 안 되고, 헝겊으로 싸도 피를 멈출 수가 없었더랍니다. 여럿이 달려들어 그 여자를 신랑과 함께 신방에 집어넣은 뒤에도 소리소리 질렀다는군요. 아이구 정말..."37)

비록 자신의 불행한 처지에 대하여 어떠한 자각도 없는 상림수였지만, 실절(失絶)은 일부종사(一夫從事)의 봉건윤리를 깨는 것으로서 자신의 도덕성을 저버리는 것과 같은 것이었으므로 목숨을 걸고 지켜야 한다는 일말의 자존심이, 그녀로 하여금 목숨을 건 반항을 하게 하는 것이다.

특히 그녀의 두 번째 남편과 아모(阿毛)가 죽은 후 다시 노(魯)씨 집으로 돌아와 일을 할 때, 주위 사람들은 그녀의 비참한 운명에 대하여 비웃지만 그녀는 결코 대답하지 않는다. 오직 "침묵"만을 고수하는데 그것은 그녀의 침묵의 항의였다. 또한 상림수는 죽기 전에 영혼과 지옥의 존재 유무에 대하여 회의를 한다. 이것 역시 비참한 운명에 대한 불복종의 표시이다. 상림수의 일생은 수난의 연속이었으며 이 억압의 구조 속에서 몸부림치며 저항하지만 결국 비극적인 결말을 맞을 수밖에 없었다.

<이혼>은 <축복>이나 <내일>과 유사한 농촌 여성소설이지만 또 다른 면모를 보여준다. 상림수나 단사부인이 봉건사회의 억압에 묶인 하층 여성들에 속한다면 <이혼>의 애고는 구사회에 맞서 싸우는 반항성이 두드러진다.

---

37) <祝福>, 앞의 책, 14쪽

애고는 15살 때 시(施)씨 집에 시집을 와서 갖은 억압과 업신여김을 받아 왔다. 애고의 남편 - 짐승같은 놈-은 젊은 과부와 사통을 하고, 봉건세력인 위(慰)나으리와 일곱째 어른과 결탁하여 애고와 이혼하고자 한다. 애고의 반항은 여기서부터 시작된다. 그녀는 거침없이 말하고 행동할 정도로 사나 웠는데, 이러한 성격의 특징은 자연히 봉건예교가 오랜동안 억압함으로써 생겨난 것이다. 노신은 이 농촌 여성의 분명한 반항적 태도를 다음과 같이 묘사하였다.

> "네…알고 있어요. 우리 가난한 사람은 아무 것도 모릅니다. 저의 아버지 가 세상의 의리나 인정조차 모르고 멍청해져 있는 것을 원망합니다. 그러 니 저 '짐승 같은 늙은이'와 '짐승 같은 놈'이 파놓은 함정에 빠질 수 밖에 요. 그들은 마치 초상을 알리러 가듯이 서둘러 남 모르게 개구멍을 빠져나 가려고 애쓰는 인간들이예요."38)

봉건세력의 대표자인 위나으리를 만날 때, 애고의 반항적 성격은 더욱 확실히 드러난다. 그녀는 일곱째 나으리 앞에서 시비를 가렸고 이치에 맞게 항쟁을 하였다. 위나으리는 "공사공판(公事公辦)"으로 위협하였지만 애고 는 조금도 두려워하지 않고 소리를 지른다. "저는 목숨을 걸 것이어요." 구 중국에서 평범한 농촌 여성이 어찌 봉건세력에 맞서 감히 성질을 내고 말 할 수 있겠는가? 애고의 반항성은 억압자의 경멸과 배척을 통하여서 표현 된 것이다. 그녀는 자신을 박해한 시아버지와 남편을 "노축생(老畜生-짐승 같은 늙은이)", "소축생(小畜生-짐승같은 놈)"으로 불렀다. 위나으리는 네 차례나 이혼에 동의하라고 권고하였지만 애고에게 거절당한다. 애고는 일 곱째 나으리에 대하여 다소 환상을 갖고 있었지만 마음 속에 어떠한 호감

---

38) ＜離婚＞, ≪彷徨≫, ≪魯迅全集≫ 2卷, 151쪽

도 없었다. 그밖에 애고는 봉건예절을 경시하였는데 이것 또한 그녀의 일종의 반항적 성격의 표현이었다."나를 버리려고 하는 것은 안돼. 일곱째 나으리도 좋고, 여덟째 나으리도 좋다. 나는 그들의 집이 패가망신하도록 시끄럽게 굴테니까!…"[39] 이것은 억압자에 대한 애고의 보복이다. 이런 반항과 보복은 개인적이고 자발적인 것으로서 피억압 여성의 비타협적인 투쟁정신인 것이다.

그러나 소설의 결미에서는 고립되어 도움을 받을 수 없는 지경에 처한 애고가 봉건세력의 포위와 협박에 마침내 굴복하고 만다. 노신은 애고의 거침없는 언어와 행동으로 농촌여성의 매서운 반항정신을 묘사하면서 저항하는 여성의 전형을 두드러지게 그려내고 있다. 이들 여성들이 수 천년 동안 구중국을 지배해 온 봉건제도와 봉건윤리에서 벗어나지 못한 채 순응하여 파멸의 길을 걷게 되는 것은 불가항력적인 것임을 토로한다. 신여성인 <상서>의 자군도 같은 범주이다.

용감하게 봉건가정을 뛰쳐나와 자신의 주장대로 사랑하는 사람과 결혼한 자군은 남편이 경제적 능력이 없어지자 그대로 무너지고 만다. 자신의 힘으로 삶의 방법을 모색해보지도 않고 다시 봉건가정으로 돌아가 순응하여 살려고 하는 것이다. 그러나 그녀 또한 봉건가정의 억압을 이기지 못한 채 파멸의 길로 가야만 했다. 자유혼인과 경제적 독립, 사회개조 등의 관계를 이해하지 못한 신여성 자군 역시 비극적 주인공일 수밖에 없었던 것이다. 이렇게 노신은 주인공들의 비극이 모두 개인의 문제가 아니라 봉건제도, 억압적인 사회구조가 빚어낸 산물임을 주지시키고 있다.

노신이 '사회비극'에 초점을 두었다면, 이광수의 비극관은 그 자신이 밝힌 바 있듯이[40] '인과적 비극(因果的 悲劇)'이라 할 수 있다. 즉, 착하지 않

---

39) 위의 책, 146쪽

은 행실과 마음 때문에 슬프고 비참한 결과를 거두고 만다는 것이다. 앞에서 다룬 작품들의 여주인공들 - 순영, 정희, 정선, 금봉은 한결같이 이광수의 비극관을 잘 반영해주는 인물들이다.

미모와 재질이 뛰어난 <재생>의 순영은 돈과 남성, 욕망에 억압당하자 쉽게 현실과 타협하여 타락의 길로 접어드는 순응적 여인의 대표적인 인물이다. 그녀는 소경의 딸을 안고 물 속에 뛰어들어 자살함으로써 비극적인 최후를 맞는다. 보다 사실적인 작품으로 주목받는 《군상(群像)》의 삼부작 중 《혁명가의 아내》 방정희도 똑같은 패턴이다.

> "정희가 부모에게 쫓아냄을 당하면서까지 반해서 따라오던 그 사내 공산은 간 곳이 없었다.
> 공 산의 생명을 파 먹는 무서운 병이 구더기 모양으로 자기 몸으로 기어 들어오는 것 같아서 정희는 누운 채로 두어 뼘 남편에게서 물러나왔다. … 마음 놓고 하는 권 서방과의 사랑 이러한 생각이 생쥐를 따르는 족제비 모양으로 살랑살랑 지나간다."41)

봉건가정을 뛰쳐나와 아무 것도 없는 공산과 결혼했던 방정희는 남편이 병들자 그를 구박하고 젊은 권의사와 사랑을 하다 파멸의 길을 걷게 된다.

<흙>의 정선도 이들처럼 강력한 삶의 의지가 결여되어 있다. 아무리 봉건가정일지라도 신여성인 그녀는 종신대사(終身大事)인 결혼에 대하여 한 번 정도는 아버지에게 자신의 의사를 주장할 수 있음에도 불구하고 그저

---

40) "그러나 같은 사회적 조건 아래서도 어떤 사람은 악하게 되고 어떤 사람은 선하게 되니까 - 그러니까 나 보기에는 마음이 착하면 그것이 '필연적'으로 - 결코 우연이 아니외다. - 행복을 거두고 그렇지 않으면 필연적으로 불행을 거둔다는 그런 비극 - 즉 因果的 悲劇이라고 스스로 판단하고 있어요." 《日記,自作의 辯》, 《春園文學》 16권, 389쪽

41) 《혁명가의 아내》, 《春園文學》 1卷, 342쪽

순응해버린다.

　　"정선으로 말하면 원래 숭을 사랑한 것이 아닐뿐더러 집에 와서 심부름
　　하던 시골 사람을 제 남편으로 삼으려는 아버지의 처사가 불쾌하기조차
　　하였다. 그렇지만 정선은 아버지의 뜻이 곧 제 뜻인 것을 안다. 딸은 혼인
　　지사에는 아버지의 명령에 복종할 것이라는 조선의 딸의 전통적 생각을
　　가졌으므로, 그는 이에 반항하려는 생각은 없고 도리어 숭을 사랑하려고
　　힘을 썼다."42)

　비록 아버지의 강요에 의하여 허숭과 결혼하였다지만, 정선은 귀농의식
을 실현하려고 살여울에서 농민과 더불어 땀을 흘리는 허숭을 잊고 김갑진
과 함께 바람을 피우게 되고 결국은 임신을 하게 된다. 아내의 불륜을 안
허숭은 숭고한 사랑으로 정선을 포용하고자 하나 그녀는 임신의 죄책감에
자살을 기도하다가 영영 불구자가 된다.

　이처럼 이광수 여성 소설의 주인공들은 대부분이 신여성이지만 자신을
위한 삶의 의지를 가지지 못하고 물질과 쾌락이 뒹구는 현실의 노예가 되
고 만다. 그들은 자신의 삶을 주체적으로 살 수 있는 교육과 문물의 혜택을
받았지만 그녀들의 속물주의 때문에 비극적 결말을 맞는 것이다.

　'모든 조선의 여자가 전부 다 모델'이 된 ≪그 여자의 일생≫의 금봉 또
한 예외가 아니다. 이광수는 이 소설을 전력을 다해서 쓰고자 한다면서 "나
는 이 소설에서 처녀와 애인과 아내와 어머니와, 그리고 죄에 않고 광명을
찾는 한 여자의 영혼과 괴로움과 슬픔을 그리려 합니다."43)라고 밝힌 바 있
다. '영혼의 움직임'을 어느 정도 성취하였는가 하는 문제는 논외로 치고,
여기서 드러나는 금봉의 일생 또한 앞에서 서술한 여성들과 마찬가지이다.

---

42) ≪흙≫, 앞의 책, 58-59쪽
43) <≪그 女子의 一生≫ 作者의 말>, ≪春園文學≫ 9卷, 452쪽

돈과 욕망의 억압에 못이기는 수동적인 그녀의 삶은 결국 입산하는 것으로 마감되고 마는 것이다.

노신이 개인보다는 사회에 비극의 책임을 묻는다면, 이광수는 이렇게 각 개인에게 그 비극의 원인을 두었다. 그래서 그는 죄의 씨앗을 뿌린만큼 거두어가도록 하는 장치를 결코 잊지 않는다. 결말에서 여주인공들은 한결같이 죄의 대가를 치루거나 회개, 반성하는 모습인 것이다. 이 같은 시각은 이광수의 역사의식의 결여로, 사회적 윤리와 개인윤리를 혼동하는 것에서 기인하는 것으로 여겨진다. 그의 여주인공들의 삶의 패턴으로부터 작가 이광수의 개인적인 삶을 연상하게 되는 것은 독자의 자유이다. 미모와 재질을 겸비한 인텔리 여주인공들일수록 받게되는 유혹과 압력 또한 더 클 수밖에 없으며, 그만큼 더 쉽게 순응하여 파멸을 겪듯이, 이광수 또한 과도한 민족주의로 인해 일본제국주의로부터 억압은 더 컸으리라 짐작되며, 그 만큼 더 쉽게 현실에 순응, 훼절하지 않았을까 짐작할 수 있는 것이다.

노신의 여성 주인공들이 억압 → 저항 → 순응 → 비극의 패턴에 비교적 충실하다면, 이광수의 주인공들은 억압 → 순응 → 비극의 3단계 양상을 보인다. 노신이 그린 여성들이 주로 교육받지 못한 마비된 의식을 가진 하층 계급들로서 그들의 순응과 저항, 파탄이 개인으로서는 불가항력적인 것이라면, 이광수가 묘사하는 여인들은 모두 도시 지향적인 인텔리 여성들로서, 그들의 순응주의와 비극은 보다 더 개인의 선택적인 것이란 점이 두드러진 차이라 하겠다.

제4절　결 론

본 논문은 서론에서 밝힌 바와 같이 노신과 이광수, 두 사람의 커다란 유사성에서 출발하였는데, 그 유사성만큼이나 커다란 차이점이 노정된다.

두 사람 모두 일본에 유학하였으며 외래 문화를 받아들여 남녀평등과 자유연애, 자유결혼, 여성해방, 개성해방 등을 주장하였지만 그들의 여성관은 상당히 다른 양상으로 나타났다. 노신이 사상면과 작품면에서 똑같이 철저한 페미니스트라면, 이광수는 외적으로는 여성해방을 부르짖지만 내적으로는 여전히 남성중심주의적인 사고나 전통적인 유교주의 여성관에서 벗어나지 못한 것이다.

노신과 이광수의 여성소설에 나타난 여인들의 계층은 크게 하층민인 구여성과 지식인인 신여성으로 분류된다. 등장인물의 계층별로 작품을 분석해 본 결과, 주로 하층민 여성의 수난과 저항, 지식인 여성의 여성해방과 개성해방, 남녀평등, 자유연애, 자유결혼으로 인해 빚어진 비극, 수동적 자아의 순응과 파멸 등으로 압축되었다. 노신이 진정한 여성해방을 위해 경제권문제를 강조한 반면, 이광수의 경우는 구체적인 방향제시가 모호했다. 작품에서 드러나는 여성관을 볼 때, 그의 '신정조관'조차 제대로 육화되어 있지 않은 것이어서, '남성'이라는 절대적인 매개물을 통해서만 여성은 존재, 미화되는 것이었다.

그렇지만 그들은 근대작가 중 보기 드물게 여성문제와 여성수난사의 소설적 형상화에 지속적인 관심을 보여 준 작가였다. 노신이 여성의 삶에 대한 깊은 이해와 사상의 투철함으로 인하여 진정으로 여성해방을 부르짖었다면, 이광수는 자신의 자전적 체험을 반영하거나 외국 문예물의 유행을 그대로 반영하여 여성문제를 역사의식과 무관한 이야깃거리로 제시한 측면이 농후하다.

여기서, 소설에 임하는 두 작가의 태도에도 큰 차이를 보인다. 노신이 시종일관 사실주의적인 필치로 담담하고 냉정하게 여성들의 질곡된 삶을 그려보이면서 봉건예교의 폐해를 해부해 보였다면, 이광수는 지도자적인 입장에서 순진한 일반대중을 상대로 하여 설교, 선동적인 문체를 고수한 것이다. 노신의 주된 주인공들이 하층민 여성이고 이광수의 주된 주인공이 지식인 여성들임을 고려해볼 때 재미있는 현상이 아닐 수 없다.

이와 같이 작가태도 문제나 소설 방법면 등에서는 두 사람이 전혀 상반된 양상을 보였다. 본 연구는 그러한 문제점들에 대한 연구를 앞으로의 과제로 남겨 놓고 시작된 것이다. 이광수 문학의 중심이라 할 수 있는 소설의 경우 단편 28편 외에 장편만으로도 35편이 발표되었는데, 이에 비해 노신의 경우는 중편소설 <아Q정전>을 제외하고 단편이 모두 24편에 불과하다. 본 연구는 무엇보다도 이 같은 양적인 차이가 갖는 한계성을 갖고 시도한 작업이었기에 무리가 따르지 않을 수 없다. 이 같은 한계성과 차별성을 염두에 두고, 페미니즘의 관점에서 두 작가의 자리매김을 시도해 본 결과, 노신이 위대한 문학가이자 사상가, 혁명가로서 자국에서 추앙받은 행복한 작가라면, 이광수는 친일한 '변절 작가'라는 족쇄를 영원히 풀지못한, 다정다감하고 재주 많은 불행한 소설가임을 다시 한 번 재인식하지 않을 수 없었다.

노신과 이광수는 소설, 시, 산문, 평론, 잡문 등 다양한 장르의 작품을 남겼다. 본 연구는 단지 여성을 소재로 한 노신의 주요소설과 이광수의 대표적인 소설들을 페미니즘 시각에서 연구하였는데, 이를 바탕으로 노신과 이광수의 전작품을 다각적인 면에서 보다 깊이 있게 비교 연구해야 할 것이다. 본 연구를 통하여 이광수 페미니즘 문학의 한계성이 더욱 명료해지는바, 이 같은 자기부정을 통해 우리의 페미니즘 문학을 점검하고 새로운 연구방법론을 모색하여 비교문학의 지평을 확대시킬 수 있기를 기대한다.

·參考文獻

魯迅 著, ≪魯迅全集≫ 全 16券, 北京, 人民文學出版社, 1989.

魯迅 著, 金時俊 譯, ≪魯迅小說全集≫ 1卷, 서울, 中央日報社, 1989.

馬蹄疾 著, ≪魯迅生活中的女性≫, 北京, 知識出版社, 1996.

管希雄, <魯迅小說中的婦女形象>, ≪溫州師專學報≫, 1991年 1期.

薛偉等, <魯迅筆下婦女形象的反抗性格>, ≪山西師院學報≫, 1982年 1期.

文心慧, <魯迅描寫婦女問題小說的深刻性>, ≪浙江師院學報≫, 1981年 2期.

巴淑, <戀愛與結婚>-再談傷逝, ≪魯迅硏究學術綜合資料滙編≫ 4권, 1987.

李希凡, <幻想,破滅,求生>, ≪魯迅硏究學術綜合資料滙編≫ 5권, 1990.

丁英, <祥林嫂>-魯迅作品中之女性硏究, ≪魯迅硏究學術綜合資料滙編≫
       4권, 1987.

施蟄村, <關於明天>, ≪魯迅硏究學術綜合資料滙編≫ 3권, 1987.

欽文, <≪幸福家庭≫的背景>, ≪魯迅硏究學術綜合資料滙編≫ 3권, 1987.

張京媛 主編, ≪當代女性主義文學批評≫, 北京大學出版社, 1992.

≪春園文學≫全 16卷, 도서출판 성한, 서울, 1985.

≪李光洙 全集≫10卷, 三中堂, 서울, 1973.

동국대 부설 한국문학연구소 편, ≪이광수연구(상·하)≫, 태학사, 1984.

조연현 외 저, ≪최남선과 이광수의 문학≫, 새문사, 1981.

김윤식 저, ≪한국근대문학사상사≫, 한길사, 1984.

연세대학교 국학연구원 편 저 ≪춘원 이광수문학연구≫, 국학자료원, 1994.

송지현 저, ≪페미니즘비평과 한국소설≫, 국학자료원, 1996.

유여아 저, ≪한국과 중국현대소설의 비교연구≫, 국학자료원, 1995.

김익두, <페미니즘과 민족사상 그리고 민족문학>, ≪문예중앙≫, 93년 여름호

정온숙, ≪춘원과 동인의 작품상에 나타난 여성관≫, 이화여자대학교 교육대
       학원, 1972.

George Bernard Shaw가 상해를
방문했을 때 채원배와 함께(1933)

상해 신월정에서 내산완조와 함께(1936)

아들 해영과 함께(1930)

노신 아들 주해영과 필자 가족과 함께
(왼쪽 첫번째 필자, 두번째 노신 아들, 세번째 노신박물관 부관장)

參考文獻

1. 全集類 (가나다順)

≪瞿秋白選集≫ 文學編 3卷, 北京, 人民大學 出版社, 1989.
魯迅 著, ≪魯迅全集≫ 全 16卷, 北京, 人民文學出版社, 1989.
≪毛澤東選集≫, 全 4卷, 北京, 人民大學出版社, 1969.
≪文學運動史料選≫ 全 5卷, 上海教育出版社, 1979.
李哲俊 譯, ≪魯迅選集≫ 全 4卷, 北京, 民族出版社, 1987.
竹內好 譯, 韓武熙 옮김, ≪魯迅文集≫ 全 6卷, 서울, 日月書閣, 1987.
≪中國新文學大系≫ (1927－1937) 全 20卷, 上海, 上海文藝出版社, 1989.
≪中國現代文學全集≫ 全 20卷, 서울, 중앙일보사, 1989.
陣漱渝, ≪魯迅語錄≫ 全 4卷, 臺北, 天元出版社, 1990.
丸山昇 外 譯, 魯迅 著, ≪魯迅全集≫ 全 20卷, 東京, 學習研究社, 昭和 611.

2. 單行本類 (가나다順)

1) 中文資料

葛中義, ≪≪阿Q正傳≫研究史槁≫, 淸海人民出版社, 1986.
江蘇教育出版社編, ≪魯迅與中外文化≫, 江蘇出版社, 1988.
賈殖方 主 編, ≪中國現代文學的主潮≫, 上海, 復旦大學出版社, 1990.
公盾, ≪魯迅與自然科學論叢≫, 廣東, 廣東科學出版社, 1981.
郭漢城 編, ≪中國十代古典悲喜劇集≫, 上海, 上海文藝出版社, 1989.
吉林大學中文系 等 編, ≪馬克思列寧主義文藝異論學習文件匯編≫, 吉林師
　　　　範大學函數教育處, 1958.
金靈 偏, ≪魯迅研究文叢 2≫, 湖南人民出版社, 1980.
金宗洙·崔建 編著, ≪中國當代文學史≫, 延邊人民出版社, 1990.
≪魯迅作品辭典≫, 河南, 河南教育出版社, 1990.
魯迅研究動態編輯部, ≪魯迅研究動態≫, 北京, 1980.

唐弢, ≪中國現代文學史≫(1-3卷), 人民文學出版社, 1984.

杜一白, ≪魯迅的寫作藝術≫, 遼寧, 遼寧出版社, 1985.

馬良春, ≪魯迅思想研究≫, 北京, 中國社會科學出版社, 1981.

樊籬, 克興華, ≪馬克思主義文藝思想發展初論≫, 湖南人民出版社, 1987:≪9
　　　인의 文藝思想≫, 유세종 외 역, 서울, 청년사, 1991.

福建師範大學中文系 編選, ≪魯迅論外國文學≫, 福建人民出版社, 1982.

北京魯迅研究博物館魯迅研究室 編, ≪魯迅研究資料≫ 第 5卷, 天津人民出
　　　版社, 1980.

馮光廉, ≪魯迅小說研究≫, 天津人民出版社, 1989.

蕭新如, 吳天霖 主編, ≪中國現代文學史≫, 吉林, 東北師範大學出版社,
　　　1986.

魯迅研究資料編輯部 編, ≪魯迅研究資料≫, 文物出版社, 1976.

孫中田, ≪中國現代文學史≫, 北京, 高等敎育出版社, 1988.

孫昌熙 等 著, ≪魯迅文藝思想新探≫, 天津, 天津人民出版社, 1983.

宋慶齡基金會 西北大學 主辦, ≪魯迅研究年監≫, 北京, 中國和平出版社,
　　　1990.

施建偉, ≪魯迅美學風格片談≫, 河南, 黃河文藝出版社, 1987.

十四院敎編寫組編,≪中國現代文學史≫, 雲南人民出版社, 1981.

倪墨炎, ≪魯迅後期思想研究≫, 北京, 人民文學出版社, 1984.

吳小美 等 著, ≪中國現代作家與東西方文化≫, 蘭州大學出版社, 1991

吳子敏 等 編, ≪魯迅論文學與藝術≫ (上·下卷), 北京, 人民文學出版社,
　　　1980.

溫儒敏, ≪新文學現實主義的流變≫, 北京大學出版社, 1988 : 김수영 역, ≪中
　　　國의 現實主義 文學史≫, 서울, 文學과 지성사, 1991.

袁良駿, ≪魯迅研究史≫, 陝西人民出版社, 1986.

王士菁, ≪魯迅傳≫, 北京, 靑年出版社, 1959.

王瑤, ≪中國新文學史初稿≫ (上.下), 홍콩, 龍門圖書公司, 1979.

王潤華, ≪魯迅小說新論≫, 臺北, 東大圖書公司印行, 1992.

劉綏松, ≪中國新文學社初稿≫(上.下), 北京, 作家出版社, 1958.

劉再復, ≪魯迅美學思想論考≫, 北京, 社會科學出版社, 1981.

劉正强, ≪魯迅文學思想及創作散論≫, 天津, 南開大學出版社, 1986.

劉泰隆 外著, ≪魯迅研究概要≫, 南寧, 廣西教育出版社, 1989.

袁良駿, ≪魯迅研究文叢≫, 2卷, 長沙, 湖南人民出版社, 1980.

李永壽, ≪魯迅的論辯藝術≫, 陝西人民出版社, 1988.

李宗英, 張夢陽 編, ≪六十年來魯迅研究論文選≫(上.下卷), 北京, 中國社會
　　　　科學出版社, 1981.

李河林, ≪近二十年代中國文藝思潮論≫(1917－1937) 陝西人民出版社, 1981.

人民文學出版社 編, ≪馮雪峰與中國現代文學≫, 北京人民文學出版社, 1988.

林志浩, ≪魯迅研究≫ 下編, 北京人民大學出版社, 1988.

張頌南, ≪魯迅美學思想淺探≫, 浙江人民出版社, 1982.

張華, ≪魯迅和外國作家≫, 陝西人民出版社, 1981.

張夢陽, ≪魯迅雜文研究六十年≫, 浙江文藝出版社, 1986.

丁易, ≪中國現代文學史略≫, 文化資料共應社, 香港, 1978.

丁淼, ≪三十年代文藝總批判≫, 홍콩, 亞州出版社.

曹聚仁, ≪魯迅評傳≫, 홍콩, 東西文化事業公司出版, 1987.

周遐壽, ≪魯迅小說的研究≫, 北京, 人民文學出版社, 1957.

朱正, ≪魯迅傳略≫, 北京人民文學出版社, 1983.

朱正, ≪魯迅手槁管窺≫, 湖南人民出版社, 1981.

≪中國新文學大系≫, 第 2卷, 上海文藝出版社, 1987.

≪中國現代文學研究叢刊 1≫, 北京出版社, 1980.

中國魯迅研究學會魯迅研究編輯部編, ≪魯迅研究≫ 第 14卷, 北京, 中國社會
　　　　科學出版社, 1989.

曾慶瑞, ≪魯迅評傳≫, 四川人民出版社, 1981.

陣金淦, ≪魯迅研究的歷史與現況≫, 江蘇教育出版社, 1986.

陳安浩, ≪魯迅論考≫, 湖南人民出版社, 1980.

平心, ≪人民文豪魯迅≫, 上海文藝出版社, 1981.

彭定安, ≪魯迅思想論稿≫, 杭州, 浙江文藝出版社, 1983.

包忠文, ≪魯迅的思想和魯迅新論≫, 南京出版社, 1989.

韓長經, ≪魯迅與俄羅斯古典文學≫, 上海文藝出版社, 1981.

許懷中 ≪魯迅與文藝思潮流派≫, 湖南人民出版社, 1985.

海風出版社 編, ≪魯迅≫, 海風出版社, 臺北, 1989.

黃修已, ≪中國現代文學發達史≫, 中國青年出版社, 1988 : 高大.

中文研究會 譯, ≪中國現代文學發達史≫, 서울, 범우사, 1991.

2) 日本資料

今村與志雄, ≪魯迅と傳統≫, 東京, 勁草書房, 1967.

東京大學文學部中國文學研究室編, ≪近代中國の思想と文學≫, 大安株式會
　　　社, 1967.

小野忍, ≪中國の現代文學≫, 東京大學出版會, 1972.

丸山昇, ≪魯迅その文學と思想≫, 平凡社, 1965 : ≪魯迅評傳≫, 韓武熙 譯,
　　　일월서각, 1982.

丸山昇, ≪魯迅と革命文學≫, 紀伊國屋書店, 1972.

丸山昇, ≪現代中國文學の理論と思想≫, 東京, 日中出版社.

3) 英文資料

David Y. Ch'en ≪Lu Xun Complet Poems≫ (Arizona : Center for Asian Studied
　　　Arizona Ssate University Press, 1988)

Leo Ou-fan Lee (李歐梵) ≪Lu Xun and His Legacy≫ (Berkeley. Los Angeles.
　　　London : University of California Press, 1985)

Leo Ou-fan Lee (李歐梵) ≪Voices from the Iron House, A Study of Luxun≫
　　　(Indiana University Press, 1987)

Marstion Anderson, ≪The Limits of Realism - Chinese Fiction Revolutionary
　　　Period≫ (Berkely Los Angeles Oxford : University of California Press,
　　　1990년)

Marian Galian, ≪The Genesis of Modern Chinese Literary Criticism≫ (Curzon Press. London, 1980)

Merle. Goldman 編 ≪Modern Chinese Literature in the May Fourth Era≫ (Cambridge, Harvard University Press, 1977),

Patrick Hanan <The Technique of Lu Xun's Fiction>, ≪Harvard Joural of Asiatic, Studies≫ (vol. 34, 1974)

Ting Yi, ≪A Short History of Modern Chinese Literature≫ (Port Washingt on, N.Y./ London: Kenniket Press,1985)

William A.Lyell. JR ≪LU XUN's Vision of Reality≫ (Berkeley. Los Angeles.London:University of California Press, 1975)

Zhi-qing Xia, ≪A History of ModernN Chinese Fiction≫ (London : Yale University Press, 1971)

4) 國文資料

金時俊, ≪中國現代文學史≫, 서울, 지식산업사, 1992.

김시준, 이충양 공저, ≪中國現代文學論≫, 서울, 韓國放送通信大學出版社, 1987.

권철.김제봉, ≪中國現代文學史≫, 延邊人民出版社, 1983.

김대환.백영서 編,≪中國社會性格論爭≫, 創作과 批評社, 서울, 1988.

魯迅 著, 유세종 편역, ≪청년들아 나를 딛고 오르거라≫, 서울, 창, 1991.

魯迅 著, 이욱연 편역, ≪아침꽃을 저녁에 줍다≫, 서울, 창 1991.

레이먼드 윌리암스 저, 임순희 역, ≪現代悲劇論≫, 서울, 학민사, 1988.

文祥得, ≪悲劇≫, 서울, 서울大學出版部, 1978년 초판.

벤자민 아이 슈워츠 著, 권영빈 譯, ≪中國共産主義 運動史≫, 형성사, 서울, 1983.

양일모, 염정삼 옮김, ≪中國現代美學思想史≫, 서울, 日月書閣, 1991.

우노 시게아끼 저, 김정화 譯,≪中國共産黨史≫,日月書閣, 서울, 1984.

이세평 저, 최윤수·조현숙 공역, ≪중국현대정치사상사≫, 서울, 한길사, 1989.

임범송, 김해룡저, ≪미학에의 초대≫, 서울, 도서출판 이웃, 1990.
임춘성 역, ≪中國現代文學運動史 1≫, 전인출판사, 1989.
趙東一, ≪韓國文學思想試論≫, 서울, 지식산업사, 1982.
해밀턴.화이프 해설, 김재홍 역, ≪詩學≫, 서울, 平民社, 1984.
許世旭, <魯迅 - 민족각성의 햇불>, ≪범우소설문고≫ 43, 범우사, 1978.

3. 雜誌(가나다順)

≪魯迅硏究≫(月刊) (1980 - 2000), 北京魯迅博物館.
≪文學評論≫ (1957 - 1990), 北京人民文學出版社.
≪新文學史料≫ (1978 - 1984), 北京人民文學出版社.
≪野草≫, (1971 - 1990) 東京, 中國文學硏究會 刊.

4. 國內論文類(가나다順)

金龍雲, ≪魯迅創作意識硏究≫, 성균관대학교, 박사학위논문, 1990.
金河林, ≪魯迅文學思想의 形成과 轉變 硏究≫, 고려대학교, 박사학위논문,
        1992.
全炯俊, ≪新文學時期의 리얼리즘에 대한 연구≫, 서울대학교 박사학위논문,
        1992.
유세종, ≪魯迅 ≪野草≫의 象徵體系硏究≫, 서울, 외국어대학 박사학위논문,
        1992.

정신계의 전사, **노신**

인쇄일 초판 1쇄 2003년 05월 15일
　　　　　 2쇄 2017년 06월 20일
발행일 초판 1쇄 2003년 05월 15일
　　　　　 2쇄 2017년 06월 23일

지은이 엄 영 욱
발행인 정 찬 용
발행처 **국학자료원**
등록일 1987.12.21, 제17-270호

서울시 강동구 성내동 447-11 현영빌딩 2층
Tel : 442-4623~4 Fax : 6499-3082
www. kookhak.co.kr
E- mail : kookhak2001@hanmail.net
ISBN 978-89-541-0052-6 03820
가 격 15,000원

*저자와의 협의 하에 인지는 생략합니다.